더블린 사람들

제임스 조이스

더블린 사람들

서문 테렌스 브라운

한일동 옮김

펭귄클래식코리아

더블린 사람들

1판 1쇄 발행 2010년 10월 27일
1판 16쇄 발행 2022년 7월 4일

지은이 | 제임스 조이스 옮긴이 | 한일동
발행인 | 이재진 단행본사업본부장 | 신동해
편집장 | 김경림 마케팅 | 최혜진 이은미 홍보 | 최새롬
국제업무 | 김은정 제작 | 정석훈

브랜드 펭귄클래식 코리아
주소 경기도 파주시 회동길 20
문의전화 031-956-7213 (편집) 02-3670-1123 (마케팅)
홈페이지 www.wjbooks.co.kr
페이스북 www.facebook.com/wjbook
포스트 post.naver.com/wj_booking

발행처 ㈜웅진씽크빅
출판신고 1980년 3월 29일 제406-2007-000046호

Penguin Classics Korea is the Joint Venture with Penguin Random House Ltd. Penguin and the associated logo are registered and/or unregistered trademarks of Penguin Random House Limited. Used with permission.
펭귄클래식코리아는 펭귄랜덤하우스와 제휴한 ㈜웅진씽크빅 단행본사업본부의 브랜드입니다. 펭귄 및 관련 로고는 펭귄랜덤하우스의 등록 상표입니다. 허가를 받아야만 사용할 수 있습니다.

이 책은 저작권법에 따라 보호받는 저작물이므로 무단 전재와 무단 복제를 금지하며, 책 내용의 전부 또는 일부를 이용하려면 저작권자와 ㈜웅진씽크빅의 서면 동의를 받아야 합니다.

한국어판 ⓒ 웅진씽크빅, 2010
서문/주해 ⓒ 테렌스 브라운, 1992/펭귄랜덤하우스

ISBN 978-89-01-11436-1 04800
ISBN 978-89-01-08204-2 (세트)

• 잘못된 책은 구입하신 곳에서 바꾸어 드립니다.
• 책값은 뒤표지에 있습니다.

차례

서문 / 음울한 도시의 초상 · 7

더블린 사람들

자매 · 53
우연한 만남 · 66
애러비 · 79
이블린 · 88
경주가 끝난 뒤 · 96
두 한량 · 105
하숙집 · 120
작은 구름 한 점 · 131
분풀이 · 151
진흙 · 167
가슴 아픈 사건 · 177
위원실의 담쟁이 날 · 191
어머니 · 215
은총 · 232
죽은 사람들 · 264

주해 · 329

서문

음울한 도시의 초상

테렌스 브라운

    1905년 말경에 아일랜드의 한 젊은이가 빠르게 출판되기를 바라며 '더블린 사람들'이라는 제목으로 된 열두 편의 단편소설 원고를 영국에 있는 출판사로 보냈다. 그러나 거의 10년이 지난 뒤에야 이 야심에 찬 가난뱅이 작가는 출판된 자기 책을 볼 수 있었다. 하지만 그렇게 오래 지연되고 많은 실망을 거듭한 뒤에 보게 된 자신의 책은 사실상 큰 실망 자체였다. 출판과 관련된 우울한 우여곡절은 다음과 같다. 최초로 출판계약을 맺은 후에 제임스 조이스는 자신이 계약한 책에 새로운 작품을 추가해 달라고 요청했다. 이에 영국의 출판업자 그랜트 리처즈는 책의 내용에 대해 심각한 우려를 표명했고, 성(性) 문제에 대한 조이스의 사실적인 묘사가 독자들을 자극하여 인쇄업자와 출판업자를 법적인 곤경에 빠뜨릴까 봐 많은 걱정을 했다. 이후로 작가와 출판업자 사이에 장기간에 걸친 지루한 서신 왕래가 시작되었고, 예술적인 성실성과 상업적인 비겁함 사이에 타협이 이루어지기는 했으나 책의 출판은 결국 물 건너간 일이 되고 말았다. 1909년에 조이스는 리처즈와의 계약을 파기하고 자신의 원고를 더블린의 마운셀 출판사에 맡겼지만, 실소를 금할 수 없는 출판에 관한 이야기는 또다시 되풀이되고 말았다. 이번에는 책이 출판되기는 했지만 출판사가 애초의 결정을 뒤엎고 제본된 책을 모두 파기해 버리고 말았다. 작가가 실제 인물이나 장소의 이름을 그대로 사용했기 때문에 명예훼손으로 고발을 당할까 봐 인쇄업자와 출판업자가 지레 겁을 먹었기 때문이다. 마침내 1914년에 리처즈는 용기를 내어 책을 출판했다. 하지만 그가 예상했던 끔찍한 결과는 발생하지 않았다.

지연된 책의 출판은 독자들이 이 책을 받아들이는 데도 적지 않은 영향을 미쳤다. 이 책은 조이스가 더블린에 있는 유니버시티 대학을 졸업하던 22세 때 집필을 시작하여, 25세 되던 해인 1907년에 「죽은 사람들」의 완성과 더불어 끝이 났으나, 그의 나이 33세가 되던 해까지는 세상의 빛을 보지 못했다. 이 시기에 조이스는 이미 소설가로서 인정을 받았으며, 《에고이스트》에 『젊은 예술가의 초상』을 연재하고 있었다. 이 새 작품은 오히려 조이스의 중·단편소설 모음집인 『더블린 사람들』의 빛을 바래게 하는 면이 있었다. 왜냐하면 이 작품이 유기적 통일성을 갖춘 작품으로 세상에 알려지기는 했으나, 당시에는 단편소설보다는 긴 소설 형식이 독자들의 호응을 더 많이 얻었기 때문이다. 따라서 『더블린 사람들』은 단편소설의 형식으로서 당연히 누려야 할 이른 인정과 평가를 받지 못했다. 오히려 이 작품은 조이스의 『젊은 예술가의 초상』, 『율리시스』『피네간의 경야(經夜)』 등에 가려 수년 동안 빛을 보지 못했고, 그의 난해하고 복잡한 대작들이 세인들의 해석과 평을 기다리는 동안 다소 인색한 비평적 관심만 끌었을 뿐이다.

1904년에 『더블린 사람들』의 집필을 시작한 젊은이는 아버지

존 스태니슬라우스 조이스와 어머니 메리 제인 머레이(약칭하여 메이로 불렸다.) 사이에서 생존의 축복을 받은 10남매 중 장남으로 태어났다. 아버지는 아일랜드의 먼스터 남부 지역에 있는 코크 시(市) 출신이었으며, 어머니는 아일랜드의 서부 코노트 지역의 아주 후미진 곳에 위치한 리트림 주(州) 출신이었다. 조이스의 아버지는 사교적 재능은 뛰어났지만(가수, 이야기꾼, 명사(名士), 펍을 드나드는 데 이력이 난 사람), 돈벌이에는 전혀 소질이 없었다. 자기 부인의 빈번한 임신(열다섯 번 임신에 네 명의 아들과 여섯 명의 딸만 생존했다. 제임스 조이스는 자기 어머니가 1903년에 일찍이 세상을 떠난 것은 다산(多産)의 탓이라고 여겼다.)으로 인한 막중한 책임에도 불구하고, 존 조이스는 늘 분수에 넘치는 생활을 했으며, 저당이나 어리석은 투자 등으로 코크 시에 있는 가계 유산을 거의 모두 탕진했다. 어쩔 수 없이 손수 일을 해서 생계비를 벌어야 하는 절박한 필요 때문에 존 조이스는 정치적인 관계를 이용하여 더블린에서 지방세 징수관이라는 일자리를 얻었다. 이 일자리로 인해서 그는 한담(閑談)과 더블린 시내에서 오가는 온갖 잡담을 즐길 수 있는 시간을 누렸다. 하지만 늘어만 가는 가계 생활비를 마련하기에는 턱없이 부족했다. 하지만 1892년부터는 이 보잘것없는 일자리마저도 계속 유지할 수 없게 되자, 매년 132파운드라는 적은 연금(어머니 메이 조이스가 가계의 어려운 사정을 탄원한 뒤에서야 받게 되었다.)에 만족하며 직장에서 은퇴해야 했다. 어머니가 세상을 떠난 지 1년 뒤인 1904년, 조이스는 대륙으로 망명하여 사회적, 지적(知的) 반동의 생활을 함께 꾸려가기로 약속한 어린 골웨이 여인 노라 바나클에게 다음과 같은 처절한 편지를 썼다.

나의 마음은 가정, 공인된 미덕, 생활 계층, 종교적 교리와 같은 모든 현존하는 사회질서와 기독교를 거부한다. 어떻게 내가 가정이라는 생각을 좋아할 수 있겠는가? 나의 가정은 내가 물려받은 방탕한 습관으로 인해 망가진 중산층 가정에 불과하다. 내가 생각하기에 나의 어머니께서는 아버지의 학대, 수년 동안의 고통, 나의 냉소적이고 솔직한 행동에 의해 서서히 죽어가셨다. 관 속에 누워 계신 어머니의 얼굴—암과 싸우느라 지쳐버린 잿빛 얼굴—을 바라볼 때 나는 한 사람의 희생자의 얼굴을 보고 있다는 생각이 들었다. 나는 그녀를 희생자로 만든 제도를 저주했다. (『서간집』, 2권, 48쪽)

어린 나이에 자기를 비하하는 경향이 있던 조이스의 가정생활은 치미는 화로 인해 격한 감정 상태에서 쓴 이 글처럼 항상 그렇게 끔찍하지만은 않았다. 조이스는 1882년 2월 2일 더블린 교외 래드가 구(區) 브라이턴 스퀘어 41번지에서 태어났다. 갓 지어진 집들로 들어찬 이 구역은 더블린 시내에서 고급 주거지역으로, 그의 집은 불로소득이 있는 중산층 가정에 아주 걸맞은 집이었다. 그의 가족은 곧바로 (근처에 있는 똑같은 고급 주거지역인 래드민즈에서 잠시 머무른 뒤에) 더블린 시내에서 남쪽으로 약 16킬로미터가량 떨어진 위클로 주(州)의 쾌적한 바닷가 휴양지인 브레이로 이사했다. 마텔로 테라스에 위치한 그의 대저택은 래드가와 래드민즈에서 살았던 집들에 버금갈 만한 우아한 집이었다. 이 저택에서 그의 가족들은 하인들을 거느리고, 어린 자녀들을 위해서는 가정교사까지 두면서 품위 있는 생활을 영위했다. 조이스 집안 사람들은 아일랜드 사회에서 새로운 계층으로 부상하는 가톨릭 중산층이었다. 그들은 확고한 민족주의를 표방했으며, 곧 도래할 아일랜드 자치(自治)라는 새로운 정치, 사회적 구조 속에서 자신들이 진정한 혈통을 물려받은 엘리트층에 편입되기를 기대했다. 이러한 포부를 실현하기 위해서는 교육이 아주 중요했으며, 예수회 교단은 자식들의 출세를 담보할 수 있는 가장 적절한 기관으로 여겨졌다. 따라서 조이스는 1888년 9월 그가 여섯 살 되던 해에 예수회에서 운영하는, 킬데어 주(州)에 있는 클론고우즈 우드 대학 기숙학교에 입학했다. 그는 휴일을 제외하고는 1891년까지 이 학교에 머물렀으나, 갑자기 가세가 기울어 수업료를 낼 수 없게 되자 자퇴를 해야 했다. 이 모욕도 급속히 기울어가는 가세를 만천하에 드러내기에는 충분치 않았는지 어린 조이스는 1893년에 기독교 형제단에서 운영하는 학교에 잠시 학생으로 등록했다. 이 육영 교단은 아일랜드의 가난뱅이 자식들을 악명이 높을 정도로 강인하게 교육했다. 조이스는 이후에 이 시기의 교육에 관해 한마디도 언급하지 않았다. 1893년 4월 조이스는 운이 좋게도 예수회 교단에서 운영하는 벨비디이 대학에 수업료 면제의 특혜를 받고 다니게 되었는데, 이곳에서 그는 1898년까지 머물렀다.

예수회 교단에서 운영하는 학교 교육을 중단하게 된 배경에는 어린 소년이 이제껏 누리던 정서적 안정을 해친 두 가지 큰 사건이 있었다. 하나는 전적으로 조이스 가문에 국한된 사건이었으며, 다른 하나는 국가적 의미를 지닌 사건이었다. 1891년에 조이스 가문의 가세가 기울자 이듬해 초에 조이스 가족은 브레이에 있는 저택에서 더블린 남쪽 캐리즈포트가(街)에 있는 집으로 이사를 해야 했다. 이는 곧이어 파탄에 이르게 되는 가정 붕괴의 첫 조짐이었다. 2년 내에 조이스 가족은 더블린 시내의 비교적 쾌적한 주거지역으로부터 리피 강 북쪽에 있는 열악한 주거지역으로 자주 이사를 해야 했다. 리피 강은 지금과 마찬가지로 당시에도 고급 주거지역과 그렇지 못한 지역을 나누는 경계 역할을 했다. 휴일에 클론고우즈로부터 귀가하여 브레이의 쾌적한 환경에서 유복하게 지내던 어린 소년은 가정의 붕괴, 경제적 어려움, 더블린의 누추한 주거 환경, 사람들이 우글거리는 싸구려 술집과 빈민가, 찢어질 듯한 가난 등을 몸소 겪어야 했다. 또한 그는 그때까지 아일랜드 문학에서 볼 수 없었던 수도 더블린의 생활상, 즉 더블린 시내의 북쪽, 드럼콘드라, 페어뷰의 북적거리는 거리에서 하층민들의 비참한 삶을 몸소 체험하게 되었다.

이러한 사회적 입지의 변화에 의해 감수성 예민한 소년이 겪게 된 충격은 영국의 작가 찰스 디킨즈가 처절하게 경험한 그것과 유사하다고 할 수 있다. 왜냐하면 미래의 소설가를 꿈꾸던 디킨즈는 조이스의 아버지와 마찬가지로 씀씀이가 헤픈 아버지로 인해 가계가 빚더미로 몰리자 너저분한 공장에서 일을 해야 했기 때문이다. 조이스는 결코 이러한 상처를 잊을 수 없었다. 이것은 그가 아일랜드의 정치 지도자 파넬의 운명에 초점을 맞추어 평생 동안 배신이라는 주제에 집착한 것만 보아도 논리적 타당성이 있다. 파넬의 정치 경력은 조이스가 삶의 전환기를 겪은 것과 동일한 해에 위기에 달했다. 1891년 10월 파넬이 세상을 떠나자 존 조이스를 비롯한 중산층 가톨릭 민족주의자들이 걸었던 희망과 기대는 산산조각이 났다. 그들은 아일랜드의 미래는 자치를 앞당기기 위해 노련하게 의회운동을 펼치던 파넬의 성공 여부에 달려 있다고 믿었고, 이는 필연적으로 웨스트민스터로부터 위임 정부에 상당한 의회의 독립을 가져다줄 것으로 생각했다. 후에 조이스의 아버지와 조이스는 가문의 파탄과 사회적 신분의 변화로 가족들이 겪어야 했던 비참한 생활을 파넬이 마지막 몇 달 동안 겪었던 고통과 동일시하곤 했는데, 이는 어떤 합리적인 근거가 있었기 때문이 아니라 자신들의 삶에 대한 불평과 불만으로부터 비롯된 것 같다. 당시 '우두머리'로 추앙받던 파넬의 운명은 동료 의원의 아내였던 캐더린 오쉬에와의 간통 사건이 들통 나자, 아일랜드의 가톨릭 세력과 영국의 비국교도의 여론 등에 업은 아일랜드의 의회당원 다수에 의해 무참하게 짓밟히고 말았다. 파넬이 꿈꾸던 새로운 아일랜드 사회에서 중추 역할을 했어야 할 조이스 가족은 이와 대조적으로 더블린 시내의 북쪽에 위치한 불결한 주거지에서 채권자와 집주인으로부터 온갖 수모를 당하면서 셋집을 전전긍긍하는 일종의 유랑 생활을 하고 있었다. 제임스 조이스가 얼마나 파넬을 숭배했고, 또 파넬에 대한 배신 행위에 관해 얼마나 집착했는지는 『더블린 사람들』의 「위원실의 담쟁이 날」에서 여실히 볼 수 있다. 이 작품은 고인(故人)이 된 우두머리 파넬의 고귀한 이상주의와는 대조적인, 1902년에 있었던 번덕스럽고 불충한 아일랜드의 정치적 부패상을 총체적으로 고발한다. 이 작품을 쓸 때 조이스는 10년 전 소년 시절에 더블린에서 몸소 체험한 개인적, 국가적 배신과 모멸감을 모두 결집시켰다.

   조이스가 그의 『더블린 사람들』에서 재현한 것은 그가 겪은 사회적 신분의 몰락과 파넬의 정치적 이상에 대한 환멸만이 아니다. 『더블린 사람들』은 조이스의 여타 작품과 마찬가지로 그의 자전적 사실과 그가 성인으로 성장하면서 주변에서 보고 겪은 더블린 생활에 대한 세세하고도 치밀한 이해에 그 뿌리를 두고 있다. 이 작품에 등장하는 많은 사건들과 등장인물들은 조이스가 알고 지냈던 실제 인물들과, 그와 다른 사람들이 겪은 경험에 근거하고 있다.(「우연한 만남」과 「어머니」만이 조이스 자신의 직접적인 경험에 기초하고 있다.) 정말로 조이스는 아주 객관적인 평정심으로 자신의 경험과 인내심이 강한 동생 스태니슬라우스(조이스 가족이 수년 동안 유럽을 배회할 때 가정의 재정적 지주(支柱) 역할을 했다.)의 일기(日記)까지 이용했다. 조이스 자신이 후일에 자식을 두지 않는 독신 생활을 했으면 어떠했을까 하고 상상한 것처럼, 「가슴 아픈 사건」에서 더피 씨의 모델을 제공한 것도 그의 동생 스태니슬라우스였다. 또한 1902년에 치러진 보궐 선거에서 스태니슬라우스는 그의 아버지와 함께 선거 운동원으로 일했는데, 이때의 경험이 「위원실의 담쟁이 날」에 나오는 몇몇 사건의 토대가 되었다. 스태니슬라우스는 그의 형 제임스 조이스가 소설에서 리얼리즘의 경지(境地)를 개척하기 위해 늘 정확한 자료를 찾는 데 집착했다고 확언한 바 있다. 또한 스태니슬라우스는 "형 제임스가 『더블린 사람들』의 몇몇 이야기와 「분풀이」의 끝 부분에서 볼 수 있는 것처럼, 사무실 생활의 세세한 면까지도 익히 잘 알고 있었던 것은 자신의 일기 및 자신과의 대화(이 경우가 더 많기는 하지만)로부터 기인한 것"이라고 기록했다. 「죽은 사람들」에 나오는 모컨 자매도 의심할 여지 없이 이 이야기의 배경으로 등장하는 어서스 아일랜드에서 어린 숙녀들을 위해 교양학교를 운영했던 그의 고모들로부터 비롯된 것이다. 또한 「죽은 사람들」은 조이스가 작품을 쓸 때 자신이 몸소 겪은 사생활을 이용하는 데 조금도 주저하지 않았다는 사실을 시사해 준다. 왜냐하면 자기의 부인 노라 바나클의 처녀 시절조차도 「죽은 사람들」이라는 매우 감동적인 이야기에 나오는 젊은 연인을 묘사하기 위해 골웨이 배경으로 이용되었기 때문이다. 『더블린 사람들』은 젊은 작가가 쓴 작품이다. 그런데 이 작가는 그의 동생 스태니슬라우스가 기록했듯이, 어머니가 세상을 떠난 지 채 일주일도 안 되어 자기 어머니의 편지를 읽는 것도 전혀 주저하지 않았다.(편지의 내용은 스태니슬라우스가 생각한 것처럼 짧고 천박하고 시시한 내용이었다.) 제임스 조이스에게는 아주 어린 시절부터 객관적인 자세로 삶을(끔찍한 삶일지라도) 치밀하고 꼼꼼하게 조감하는 예술가적 기질이 있었기에, 사실적인 것은 그 어떤 것도 그의 관찰의 범위를 벗어나지 못했다. 왜냐하면 마음의 상처, 알코올 중독, 가정 폭력과 해체의 와중에도 조이스는 쾌활한 기질을 견지했는데, 이는 자기 주변에서 발생하는 그 어떤 질풍노도에도 흔들리지 않겠다는 소신에서 비롯된 것이었다. 그는 자기 동생이 1903년의 일기 표제에 적었듯이, "성격의 천재"였으며, "특출한 도덕적 용기"의 소유자였다. 이는 그가 대중의 인습적인 여론을 경멸적으로 무시한다든지, 이른바 그가 이름 붙인 '편협한 속물주의'에서도 여실히 드러난다. 그의 본능은 늘 그가 관찰한 인생의 진실을 향했으며, 그의 철저한 도덕 의식은 그로 하여금 결과가 어떠하든 간에 그 진실에 부합될 수 있는 예술적 표현 양식을 찾아 나서게 했다.

어린 시절에 조이스의 문학적인 이상은 노르웨이의 극작가 헨리크 입센(1828~1906)이었다. 조이스는 1898년에 벨비디어 대학을 마치고 더블린의 유니버시티 대학에 입학했는데, 2학년 때 입센의 희곡 『죽은 우리가 눈을 뜰 때』에 관한 훌륭한 서평을 썼다. 이 18세의 어린 대학생의 서평이 당시 많은 독자를 확보하고 있던 《포트나이틀리 리뷰》에 실림으로써(그 자신이 야심만만하게 편집장에게 서평을 보낸 결과로 인해서) 그는 일약 세인들의 관심을 끌게 되었다. 이제 조이스는 작가로서 행운의 길을 걷기 시작했던 것이다.

조이스에게서 자라나는 예술가적 기질은 '도전적인 리얼리즘'(조이스는 입센 극작술의 상징적인 특질들을 애써 무시하는 경향이 있었다.) 예술관과 독립적인 기질의 소유자였던 입센에게서 의지처를 찾았다. 그는 입센으로부터 "매일 동일하게 반복되는 삶의 현장으로부터도 어느 정도의 극적인 삶이 도출될 수 있다."는 중요한 교훈을 배웠다. 조이스가 『더블린 사람들』에서 묘사하는 음산하고, 무기력하며, 편협한 세상은 부분적으로 입센의 가혹하고 분석적인 리얼리즘으로부터 큰 영향을 받았다. 입센은 자신의 희곡 작품에서 생중사(生中死)의 삶을 사는 노르웨이 사람들의 삶을 완벽한 비전, 천사 같은 공평무사함, 그리고 두 눈을 크게 뜨고 태양을 응시하는 사람의 시선으로 저 높은 곳으로부터 착실하게, 그리고 총체적으로 관찰했다.

입센은 "그의 후기 작품의 토대로서 가차 없는 진실이 담겨 있는 평범한 사람들의 삶을 선택했다."고 젊은 조이스는 생각했다. 따라서 그는 『더블린 사람들』에서 거장 입센을 흉내 내고 싶었다. 하지만 영국과 더블린에 있는 출판업자의 위선과 신중함 때문에 입센에 버금갈 만한 열정으로 조국에 대한 '도덕사의 한 장(章)'(『서간집』, 2권, 134쪽)을 재현히여 출판하고자 했던 노력이 지연되자 거의 견딜 수가 없었다. 따라서 소심한 그랜트 리처즈가 주저하자, 그는 가차 없는 리얼리즘을 무기로 삼아 진리 추구에 헌신하려는 예술가로서의 사명감을 가지고 다음과 같이 썼다.

　석탄 난로의 재 떨어지는 구멍과 시든 잡초, 그리고 고기 찌꺼기들의 냄새가 제 이야기 주변에서 맴도는 것은 제 잘못이 아닙니다. 말끔히 닦아놓은 제 거울을 통해 아일랜드 민족이 자신들의 모습을 제대로 바라볼 수 없다면 아일랜드 문명의 흐름이 지연될 것이라고 저는 진지하게 믿습니다. (『서간집』, 63~64쪽)

그러므로 조이스가 『더블린 사람들』을 적어도 더블린에 대한 사실주의자의 연구서, 즉 움츠러들지 않는 입센 같은 도덕적 준엄함으로 아일랜드인의 경험을 대변하는 작품으로 만들고자 했다는 것은 분명하다. 조이스는 윌리엄 하이네만(조이스가 출판을 바라는 마음에서 맨 처음 자신의 원고를 보낸 사람)에게 보낸 서신에서 다음과 같이 주장했다. "이 책을 쓴 목적은 여행자의 인상을 모아놓는 것이 아니라 유럽의 수도(首都)들 중 한 곳의 삶의 모습을 재현하는 것입니다."(『서간집』, 2권, 109쪽) 같은 달에 그의 동생 스태니슬라우스에게 보낸 편지에서도 그는 이 점을 강조했다. "네가 더블린이 수천 년 동안 수도였으며, 대영제국에서 두 번째로 큰 도시이고, 베네치아의 거의 세 배라는 사실을 기억한다면, 이제껏 그 어떤 예술가도 이 도시를 세상에 제대로 알리지 않은 것이 이상하게 여겨질 것이다."(『서간집』, 2권, 111쪽)

20세기 초엽에 조이스의 사실주의적인 투시로 세상에 널리 알려진 더블린은 인구 30만 정도가 모여 사는 도시였다. 이곳은 아이리시해(海)와 남쪽으로는 위클로 주(州)의 기복이 있는 산악 지형 사이에 리피 강을 따라 설계된 도시로, 그 주변의 장엄한 배경과 훌륭한 건축물로 인해 충분히 주목을 받고도 남을 만한 도시였다. 더블린의 특출한 건물들 대부분은 18세기에 지어졌지만(리피 강 북쪽 강변에 우뚝 서 있는 포 코츠, 커스텀 하우스, 18세기 후반 수십 년 동안 독자적인 의회 구실을 했던 칼리지 그린에 있는 아일랜드 은행), 중세 때 지어진 두 개의 성당, 엘리자베스 1세

때 지어진 트리니티 대학, 그리고 1850년대 존 헨리 뉴먼의 교육 실험에 의해 생겨난 유니버시티 대학은 큰 자랑거리였다. 더블린은 18세기 후반에 아일랜드 정부(정부를 구성할 수 있는 선거권이 제한되긴 했지만)의 중심지로서 영광을 누리다가 19세기에 들어 쇠퇴하기 시작했지만, 품격 있는 몇몇 광장들(메리언 광장, 스테븐스 그린, 핏츠윌리엄 광장)은 여전히 남아 있었다. 이들 때문에 더블린은 영국의 바스, 심지어 조이스가 그의 편지에서 동생에게 언급한 이탈리아의 베네치아와도 견줄 만한 명물 도시로 자리매김할 수 있었다. 18세기에 와이드 스트리츠 위원회는 더블린 시내를 시민들이 쉽게 접근할 수 있고 널찍한 정경을 조감할 수 있도록 설계하여 유산으로 남겼다. 때문에 더블린은 시민들이 하루의 일과 중에도 걸어서 쉽게 접근할 수 있는 보행자의 도시(『더블린 사람들』과 『율리시스』에서 등장인물들이 시내를 걷거나, 택시나 전차로 짧은 여정을 즐기는 데 많은 시간을 보내고 있는 것을 보면, 시내를 떠돌아다니는 것이 거의 모든 등장인물들 기질의 일부가 되고 있음을 쉽게 알 수 있다.)가 되었다.

　조이스가 문학적 제재(題材)로 택한 더블린은, 그 우아한 자태와 멋진 물리적 환경에도 불구하고 20세기 초엽에는 이미 거의 한 세기 동안의 침체기를 겪은 뒤였다. 아마 이 때문에 조이스의 작품에 등장하는 인물들은 더블린 시의 매력에 빠져들지 못하는 것처럼 보인다. 즉, 그들은 조지왕조 시대 건축물의 매력에 둔감한 채 현대적 취향을 드러내고 있다. 당대의 여행 안내 책자는 "더블린 거리의 건축물은 아름답지 못하며, 집들도 대부분 조지왕조 시대의 흥미가 없는 집들이다."라고 조언했다. 조지왕조 세기의 끝인 1801년에 발효된 연방법으로 인해 브리티시 섬에서 더블린의 위치는 고작 아일랜드 의회의 본거지 정도로 축소

되었으며, 자유무역과 수송시설 태동기에 겪은 경제적 시련 또한 더블린의 쇠퇴에 악영향을 미쳤다. 한 역사가는 더블린의 쇠퇴에 대해 다음처럼 썼다. "영국과의 합병 당시에 더블린은 브리티시 섬에서 두 번째로 큰 도시였고, 유럽에서는 열 번째로 큰 도시였다. 1860년경에는 영국에서 다섯 번째의 도시였다가 결국 세기말에는 아일랜드에서 가장 큰 도시로 급부상한 벨파스트에 추월당하는 수모를 겪어야만 했다." 더블린 시의 정체의 징후와 시민들이 겪는 불행의 참상들은 도처에서 볼 수 있었다. 더블린 시에는 생산적인 산업시설이 전무했기 때문에 시내에 거주하는 20만 명 이상의 노동자들은 건설업, 비스킷 제조와 양조업, 서비스업, 일용직 노무자와 배달업, 선착장 일 등을 찾아다녀야 했다. 더블린 항구의 경우 국가 전체로서도 중요한 무역 중계항 역할을 해왔다. 하지만 그곳조차도 19세기 후반에 침체를 겪어 새로운 경쟁력을 확보하지 못했다.(「죽은 사람들」에 나오는 가브리엘 콘로이의 아버지는 더블린 항구의 일을 좌지우지하는 더블린 항만국의 영향력 있는 직원이었다.) 더블린 시 발전에 오랫동안 중요한 역할을 해오던 더블린항은 1907년경에 이르러 북쪽에 있는 벨파스트항과 남쪽에 있는 코크항에 뒤처지는 신세가 되었다. 그러나 항구로서의 쇠퇴는 메리 E. 댈리가 다음에서 개괄했듯이 전반적인 더블린의 음산한 모습들 중 하나일 뿐이었다.

아일랜드의 시골 경제가 활력을 잃었고, 더블린 시의 제조업이 부진하며, 심지어 어떤 경우에는 시골에서 필요로 하는 상품조차 공급하지 못하는 실정은, 19세기 후반 들어 더블린항의 쇠퇴와 더불어 더블린 시가 시민들뿐만 아니라 시골의 극소수 잉여 인력에게도 일자리를 제공하지 못했다는 사실을 의미한다.

더블린 시내 노동자와 실직자들 대부분은 악명 높은 셋집에서 살았다. 이 셋집들은 더블린 시내 중심부에서 리피 강 북쪽에 있는 거리나 구획지에 위치한 조지왕조 시대의 타운하우스로서, 한때는 유행의 중심지 역할을 했으나 20세기 초엽에 최악의 빈민가로 전락하여 너저분하기 그지없는 곳이었다. F. S. L. 리온즈가 기록했듯이, "이들 셋집의 30퍼센트 이상이 단칸방이었고, 추산하기로는 그곳에서 3명 내지 6명이 생활하고, 먹고, 잠을 잤다.(7명에서 12명의 경우는 드물었다.) 셋집 한 채에서 100명까지 사는 경우도 있었는데, 찬물이 나오는 수도꼭지는 뜰이나 통로에 단 하나뿐이었고, 하수처리 시설도 턱없이 부족했다." 이 나라에서 더블린이 최고의 유아 및 일반 사망률의 오점을 남긴 것도 놀랄 만한 일이 아니다. 독자들은 『더블린 사람들』에서 당시에 찢어질 정도로 가난했던 사람들과 노동자들의 삶의 모습을 잠시 들여다볼 수 있다. 「우연한 만남」에서 '누더기를 걸친 소년들과 소녀들'의 모습을 볼 수 있는데, 아마도 이들은 당시 더블린에 널려 있던 수많은 고아원과 자선기관 중 한 곳에서 생활하던 아이들일 것이다. 「애러비」에서는 "허름한 오두막에 사는 거친 아이들"의 소리를 들을 수 있다. 「작은 구름 한 점」에서 주인공(그렇게 불릴 수 있다면) 꼬마 챈들러는 일과 후에 더블린 중심가로부터 북쪽에 있는 헨리에터가(街)로 꾀죄죄한 아이들 무리를 뚫고 지나간다.—"한 무리의 꾀죄죄한 아이들이 거리를 가득 메우고 있었다. 그들은 길 한복판에 멍하니 서 있는가 하면 뛰어가기도 하고, 활짝 열린 문 앞의 계단을 기어오르거나 문지방 위에 생쥐처럼 웅크리고 앉아 있기도 했다. (……) 그는 조무래기 벌레 같은 무리들 사이를 교묘하게 빠져나와 옛 더블린의 귀족들이 거들먹거리며 살았던, 금방이라도 유령이 튀어나올 듯한 을씨년스러운 저택들의 그늘 밑을 걸어갔다."「두 한량」에서 레너헌은 노동자들이 자주 들르는 간이주점에 들어섰을 때, 노동자들의 품행이 자신의 점잖은 품행과(특별히 세련된 것은 아니지만) 어울리지 않아 당황한다. 수많은 하층민들의 더블린 생활에 대한 사실적인 언급이 『더블린 사람들』에서 비교적 적게 나타나는 것은 사실이다. 그러나 당대에 널리 퍼진 비참한 사회상에 대한 언급을 통해 준엄하리만큼 사실적인 이 작품에서 등장인물들이 역겹고 실망스러운 그들의 직업에 대해 왜 그렇게 집착하는지 쉽게 이해할 수 있다. 예를 들면「하숙집」에서 도런 씨는 치욕을 당하면서 직장을 잃지 않으려고 사랑하지도 않는 여자와 결혼을 해야 하는 내키지 않는 조건에 순응한다.「분풀이」에서 패링턴은 직장에서 상관에게 순간적으로 쓸데없이 대들었다가 '비굴한 사과'를 하지 않을 수 없게 되자 자기 혐오감으로 인해 술에 잔뜩 취한다. 실직자와 저임금을 받는 사람들에게는「두 한량」의 레너헌이나("그는 건달 짓을 하며 쏘다니고 살아가기 위해 온갖 수를 다 쓰는 생활과 속임수와 간계 따위에 염증이 났다.")「은총」의 머코이처럼(그는 자기 부인이 있지도 않은 지방 공연에 초대받은 것처럼 보이게 하려고 손가방과 여행용 가방을 구하러 사방을 순회하며 나다녔다.) 필사적인 계략만 있을 뿐이다. 또한 품위를 불안하게 지켜 나가는 사람들의 모습도 엿볼 수 있다.「죽은 사람들」에서 모컨 자매는 곡물중개상의 집에 세 들어 살지만 적어도 크리스마스 때는 남들에게 환대를 베풂으로써 중산층의 품위를 애써 지켜내려 한다.

   조이스는 『더블린 사람들』에서 더블린 사회의 매우 협소한 범위의 계층 사람들에게만 관심을 집중하고 있다. 즉, 중산계급의 하류층, 가게 주인이나 소매상과 같은 소시민들의 세계, 이런

저런 부류의 공무원, 점원, 은행원, 「은총」에서 커넌 씨처럼 차(茶)를 음미할 뿐만 아니라 팔러 다니는 외판원들이 그 대상이다. 그들은 사무실이나 하숙집, 또는 더블린 시내의 열악한 주거지역에 있는 셋방이나 셋집에서 할부로 구입한 가구를 갖춰놓고 살거나, 펍(20세기 초 더블린 시내에는 800개 정도의 인가된 펍이 있었다.)에서 우울하고 불안정한 삶을 달래며 살아간다. 「경주가 끝난 뒤」에서 세구앵이 머물고 지미가 식사를 한 호텔, 모컨 이모들이 연 크리스마스 파티가 끝난 후 콘로이 부부가 머문 그레샴 호텔, 그리고 가브리엘과 아이버즈 양이 왕립 대학의 졸업생이라는 사실을 주목한다면, 『더블린 사람들』에 나오는 등장인물들의 사회적 지위를 저울질해 볼 수 있다. 이와는 대조적으로 최하위 부류의 사람들로는 「두 한량」에 나오는 하녀와 「죽은 사람들」에 나오는 문지기의 딸인 릴리가 있다. 이들은 더블린 시민의 대다수가 그런 것처럼 가난에 찌든 생활을 하기 때문에, 경제적 생존에 대해 선천적인 하층민들이 느끼는 불안의 강도를 가늠해 볼 수 있다.

『더블린 사람들』에서 등장인물들이 누리는 사회적 야망은, 「경주가 끝난 뒤」에서 경찰청에 식료품을 납품해서 **벼락부자가** 된 지미의 아버지, 「은총」에서 사회적 지위 상승의 곡선이 더블린 성(城) 왕립 경찰본부의 직원에까지 이른 잭 파우어, 사회적 신분 상승을 담보할 수 있는 성직을 얻게 된 「자매」의 플린 신부와 「죽은 사람들」에 나오는 가브리엘의 동생 콘스탄틴 콘로이에게서 볼 수 있다. 물론 조이스가 그리고자 했던 더블린 사람들에게 자기 발전이나 자식의 출세(계급의식은 늘 반복되는 모티프이다.)에 관한 욕망이 구조적으로 결핍됐다는 것은 아니다. 오히려 20세기 초의 더블린은 경제적으로 심각한 침체 국면을 겪었을 뿐만 아니라, 거의 모든 사람들에게 적용되는 카스트 제도로 인한 야망의 한계 때문에 활력을 상실했다.

　1910년대에 더블린 인구의 대략 17%는 신교도였고, 나머지는 가톨릭교도였다. 이들 소수파 신교도들은 엘리트 지배계층을 형성하여 영국과의 합병을 열렬히 주장했다. 왜냐하면 합병만이 그들이 특권층으로서 누리는 사회적 지위를 지켜줄 수 있다고 느꼈기 때문이다. 더블린 시에서 상류층을 형성하여 법이나 의술과 관련된 주요 직업 세계로의 진입을 좌지우지하고, 은행업이나 맥주, 위스키, 비스킷 제조 등과 같은 사업에서 영향력을 행사한 것도 그들이었다. 당시에 총독은 시내의 피닉스 파크에 거주하면서 도시와 시골을 통치했는데, 정부기관의 보수가 좋은 일자리들 대부분을 형편이 어려운 신교도들에게 물려준 것도 그들이었다. 여기에서 제외된 사람들은 골수 민족주의자나 공화파에 동조하는 자로서 충성심이 의심되는 사람들이거나, 시내에서 스스로 일을 해서 품위 있는 생활을 꾸려가고 싶어 하는 가톨릭교도들이었다. 이러한 직업군과, 경제적으로 궁핍하고 불공정한 세상에서 코얼리나 레너헌 같은 사람들이 빌어먹고 사는 추잡한 직업군 사이에는, 상점에서 조수로 일하거나 정부관청에서 낮은 보수를 받으며 일하는 사무원들이 있다.

　더블린 시내 거주자들 대부분의 경제생활이 구경꾼들 무리("구경꾼들이 떼 지어 모여 있었고, 가난과 무기력의 길을 헤치며 유럽 대륙의 부와 산업이 속도를 더하고 있었다.")에 의해 대변된다면, 『더블린 사람들』에서 왜 돈이 두드러진 역할을 하는지 쉽게 이해할 수 있다. 「이블린」에서 이블린은 주급으로 7실링을 받으며, 무니 부인의 「하숙집」에서 하숙생들은 숙식비로 주당 15실링을 지불하고, 「분풀이」에서 알코올 중독자 패링턴은 자신의 시계를 저당 잡히고 하루 저녁 술값으로 6실링을 지출한다.(이는 가계 생계비의 실질적인 고갈을 의미한다.)「진흙」에서 마리아가 저녁 외출을 나설 때, 지갑 속에는 반 크라운짜리 은화 두 개와 동전 몇 닢이 들어 있었다. 그녀는 그 돈의 거의 절반을 들여 마음에 두었던 선물을 샀으나, 그 선물을 전차에 두고 내렸다는 사실은 좌절과 도피를 다룬 이 이야기에 애처로운 낭비의 특성을 더해 준다. 왜냐하면 『더블린 사람들』의 세계는 경제적인 규모가 쪼잔한, 즉 천박할 정도로 돈에 집착하고, 회계에 신중하며, 재정적인 집착이 강한 곳이기 때문이다. 「작은 구름 한 점」에서 꼬마 챈들러는 아직도 할부로 구입한 가구값을 갚아 나가야 하고, 「위원실의 담쟁이 날」에서 선거 운동원들은 푼돈이나 흑맥주 한두 병의 시시한 보상을 위해 일을 하고, 「어머니」에서 캐슬린 키어니의 아버지는 "매주 어떤 조합에다 약간의 돈을 적립해서 두 딸의 나이가 각각 스물네 살이 되었을 때는 결혼지참금으로 100파운드씩 마련해 주었다." 그럼에도 불구하고 캐슬린의 어머니는 연주회의 관객 부족으로 경영상 주최 측에서 약속을 이행할 능력이 없는데도 자기 딸이 계약대로 8기니를 모두 받아야 한다고 애써 고집한다. 이 모든 것들은 「두 한량」의 금화 한 닢처럼 특이하게 『더블린 사람들』에 유기적 통일성을 부여한다. 그리하여 『더블린 사람들』은 식민 시대의 타락상을 준엄하게 파헤치면서 주종관계에서 비롯되는 기생적(寄生的)인 혐오감을 여실히 보여 준다.

왜냐하면 조이스는 『더블린 사람들』에서 그가 임상적으로 진단하는 인간 불행의 원인들 대부분을 밝혀 내기 때문이다. 문제가 되는 동전은 1파운드짜리 금화로, 이는 왕권, 통치권, 궁극의 권위 등과 관련이 있다. 코얼리와 레너헌은 무가치한 목적을 추구하기 위해 더블린 시내를 이리저리 돌아다니는데, 이때 그들은 아일랜드에서 대영제국의 보루 역할을 하면서 앵글로 아이리시 신교도 지배계층과도 관련이 있는 건물과 거리에 의해 지배되는 공공의 영역을 가로질러 걸어간다. 그들이 도덕적 비열함을 뻔뻔하게 드러낼 때도, 그들을 대표적인 희생자로 만들고 있는 대영제국을 고발이라도 하듯이 조국의 예속과 착취의 상징을 마주하게 되는 것은, 신교도 지배계층의 영향력과 편견의 요새라 할 수 있는 킬데어가(街)에 있는 클럽 밖에서이다.

그들은 낫소가를 따라 걷다가 킬데어가로 접어들었다. 클럽 입구에서 그리 멀지 않은 노상에서 하프 악사가 빙 둘러선 많지 않은 청중들에게 연주해 주고 있었다. 그는 별반 주의를 기울이지 않는 듯 줄을 튕기며, 이따금씩 새로운 사람이 올 때마다 재빨리 힐끗 쳐다보거나 또 가끔 지친 듯이 하늘을 쳐다보기도 했다. 그의 하프 또한 덮개가 무릎 근처까지 흘러내린 것도 의식하지 못한 채 낯선 사람들의 시선이나 주인의 손에 지친 듯이 보였다.

조이스는 이 단락에서 연상되는 것처럼, 아일랜드의 이미지를 부당하게 취급당하는 여성으로 상정함으로써 민족주의 전통과 연계시킨다. 아일랜드의 역사가 만들어낸 비극적인 이야기에는 푸어 올드 우먼, 해그 오브 비어, 캐슬린 니 훌리한 등과 같은 많은 전설상의 인물들이 있는데, 이들은 이미 다양한 민족운동의 현장에서 활약해 오고 있었다. 하지만 이러한 이미지들은 작품 속에서 더욱 타당성을 확보하게 된다. 작품 속에서 남성 공격의 예봉을 견뎌내야 하는 대상은 흔히 여성들이다. 이를 성적(性的)인 차원으로 확장해 보면 제국주의 지배의 도덕적이며 현실적인 등가물이 된다. 이 작품에 실려 있는 열다섯 편의 이야기 중에서 단지 세 편의 이야기에서만 여성이 중심인물로 등장하고, 첫 세 편의 이야기는 모두 어린 소년의 정신적 성장을 다루고 있으며, 「죽은 사람들」에서는 가브리엘 콘로이의 통합적 비전이 작품 전체의 틀 속에서 남성의 관점을 대변하는 듯이 보이지만, 이 무능한 사회 환경의 밀폐된 공간에서 가장 처절하게 희생당하는 것은 여성들이다. "종말에 가서는 광기로 끝나 버린 평범한 자기희생의 일생"을 산 것은 이블린의 어머니였고(어떤 비평가도 이제껏 "쾌락의 종말은 고통이다."라는 유명한 표현이 '여성적 글쓰기'의 비극적인 예로 읽힐 수 있다는 사실을 지적하지 않았다.), 점쾌가 예견한 죽음을 자기도 모르게 기다려야만 하는 것은 마리아였으며, 「가슴 아픈 사건」에서 우발적인 개죽음으로 인해 검시관의 공판 자료가 되고, 언론에 의해 그녀의 술에 취한 비참한 사생활이 침해당한 것은 시니코 부인이었다. 『더블린 사람들』 전반에서 독자들은 여성들이 겪는 고통과 끔찍한 침묵의 현장을 목격할 수 있다. 『더블린 사람들』에 나오는 다음과 같은 표현들은 모두가 그러한 예들이라고 할 수 있다. "요즘 남자들은 모두 입만 살아서 사람을 골려댈 줄만 안단 말이에요." "그는 나 때문에 죽은 것 같아요." "그녀는 성난 돌부처럼 잠시 가만히 서 있다가……." "공원에서 나오자 두 사람은 아무 말 없이 전차 역으로 걸어갔다. 그러나 그곳에서 부인이 어찌나 심하게 몸을 떨기 시작하던지, 또 한 번 자제력을 잃지 않을까 염려되어 그는 재빨리 작별 인사를 하고 그녀 곁을 떠났다." "그녀의 고뇌에 찬 절규가 바다 한가운데서 메아리쳤다. (……) 그녀는 무기력한 짐승처럼 아무런 반응 없이 창백한 얼굴로 그를 바라보았다. 그녀의 눈은 사랑이나 작별 또는 인식의 아무런 표시도 그에게 보여 주지 않았다."

조이스의 더블린에서는 고용의 기회가 남성들보다 여성들에게 훨씬 더 제한되어 있다. 가르치거나 보육하는 일은 거의 모두가 종교인의 영역이다. 기혼 여성은 가게나 숙박업을 운영함으로써 상업 분야에서 발판을 마련하고자 하며, 이러한 사업을 위한 자본은 보통 유산이나 결혼에 의해 충당된다. 결혼이 종종 아주 늦은 나이까지 지연되는 나라에서, 결혼의 기회는 아주 적은 것이 사실이었다. 「하숙집」에서 폴리 무니가 잠시 했던 종류의 점원이나 비서 등의 일자리를 집 밖에서 구하는 것은 어렵기 때문에, 더블린의 풍성한 음악적 생활만이 만족스러운 직업 선택의 실질적인 기회를 제공한다. 플로렌스 L. 월즐이 지적했듯이, 『더블린 사람들』은 "모든 연령층과 재능을 가진 음악가들로 가득하다." 따라서 「죽은 사람들」에서 모컨 자매와 메리 제인이 음악계에서 일함으로써 생계를 꾸려가고, 「어머니」에서 키어니 부인이 음악을 하는 자기 딸의 출세를 위해 천박하리만큼 야심이 가득한 것도 전혀 놀라운 일이 아니다. 정말이지 더블린의 음악적 활력이야말로 조이스가 어느 정도 인정하고 싶었던 시민 생활의 일부라고 할 수 있다. 「위원실의 담쟁이 날」에서는 더블린의 정치가, 「자매」와 「은총」에서는 더블린의 종교가 똑같이 경멸적으로 다루어졌지만, 적어도 더블린의 음악적 열정은 감상적인 매력과 품위를 지닌 것으로 취급되었다. 그러나 이 우울한 도시에서는 음악조차도 새로운 민족주의라는 함의(含意)에 의해 절충되는데, 이는 「어머니」에서 분명히 알 수 있는 것처럼, 조이스가 그의 『더블린 사람들』에서 조급하게 다루고 싶었던 더 큰 차원의 풍자적 목적 때문이었다고 할 수 있다.

모든 아일랜드 남성들과 여성들이 조이스가 그의 『더블린 사람들』에서 상세히 기록한 폐쇄적인 무기력증과 식민국의 종속 상태에 순순히 따른 것은 아니었다. 사실 『더블린 사람들』에 나오는 이야기들의 배경을 이루는 시기에 두 개의 움직임이 정치적, 문화적 노력을 통해 아일랜드의 상황을 호전시켜 보고자 하는 사람들을 규합하고 있었다. 그중 하나는 '아이리시 아일랜드 운동'으로서, 정치적으로는 아일랜드의 자치에 대한 이상을 실현하기 위해 1900년에 아더 그리피스에 의해 창설된 '게일 연합'이고, 문화적으로는 토착문화운동과 모국어 부활운동을 통해 민족적 자부심을 되찾기 위해 1893년에 창립된 '게일 연맹'이 있다. 또 하나는 1880년대부터 시작된 아일랜드 문예부흥운동으로서, 이는 W. B. 예이츠, 그레고리 부인, 그리고 그들의 동료 문인들이 주도했다. 그들은 영문학을 통해 고대 켈트의 정신문화를 발굴·부활·재현함으로써 척박한 문화 풍토를 개선하고 사라진 민족정기와 민족적 자부심을 되찾고자 했다.

'아이리시 아일랜드 운동'이 새로운 정치 세력으로 등장하는 것에 대해 조이스는 1906년에 동생 스태니슬라우스에게 다음과 같은 편지를 썼다. "너는 아일랜드에서 의회 운동을 대신할 것이 무엇이면 좋겠느냐고 묻는데, 나는 신페인 정책이 더욱 효과가 있을 것으로 생각한다." 하지만 조이스는 다음과 같이 덧붙였다. "아이리시 아일랜드 운동이 게일어를 고집하지 않는다면 나는 나 자신을 민족주의자라고 부를 수 있다고 생각한다. 하지만 나 자신은 국외자의 신분에 만족한다. 아니, 길게 보면 추방된 사람이 더 어울릴지도 모른다."(『서간집』, 2권, 187쪽) 조이스는 자치당의 의회 전술과 상치되는 신페인당의 불개입 정책(『더블린 사람들』에서 볼 수 있는 많은 사건들과 동시에 진척되었다.)을 암묵적으로 인정했지만, 그리피스의 매력적이지 못한 정치적 성향에 오랫동안 관심을 둔 것 같지는 않다. 신페인당의 보호주의 경제이론과 의회의 불개입 정책은 조이스의 민족주의 운동과 맥을 같이하는 부분도 있었지만, 대륙의 경험, 특히 이탈리아 생활을 통해 계급정치 의식에 흠뻑 젖은 작가 조이스에게는 그리피스의 사회의식 부재가 큰 결점으로 여겨졌다. 또한 세계주의를 표방하는 조이스로서는 그리피스의 반유대주의 외국인 혐오증은 참을 수 없는 것이었다. 그는 그리피스가 발행하는 신문인 《신페인》에서 독소적인 내용을 발견하고 다음처럼 썼다. "내가 그리피스의 신문에 실린 대부분의 내용을 반대하는 이유는, 그것이 아일랜드의 민중들에게 케케묵은 민족적 증오심을 가르치기 때문이다. 하지만 아일랜드 문제가 존재한다면, 그것은 주로 아일랜드의 프롤레타리아 계급을 위해 존재한다는 사실을 누구든지 알아야 한다."(『서간집』, 2권, 167쪽) 따라서 『더블린 사람들』은 그리피스가 그의 독자들을 부추기는 아이리시 아일랜드의 문화적 프로그램을 별로 이용하지 않는다. 조이스는 「죽은 사람들」에서 아일랜드의 모국어를 되살리고자 하는 노력을 아이버즈 양을 통해 건성으로 다루었다. 그녀는 청교도다운 열정으로 모국어의 부활에 대해 요염하게 항변하지만, 결국 문제만 야기시킬 뿐 진의(眞意)가 전혀 없다. 마찬가지로 「어머니」에서 캐슬린 키어니 양과 그녀의 어머니가 이용하려 하는 음악에 대한 기회는 조이스의 경멸만 자초할 뿐이다. "곧 캐슬린 키어니 양의 이름이 사람들의 입에 자주 오르내리기 시작했다. 그녀는 음악적 재능이 뛰어났으며 예의도 발라서 국어(國語)운동 신봉자라는 평판이 나 있었다. 키어니 부인은 이에 매우 흡족해했다."

이처럼 조이스는 그리피스와 아이리시 아일랜드 운동이 의도적으로 추진하던 게일 문화운동을 의미 있는 것으로 여기지 않았다. 그러나 이는 조이스가 게일 문화운동 분야에서 이들과 경쟁을 벌이는 사람들(아일랜드 문예부흥운동과 관련이 있는 작가나 사상가)의 활동을 크게 존중했기 때문은 아니었다. 사실 조이스는 예이츠나 싱의 작품이 아일랜드 문예극장에서 공연될 때, 외국인을 혐오하고 저돌적이면서도 엄한 토착문화운동을 벌이는 골수 아이리시 아일랜드 운동원들의 반대에 부딪히자 이들을 옹호하기도 했다. 조이스는 예이츠의 천재성을 인정하기는 했지만, 아일랜드의 토양과 접촉을 시도하고 켈트의 과거 영웅시대를 이상화하는 데서 예술적 천직을 찾으려는 선배의 방식은 마음에 들지 않았다. 왜냐하면 그는 입센을 추종하는 철저한 사실주의자였기 때문이다. 조이스는 "고대 이집트와 마찬가지로 고대 아일랜드는 죽었으며, 이미 장송곡은 울려 퍼졌고, 비석에는 봉인이 찍힌 것"이라고 주장했다. 『율리시스』의 '텔레마커스' 에피소드에서 스티븐 디덜러스의 마음속에 예이츠의 시「누가 퍼거스와 동행하는가?」가 메아리치는 것은 사실이지만, 조이스는 이른바 '켈트의 황혼파 시인들'에게서 매력을 느끼지 못했다. 이들은 재능이 별로 신통치 않을 뿐만 아니라 예이츠를 모방하여 시를 쓰는 사람들로서, 켈트풍의 몽환적이며 병적인 정서를 시로써 표현했다. 「작은 구름 한 점」에서 꼬마 챈들러는 마음속으로 자신이 '켈트의 황혼파'의 일원이라고 상상한다. 하지만 그가 온갖 물질적인 성공에만 집착한다는 사실은 조이스가 '켈트의 황혼파'를 기회주의자에 예술적인 성실성이 결여된 사람들로 생각하고 있음을 보여 준다. 그것은 특히 영국에서 문학적인 성공을 용이하게 하기 위한 수단이었다. 사실 이 이야기에서 꼬마 챈들러의 초상(肖像)은 문예부흥운동에 대한 풍자적 논평으로 읽을 수 있다. 왜냐하면 "아마 영국의 비평가들은 그의 시에 담긴 음울한 음조의 특징을 들어 그를 켈트파의 한 사람으로 여길지도" 모르는 것처럼, 장차 시인이 되려는 꿈에 집착하는 꼬마 챈들러가 그의 옛 친구 이그너티우스 갤러허를 만나기 위해 콜리스 식당으로 걸어갈 때, 필립 헤링이 최근에 지적한 것처럼, 자기가 살고 있는 도시 생활과 진정한 접촉을 시도하지 못하기 때문이다. 그는 지저분하고 비참한 더블린 생활에 갇힌 나머지 문학적인 방식이나 짐짓 태도에서 그저 '슬플' 뿐이다. "꼬마 챈들러에게 그들은 안중에도 없었다. 그는 조무래기 벌레 같은 무리들 사이를 교묘하게 빠져 나"왔다. 앞으로 그가 시를 쓸 경우 영국의 비평가들이 호평을 해줄 것이라는 상상에 빠져 있는 꼬마 챈들러는—"난생처음으로 자신이 거리를 지나가는 사람들보다 잘났다고 생각했다. (……) 그의 영혼은 케이펄가(街)가 따분하고 우아하지 못한 것에 대해 반감을 느꼈다."—젊은 조이스가 이해하는 것처럼, 문예부흥운동의 예술적 충동을 통렬히 비난하고 있는 것이다. 그런데 문예부흥운동에 대한 예술적 충동은 여기에서 충격적일 정도로 이해하기 어렵고, 생색을 부리며, 이기적인 것으로 묘사되었다.

아이리시 아일랜드 몽상가들, 문예부흥운동의 전도사들, 그리고 조이스 자신은 그들의 차이가 무엇이든 간에 한 가지 중요한 공통점을 지녔다. 그것은 아일랜드가 불행한 원인이 영국의 식민통치 때문이라는 믿음이다. 사실 평화주의자이자 거의 평생을 국외자로 살았던 조이스는 강대국 영국에게 당하는 아일랜드의 문제를 아주 간결하게 다루었는데, 이 점에 대해서는 초민족주의자라 하더라도 다음보다 더 신랄하게는 표현하지 못할 것이다. "영국은 내분을 부추기고 보물을 빼앗아간다." 그러나 조이스는 다수의 아일랜드 민족주의자들(종류와 정도가 어떠하든 간에)과는 다르게 아일랜드에서의 다른 세력, 즉 로마 가톨릭에 대한 판단과 평가에 있어서는 옳고 솔직했다. 조이스는 로마 가톨릭에 대해 이의를 제기하는 사람이 없기 때문에 그 종교가 아일랜드에서 무소불위의 권력을 행사함으로써 사회를 무기력하게 만든다고 생각했다. 아이리시 아일랜드 운동의 구성원들은 맹목적인 국수주의(손쉽게 정치 슬로건의 역할을 할 수 있는 신부들의 믿음)를 표방하는 골수 가톨릭교도들이었다. 배경에 있어서는 대부분이 개신교이고, 기질에 있어서는 불가지론자이며 중립적인(때때로 명목상의 반가톨릭주의자) 문예부흥운동 작가들은 너무 노골적으로 반교권주의를 표방함으로써 그들이 영향을 미치고자 하는 다수를 소외시키지 않기 위해 조심해야 했다. 신부(神父)들의 믿음에 대해서 애국적인 고려나 전략적인 고려를 전혀 하지 않을 뿐만 아니라, 화를 내지 못할 정도로 소심하거나 신중하지 않았기 때문에 조이스는 종교 문제에 대해 다음과 같이 매우 솔직하고 단호하게 표현했다. "로마의 폭정이 우리 영혼의 궁전을 점령하고 있는데, 영국의 폭정을 비난하는 것이 무슨 득이 있겠는가?"

『더블린 사람들』은 교회에 관한 책이다. 매 이야기에서 독자들은 교회 건물, 교회 제도, 종교 의식과 전통, 종교적 축일(祝日), 종교적 태도와 교리(敎理), 교리문답 등을 접하게 된다. 「가슴 아픈 사건」에서는 무신론자인 더피 씨의 서가(書架)에서조차 교리문답서를 발견할 수 있다. 첫 번째 이야기인 「자매」와 마지막 이야기가 될 뻔했던 「은총」(「죽은 사람들」은 1907년에 완성되어 추가되었다.) 역시 종교 문제를 주제로 다루면서, 아일랜드 성직자들의 부정적인 면모를 해부한다. 성직의 문제를 부정적으로 다루는 이 두 이야기 중에서 「은총」이 보다 노골적인 풍자적 색채를 띤다. 「은총」에서는 교활하게 즐기는 가운데 주제가 전개된다. 이 이야기에서 묘사되는 사제의 초상(肖像)은 과도한 자기만족에 의해 타락한 나머지 스스로의 입으로 저주를 퍼붓는 모습이다. 「은총」에서 퍼던 신부는 상식을 벗어난 인물로 묘사되며, 어찌할 수 없는 그의 영적인 무지에는 섬뜩한 면이 있는 것도 사실이다. 그러나 모든 풍자가 그렇듯이, 희생자를 까발리는 것을 너무 좋아하다 보면 작품 자체의 도덕적인 힘을 훼손할 위험의 소지가 있다. 전반적으로 볼 때 이보다 풍자적인 성격이 덜한 「자매」는 작품의 분위기, 구문과 언어의 생략이 음산하면서도 신비롭게 통제되어 있기 때문에 독자들은 나약한 사제의 타락한 이미지를 쉽게 이해할 수 있다.

플린 신부는 중풍환자로서, 그의 과거사에는 무언가 말 못 할 수치스러운 일이 숨겨져 있다. 『더블린 사람들』의 맨 처음에 등장하는(혹은 관 속에 누워 있는) 그는 작품 전체에 억압적인 그림자를 던지는 유해한 존재로 보인다. 독자들은 가톨릭이 더블린 사람들의 삶 전반에 미치는 영향력의 조짐이 보일 때마다 조이스가 불쾌하게 창안해 낸 그의 존재를 상기하게 된다. 더블린의 사회적, 문화적 지리를 빈틈없이 다룬 사실주의 텍스트라 할 수 있는 『더블린 사람들』에는 또한 대표적인 역할을 수행하는 등장인물들이 여기저기 등장한다. 아이버즈 양은 아이리시 아일랜드 운동의 대변자로, 꼬마 챈들러는 아일랜드 문예부흥운동의 전형적인 삼류 시인이자 아일랜드 하프의 상징으로, 플린 신부는 타락한 신부로 등장한다. 플린 신부는 작품의 서두부터 대표적인 등장인물들이 연기할 수 있는 사회적 무대 역할을 하는 것처럼 보인다. 사실 조이스는 그랜트 리처즈에게 보낸 유명한 편지에서 자기 작품을 상징적으로 읽어줄 것을 권했다. 그는 『더블린 사람들』의 집필 목적에 대해 다음처럼 썼다.

> 나의 의도는 조국의 도덕사의 한 장(章)을 쓰는 것이었으며, 나는 더블린을 마비의 중심지로 보았기 때문에 이 도시를 이야기의 배경으로 택했다. 나는 무관심한 대중에게 다음과 같은 네 단계로 그 도시를 제시하려고 애썼다. 즉 유년기, 청년기, 장년기, 그리고 대중 생활이 그것이다. 작품 속의 이야기들은 이러한 순서로 배열되었다. (『서간집』, 2권, 134쪽)

'성직 매매', '마비', '그노몬' 등과 같은 단어들의 성찰로부터 시작되는 「자매」 이야기에서 플린 신부는 쇠약한 상태에 처해 있다. 몇몇 비평가들은 이러한 상태를 매독의 마지막 단계를 특징짓는 광기의 총체적인 마비와 동일시한 바 있다. 따라서 이 편지 내용에 비추어 볼 때 플린 신부는 작품 전반에서 상징성을 지닌 중심인물의 역할을 한다. 이 편지 인용문은 또한 비평가들이 『더블린 사람들』을 개별 작품의 연속으로 읽지 말고, 복잡한 구조를 지닌 하나의 작품으로 읽어줄 것을 권한다.

많은 비평가들은 『더블린 사람들』을 『오디세이』나 『햄릿』에 버금갈 만한 『율리시스』를 쓴 대가의 습작으로 읽으려는 경향이 있다. 그러나 이 편지(『더블린 사람들』이 총체적인 것으로 구성되었다는 사실을 알리는)는 조이스가 『더블린 사람들』에서 그의 후기 작품에서 철저하게 사용할 방법을 이미 선보였다는 사실을 비평가들에게 암시해 준다. 그리고 조이스의 동생 스태니슬라우스의 암시 또한 이와 같은 작품 해석에 추가 근거를 제공한다. 1941년에 스태니슬라우스는 「은총」이 삼위일체 구조로 된 단테의 『신곡』에 기초한다는 정보를 흘린 바 있다. 즉 지옥의 상징인 술집으로부터 회복의 과정인 연옥을 거쳐 가디너가(街)에 있는 천국으로의 여정이 그러하다는 것이다. 이에 대해 1946년에 조이스 연구의 권위자인 스튜어트 길버트는 다음과 같이 부연 설명한 바 있다. "조이스는 「은총」에서 계시적인 배경을 전적으로 현대적인 모티프와 결합하는 기술을 사용했다." 이에 더 나아가서 스태니슬라우스는 1954년 BBC 방송에서 이 이야기의 구조가 단테의 『신곡』과 유사하다는 것을 재확인한 바 있다. 또한 스태니슬라우스는 그의 형이, 초기 비평가들의 주장처럼 「진흙」에서 마리아를 축소된 자아뿐만 아니라 마녀와 성모 마리아의 상징으로 등장시켰다는 주장을 강하게 부정했는데, 비평가들이 이보다는 스태니슬라우스가 재확인한 내용에 더 관심을 기울였다는 것은 의미심장하다. "나의 형은 「진흙」을 쓸 때 그러한 기교를 염두에 두지 않았음을 장담할 수 있다."라고 스태니슬라우스는 말했다. 조이스의 『더블린 사람들』에는 세부적인 것에 대한 사실적인 묘사, 등장인물들의 교묘한 대화, 사회·문화적 인유(引喩) 등이 풍부하지만, 비평가들은 이러한 표면구조를 애써 무시하면서 상징의 정확한 해석에만 많은 노력을 기울여 왔다. 치밀하게 계산된 작가의 의도에 따라 정교하게 구성된 작품을 이런 방식으로 연구하면 자칫 작품의 의미가 훼손될 수 있다. 물론 『더블린 사람들』은 철저한 사실주의에 바탕을 두고 있지만, 복잡한 구성이나 상징성이 부재한 것은 아니다. 그러나 이러한 기교에만 관심을 둘 경우, 개별적인 이야기들을 단순한 담론의 수준으로 격하시켜 조이스의 진면목을 제대로 음미하지 못할 가능성이 있다.

조이스는 입센의 문하생임을 자처했지만, 프랑스의 상징주의 시인들에게도 관심을 가졌다. 그는 아더 시몬즈의 『문학에서의 상징주의운동』(1899)이라는 책을 통해 그들의 작품과 문학운동을 알게 되었다. 그러나 조이스가 그들의 상징주의운동에서 취한 것은 동일 국적의 문학 선배인 예이츠(시몬즈가 책을 헌사한 사람)가 취한 것과는 사뭇 달랐다. 예이츠에게 상징이란 물질세계 저편에 존재하는 초월적인 실체를 드러내기 위해 가시적인 세계의 떨리는 베일을 걷어내는 수단이었다. 따라서 예이츠는 상징을 "비가시적인 본질을 표현해 줄 수 있는 유일한 수단이자, 초월적인 불길을 밝혀 주는 투명한 램프."로 정의했다. 조이스에게 상징은 본질적이거나 성스러운 것이 아니었으며, 명확한 진리에 도달할 수 있는 수단도 아니었다.(상징을 해석하려는 사람들은 조이스 상징의 절묘한 불확정성과 세속성을 이해하지 못하고 예이츠의 실재와 초월의 세계에만 관심을 갖는 우를 곧잘 범한다.) 조이스의 글쓰기에서 상징의 힘은, 독자에게 무언가를 강요하는 권위적인 실체이거나 명확한 의도가 아니라, 일종의 계시나 현현(顯現)처럼, 기분이나 심리 또는 어떤 계기에 대한 도덕적인 의미를 환기시켜 주는 능력이다. 조이스는 향후 『더블린 사람들』이 될 작품을 집필하면서 1904년 친구에게 보낸 편지에서, "나는 일련의 에피파니(현현)를 쓰고 있다. (……) 더블린의 마비된 영혼을 보여 주는 것이 그 목적이다."(『서간집』, 55쪽)라고 썼다. 에피파니(epicleti)라는 용어는 그리스 정교의 성찬식에서 유래하며, 미사의 성찬식에서 빵과 포도주가 성령에 의해 예수의 육신과 피로 변화되는 순간을 지칭한다. 이 성스러운 순간에 빵과 포도주의 일상적인 실체는 영적인 의미로 충만된다. 조이스는 『더블린 사람들』의 집필 의도를 설명하기 위해 이 용어를 사용했고, 또한 이 작품과 동시에 쓰인 『주인공 스티븐』에서도 이 신학적인 용어를 유사하게 사용했기 때문에, 주석가들이 이 점을 중시하는 것도 놀라운 일이 아니다. 조이스는 이 작품에서 그가 생각하는 예술가의 직분을 설명하기 위해 현현(글자의 뜻 그대로는 현현이나, 신학적으로는 예수가 동방박사들에게 자신의 신성(神性)을 현시(顯示)한 것을 기념하는 축연(祝宴))이라는 개념을 사용했다.

에피파니란 그에게 있어서 말씨나 몸짓의 비속성 혹은 정신 그 자체의 기억할 만한 국면에 있어서 갑작스러운 정신적 계시를 의미했다. 그는 대단히 주의 깊게 이러한 에피파니, 즉 정신적 계시를 기록하는 것이 문학가의 임무임을 믿었다. 그것들 자체가 가장 섬세하고 순간적이라는 것을 알아차리면서…….
……먼저 우리는 사물이 하나의 완전한 결합체임을 인식하고, 다음에 그것의 조직적인 구조, 즉 그 실체를 인식한다. 마지막으로, 각 부분의 상관관계가 교묘할 때, 즉 그 부분들이 특수한 것과 조화를 이룰 때, 우리들은 그 사물의 본질을 인식한다. 그 사물의 혼, 즉 그 본질이 의상을 걸친 그것의 외형으로부터 우리들에게 현시된다. 가장 평범한 사물의 혼, 그것의 구조가 참으로 잘 조화된 그 혼이 우리들에게 빛을 발하는 듯이 보인다. 그리하여 그 사물이 그것의 에피파니를 이루게 된다.

그러나 비평가들은 이 점에서 조이스의 말을 항상 액면 그대로 받아들이려 하지 않았고, "에피파니는 어떤 것의 상징이 아니라 사물이나 사람의 독특한 특성에 관한 이해로 보는 주장보다 단호한 주장이 있을 수 없다."라는 C. H. 피크의 평가도 종종 받아들이지 않았다. 『더블린 사람들』에서는 방, 펍, 거리, 교회,

도시 풍경들이 상세하게 묘사되고 있으며, 대화의 흐름이나 등장인물들의 순간적인 제스처도 빈틈없이 포착되는데, 이는 이러한 것들이 추상, 개념, 역사적·신화적 유사물, 사고(思考) 체계, 심지어 초월적 진실과 관련된 복잡한 과정 속에서 읽힐 수 있기 때문이 아니다. 이는 오히려 시공의 제약을 받는 실체에서만 심리적, 사회적, 문화적, 도덕적 본질이 모습을 드러내기 때문이다. 물론 이는 더블린처럼 역사와 경험이 가득한 도시의 세세한 삶들이 아일랜드나 유럽의 과거 혹은 신화나 전설에서 유사한 상황에 대한 암시나 관련성을 지니지 않기 때문이 아니다. 또한 더블린이라는 축소된 사회가 이 작품에 도덕적인 힘을 부여하고 의미를 강화하기에는 너무나 일반적인 암시를 지니고 있기 때문도 아니다. 하지만 주로 작품의 의미가 도출되는 것은 개별적인 이야기나 작품 전반에서 이러한 것들이 만들어내는 작품의 섬세함과 복잡한 구조에서이다. 따라서 이 작품을 여타의 문학작품처럼 읽으려 한다면 이 텍스트가 지니는 정교한 특수성(정밀하게 기록된 "가장 정교하고 사라져가는 순간들"과 의미가 분리될 수 없는 텍스트)을 간과할 소지가 있다.

『더블린 사람들』의 예술적 가치는 조이스가 사실주의자의 시각으로 사실 덩어리를 다루었다는 데 있지 않고, 상징주의 전략을 구사하여 세상에 대한 광휘로운 진리를 전달하는 데 있다. 예술가의 임무는 독자들이 그들에게 가능한 의미를 발견할 수 있도록 문맥 속에 에피파니의 순간을 짜 넣음으로써 현시의 기회를 부여하는 것이라고 조이스는 믿었다. 『주인공 스티븐』에서 스티븐은 다음과 같이 주장한다. "결정적인 상황의 그물로부터 이미지의 절묘한 혼을 정확히 풀어내어, 예술가가 선택한 예술적 상황에서 그것을 정확하게 재구현하는 사람이 최고의 예술가이다." 『더블린 사람들』에서 조이스는 더블린 시 전반에 관한 자신의 해석적 진술을 담기 위해, 서로 간에 상호작용할 수 있는 맥락에서 그가 친숙하게 알고 있는 더블린 생활의 세세한 면면을 재구현하고자 했다. 따라서 『더블린 사람들』에 나오는 에피파니의 세부 요소들은 스스로 진실을 드러내는 동시에 역사적 메아리, 문화적 연상, 신화적 유사물들이 제공하는 의미도 함유하게 된다.

그러므로 『더블린 사람들』은 개인적, 사회적 마비를 드러내려는 작가의 의도와 연관된 특정 장소에 대한 일련의 스케치 이상의 의미를 지닌다. 또한 이 작품은, 많은 비평가들의 지적처럼 주제가 반복, 병렬, 재진술되는 복잡한 구조를 이루고 있다. 이 구조 속에서 세세한 일이나, 사건, 이미지들이 함께 결합되어 수도(首都) 더블린에서 삶의 비전을 만들어내며, 이는 전체적으로 아일랜드의 정신적 조건에 대한 일종의 메타포 역할을 한다. 브루스터 기젤린이 그의 에세이에서 지적했듯이, 이 이야기들 속에는 동쪽으로의 도피라는 주제가 관통하고 있다. 또한 육체, 정서, 의지의 마비로 인해 행복한 결말이 성취되지 못하는데, 플린 신부가 겪는 고통이 하나의 예시 역할을 하는 것처럼 보인다. 「이블린」의 마지막에서 이블린은 꼼짝달싹하지 못할 운명에 처하고, 「가슴 아픈 사건」의 끝 부분에서 더피 씨는 침묵과 고독에 젖어 나무 밑에 멈춰 서 있으며, 「죽은 사람들」에서 눈 덮인 동상은 가브리엘 콘로이의 메마른 정서적 삶의 등가물 역할을 한다. 이들 모두는 특정 운명의 예 이상으로 보일지 모르지만, 사실은 만연하는 불안의 상징일 뿐이다. 또한 직장의 지배적인 색깔, 도처에서 볼 수 있는 건물의 갈색 벽돌, 밀폐된 방의 그림자, 많은 이야기들에서 하루의 끝이나 밤에 스며드는 어둠 등은,

「두 한량」의 끝에서 금화를 비추는 램프의 불빛처럼, 어두운 이야기들을 관통하는 작은 빛이 얼마나 노골적이며 잔인할 정도로 계시적인가를 보여 준다. 또한 「두 한량」에서 매우 충격적으로 조명되는 동전은, 거짓, 실망, 회피, 좌절 등에 의해서 곡해되고 왜곡된 경제적, 개인적 관계를 다루는 이 작품에서 동전들이 얼마나 자주 물질적인 표상으로 이용되는지를 독자들에게 상기시켜 준다. 따라서 이와 같은 애처로운 동전의 교환은 부식되어 가는 영적인 폐용(廢用)에 대응하는 역할을 한다. 먹고 마시는 것 또한 상징적인 경제에서 제 역할을 수행하면서, 기독교 교회의 축연(祝宴), 친교, 성찬식을 풍자할 때도 있고 그렇지 않을 때도 있다.(몇몇 비평가들은 풍자한다고 주장한다.) 하지만 『더블린 사람들』의 배경이 되는 사회보다 풍요로운 사회에서 상징적인 행위로서 식사가 의미하는 창조적인 여흥은 확실히 결여되어 있다. 단지 「경주가 끝난 뒤」에서만 '멋진' 식사가 등장하는데, 여기에서 '멋진' 이라는 단어는 이 이야기의 절정에서 퇴폐와 어리석음만을 부각시키는 것처럼 보인다. 『더블린 사람들』의 도처에서 등장인물들은 적은 양의 셰리주를 마시고, 한 접시의 완두콩과 진저 에일을 게걸스럽게 소비하며, 더피 씨는 혼자서 식사를 하고, 술은 항상 분위기를 진정시키거나 고조시키기 위해 권해진다. 따라서 「죽은 사람들」에서 펼쳐지는 디킨스풍의 호화로운 크리스마스 자선 파티는 이전 이야기에서 있었던 인색하고 시시한 식사를 비판하는 역할을 한다. 「하숙집」에서 아침 식사가 끝나자 "빵 부스러기를 모은 뒤 설탕과 버터를 찬장에 넣고 열쇠로 단단히 잠그"며, 「두 한량」에서 레너헌의 "유일하고 독특하고, (……) 보기 드물게 훌륭해." "정말 끝내주는데."의 표현들, 「분풀이」에서 패링턴이 흑맥주와 캐러웨이 열매를 "단숨에 들이" 킨다든지, 「작은 구름 한 점」에서 갤러허가 결혼 관계를 미각의 메타포로 조잡스럽게 비유하는 것("술이 좀 김이 빠진 것 같군그래.")들이 그러한 예라고 할 수 있다.

이렇게 『더블린 사람들』의 세세한 것들은 복잡한 캔버스에서의 붓놀림처럼 마비의 힘에 속박된 사회에 대한 확고한 인상을 만들어내는 역할을 한다. 우리가 텍스트에서 부수적인 것으로 치부할 수 있는 광범위한 색채의 덩어리들 역시 작품의 유기적 구성에 기여하여, 작품의 개괄적인 윤곽과 작품 내부의 구조적 리듬을 만들어낸다. 어떤 사람이 지적한 바와 같이, 이 작품에는 작품성을 전혀 훼손하지 않고 제목을 바꾸는 것이 가능한 두 개의 이야기가 들어 있다.(「자매」는 죽은 플린 신부를 불러내고, 「죽은 사람들」은 자매의 이중창(二重唱)을 다룬다.) 이 이야기들 사이에서 「작은 구름 한 점」과 「분풀이」는 유사성과 대조의 형식을 보여 준다.(이 두 이야기에서 약자와 강자는 대조적인 반응을 보이지만, 똑같이 무기력 상태로 집 안에서 사건을 매듭짓는다.) 병렬 구조는 「이블린」과 「가슴 아픈 사건」에서 볼 수 있는데, 이들 두 이야기에서는 신경쇠약이 말미에 주인공들을 파괴적인 극기(克己)의 상태로 몰아넣는다. 「애러비」에서 좌절을 맛본 소년은 「진흙」에서 아이의 형상을 한 마리아의 분신(分身)으로 파트너를 찾게 된다.(두 이야기의 종말에서 두 주인공들이 실망을 경험하는 동안.) 「두 한량」에서 젊은 여성은 제비족에게 이용당하고, 「하숙집」에서 젊은이는 여성의 간계에 놀아나는 희생자가 된다. 『더블린 사람들』에는 농축된 의미와 조이스의 비전에 대한 기본적인 인식이 내재해 있어서, 독자들은 이야기가 유년기, 청년기, 장년기, 대중 생활의 단계를 거치는 동안 이를 확인할 수 있는 안목을 갖추게 된다.

1914년에 출판된 『더블린 사람들』은 매우 복잡하고 전략적인 작품이다. 이 작품은 표면적으로는 리얼리즘의 색채를 띠고 있지만, 세부 묘사나 구성의 틀에 있어서는 복잡한 상징주의적 수법이 총동원되었다. 이 작품이 작가의 모국인 아일랜드의 문명의 흐름에 어떤 영향을 미쳤는지는 모르지만, 분명한 것은 현대 산문소설사의 새 장을 열었다는 것이다. 왜냐하면 조이스는 그의 『더블린 사람들』에서, 19세기 후반에 영어 산문소설에서 이룩된 성과들을 실험적인 소설을 쓰면서 작가로서 성장을 도모할 수 있는 도구로 활용했기 때문이다. 이렇게 함으로써 그는 뛰어난 경제성과 무한한 함의를 담아낼 수 있는 예술형식으로서 단편소설의 문학적 진가를 입증했다.

　1904년에 조지 러셀이 젊은 조이스에게 《아이리시 홈스테드》에 몇 편의 이야기를 기고함으로써 돈을 좀 벌 수 있다고 언급한 것은, 당시 영국 제도(諸島)에 존재하는 문학 시장의 두드러진 특징을 지적하고 싶어서였다. 당시에 영국과 아일랜드에서 늘어나는 식자층(종종 교육을 제대로 받지 못한)은 온갖 종류의 잡지와 신문을 갈구했다. 또한 상업성을 띤 출판업자들은 이들의 새로운 욕구를 충족시켜 주고자 했다. 그들은 종종 짧은 이야기, 스케치, 장소나 인물에 대한 단상, 일과 후 저녁에 한두 시간을 보낼 수 있는 소일거리, 교외로부터 도시까지 기차 여행을 할 때 생기를 불어넣어 줄 수 있는 내용 등을 담아서 잡지나 신문을 발행했다. 대중성 면에서 보자면, 명탐정 셜록 홈스가 등장하는 코난 도일의 작품들이 《스트랜드 매거진》에 실려서 엄청난 성공을 거두었다. 여타의 잡지들은 감각적인 자극, 모험담, 제국주의적인 업적이나 용기(키플링의 이야기들처럼 이들은 기껏해야 특수한 예술성만을 부각시켰다.) 등이 담긴 이야기를 갈망하는 독자층의 욕구를 충족시키고자 했다. 진지한 에세이나 많은 에피소드로 구성된 연재소설과 함께 훌륭한 빅토리아시대 논평들(《콘힐》,《프레이저즈 매거진》)의 전성기는 이미 지나갔다. 진지한 소설 분야는 보다 짧고 대중성이 높은 글쓰기 형식에 자리를 내주었다. 이들은 종종 독자들의 욕구를 충족시키는 데 급급한 나머지 체통을 지켰던 교양 있는 선임자들의 권위는 부재하기 일쑤였다. 그러나 몇몇 저널들은 교양 있는 고풍스러운 방식을 추구함으로써가 아니라 의도적으로 실험을 감행함으로써 이러한 흐름에 대항코자 했다. 《옐로 북》에 실린 도시에서의 소외와 개인의 내면세계를 다룬 심리적 스케치가 유행을 주도했고, 1890년대에는 짧은 산문들이 『키노츠』나 『모노크롬즈』 같은 책에 수록되어 결실을 맺었다. 단편소설의 적법성에 관한 문제는 문학성이 좀 더 강한 정기간행물에서 토론의 주제가 되었다. 예를 들자면, 1898년에 헨리 제임스는 《포트나이틀리 리뷰》에서, 단편소설이 "최근 들어 거의 과도한 학위논문의 대상이 되다시피 했다."고 주장하면서, 소설에서 간결성이 주는 효과에 대한 논쟁에서 다음과 같이 자신의 목소리를 더했다.

엄정한 간결성이 가져다주는 두 가지 두드러진 효과가 있습니다. 그런데 이 둘은 더 큰 캔버스를 요구하는 것처럼, 성취되지 못하고 남겨진 많은 것들을 잘 보충해 줍니다. 우리가 아주 친숙하게 잘 알고 있는 한 가지 효과는, 권총 소리처럼 명료하게, 홀로 동떨어져서 뚜렷하게 존재하는 사건이 주는 효과입니다. 이보다 드물게 발생하는 다른 한 가지 효과는, 복잡하고 계속되는 것을 단일한 관점으로 일반화, 단순화하고 축소시킴으로써 유발되는 인상, 그것이 가져다주는 효과입니다.

조이스는 학창 시절부터 1890년대의 성숙된 문학적 취향을 익히 알고 있었던 것처럼 보인다. 그의 동생 스태니슬라우스에 의하면, 조이스는 벨비디어 대학에서 마지막 학년에 일련의 스케치를 쓰기 시작했고, 이들을 아주 멋지게 『실루엣스』라고 이름 지었다. 또한 그는 스태니슬라우스의 설명대로 《옐로 북》이나 《사보이 매거진》에서 접할지도 모를 소품문(小品文)도 쓰기 시작했다. 이는 결국 스태니슬라우스가 인정하고 기대한 것처럼, "『더블린 사람들』의 첫 세 이야기의 전조(前兆)가 됐고, (……) 화자가 어둠이 깔린 뒤에 지나가는 일련의 초라한 작은 집들의 묘사"를 볼 수 있게 해주었다.

현대의 단편소설 논평가들은 제임스가 《포트나이틀리 리뷰》에서 언급한 기술적인 문제에 관심을 가졌을 뿐만 아니라 주제의 문제 역시 제기했다. 일상적인 보통의 삶이 적절한 주제로 여겨졌다. 정말로 헨리 제임스는 19세기 말을 "옛 생각(작가가 자신의 특성을 살리기 위해서는 원래의 토양으로부터 수액을 끄집어내야 한다는 생각)을 성찰할 수 있는 시기의 출현"으로 보았다. 그러나 짧은 산문 스케치와 이야기 모음에 관해 이 이론을 가장 명확하게 피력한 사람은, 제임스의 동료 미국인이자 단편소설 및 소설 작가였던 브렛 하트(조이스는 하트의 소설 『가브리엘 콘로이』로부터 「죽은 사람들」에 나오는 주인공의 이름과 일반적인 눈[雪]에 관한 이미저리를 가져왔다.)였다. 그는 자기의 모국인 미국에서 단편소설이 부상하는 것에 대해 다음처럼 썼다.

> 그러므로 미국 단편소설의 비결은 다음과 같이 특징적인 미국 생활을 다루는 것이라는 점은 분명해 보이는 것 같다. 미국 생활의 특수성에 관한 완벽한 지식을 갖출 것, 미국적인 방법으로 다

룰 것, 관례적인 표현이나 속어에 숨겨진 불완전한 시를 까다롭게 무시하지 말 것, 이야기 자체에서 논리적으로 귀결되는 경우를 제외하고는 도덕적인 결정을 하지 말 것, 예술적 착상에 필요한 경우가 아니라면 생략하지 말 것, 인습에 대한 맹목적인 숭배에 대한 두려움 때문에는 결코 생략하지 말 것.

조이스가 그의 『더블린 사람들』에서 단편소설의 예술형식에 관한 제반 생각들을 짜 넣은 것은 그의 천재성 덕분이다. 그는 지역성을 띤 도시에서의 실제 삶의 모습을 발전하는 예술형식의 적절한 주제로 삼아 미의식을 담아내고자 했다. 또한 그는 심리적인 단상(斷想)과 산문이 주는 인상을 전달하고자 모든 기술적 실험을 총동원했다. 그 결과 그의 작품은 도덕적 구상에 있어서는 철저하리만큼 객관적인 데 반해, 다층의 의미 전달에 있어서는 감질이 날 정도로 불가사의하다. 왜냐하면 『더블린 사람들』은 아일랜드 민족에 대한 도덕사의 한 장(章)이자 특정 도시에 대한 설득력 있는 완벽한 초상일 뿐만 아니라, 부정(不正), 회피, 인간 의식의 불확실성에 관한 연구서이기 때문이다.

산문의 대가(大家)인 조이스는 그랜트 리처즈에게 『더블린 사람들』을 옹호하면서, 자신의 "꼼꼼한 비속성"(『서간집』, 2권, 134쪽)의 문체야말로 『더블린 사람들』의 축소된 주제를 다루기에 적절한 표현 도구라고 피력한 바 있다. 이는 『더블린 사람들』의 몇몇 이야기에서 자유로운 간접문체의 방식으로 나타난다. 즉 3인칭 화자를 등장시켜 객관적인 설명을 하려고 하지만, 사실은 주인공의 의식 속으로 침투해서 주인공의 습관적인 언술 행위를 설화(說話)의 재료로 삼는다. 「진흙」에서 마리아의 완곡한 회피는 (조이스 자신의 설명보다 어조와 언어 사용에서 훨씬 불안정한) 텍스트에서 볼 수 있는 이러한 과정의 가장 분명한 예라고 할 수 있다. 이 작품은 허구적 인물에 개성을 부여하기 위해 자유로운 간접문체를 사용하면서 부분적으로는 심리적 스케치를 하고 있기 때문에 작품의 많은 핵심 단락에서 애매한 불확정성이 노정(露呈)된다. 그러한 단락들의 절반은 극화된 사고와 감정의 세계에 존재하고, 또 절반은 무수한 사실들(억압적이고 부담이 될 정도로 상세하게 드러나는 실제 세계의 의미를 이 책에 부여해 주는)의 세계에 존재한다. 이 작품에는 사회적, 문화적 조짐과 상징들이 가득한 세기말의 더블린과, 기억, 욕망, 희망, 패배 등의 비실제적인 모순의 세계(감정의 영역에서 애매성과 불가지성(不可知性)의 요소가 되는)가 동시에 존재한다. 따라서 『더블린 사람들』은 이 작품이 구현하는 세상의 이해에 관한 사실주의, 도덕적인 확신, 에피파니의 실현에도 불구하고 결국 수수께끼와 같은 작품이다. 이 작품은 결정적인 순간에 도달할지 모르거나 혹은 도달할 수 없을지도 모를 인간 경험의 파편들을 제공한다. 따라서 명확성과 완결성이 성취된 곳에서조차도 독자가 만족하는 것을 또다시 유예하도록 종종 문제들이 노정된다. 「두 한량」과 「은총」에서는 앞선 일들을 비비 꼬아서 전에 기울인 관심이 피상적이었음을 가르쳐주는 결론적인 성찰로 독자들을 교묘하게 유인한다. 「가슴 아픈 사건」과 「이블린」에서 독자들은 자기들이 이제껏 이용해 온 의식의 한계를 깨닫게 되지만, 결국은 자기들이 얻어온 지식이 무익하고 포악하다는 점만 깨닫게 된다. 다른 몇몇 이야기, 특히 유년시절을 다룬 처음 세 이야기에서 일어난 사건에 대한 진실을 이해하는 듯이 보이는 사람이 주인공 자신일 경우, 이는 독자의 이해를 불허할 정도의 불분명한 언어로 표현되고 있다. 예를 들자면, 「우연한 만남」과 「애러비」의 결론 부분의 문장들은 분명히 정점을 향해 치닫는 사건들이나 심리적인 문제와 어떠한 관련이 있는가?「자매」의 화자는 혼돈스러운 대화의 파편("두 눈을 크게 뜨고, 실없이 웃는 모습으로……. 그래서 사람들은 그 모습을 보고, 오라버니가 뭔가 이상하게 되었다고 생각하게 되었죠…….")들을 기록하면서 어떠한 학습의 진척을 보이는가?「하숙집」의 끝에서 폴리는 정확히 무엇을 기다리는 것인가? 그것은 단지 그녀가 자발적으로 미끼 역할을 해온 함정의 종결인가?

『더블린 사람들』이 기이한 불확정의 텍스트로서 기능하는 것은 에피파니가 있는 결말이나 에피파니가 가까이 있는 순간들의 경우에서만이 아니다. 이 작품에서는 대화 역시 특징적이라 할 만큼 생략이 심하고, 언어도 부재, 삭제, 말해진 것과 말해지지 않은 것의 의미를 담아서 쓰였다.「자매」에는 절반만 이해할 수 있거나 절반만 진술된 대화, 텍스트에서 중요한 의미를 지니기 때문에 반드시 이해를 하고 넘어가야 하는 '그노몬'(가능한 의미 중의 하나는 한쪽 귀퉁이가 떨어져 나간 평행사변형)과 같은 말이 들어 있어서, 이 이야기는 독자 스스로가 자기 학습을 주도할 수 있는 이야기라고 할 수 있다. 또한 이후로도「진흙」에서는 부르지 않은 노래 소절,「위원실의 담쟁이 날」의 행간에서는 현존하는 부재 주인공,「죽은 사람들」에서는 부재한 연인을 마주하게 된다. 한편, 『더블린 사람들』에는 잘못된 해석, 저속한 과오, 너무나 많은 대화상의 혼돈 등이 노정되어 있어서,「위원실의 담쟁이 날」에서는 극렬 정치당원조차 1900년에 빅토리아 여왕이 아일랜드를 방문한 사실을 얼마 지나지 않은 1902년에도 기억하지 못하는 것처럼 보인다.

『더블린 사람들』을 영어로 된 단편소설의 역사에서 하나의 의미 있는 작품으로 읽는다는 것은 이 작품의 실험적인 성격을 아는 것이며, 이 작품의 효과가 어떻게 고전적인 사실주의 정전(正典)을 해체하는가(이 작품이 의도하는 맥락상의 의미에도 불구하고) 하는 점을 알게 되는 것이다. 이 작품은 단편적인 스케치들과 인상들이 세밀한 상징적인 의도가 가미되어 복잡한 형태로 구성되어 있다. 또한 거의 플롯이 없다시피 한 이야기들이 텍스트를 구성함으로써 의식이 분리되거나 고립된 것처럼 보이기도 한다.(그 어떤 주인공도 다른 주인공을 사회적으로 알지 못함으로 인해서 사실주의적 개연성(蓋然性)을 침해한다.) 그러므로 『더블린 사람들』은 모더니즘 역사의 한 장(章)이기도 하다. 이 작품에서 조이스가 구사하고 있는 텍스트상의 전략들은 후에 그가 『율리시스』에서 성취하게 될 언어적, 문체적, 시간적, 구조적 성과들을 예고하고 있다.

하지만 『더블린 사람들』을 단지 모더니즘운동에 기여한 작품이라든지, 현대 영어 단편소설 발전의 역사에서 한 획을 그었다는 점만으로 과소평가해서는 안 된다. 이 작품은 스토리 전개의 단편적이고 빗나간 특성, 사실주의를 표방하면서도 은근히 드러내 보이고 싶어 하는 신비주의적인 색채, 이따금씩 발견되는 화려한 문구들이 있음에도 불구하고, 식민지화된 패배의 도시 더블린에서 조이스가 통찰한, 세상에 대한 독특한 안목과 인간 경험의 진리를 통제할 수 있는 힘 때문에 더욱 의미를 지닌다. 이러한 진실들은 분노나 조국에 대한 거부 또는 야비함(그릇된 결혼, 아이에 대한 폭력, 성적(性的) 착취와 올가미 씌우기, 정치적 부패, 종교적 위선)으로부터 비롯되는 전율을 유발한다. 그러나 조이스는 제한된 여건에서 축소된 삶을 살아갈 수밖에 없는 이야기들 속의 등장인물들에 대해서 동정심을 잃지 않는다.("나의 가

런한 애송이들, 가련한 코얼리, 가련한 이그너티우스 갤러허" 등의 예에서 보듯이.) 이런 종류의 감정적 결과에 대해서 매릴린 프렌치는 "조이스 특유의 동정심에 의한 아이러니의 통합"이라고 최근에 지적했다. 제제(提題)는 풍자가가 그의 아이러니적 진단 기술을 발휘할 수 있는 대상이며, 정서적인 내용들은 애매한 반응(예술적으로는 복잡하고 정서적으로는 심오한) 속에서 인간적인 동정심을 드러내도록 해준다. 이는 「작은 구름 한 점」이나 「진흙」 이야기에 적용되며, 『더블린 사람들』의 백미(白眉)를 장식하는 「죽은 사람들」의 고차원적인 아이러니나 애매성 그리고 최후의 불확정성의 경우에도 적용된다. 또한 이들과 같은 모진 이야기들에서조차 희극적인 충동이 일고 있어서, 커넌 씨의 병상 주변에서 벌어지는 굉장히 터무니없는 이야기를 엿들을 때 「은총」(중심 아이러니가 무엇이든 간에)의 분위기를 밝게 해준다. 조이스는 『더블린 사람들』에서 잠시 결속의 동인(動因)이라 할 수 있는 희극 정신을 발휘하는데, 이는 아이러니와 동정심을 결합시켜 줄 뿐만 아니라, 향후 그가 불후의 명작 『율리시스』를 쓰는 희극적 예술가로 성장할 수 있게 해주는 원동력이 된다. 『더블린 사람들』에 나오는 더블린 사람들(커넌 씨의 병상에 모여 있는 몇몇 사람들)은 후에 『율리시스』에 등장하여 희극적 인물상을 구현한다. 결국 조이스는 『율리시스』에서, 다양한 관점과 신화적 방법을 총동원하여 이른 나이에 선보인 실험정신과 모더니즘을 완성했다고 할 수 있다.

더블린 사람들
Dubliners

▶ 본문에서 고딕체로 표시된 부분은 원서에서 이탤릭체로 강조한 부분이다.

자매

이제 그에게는 더 이상 가망이 없었다. 세 번째 졸도였기 때문이다. 나는 밤마다 그 집 앞을 지나면서(마침 방학 때였다.) 불이 켜진 네모난 창문을 자세히 살펴보았다. 밤마다 한결같은 모습으로 희미하고 고르게 불이 밝혀져 있었다. 만일 그분이 돌아가셨다면 어두운 차양에 촛불 그림자가 아른댈 것이라고 생각했다. 시신의 머리맡에는 항상 양초 두 자루를 세워두어야 한다는 것을 알고 있었기 때문이다. "이 세상에서 살날도 얼마 남지 않았어."라고 그분은 내게 자주 말했지만, 그때마다 나는 그 말이 허튼소리라고 생각했다. 하지만 지금은 그의 말이 사실임을 알게 되었다. 매일 밤 그 창문을 눈여겨볼 때마다 나는 마비라는 말을 나지막한 소리로 중얼거려 보았다. 이 말은 유클리드 기하학에 나오는 그노몬[1]이나, 교리문답서의 성직 매매라는 어휘처럼 나에게 늘 이상하게 들렸다. 그러나 지금 이 말은 어떤 해롭고 죄 많은 존재의 이름처럼 들렸다. 이 말은 나에게 공포심을 불어넣었지만, 나는 이것에 보다 가까이 다가가서 이것이 행하는 치명적인 작용을 보고 싶었다.

내가 저녁을 먹으러 아래층에 내려가 보니 코터 영감이 난롯가에 앉아 담배를 피우고 있었다. 아주머니가 내게 국자로 오트밀 죽을 퍼주는 동안, 그는 조금 전에 하던 이야기로 되돌아가려는 듯 이렇게 말문을 열었다.

"아니, 그분이 꼭 그렇다는 건 아니고…… 그렇지만 뭔가 이상야릇한 데가 있는데, 그게……. 그분에겐 좀 괴상한 데가 있단 말씀이야. 내 의견을 말해 보자면……."

그는 자신의 생각을 마음속으로 가다듬으려는 듯 연방 파이프 담배를 피워 댔다. 넌덜머리 나는 바보 영감탱이 같으니라고! 우리가 처음 이 영감탱이를 알게 되었을 때, 그는 증류의 전후 과정에서 생기는 하등품 알코올이나 증류기의 나선관에 대해 떠들어대서 꽤나 재미있는 구석이 있었다. 그러나 얼마 되지 않아 그의 인간 됨됨이와 증류 주조장에 대해 끊임없이 떠벌리는 그의 이야기에 넌더리가 났다.

"그 점에 관해선 내 나름대로 생각이 있다 이 말씀이야." 그가 말을 이었다. "내 생각엔 말이야, 아, 그 있지 않나…… 그 유별난 병세 중에 하나 말이야……. 원 참, 설명하기가 힘들어서……."

그는 끝내 자신의 생각을 말하지 않은 채 또다시 파이프 담배를 피워 댔다. 내가 그를 빤히 쳐다보는 것을 눈치챈 아저씨가 끼어들었다.

"저런, 글쎄, 너의 나이 많은 친구가 세상을 떠나셨단다. 섭섭하겠다, 얘야."

"누가요?" 내가 물었다.

"플린 신부님 말이다."

"세상을 떠나셨어요, 그분이?"

"여기 계신 코터 영감님한테 방금 소식을 들었다, 얘야. 그 집 앞을 막 지나오셨단다."

나는 좌중이 지켜보는 것을 알아차렸기에 그 소식에는 흥미가 없다는 듯 계속 먹어대기만 했다. 아저씨가 코터 영감에게 설명했다.

"저 녀석하고 그분은 대단한 사이랍니다. 그분이 저 녀석에게 많은 것을 가르쳐주었지요. 사실입니다. 소문에 의하면 그분이 저 애한테 많은 희망을 걸었던 모양입니다."

"하느님, 그분의 영혼에 자비를 베푸소서." 아주머니가 경건하게 기도를 올렸다.

코터 영감이 잠시 나를 쳐다보았다. 나는 그의 묵주 같은 까만 눈이 나를 빤히 쳐다보는 것을 느꼈으나, 굳이 접시에서 머리를 들어 그에게 만족감을 주고 싶지는 않았다. 그는 다시 파이프 담배를 빨더니, 이윽고 교양머리 없게도 벽난로 아궁이에다 침을 탁 내뱉었다.

"나 같으면 내 아이들이 그런 사람과 그렇게 지내도록 내버려두지는 않았을 거요." 그가 말했다.

"그게 무슨 말씀이세요, 코터 씨?" 아주머니가 물었다.

"내 말은." 코터 영감이 말했다. "애들한테 해롭다 이 말씀이야. 무슨 말인가 하면, 애들은 자기 또래 아이들과 뛰놀게 해야지 저래 가지고서야, 원······. 내 말이 맞지 않나, 잭?"

"제 원칙도 그렇습니다." 아저씨가 맞장구를 쳤다. "애들은 애들답게 자라야 한다는 겁니다. 제가 저 장미십자회원[2]에게 늘 하는 말이 그거 아닙니까. 운동을 해라, 이거죠. 글쎄, 전 어렸을 때 매일 아침 냉수욕을 했지 뭡니까. 겨울 여름 가릴 것 없이 말이에요. 지금 그 효과를 톡톡히 보고 있지요. 수양이란 게 매우 좋고 영향력이 있긴 하지만……. 여보, 코터 씨에게 그 양 다리 고기 좀 드리지그래요." 아저씨가 아주머니에게 한마디 덧붙였다.

"아냐, 아냐, 난 됐어요." 코터 영감이 손사래를 쳤다.

아주머니는 찬장에서 접시를 꺼내 식탁 위에 내려놓으면서 물었다.

"근데, 왜 그게 애들한테 안 좋다고 생각하세요, 코터 씨?"

"애들한테 나쁘고말고요." 코터 영감이 말했다. "애들은 마음이 여리니까, 아시다시피, 그런 걸 보면 영향을 받는다 이겁니다……."

나는 오트밀 죽을 퍼 넣어 입을 틀어막았다. 화가 치밀어 올라 소리를 지를지도 몰랐기 때문이다. 지긋지긋한 딸기코 천치 바보 영감탱이 같으니라고!

나는 늦게서야 잠이 들었다. 코터 영감이 나를 어린애 취급한 것에 화가 나기는 했지만, 그보다도 나는 그가 하다가 그만둔 말의 의미를 알아내려고 머리를 쥐어짰다. 내 방의 침침한 곳에서 중풍 환자의 둔중한 회색빛 얼굴을 다시 보는 것 같은 착각이 들었다. 나는 머리 위까지 담요를 뒤집어쓰고는 크리스마스를 생각하려고 애썼다. 그러나 그 회색빛 얼굴은 여전히 나를 따라다녔다. 그것은 무언가를 중얼거리고 있었다. 또한 무언가를 고해하고 싶어 하는 것 같았다. 내 영혼이 쾌락과 악이 있는 곳으로 빠져들어 가는 것 같았다. 그런데 거기에서도 그것이 나를 기다리고 있다는 것을 알았다. 그것은 중얼거리는 목소리로 나에게 고해하기 시작했다. 나는 그것이 왜 계속 미소 짓고 있으며, 또 입술이 왜 그토록 침으로 젖어 있는지 궁금했다. 그러나 이내 나는 그것이 중풍으로 죽었다는 사실을 기억했고, 나 또한 마치 그의 성직 매매 죄를 용서라도 하듯이 피식 웃고 있음을 느꼈다.

다음 날 아침, 조반을 먹은 뒤에 나는 그레이트 브리튼가(街)에 있는 그 조그만 집을 찾아갔다. 그 집은 수수한 가게로 '포목점'이라는 다소 애매한 간판을 내걸고 있었다. 이 포목점은 아동용 털신과 우산을 취급했는데, 평소에는 '우산 천 바꿔줌'이라는 팻말이 내걸려 있곤 했다. 그런데 오늘은 덧문이 닫혀 있었기 때문에 팻말이 눈에 띄지 않았다. 크레이프 조화(弔花)가 리본과 함께 도어노커[3]에 묶여 있었다. 초라해 보이는 두 여인과 전보 배달부 아이가 조화에 핀으로 꽂아놓은 카드를 읽고 있었다. 나도 가까이 다가가서 읽어보았다.

1895년 7월 1일
제임스 플린 신부(전(前) 미스가(街) 성 캐서린 성당의 사제),
향년 65세, 영면(永眠).

나는 카드의 내용을 다 읽고 난 뒤에야 그분이 돌아가셨다는 것을 실감했고, 무언가에 제지당하는 느낌이 들어서 마음이 혼란스러웠다. 그분이 돌아가시지 않았다면 나는 가게 뒤에 붙어 있는 작고 칙칙한 그의 방에 들어가 헐렁한 외투를 뒤집어쓴 채 벽난로 옆 안락의자에 앉아 있는 그를 보았을 것이다. 아마 아주머니께서도 그에게 전하라고 내 편에 하이 토스트[4] 코담배 한 봉지를 보냈을지도 모르고, 이 선물 때문에 그가 혼수상태의 졸음에서 깨어났을지도 모른다. 나는 늘 봉지에 든 담배를 그의 까만 코담배 통에 옮겨 주곤 했다. 그가 그 일을 하려면 손이 너무 떨려 절반쯤의 담배를 마룻바닥에 흘리기 일쑤였기 때문이다. 그가 떨리는 큰 손을 코 가까이 가져갈 때에도 코담배 가루가 손가락 사이로 작은 구름처럼 흘러내려 그의 외투 앞자락에 떨어졌다. 그의 오래된 사제복이 색이 바래서 푸른색을 띠게 된 것도 이처럼 늘 코담배 가루가 쏟아져 내렸기 때문이다. 왜냐하면 늘 시커먼 데다 일주일 동안의 코담배 가루로 더욱 시커메진 그의 붉은 손수건으로는 떨어진 담배 가루를 털어내려고 애를 써도 아무런 소용이 없었기 때문이다.

나는 들어가서 그를 보고 싶었지만 문을 두드릴 용기가 나지 않았다. 나는 햇볕이 드는 거리 쪽으로 서서히 발걸음을 옮기면서 가게 유리창에 붙어 있는 극장 광고를 모조리 읽어 나갔다. 나도 그렇고 이날도 그렇고 전혀 슬퍼하는 분위기가 아닌 것 같아 이상한 느낌이 들었다. 또한 그의 죽음으로 인해 내가 무언가로부터 해방된 기분을 느끼는 것이 마음에 걸렸다. 전날 밤 아저씨가 말한 대로 그가 나에게 많은 것을 가르쳐주었는데도 이런 기분이 들다니 야릇하기만 했다. 그는 전에 로마에 있는 아일랜드계 신학교에서 공부한 적이 있기 때문에 나에게 올바른 라틴어 발음법을 가르쳐주었다. 또한 로마 근교에 있는 지하묘지며 보나파르트 나폴레옹에 관한 이야기도 들려주었고, 여러 가지 미사 의식에 관한 의미와 신부가 입는 다양한 복식의 의미도 설명해 주었다. 때때로 그는 이런저런 경우에 사람이 어떻게 처신해야 하는가, 이런저런 죄는 씻을 수 없는 죄인가, 용서받을 수 있는 죄인가, 아니면 다만 결함에 불과한 것인가 등의 까다로운 질문을 던지고는 아주 재미있어하곤 했다. 그의 질문 덕택에 전에는 늘 단순한 행위로 여겨졌던 성당의 어떤 의식들이 얼마나 복잡하고 신비로운지 깨닫게 되었다. 성찬식과 고해성사의 비밀에 관한 신부의 의무는 너무나 무겁게 느껴져서 누가 감히 그런 일을 해낼 용기를 낼 수 있는지 의아스럽기까지 했다. 성당의 신부들은 이런 복잡한 문제들을 설명하기 위해 우체국의 주소록처럼 두껍게, 그리고 신문의 법률 공고문처럼 빽빽하게 책을 쓴다고 그가 내게 말했을 때 나는 당연하다고 생각했다. 종종 나는 이런 문제들에 대해 생각은 해보았지만 전혀 대답을 할 수 없거나 더듬적거리면서 바보 같은 대답을 하곤 했는데, 그럴 때마다 그는 피식 웃거나 고개를 두세 번 끄덕이곤 했다. 때때로 그는 나에게 미사의 답송을 외우게 하고는 암송하게 했는데, 내가 줄줄이 암송해 나갈라치면 생각에 잠긴 듯이 미소를 짓거나 고개를 끄덕이다가 손으로 코담배를 한 움큼 집어서 양쪽 콧구멍에 번갈아 갖다 대곤 했다. 웃을 때면 그는 누렇게 변한 큰 이를 드러내고 혀를 아랫입술 위로 축 늘어뜨리기도 했다. 이는 내가 그를 잘 알기 전, 그러니까 우리가 처음 사귈 때 나를 불안하게 한 습관이기도 했다.

양지쪽을 따라 걸어가면서 나는 코터 영감의 말을 떠올렸고, 꿈의 결말을 생각해 내려고 애썼다. 긴 벨벳 커튼과 고풍의 흔들 램프를 본 기억이 났다. 나는 아주 먼 곳, 풍습이 이상한 나라—아마 페르시아라고 생각했다.—에 간 듯한 느낌이 들었다······. 그러나 꿈의 결말은 끝내 생각나지 않았다.

저녁때 아주머니는 나를 데리고 상가(喪家)를 방문했다. 해가 저문 뒤였으나 서향으로 난 창문들이 거대한 황갈색 뭉게구름들을 반사하고 있었다. 내니가 현관에서 우리를 맞았다. 이런 경우 소리 내어 인사하는 것이 어울리지 않았던지 아주머니는 내니의 손만 잡았다. 노파는 상대의 의향을 묻는 표정으로 위쪽을 가리켰고, 아주머니가 고개를 끄덕이자 앞장서서 좁은 층계를 끙끙대며 올라갔다. 노파의 수그린 머리는 난간 위로 보일 듯 말 듯 했다. 노파는 첫 번째 층계참에 멈춰 서서 시신(屍身)이 안치된 방의 열린 문으로 어서 들어가라고 재촉했다. 아주머니가 먼저 들어갔다. 내가 머뭇거리는 것을 본 노파는 따라 들어가라며 거듭 손짓을 해댔다.

나는 발끝으로 살금살금 걸어 들어갔다. 방 안은 차양의 레이스 끝자락 사이로 스며든 어스름한 황금빛으로 가득 차 보였는데, 이 때문에 촛불들이 파리하고 맥없는 불꽃처럼 보였다. 그는 입관(入官)되어 있었다. 우리는 내니를 따라갔고, 침대 발치에 무릎을 꿇었다. 나는 기도를 드리는 척했지만, 노파가 중얼거리는 말 때문에 주의가 산만해서 마음을 가다듬을 수 없었다. 노파의 치마가 뒤쪽으로 엉성하게 여며진 것하며, 천으로 된 장화 뒤꿈치가 한쪽으로만 달아빠진 광경이 눈에 띄었다. 늙은 신부가 관 속에 누워서 웃고 있을 것이라는 엉뚱한 생각이 들었다.

그러나 그렇지 않았다. 우리가 일어나서 침대 머리맡으로 갔을 때 그는 웃고 있지 않았다. 그는 성단(聖壇)에 오를 때의 옷차림으로, 커다란 두 손으로 성배(聖杯)를 느슨하게 잡은 채 엄숙하고 거창한 모습으로 누워 있었다. 그의 얼굴은 섬뜩하고 창백한 데다가 육중했으며, 콧구멍은 동굴처럼 거무스레했고, 얼굴 주위에는 하얀 털이 듬성듬성 나 있었다. 방 안에는 짙은 향기가 어려 있었다. 꽃 냄새였다.

우리는 성호를 긋고 방에서 나왔다. 아래층으로 내려와 작은 방에 들어서니 일라이저가 신부님이 사용하던 안락의자에 단아하게 앉아 있었다. 내가 이 집에 오면 늘 앉던 구석에 있는 의자로 조심스레 발걸음을 옮기는 동안, 내니는 찬장으로 가서 셰리주가 담긴 유리병과 포도주 잔 몇 개를 꺼내서 가져왔다. 그녀는 그것들을 식탁 위에 내려놓고는 우리에게 좀 마시라고 권했다. 그러고는 언니가 시키는 대로 셰리주를 잔에 따른 뒤 우리에게 돌렸다. 그녀는 나에게 크림 크래커도 먹으라고 권했으나, 그것을 먹으면 소리가 크게 날 것 같아 사양했다. 내가 사양한 것이 다소 서운했던지 그녀는 조용히 소파가 있는 곳으로 가서 언니 뒤에 앉았다. 우리는 아무도 입을 열지 않은 채 텅 빈 벽난로만 바라보았다.

아주머니는 일라이저가 한숨을 내쉬는 동안 기다렸다가 입을 열었다.

"아, 어쨌든 그분은 더 좋은 세상으로 가셨겠네요."

일라이저가 다시 한숨을 내쉬고는 동의하는 듯이 고개를 끄덕였다. 아주머니는 포도주 잔의 굽을 만지작거리다가 한 모금 마셨다.

"그분께서 평온하게……?" 아주머니가 물었다.

"네, 아주 평온하게요, 부인." 일라이저가 말했다.

"언제 숨을 거두셨는지 모를 정도였으니까요. 정말 곱게 가셨어요. 하느님의 보살핌 덕택이지요."

"그럼 모든 준비는 어떻게……?"

"오록 신부님께서 회요일에 오셔서 성유(聖油) 세례를 해주시고는 모든 걸 준비토록 해주셨답니다."

"그럼 본인도 그때 알고 계셨나요?"

"마음을 다 비우고 계셨지요."

"정말 그러신 것 같았어요." 아주머니가 말했다.

"신부님께서 돌아가신 후 몸을 씻겨 드리기 위해 부른 아낙네도 같은 말을 하더군요. 어찌나 평온하고 초연해 보이던지 마치 주무시는 것 같았다고 하더군요. 저렇게 평온하게 돌아가실 줄은 아무도 생각지 못했을 거예요."

"네, 정말 그래요." 아주머니가 맞장구를 쳤다.

포도주를 한 모금 더 홀짝인 뒤 아주머니가 말을 이었다.

"그래요, 플린 자매님. 어쨌든 그분께 해드릴 것은 다 해드렸으니 마음 편하게 가지세요. 두 분 모두 그분께 잘해 주셨잖아요."

일라이저는 무릎 위를 덮은 옷자락을 매만졌다.

"아, 가여운 오라버니!" 그녀가 말했다. "하느님은 아마 아실 거예요. 우리가 가난하긴 했지만 오라버니를 위해 최선을 다했다는 걸. 우리는 오라버니께서 이 세상에 계시는 동안 하나도 부족한 것 없이 다 해드렸답니다."

내니는 소파 등받이에 머리를 기대고 있었는데 금방이라도 잠이 들 것 같았다.

"내니가 참 안됐어요." 일라이저가 그녀를 바라보면서 말했다. "아마 파김치가 됐을 거예요. 오라버니를 씻기기 위해 아낙네를 부르는 일이며, 입관 준비에다 입관, 성당에서의 미사 준비까지 모든 걸 우리 둘이 했으니까요. 오록 신부님이 안 계셨으면 우리는 무얼 어찌해야 할지 도무지 몰랐을 거예요. 그분께서 저 꽃들을 다 가져오시고, 성당에서 촛대 두 개도 꺼내 오신 데다 《프리맨즈 제너럴》에 부고(訃告)도 내주시고, 장지(葬地)며 보험 관련 서류들도 몽땅 챙겨주셨으니까요."

"정말 고마우신 분이군요." 아주머니가 이렇게 말하자 일라이저가 두 눈을 감은 채 머리를 천천히 끄덕이면서 말했다.

"옛 친구만 한 사람이 어디 있겠어요. 뭐니 뭐니 해도 몸을 맡길 수 있는 사람은 옛 친구뿐이지요."

"정말이지 그렇고말고요." 아주머니가 말했다.

"이제 그분께서 영생(永生)의 나라로 가셨으니 자매님들께서 베푸신 정과 자매님들을 결코 잊지 않으실 거예요."

"가여운 오라버니!" 일라이저가 말했다. "오라버니는 우리에게 성가신 존재가 아니었답니다. 지금처럼 늘 집 안에서 조용했으니까요. 하지만 오라버니께서 이렇게 떠나시고 나니……."

"떠나고 나면 다 아쉬운 법이죠." 아주머니가가 말을 받았다.

"그래요." 일라이저가 말했다. "이제 더 이상 오라버니한테 고깃국을 갖다 드릴 일도 없고, 또 부인께서도 코담배를 보내드릴 필요도 없게 되었네요. 가엾은 오라버니!"

일라이저는 과거를 회상하기라도 하는 듯 잠시 말을 멈추었다가 곧바로 말을 이었다.

"근데 말이에요, 최근에 오라버니께 이상한 일이 있다는 느낌을 받았지 뭐예요. 제가 고깃국을 가져다 드릴 때마다 성무일과서(聖務日課書)[5]는 마룻바닥에 떨어져 있고, 오라버니께서는 안락의자에 등을 기댄 채 입을 헤벌리고 있었거든요."

일라이저가 손가락을 콧등에 대고 얼굴을 찌푸리면서 계속 말을 이었다.

"그런 지경인데도 오라버니는 늘 입버릇처럼 말했지요. 여름이 다 가기 전에 날씨 좋은 날을 하루 잡아 우리 셋이 태어난 아이리시타운[6]에 있는 옛집을 마차를 타고 찾아가 보자고 말이죠. 그리고 그때 내니와 저를 데리고 가겠다고요. 오록 신부님이 오라버니께 얘기한, 바퀴에 바람을 넣어 소리가 나지 않는 그 신식 마차 한 대를 저 길 건너편에 있는 조니 러쉬네 가게에서 하루 동안 싸게 빌려, 우리 셋이 어느 일요일 저녁에 드라이브를 할 수만 있다면 하고 말씀하셨어요. 늘 그 생각을 하고 계셨던 모양이에요……. 가엾은 오라버니!"

"하느님, 그분의 영혼에 자비를 베푸소서." 아주머니가 끼어들었다.

일라이저는 손수건을 꺼내서 눈을 닦았다. 그런 다음 그것을 다시 호주머니에 집어넣고는 한동안 입을 꾹 다문 채 텅 빈 벽난로 아궁이를 바라보았다.

"오라버니는 너무 고지식했어요." 일라이저가 말했다. "신부의 직무가 너무 버거웠던 거지요. 그런 연유로 오라버니의 인생이 꼬여버렸다고나 할까요."

"그래요." 아주머니가 말했다. "그분은 좌절한 사람이었어요. 다들 빤히 아는 사실 아니겠어요?"

작은 방에는 침묵이 흘렀다. 나는 그 틈을 이용해 식탁으로 가서 셰리주를 맛본 다음 조용히 돌아와 구석에 있는 내 의자에 다시 앉았다. 일라이저는 무언가를 골똘히 생각하는 듯한 모습이었다. 우리는 그녀가 다시 말문을 열 때까지 얌전히 기다렸다. 한참 만에 그녀가 천천히 입을 열었다.

"문제는 오라버니가 깨뜨린 그 성배였어요……. 그게 사건의 발단이었답니다. 물론 다들 괜찮다고들 했지요. 거기엔 아무것도 담겨 있지 않았으니까요. 그런데 그러면서도……. 사람들은 함께 있던 아이의 잘못이었다고 하더군요. 그런데 가여운 오라버니는 너무 죄책감에 시달렸다고요. 오, 하느님, 오라버니께 자비를 베푸소서!"

"그래, 그게 문제였군요." 아주머니가 말을 받았다. "실은 저도 무슨 말을 듣긴 했는데……."

일라이저가 고개를 끄덕였다.

"그 일이 오라버니에겐 큰 충격이었지요." 일라이저가 말했다. "그 일이 있은 뒤로 오라버니는 혼자 침울해하고, 그 어느 누구와 말도 하지 않고, 홀로 방황하기 시작했어요. 그러던 어느 날 밤 사람들이 방문할 일이 생겨 오라버니를 찾아 나섰지만, 어디에서도 찾을 수가 없었답니다. 사방팔방을 다 뒤져보았지만 아무 소용이 없었지요. 그러자 집사님이 성당에 가보자고 하기에 열쇠를 가져다가 성당 문을 열었지요. 집사님, 오록 신부님, 그리고 때마침 그곳에 와 계시던 신부님이 오라버니를 찾기 위해 등불을 가지고 들어가 보니……. 어찌 된 영문인지 오라버니가 캄캄한 고해실 안에서 두 눈을 크게 뜨고 실없이 웃는 표정으로 홀로 앉아 있었지 뭐예요?"

일라이저가 그 무언가에 귀를 기울이려는 듯 갑자기 말을 멈췄다. 나도 역시 귀를 기울였다. 그러나 집 안에서는 아무런 소리도 들리지 않았다. 다만 방금 전에 우리가 본 늙은 신부가 근엄하고 험상궂은 표정으로 가슴에 텅 빈 성배를 끌어안은 채 관 속에 누워 있다는 것을 깨달았을 뿐이었다.

일라이저가 다시 말을 이었다.

"두 눈을 크게 뜨고, 실없이 웃는 모습으로……. 그래서 사람들은 그 모습을 보고, 오라버니가 뭔가 이상하게 되었다고 생각하게 되었죠……."

우연한 만남

　우리에게 미국의 서부 개척 시대에 관한 이야기를 처음 들려준 사람은 조 딜런이었다. 그는 책 나부랭이를 좀 가지고 있었는데, 그것은 주로 《유니온 잭》이니, 《플럭》이니, 《더 하프페니 마블》 등과 같은 지난 호 잡지가 대부분이었다. 학교가 파한 후 우리는 매일 저녁 그의 집 뒷마당에 모여서 인디언 전쟁놀이를 했다. 딜런과 그의 게으름뱅이 뚱보 동생 레오가 한편이 되어 마구간 다락을 점령하면, 우리가 그곳을 습격하여 빼앗는 놀이였는데, 때로는 풀밭에서 정정당당히 대전하기도 했다. 그러나 우리가 아무리 잘 싸워도 포위전이나 내전에서 승리한 적이 없으며, 모든 승부는 늘 조 딜런의 승전무(勝戰舞)로 끝이 났다. 그의 부모님은 매일 아침 8시 미사를 드리러 가디너가(街)에 있는 성당에 갔는데, 그 애 엄마가 풍기고 간 아련한 냄새가 집 안 현관의 곳곳에 배어 있었다. 하지만 딜런은 자기보다 어리고 겁 많은 우리들에게 너무 거칠게 굴었다. 그가 낡은 보온 커버를 뒤집어쓰고, 주먹으로 깡통을 내리치면서, "야! 야카, 야카, 야카!"라고 고함을 질러대며 마당을 뛰어다닐 때는 정말로 인디언처럼 보였다.

그래서 그런 애가 장차 사제가 되고 싶어 한다는 이야기를 들었을 때 우리 모두는 귀를 의심했다. 그러나 그것은 사실이었다.

우리에게는 일종의 반항 정신이 배어 있었다. 그래서 그런지 몰라도 교양이나 체질의 차이는 하등 문제가 되지 않았다. 우리는 서로 작당을 하곤 했는데, 성격이 대담해서 그런 애들도 있었고, 몇몇은 장난삼아서, 또 몇몇은 겁에 질려서 그렇게 했다. 이 마지막 부류는 공부벌레니 약골이니 하는 놀림을 당하기가 싫어 마지못해 인디언 놀이에 가담한 애들이었으며, 나도 그중에 하나였다. 서부 개척 시대에 나오는 모험담들은 내 체질과는 거리가 멀었지만, 최소한 나에게 도피구를 열어준 것만은 사실이었다. 오히려 나는 꾸미지 않은 거칠고 아름다운 여자애들이 때때로 등장하는 미국 탐정소설들을 더 좋아했다. 그러한 소설들은 우리에게 해를 끼칠 만한 것도 없고 때로는 문학성도 있었지만, 우리는 학교에서 몰래 돌려가며 읽었다. 어느 날 버틀러 신부가 『로마의 역사』 중 네 페이지를 우리들에게 읽히고 있었는데, 눈치 없는 레오 딜런이 《더 하프페니 마블》을 보다가 그만 들키고 말았다.

"이 페이지냐, 아니면 이 페이지냐? 이 페이지냐? 자, 딜런, 일어나서 읽어봐!"

"그날이……."

"계속 읽어봐! 무슨 날이지?"

"그날이 밝자마자……."

"너 예습은 해온 게냐? 네 주머니 속에 있는 건 뭐지?"

레오 딜런이 잡지를 내밀자 모든 애들의 가슴이 쿵쿵 뛰었지만 애써 순진한 표정을 지으려 했다. 버틀러 신부는 이맛살을 찌푸리며 책장을 넘겼다.

"도대체 이 쓰레기가 뭐냐?" 그가 다그쳤다. "아파치 추장! 넌 『로마의 역사』는 공부하지 않고 이따위를 읽고 있었어? 학교에서 이따위 것을 가지고 다니는 게 또 한 번 눈에 띄기만 했단 봐라! 내 생각에 이런 것을 쓴 작자는 아마 술값이나 벌려고 글을 긁적거리는 아주 형편없는 놈일 게다. 너희들처럼 교육받은 녀석들이 이따위 것들을 읽다니 참으로 놀랍구나. 너희들이 혹시 초등학생이라면 몰라도 말이다. 자, 딜런 너한테 단단히 부탁한다마는 제발 공부 좀 해라. 그러지 않으면……."

학교에서 수업 시간에 들은 이런 책망 때문에 서부 개척 시대에 대한 매력이 크게 시들해졌고, 당황하여 씨근거리는 레오 딜런의 얼굴을 보자 한 줄기 양심의 가책을 느꼈다. 그러나 학교의 속박으로부터 일단 벗어나면 야성의 감흥을 다시금 갈구했다. 왜냐하면 무법천지의 이야기들만이 내게 도피구를 제공해 주는 듯이 보였기 때문이다. 저녁마다 벌이던 전쟁놀이도 아침의 학교 수업처럼 마침내 따분해지기 시작했다. 진짜 모험이 나에게 일어나기를 원했기 때문이다. 그러나 곰곰이 생각해 보면 진짜 모험은 집에만 처박혀 있는 사람에게는 일어나지 않는 법이다. 모험은 밖에서 찾아야만 하는 것이다.

여름방학이 가까워오던 어느 날, 나는 단 하루만이라도 지긋지긋한 학교생활로부터 벗어나 보려고 단단히 마음을 먹었다. 레오 딜런과 마호니라는 아이와 함께 나는 하루 동안 학교를 땡땡이 칠 계획을 세웠다. 우리는 각자 6펜스씩 모으기로 했으며, 다음 날 아침 커널 다리에서 10시에 만나기로 약속했다. 마호니는 자기 큰누나가 학교에 결석계를 내주기로 했고, 레오 딜런은 형에게 그가 아프다고 말하게 했다. 우리는 부둣길을 따라 선착장까지 가서 거기에서 나룻배를 타고 강을 건너 피전하우스[1]를 구경하기로 계획을 세웠다. 레오 딜런은 혹시 버틀러 신부나 학교 선생님을 마주치면 어쩌나 하고 겁을 먹었다. 그러자 버틀러 신부가 뭐 때문에 피전하우스 같은 곳에 오겠느냐고 마호니가 되물었는데, 정말 그럴싸한 말이었다. 이 말에 우리는 모두 안심했다. 나는 두 아이들한테서 6펜스씩 걷고 동시에 나의 6펜스를 그들에게 보여 줌으로써 음모의 첫 단계를 실행에 옮겼다. 밤이 늦도록 마지막 모의를 하면서 우리는 묘한 흥분을 느꼈다. 우리가 킬킬대며 악수하고 헤어질 때 마호니가 말했다.

"자, 그럼 내일 보자, 얘들아."

그날 밤 나는 도무지 잠을 이룰 수가 없었다. 다음 날 아침 약속 장소인 다리에 제일 먼저 나타난 것은 나였다. 우리 집이 제일 가까웠기 때문이다. 나는 사람들이 왕래하지 않는 정원 한구석 쓰레기 구덩이 근처의 무성한 수풀 사이에 책가방을 숨겨 두고 총총걸음으로 운하의 둑을 따라 다리로 갔다. 때는 6월 첫 주의 따뜻하고 화창한 아침이었다. 나는 다리의 갓돌 위에 걸터앉아 밤새도록 열심히 파이프 백토[2] 칠을 한 얇은 즈크신을 흐뭇하게 내려다보기도 하고, 일터로 가는 사람들을 가득 실은 마차를 끌고 언덕 위를 오르는 유순한 말들을 물끄러미 바라보기도 했다. 산책길을 따라 쭉 늘어선 큰 나무의 가지들은 연초록빛 작은 잎들로 반짝이는 듯이 보였고, 햇살이 비스듬히 그 사이를 관통해서 물 위를 비추었다. 다리의 화강암도 따스해지기 시작했고, 머리에 떠오르는 가락에 맞추어 두 손으로 돌다리를 가볍게 두드리기 시작했다. 나는 아주 행복했다.

그렇게 5분 내지 10분 정도 그곳에 앉아 있노라니 회색 옷을 입은 마호니가 다가오는 것이 보였다. 싱글벙글거리면서 언덕을 올라온 그는 바로 내 옆자리 다리의 갓돌 위에 걸터앉았다. 함께 딜런을 기다리는 동안 마호니 녀석은 안주머니에 불룩하게 넣어 두었던 새총을 꺼내 들고는 자기가 몇 군데 개조했다고 떠벌려 댔다. 그것을 왜 가져왔느냐고 묻자, 새들을 놀려주려고 가져왔 노라고 했다. 마호니는 거침없이 상스러운 말들을 썼는데, 버틀 러 신부를 분첸 버너 영감이라 불렀다. 15분을 더 기다려도 딜런 이 나타날 기색이 없자, 마호니가 마침내 껑충 뛰어내리면서 말 했다.

"자, 가자. 그 뚱보 새끼, 내가 그럴 줄 알았다니까."

"그럼, 그 애가 낸 6펜스는……?"

내가 이렇게 말하자 마호니가 받아쳤다.

"몰수지 뭐. 우리가 쓸 수 있는 돈이 많아졌으니 더 잘됐지, 뭐. 우리 것 1실링 말고도 6펜스가 고스란히 우리 몫이잖아."

우리는 노스 스트랜드가(街)를 걸어 내려가 황산염 공장까지 가서 곧바로 오른편으로 돌아 부둣길을 따라 걸었다. 사람들의 시선이 더 이상 미치지 않는 곳에 이르자 마호니는 곧바로 인디 언 놀이를 시작했다. 녀석은 돌도 재지 않은 새총을 마구 휘둘러 대며 남루한 옷을 입은 여자애들을 뒤쫓아 갔다. 이를 보고 남루 한 옷을 입은 두 사내아이가 의협심에서 우리에게 돌을 던지자 마호니가 그 애들을 혼내 주자고 했지만, 나는 애들이 너무 어리 다면서 극구 만류했다. 그래서 우리가 그냥 걸어가자 사내아이 들이 우리의 등 뒤에서 "배내옷을 입은 놈들! 배내옷을 입은 놈 들!"[3] 하고 소리쳤다. 얼굴색이 거무튀튀한 마호니가 모자에 크 리켓 클럽의 은배지를 달고 있었기 때문에 우리를 신교도 아이 들로 착각한 모양이었다. 우리가 스무딩 아이런[4]까지 왔을 때 놈 들을 포위해 볼까 생각도 해보았지만 그것은 불가능했다. 알다시피 그렇게 하려면 적어도 세 명은 있어야 하니까 말이다. 우리는 딜런 녀석이 정말 겁쟁이라고 말하는 것으로, 또 녀석이 3시에 라이언 선생님한테 몇 대나 얻어터질까 추측해 보는 것으로 분풀이를 했다.

그러는 사이에 우리는 강 가까이까지 갔다. 길 양편으로 높다란 돌담이 길게 늘어선 시끄러운 거리를 쏘다니고, 각종 크레인과 엔진들이 작업하는 것을 지켜보면서, 또한 삐걱대는 마차를 모는 마차꾼들에게 비키라는 호통을 들어가면서 우리는 오랜 시간을 보냈다. 우리가 부두에 도착했을 때는 정오였다. 모든 인부들이 점심을 먹고 있는 듯이 보였기에 우리도 커다란 건포도 빵 두 개를 사서 강가에 쌓아둔 쇠파이프 더미에 앉아서 먹었다. 우리는 교역으로 분주한 더블린 항만의 모습을 보자 기분이 좋아졌다. 저 멀리서 양모 같은 연기를 내뿜으며 신호를 보내는 바지선들과 링센드 너머로 보이는 갈색의 고깃배들, 그리고 맞은편 부두에서 하역 작업을 하고 있는 커다란 흰 돛단배의 모습들이 눈에 들어왔다. 마호니는 저런 커다란 배를 타고 먼 바다로 나가면 정말 신이 날 것이라고 말했다. 나 역시 높다란 돛대들을 바라보고 있자니 학교에서 허술하게 배운 지리에 관한 지식이 점점 눈앞에서 분명해지는 느낌이 들었다. 학교와 집은 우리로부터 멀어진 듯했고, 그것들의 영향력 또한 약해진 것 같았다.

우리는 뱃삯을 치른 다음 노동자 두 명과 가방을 든 체구가 작은 유대인과 함께 섞여 나룻배를 타고 리피 강을 건넜다. 우리들은 엄숙한 기분이 들 정도로 심각했는데, 이 때문에 짧은 항해 동안 시선이 한 번 마주치자 피식 웃었다. 뭍에 내렸을 때, 우리는 조금 전 맞은편 부두에서 보았던 돛이 세 개 달린 폼 나는 배가 짐을 부리는 광경을 관심 있게 지켜보았다. 우리 곁에 있던 사람은 그 배가 노르웨이 국적의 배라고 했다. 나는 배의 뒷머리로 가서 그곳에 새겨진 배의 명각(銘刻)을 해독해 보려는 헛수고를 한 뒤에, 돌아와서는 외국 선원들 중에 초록색 눈을 가진 사람이 있는지 유심히 살폈다. 왜냐하면 나는 전부터 혼란스러운 생각을 해왔으니까……. 선원들의 눈은 푸르거나 회색이고 심지어 검기까지 했다. 초록색이라고 할 수 있는 눈을 가진 선원이 딱 한 명 있었는데, 그는 키가 아주 큰 데다가 널빤지가 떨어질 때마다 쾌활하게 소리를 질러대서 부두에 모인 사람들을 웃기고 있었다.

"좋아요! 좋아!"

이러한 구경거리에도 싫증이 나자 우리는 링센드 쪽으로 서서히 발길을 옮겼다. 날씨는 벌써 찌는 듯이 무더웠고, 식품점의 진열장에 있는 비스킷들은 곰팡이가 피어 허옇게 변해 있었다. 우리는 약간의 비스킷과 초콜릿을 사서 어부들이 사는 지저분한 거리들을 쏘다니면서 꾸역꾸역 먹어댔다. 우유 파는 가게는 찾을 수 없었기 때문에 도붓장수 가게에 들어가 산딸기 레몬수를 한 병씩 샀다. 음료수를 마시고 나니 기운이 났던지 마호니는 고양이를 뒤쫓아 골목길을 내달렸다. 그러자 고양이는 넓은 들판으로 달아나고 말았다. 우리는 둘 다 꽤나 지쳐 있었다. 그래서 들판에 당도하자 곧바로 경사진 강둑으로 향했는데, 등성이 너머로 도더 강이 보였다.

시간도 너무 늦은 데다가 지치기도 했기 때문에 피전하우스를 구경하려던 애초의 계획은 취소할 수밖에 없었다. 우리들의 모험이 발각되지 않으려면 4시 전에는 집으로 돌아가야 했다. 마호니는 시큰둥한 표정으로 새총을 바라보았다. 나는 그가 다시 놀 기분이 들기 전에 기차를 타고 집으로 돌아가자고 했다.

태양은 이미 몇 조각의 구름장 사이로 숨어버렸고, 우리들의 생각도 지쳐 있었으며, 먹을 것이라곤 빵 부스러기밖에 없었다.

들판에는 우리 말고는 아무도 없었다. 우리는 아무 말도 하지 않고 한동안 둑 위에 누워 있었다. 그때 나는 어떤 사람이 들판 끝에서 우리 쪽으로 다가오는 것을 보았다. 나는 여자아이들이 행운을 점칠 때 사용하는 풀줄기 하나를 질겅질겅 씹으면서 나른한 눈길로 그를 지켜보았다. 그는 강둑을 더디게 걸어왔다. 그는 한 손을 허리에 얹고 다른 한 손에는 지팡이를 들고 있었는데, 지팡이로 잔디를 가볍게 툭툭 쳤다. 그는 푸르스름한 검정색 양복을 초라하게 입었고, 머리에는 우리가 제리모라고 부르는 춤이 높은 모자를 쓰고 있었다. 콧수염이 반백인 것으로 보아 꽤나 나이가 들어 보였다. 그는 우리 발치 아래를 지나칠 때 우리를 힐끗 한번 바라보더니 그냥 계속 걸어갔다. 우리는 계속해서 그를 지켜봤다. 그런데 그는 50보가량을 걸어가는가 싶더니 갑자기 몸을 홱 돌려서 되돌아 걷기 시작했다. 그는 지팡이로 땅을 툭툭 치면서 우리를 향해 아주 더디게 걸어왔기 때문에 나는 풀밭에서 그가 무언가를 찾고 있는 것이 아닌가 하는 생각마저 들었다.

우리랑 비슷한 높이까지 걸어왔을 때 그가 발걸음을 멈추고 인사를 건넸다. 우리가 인사에 답하자 그는 천천히 그리고 아주 조심스럽게 우리 옆 경사진 강둑 위에 앉았다. 그는 날씨 얘기부터 꺼내더니 이번 여름은 꽤나 더울 것 같다며, 오래전 자신의 어린 시절에 비하면 계절이 많이 변한 것 같다고 했다. 그는 인생에서 가장 행복한 때는 두말할 것도 없이 학창 시절이었으며, 다시 한 번 젊어질 수만 있다면 뭐든지 하겠노라고 했다. 우리는 그가 늘어놓는 이런저런 감상적인 이야기에 다소 지루해지자 대꾸도 하지 않고 잠자코 있었다. 그러자 그는 학교와 책 이야기를 꺼내더니 토머스 무어[5]의 시나 월터 스콧 경[6]과 리튼 경[7]의 작품을 읽어보았느냐고 물었다. 그가 말한 책을 내가 다 읽은 체했더니 그가 마침내 이렇게 말했다.

"아, 알겠다. 이제 보니 너도 나처럼 책벌레로구나."

그러더니 그는 휘둥그런 눈으로 우리 둘을 지켜보던 마호니를 가리키며 덧붙여 말했다.

"그런데, 요 녀석은 다르단 말이야. 장난꾸러기 같아."

그는 자기 집에 월터 스콧 전집과 리튼 전집이 있는데, 아무리 읽어도 질리지 않는다고 했다. 물론 리튼 경의 작품 중에는 애들이 읽을 수 없는 책들도 있다고 덧붙였다. 그러자 마호니가 왜 애들이 읽을 수 없느냐고 따져 물었다. 마호니가 이런 질문을 하자 나는 가슴이 두근거리고 괴로웠다. 왜냐하면 혹시 그 사람이 나도 마호니와 똑같은 멍청이로 생각할까 봐 걱정이 되었기 때문이다. 그러자 그 사람은 그저 웃기만 했다. 그의 누런 이 사이에 큰 틈이 벌어져 있는 것이 보였다. 그러다가 그는 우리들 중에 누가 더 애인이 많으냐고 물었다. 마호니는 자기에게는 애인이 셋 있다고 가볍게 대답했다. 이번에는 나에게 몇이나 있느냐고 물었다. 하나도 없다고 대답하자, 그는 내 말을 믿으려고 하지 않으면서 장담컨대 틀림없이 하나쯤은 있을 것이라고 했다. 나는 그냥 잠자코 있었다.

"아저씨는 애인이 몇 명이나 되세요?" 하고 마호니가 건방지게 불쑥 물었다.

그는 아까처럼 실실 웃으며, 우리 나이 때는 애인이 하나둘이 아니었다고 대답했다.

"사내 녀석이라면 누구나 애인 하나쯤은 있어야지." 그가 이

어서 말했다.

그 점에 관한 그의 태도는 그 나이의 사람치고는 이상하리만큼 너그럽다는 생각이 들었다. 그가 들려주는 사내 녀석들과 애인들에 관한 이야기는 제법 그럴싸하게 여겨졌다. 하지만 그가 그런 이야기를 하는 것이 싫었다. 그는 무언가 두려웠던지 아니면 갑자기 한기를 느꼈던지 한두 차례 몸을 떨었는데, 나는 그 이유를 알 수 없었다. 그의 이야기를 계속 듣자니 발음이 상당히 좋다는 생각이 들었다. 그는 이내 여자애들에 관한 이야기를 늘어놓기 시작했는데, 여자애들의 머리칼이 얼마나 아름답고 부드러우며, 손은 얼마나 보들보들하냐고 하면서, 여자애들은 사실 알고 보면 겉으로 보는 것만큼 그렇게 착하지는 않다고 했다. 그는 예쁜 젊은 여자와 그들의 하얗고 보드라운 손과 아름답고 부드러운 머리칼을 보는 것보다 더 좋아하는 것은 없다고 했다. 나는 그가 자기가 외워두었던 무언가를 반복하고 있거나 아니면 자기가 한 어떤 말에 매료되어 그의 생각이 똑같은 궤도를 천천히 맴돌고 있다는 인상을 받았다. 어떤 때는 누구나 다 아는 사실을 넌지시 암시하는 투로 이야기하는가 하면, 또 어떤 때는 다른 사람들이 엿듣기를 원치 않는 어떤 비밀을 이야기하듯 목소리를 낮추어 아주 은밀하게 말하기도 했다. 그는 했던 말을 계속 반복했는데, 조금씩 말을 바꿔가며 했던 말 주변을 단조로운 목소리로 맴돌았다. 나는 그의 말에 귀를 기울이면서 강둑 아래를 계속 바라다보았다.

한참 뒤에 그의 독백이 멈췄다. 그는 1분 내지는 몇 분 동안 자리 좀 비워야겠다고 말하면서 서서히 자리에서 일어섰다. 나는 지금까지 바라보던 시선의 방향을 바꾸지 않은 채 그가 우리 곁을 떠나 들판의 거의 끝 지점을 향해 천천히 걸어가는 것을 지켜보았다. 그가 가버린 뒤에도 우리들 사이에는 아무 말이 없었다. 몇 분 뒤에 마호니가 침묵을 깨고 버럭 소리를 질렀다.

"아이고! 저 사람 하는 짓 좀 봐라."

내가 대꾸도 하지 않고 머리도 쳐들지 않자 마호니가 또다시 버럭 소리를 질렀다.

"아니…… 저 사람 정말 괴짜 영감탱이 아냐."

"저 사람이 우리 이름을 물으면." 내가 말했다. "너는 머피라고 하고, 난 스미스라고 하자."

우리는 서로에게 더 이상 아무 말도 하지 않았다. 내가 자리를 뜰까 말까 망설이고 있는데, 그 사람이 돌아와서는 우리들 곁에 다시 앉았다. 그가 자리에 앉자마자 달아났던 고양이를 본 마호니가 벌떡 일어서서 들판을 가로질러 고양이를 쫓아갔다. 그 사람과 나는 마호니가 고양이를 뒤쫓는 모습을 지켜봤다. 고양이가 또다시 달아나자, 마호니는 고양이가 기어 올라간 담장에 돌을 던지기 시작했다. 이내 그는 그 짓을 그만두고 멀리 떨어진 들판의 끝 쪽을 정처 없이 배회하기 시작했다.

잠시 후 그 사람이 나에게 말을 걸었다. 그는 내 친구 마호니가 아주 거친 녀석이라고 하면서, 학교에서 종종 매를 맞지 않느냐고 물었다. 나는 화가 치밀어 그 사람 말마따나 우리는 매나 맞는 공립학교 애들과는 질적으로 다르다고 말을 할까도 생각했으나 입을 꾹 다물었다. 그는 이번에는 애들을 체벌하는 이야기를 끄집어냈다. 또다시 자신의 말에 매료된 듯 그의 생각은 이 새로운 화제의 중심을 서서히 맴도는 듯했다. 마호니 같은 저런 애들은 매를 맞아야 하고, 매를 맞아도 호되게 맞아야 한다고 그는 말했다. 애가 거칠고 버릇이 없을 때는 따끔하게 때려주는 것보다 좋은 약은 없다고 했다. 손바닥을 찰싹 한 대 때리든지 뺨을 한 대쯤 때리는 것은 아무 소용이 없다는 것이었다. 자기가 바라는 것은 눈에 불이 번쩍할 정도로 호되게 한 대 때려주는 것이라고 했다. 이런 그의 말에 어찌나 놀랐는지 그만 나도 모르게 그의 얼굴을 힐끗 쳐다봤다. 그러자 나는 씰룩거리는 이마 아래서 나를 노려보는 한 쌍의 암녹색 눈동자와 마주쳤다. 나는 또다시 시선을 피했다.

그 사람은 독백을 이어갔다. 조금 전에 보여 주었던 너그러움은 까맣게 잊은 듯했다. 그는 만일 어떤 애가 여자애들한테 말을 걸거나 여자아이를 애인으로 두고 있는 것이 눈에 띄기만 하면 그를 실컷 때려주겠다고 했다. 그러면 그것이 약이 되어 다시는 여자애들한테 말을 거는 일이 없으리라는 것이었다. 애인이 있으면서도 없다고 거짓말하는 녀석이 있으면 이런 매가 이 세상에 있을까 할 정도로 호되게 때려줄 참인데, 이 세상에서 그보다 시원한 일은 없을 것이라고 말했다. 그는 마치 어떤 미묘한 비밀을 풀어주기라도 하듯이 그런 아이를 때리는 방법을 나에게 설명했다. 이 세상에 그보다 통쾌한 일은 없다는 것이었다. 나를 그런 비밀 속으로 줄곧 끌고 들어갈 때, 그의 목소리는 애정이 넘치는 듯 다정했으며, 나더러 자기 말을 좀 알아달라고 애원하는 듯했다.

나는 그의 독백이 다시 멈출 때까지 기다렸다. 그리고 자리에서 벌떡 일어났다. 마음의 동요를 들키지 않으려고 일부러 신발을 고쳐 신는 척하면서 잠시 주춤거렸다. 그러고 난 뒤에 이제는 집에 가야겠다고 말하고서 그에게 작별 인사를 건넸다. 나는 침착하게 언덕을 오르기는 했으나 그가 내 발목을 잡지는 않을까 하는 두려움 때문에 가슴이 몹시도 두근거렸다. 언덕 꼭대기에 도달했을 때 뒤를 돌아보기는 했으나 그 사람은 쳐다보지 않은 채 들판 저편을 향해 크게 소리쳤다.

"머피!"

내 목소리는 억지로 허세를 부리는 듯한 억양이어서 하찮은 잔꾀가 부끄러웠다. 그래도 그의 이름을 다시 한 번 부를 수밖에 없었는데, 이윽고 마호니가 나를 알아보고는 "어." 하며 큰 소리로 응답했다. 마호니가 들판을 가로질러 나에게로 달려올 때 내 가슴은 반가움으로 얼마나 뛰었던가! 그는 나에게 구원을 가져다주는 듯이 달려왔다. 그리고 나는 뉘우쳤다. 왜냐하면 나는 언제나 그를 약간 무시하는 마음을 품었기 때문이다.

애러비

노스 리치먼드가(街)는 막다른 골목이어서 가톨릭 초등학교[1] 학생들이 학교가 파한 후에 쏟아져 나올 때 말고는 조용했다. 그 막다른 골목의 끝에는 사람이 살지 않는 이층집이 한 채 있었는데, 네모난 구획지에 들어선 이웃집들과는 동떨어져 있었다. 이 거리의 다른 집들은 그곳에 사는 사람들의 품위 있는 삶을 대변이라도 하는 듯 차분한 갈색의 모습으로 서로를 마주 보고 있었다.

우리 집에 전에 세 들어 살던 사람은 신부였는데, 그는 뒤편 응접실에서 세상을 떠났다. 집 안은 오랫동안 밀폐된 상태로 방치되었기 때문에 방마다 쾨쾨한 곰팡이 냄새가 진동했고, 부엌 뒤에 있는 다용도실은 오래된 폐지들로 너저분했다. 나는 그 속에서 표지가 종이로 된 몇 권의 책자를 발견했는데, 책장들은 돌돌 말리고 습기가 차 있었다. 그 책들은 월터 스콧이 쓴 『대수도원장』, 『경건한 성체 배령자』, 그리고 『비도크의 회고록』 따위였다. 그중에서 나는 마지막 책을 가장 좋아했는데, 책장이 노랬기 때문이다. 집 뒤의 손질하지 않은 정원 한가운데는 사과나무 한 그루가 서 있었고, 잡목 덤불이 여기저기 흩어져 있었다. 그 덤불들 중 한 곳의 바닥에서 나는 전에 세 들어 살던 사람이 쓰던 녹이 슨 자전거펌프를 발견했다. 그는 자선심이 꽤나 많은 신부였다. 그는 전 재산을 자선기관에 기부하고, 집에서 쓰던 가구는 누이동생에게 준다는 유서를 남겼다.

겨울 해가 짧아지자 우리가 저녁을 채 다 먹기도 전에 어둑어둑해졌다. 우리가 길에서 만났을 때 집들은 이미 어둠 속에 잠겨 있었다. 머리 위의 하늘은 시시각각 보랏빛으로 물들어 갔고, 가로등은 하늘을 향해 희미한 불빛을 발했다. 대기는 살을 엘 것처럼 차가웠지만 우리들은 몸이 후끈 달아오를 때까지 뛰어놀았다. 조용한 거리는 우리들의 외침 소리로 메아리쳤다. 우리들이 노는 경로는 허름한 오두막에 사는 거친 아이들로부터 양면 공격을 받는, 집들 뒤의 검은 진흙탕 샛길로부터 잿간에서 악취가 풍겨오는 어둡고 질퍽거리는 정원 뒷문까지, 마부가 말갈기를 펴주고 빗질해 주거나 죄임 쇠가 달린 마구(馬具)를 듣기 좋게 흔드는 그 컴컴하고 냄새 나는 마구간까지 이르렀다. 우리들이 다시 큰 거리로 돌아왔을 때는 부엌 창문에서 새어 나오는 불빛이 그 근방을 훤히 비추었다. 아저씨가 길모퉁이를 돌아오는 것이 보이면 우리는 그가 우리를 보지 못하고 집에 들어가는 것을 확인할 때까지 어둠 속에 숨어 있었다. 또는 맨건의 누이가 남동생에게 다과를 먹으라고 부르러 문간에 나오면, 우리는 그녀가 동생을 찾기 위해 거리 위아래를 기웃거리며 찾는 모습을 어둠 속에서 지켜보았다. 우리는 그녀가 그곳에 그대로 머물러 있는지 아니면 집 안으로 들어가는지 살피려고 기다리다가, 만일 그녀가 그대로 있으면 할 수 없이 어둠 속에서 나와 맨건네 집 층계 쪽으로 걸어갔다. 그녀는 우리를 기다리고 있었는데, 반쯤 열린 문에서 새어 나오는 불빛 때문에 몸매의 윤곽이 뚜렷이 드러났다. 그녀의 동생은 언제나 누나를 골려주고 나서야 말을 들었는데, 나는 난간 옆에 서서 그런 그녀의 모습을 바라보았다. 그녀가 움직일 때마다 옷이 하늘거렸고, 부드럽게 땋아 내린 머리채가 좌우로 흔들렸다.

 아침마다 나는 앞 응접실 마루에 누워 그녀의 집 문을 지켜보았다. 창틀에서 1인치 정도의 틈새만 남기고 차일을 내렸기 때문에 내가 남의 눈에 띌 리는 없었다. 그녀가 현관 층계로 나올 때면 내 가슴은 마구 뛰었다. 나는 현관으로 달려가서 책을 움켜쥐고 그녀의 뒤를 따라갔다. 나는 한시도 그녀의 갈색 모습에서 눈을 떼지 못하다가, 길이 갈라지는 지점에 다다른다 싶으면 얼른 걸음을 재촉해서 그녀 곁을 지나쳤다. 이런 일이 매일 아침 일어났다. 어쩌다가 우연히 몇 마디 말을 나눈 일 말고는 그녀에게 말을 걸어본 적이 없었다. 그러나 그녀의 이름은 나의 온몸의 어리석은 피를 불러 모으는 소환장과도 같았다.

 그녀의 영상은 로맨스와는 전혀 어울리지 않는 곳까지 나를 따라다녔다. 아주머니는 토요일 저녁마다 장을 보러 갔는데 그럴 때면 나도 따라가서 어느 정도의 짐을 들어주어야만 했다. 우리는 술주정꾼들과 물건을 홍정하는 아낙네들에게 떼밀리며, 노동자들의 욕지거리, 돼지의 볼살을 절여 넣은 통 옆에서 망을 보며 서 있는 점원들이 되풀이하는 날카로운 외침, 오도노번 롯사[2]에 관한 「그대들 모두 오라」라는 노래나 조국의 고통을 담은 민요를 부르는 길거리 가수들의 콧노래 소리를 뚫고, 번지르르한 거리를 헤치며 걸어갔다. 이러한 소음들은 하나로 모여서 나에게 삶의 활력을 제공했다. 나는 마치 성배를 가슴에 안고 적의 무리를 무사히 헤치며 나아가는 기분이었다. 그녀의 이름이 나

자신도 이해할 수 없는 기도와 찬사로 때때로 내 입에서 튀어나왔다. 종종 나의 두 눈에는 눈물이 그득했고(나는 그 이유를 알 수 없었다.), 때로는 나의 심장으로부터 홍수가 터져서 가슴속으로 쏟아져 나오는 듯했다. 나는 앞으로의 일에 대해서는 별로 생각하지 않았다. 내가 그녀에게 말을 걸어야 할지 말아야 할지, 그리고 만약 말을 건다면 이 혼란스러운 연모의 정을 어떻게 그녀에게 전해야 할지 알 수가 없었다. 그러나 나의 몸은 하프와 같았고, 그녀의 말과 몸짓은 하프의 줄을 타는 손가락과 같았다.

어느 날 저녁 나는 신부님이 임종을 맞았던 뒤편 거실로 들어갔다. 어두컴컴하고 비가 내리는 저녁이었으며, 집 안은 아무 소리도 없이 고요했다. 땅바닥을 두드리는 빗소리와 바늘같이 가는 가랑비가 흠뻑 젖은 화단 위에 하염없이 흩뿌리는 소리가 깨진 창문 사이로 들려왔다. 저 멀리 등불인지 불이 켜진 창문인지 모를 희미한 불빛이 내려다보였다. 나는 거의 아무것도 볼 수 없는 것이 고마웠다. 나의 모든 감각은 그 자체를 감춰버리려는 욕망에 사로잡힌 것만 같았고, 스스로 그 감각으로부터 빠져나와야겠다는 느낌이 들자, 나는 손바닥이 부들부들 떨릴 때까지 두 손을 꼭 움켜쥐며 "오, 사랑! 오, 사랑!" 하고 몇 번이고 중얼거렸다.

마침내 그녀가 나에게 말을 건넸다. 처음 그녀가 말을 건넸을 때 나는 어찌나 당황했던지 무슨 말로 대답을 해야 할지 몰랐다. 그녀는 나더러 애러비[3]에 가볼 것이냐고 물었다. 그때 나는 간다고 대답했는지 가지 않는다고 대답했는지 통 기억이 나지 않는다. 참 근사한 바자일 것이라며 그녀는 가고 싶다고 말했다.

"그런데 왜 못 가는 거야?" 하고 나는 물어보았다.

이야기를 하면서 그녀는 팔목에 낀 은팔찌를 빙빙 돌렸다. 그

주일에는 그녀가 다니는 수도원 학교에서 피정(避靜)이 있기 때문에 갈 수 없다고 했다. 그녀의 동생과 다른 두 아이는 모자 뺏는 장난을 하고 있었고, 나는 홀로 난간 옆에 서 있었다. 그녀는 내 쪽으로 머리를 숙인 채 난간의 기둥 하나를 잡고 있었다. 우리 집 맞은편에 있는 가로등 불빛이 그녀의 흰 목덜미 곡선에 내려앉아 곡선 위의 머리칼을 비추었고, 다시 그 불빛은 난간을 잡은 그녀의 손을 비추었다. 불빛은 다시 그녀의 한쪽 치맛자락을 타고 내려와 그녀가 편안하게 서 있을 때 그녀의 하얀 속치마 단을 보일 듯 말 듯 비추었다.

"넌 참 좋겠다." 그녀가 말했다.

"내가 가게 되면 뭘 좀 사다 줄게." 하고 내가 대답했다.

그날 저녁 이후로 얼마나 많은 주책없는 생각들이 나의 의식과 무의식을 황폐하게 했는지 모른다. 나는 바자가 열리기까지의 지루한 날들을 한꺼번에 없애 버리고 싶었다. 학교 공부에도 짜증이 났다. 밤에는 침실에서, 낮에는 학교 교실에서 그녀의 영상이 떠올라 내가 읽으려고 애쓰는 책장 사이에 나타났다. 애러비라는 말의 음절이 나의 영혼이 즐기는 침묵을 통해 내게 계속 들려왔고, 나에게 일종의 동방적인 마법을 거는 것 같았다. 나는 토요일 밤에 바자에 가게 해달라고 말했다. 이 말에 아주머니는 깜짝 놀라면서 무슨 비밀결사에라도 입회하는 것이 아니냐고 했다. 나는 수업 시간에도 선생님의 질문에 대답을 거의 하지 못했다. 나는 상냥했던 선생님의 얼굴이 엄한 표정으로 바뀌는 것을 지켜보았다. 선생님은 내가 게으름을 피우기 시작하는 것이 아니냐고 걱정을 했다. 나는 여러 가지 흩어진 생각들을 한곳에 집중시킬 수가 없었다. 나는 인생의 진지한 일을 거의 견뎌낼 수 없는 지경에까지 이르렀는데, 그것이 이제 나와 내 욕망을 가로

막고 있으니 나에게는 어린애 장난, 그것도 보기 싫고 단조로운 어린애 장난처럼 느껴졌다.

　토요일 아침에 나는 저녁때 바자에 가고 싶다는 뜻을 다시 한 번 아저씨에게 상기시켰다. 현관 옷걸이에서 모자 솔을 찾느라고 부산을 떨던 아저씨가 짤막하게 대답했다.

　"그래, 알고 있단다."

　아저씨가 현관에 있었기 때문에 나는 앞 응접실로 가서 드러누울 수가 없었다. 나는 시큰둥한 기분으로 집에서 나와 학교를 향해 천천히 걸어갔다. 공기는 매서울 정도로 차가웠고 마음은 벌써부터 불안했다.

　저녁을 먹으러 집에 가보니 아저씨는 아직 집에 돌아오지 않았다. 아직 시간이 일렀다. 한참 동안 괘종시계를 쳐다보며 앉아 있던 나는 똑딱거리는 시계추 소리에 신경이 거슬려 방을 나가버렸다. 나는 층계를 올라 2층으로 갔다. 높다란 천장에 냉기가 감도는 우중충한 텅 빈 방으로 들어서니 마음이 한결 가벼워져서 노래를 부르며 이 방 저 방으로 돌아다녔다. 앞 창문으로 밖을 내다보니 저 아래 거리에서 놀고 있는 친구들이 보였다. 아이들이 떠드는 소리가 약하고 희미하게 들려왔고, 나는 차가운 유리창에 이마를 기댄 채 그녀가 사는 어두운 집을 건너다보았다. 나는 가로등 불빛이 어렴풋이 비춰준 목덜미의 곡선, 난간을 짚은 손, 속치마 단을 살짝 드러낸 갈색 옷을 입은 그녀의 자태만 상상 속에서 그리면서 그곳에 한 시간가량 서 있었다.

　내가 다시 아래층으로 내려가 보니 머서 부인이 난롯가에 앉아 있었다. 늙고 수다스러운 이 부인은 전당포집 과부였는데, 무슨 종교적인 목적으로 헌 우표를 모았다. 나는 그녀가 차를 마시면서 떠들어대는 수다를 참고 들어야 했다. 저녁 식사를 한 시간

이상이나 늦추었는데도 아직 아저씨가 돌아오지 않자, 머서 부인은 가려고 자리에서 일어섰다. 더 이상 기다릴 수가 없어서 미안하다면서, 시간이 8시가 넘었고 밤공기가 건강에 나쁘기 때문에 자기는 밤늦은 시간에 나다니는 것을 싫어한다고 했다. 그녀가 가버리자 나는 두 주먹을 불끈 움켜쥐고 방 안을 왔다 갔다 하기 시작했다. 그러자 아주머니가 말을 꺼냈다.

"너 오늘 밤은 바자에 가는 걸 미뤄야 할 것 같다."

9시가 되자 아저씨가 현관문을 여는 소리가 들렸다. 나는 혼잣말로 중얼거리는 소리를 들었고, 옷걸이가 외투의 중량을 받고 흔들리는 소리도 들었다. 나는 이러한 조짐들이 무엇을 뜻하는지 알 수 있었다. 아저씨가 한참 저녁을 먹고 있을 때 나는 바자에 갈 돈을 달라고 했다. 그는 까맣게 잊고 있었다.

"사람들이 벌써 잠자리에 들어 지금쯤은 한잠을 잤을 시간인데." 하고 그가 말했다.

나는 웃지 않았다. 아주머니가 그에게 힘주어 말했다.

"애한테 돈을 줘서 보내시구려. 당신 때문에 이렇게 늦었잖아요."

아저씨는 깜박 잊어서 정말 미안하다고 했다. 그는 "공부만 하고 놀지 않으면 바보가 된다."라는 속담을 믿는다고 했다. 내가 어디를 가려는 것이냐고 묻기에 다시 한 번 얘기해 줬더니, 「아랍인의 말[馬]에 대한 작별 인사」[4]라는 시를 아느냐고 물었다. 내가 부엌을 나올 때 아저씨는 그 시의 첫머리를 아주머니에게 막 읊어주고 있었다.

나는 손에 플로린[5] 하나를 꽉 움켜쥐고 정거장을 향해 버킹엄가(街)를 성큼성큼 걸어 내려갔다. 물건을 사는 사람들로 붐비고, 가스등으로 휘황찬란한 거리를 보자 내가 이렇게 길을 나선 목적이 새삼스레 생각이 났다. 나는 텅 빈 기차의 3등칸에 올라탔다. 한참을 꾸물거리고 나서야 기차는 역을 천천히 빠져나갔다. 기차는 기어가는 것처럼 느린 속력으로 허물어질 것 같은 집들 사이를 빠져나가 반짝이는 강 위를 지나갔다. 웨스트랜드 로 정거장에서 한 무리의 사람들이 객차의 문으로 밀어닥쳤으나 역원들이 바자로 가는 특별열차라고 하면서 그들을 밀쳐냈다. 텅 빈 객차에는 나 혼자만 남아 있었다. 잠시 후에 열차는 나무로 가설(架設)한 플랫폼 옆에 멈춰 섰다. 한길로 빠져나와 조명시계 자판을 보니 10시 10분 전이었다. 내 앞에는 마력적인 이름을 드러내 보이는 커다란 건물이 있었다.

나는 아무리 찾아도 6페니를 내고 들어가는 입구를 찾을 수가 없었고, 바자가 파해 버릴까 겁이 난 나머지 지쳐 보이는 표정을 한 남자에게 1실링을 주고는 재빨리 회전문을 통해 안으로 들어갔다. 들어가 보니 큰 홀이 있고, 그 절반 높이까지 회랑(回廊)으로 둘러싸여 있었다. 거의 모든 상점의 문이 닫혀 있었고, 홀의 대부분은 어둠에 잠겨 있었다. 나는 미사가 끝난 뒤 성당 안에 감도는 것과 같은 정적을 느꼈다. 나는 머뭇거리며 바자 한가운데로 걸어 나갔다. 몇몇 사람들이 아직 문을 닫지 않은 상점들 주위에 모여 있었다. '카페 샹탕'[6]이라는 글씨가 색등으로 쓰여 있는 커튼 앞에서 두 사내가 쟁반 위에 놓인 돈을 세고 있었다. 나는 동전 떨어지는 소리에 귀를 기울였다.

그때야 내가 여기에 온 이유를 간신히 생각해 내고는 어떤 상점에 들러 도자기 꽃병들과 꽃무늬가 있는 찻잔 세트를 유심히 살펴보았다. 상점 문간에서 젊은 여자가 두 명의 젊은 남자와 시시덕거리며 웃고 있었다. 나는 그들의 말씨가 영국식 억양이라고 생각하면서 막연히 그들의 이야기를 흘려들었다.

"아이, 내가 언제 그런 말을 했어요?"
"아니, 했다니까요!"
"아이, 안 했다니까요!"
"자네도 들었지?"
"그래, 나도 들었어."
"아아, 그건…… 거짓말이에요!"

그 젊은 여자는 나를 보더니 내게로 와서 무엇을 살 것이냐고 물었다. 그 음성으로 보아 권하는 말투가 아니라 의무감에서 마지못해 하는 말 같았다. 나는 그 상점의 컴컴한 입구 양쪽에 동방(東方)의 보초병처럼 서 있는 커다란 항아리들을 겸허하게 바라보며 중얼거렸다.

"아니, 괜찮아요."

젊은 여자는 꽃병 하나의 위치를 바꿔놓은 다음 다시 젊은 남자들이 있는 곳으로 돌아갔다. 그들은 똑같은 이야기를 다시 하기 시작했다. 젊은 여자는 한두 번 어깨 너머로 나를 힐끗 쳐다보았다.

나는 그곳에 머물러 있어봐야 아무 소용이 없다는 것을 알면서도, 그녀의 물건에 대한 나의 관심이 사실임을 좀 더 보여 주기 위해 그 상점 앞에서 계속 서성거렸다. 그런 다음 나는 천천히 돌아서서 바자의 한가운데를 걸어 내려갔다. 나는 주머니 속에 있는 동전 두 닢을 6펜스짜리 동전 위에 떨어뜨렸다. 회랑의 한쪽 끝에서 불을 끈다는 목소리가 들려왔다. 홀 위쪽은 이제 완전히 깜깜해졌다.

그 어둠 속을 뚫어져라 쳐다보고 있노라니 나 자신이 허영에 쫓겨 농락당하는 한 마리 짐승 같다는 생각이 들었다. 그러자 나의 두 눈은 번민과 분노로 불타올랐다.

이블린

그녀는 창가에 앉아 어둠이 내리는 가로수 길을 내려다보고 있었다. 머리를 창문 커튼에 기대고 있었기 때문에 먼지 낀 크레톤 천 냄새가 매캐하게 코를 찔렀다. 그녀는 피곤했다.

지나가는 사람들은 별로 없었다. 맨 끝집에서 나온 한 남자가 자기 집으로 가느라고 지나쳐 갔다. 그가 콘크리트 포장도로 위를 터벅터벅 걸어가다가 뒤이어 새로 지은 빨간 집들 앞의 석탄재가 깔린 길을 저벅거리며 걸어가는 발소리를 그녀는 들었다. 한때 그곳은 공터여서 그들은 다른 집 아이들과 매일 저녁 그곳에서 놀곤 했다. 그러다가 벨파스트에서 온 어떤 사람이 그 공터를 사서 집을 몇 채 지었다.—그들이 살고 있는 조그만 갈색 집과는 달리 지붕이 번쩍거리는 밝은 색 벽돌집이었다. 이 가로수 길에 사는 아이들—더바인, 워터, 던네 아이들과 절름발이 꼬마 키오, 그리고 그녀와 그녀의 형제자매들—은 늘 그 공터에서 함께 놀곤 했다. 그러나 어니스트는 한 번도 같이 논 적이 없었다. 그는 너무 컸기 때문이다. 그녀의 아버지는 이따금 자두나무 지팡이를 들고 공터에 나와 그들을 집으로 몰아넣곤 했다. 그러나 꼬마 키오가 늘 망을 보고 있다가 그녀의 아버지가 오는 것을 보면 소리를 질렀다. 하지만 그들에게는 그 시절이 훨씬 행복했던 것 같았다. 그때만 해도 그녀의 아버지는 그렇게 행실이 나쁘지 않았다. 게다가 어머니도 살아 있었다. 그것은 오래전 일이었다. 그녀와 그녀의 형제자매들은 모두 장성했다. 그녀의 어머니도 세상을 떠났다. 티지 던 역시 세상을 떠났고, 워터네 식구들은 영국으로 되돌아갔다. 모든 것이 변했다. 이제 그녀도 다른 사람들처럼 고향집을 등지고 멀리 떠날 참이었다.

집이라! 그녀는 일주일에 한 번씩 여러 해 동안 먼지를 털던 그 모든 낯익은 물건들을 눈여겨 바라보면서 방 안을 둘러보았다. 그때 그녀는 이 모든 먼지들이 도대체 어디서 오는 것일까 의아하게 여겼다. 아마도 그녀는 헤어지리라고는 꿈에도 생각지 못한 이 낯익은 물건들을 다시는 보지 못할 것이다. 그녀는 성녀(聖女) 마가렛 메리 알라코크[1]에게 행한 서약이 쓰인 채색 판화 옆 깨진 소형 풍금 위쪽 벽에 걸려 있고 누렇게 변색된 사진 속의 신부 이름을 이제껏 알 수가 없었다. 그 신부는 그녀 아버지의 학교 친구였다. 그 사진을 집에 찾아온 방문객에게 보일 때마다 그녀의 아버지는 사진을 건네며 무심코 이렇게 말하곤 했다.

"저 친구는 지금 멜버른[2]에 있어요."

그녀는 집을 떠나 멀리 도망가기로 마음먹었다. 그것이 현명한 판단이었을까? 그녀는 이렇게도 생각해 보고 저렇게도 생각해 보려고 했다. 어쨌든 집에 있으면 먹고 자는 것에 대한 걱정은 없다. 그리고 평생 동안 잘 알고 지내온 사람들이 있다. 물론 집에서나 일터에서 열심히 일을 해야만 했다. 그녀가 어떤 놈팡이하고 도망을 쳤다는 것을 상점[3] 사람들이 알게 된다면 그들은 뭐라고 할까? 아마 바보라고 하겠지. 그리고 구인 광고를 내서 빈자리를 채우겠지. 개번 양이 좋아할 거야. 그녀는 늘 나를 못 잡아먹어 안달이었으니까. 특히 다른 사람들이 듣고 있을 때는 더 그랬으니까.

"미스 힐, 여기 여자 손님들이 기다리고 계시는 것도 몰라요?"
"제발 정신 좀 차려요, 미스 힐, 제발!"
상점을 떠나는 것은 별로 서러울 것이 없었다.

그러나 머나먼 미지의 나라에 있는 새집에서는 이렇지 않겠지. 그녀는 결혼한 몸이 되어 있으리라. 이블린이라는 여자는 말이다. 그러면 사람들은 그녀를 존경심을 가지고 대해 주리라. 그녀의 어머니 같은 대접은 받지 않으리라. 그녀는 열아홉이 넘은 지금조차도 아버지의 폭력 때문에 위험을 느낄 때가 있었다. 가슴이 두근거리는 증세도 그 때문이라는 것을 그녀는 알았다. 그들 남매가 성장하면서 아버지는 해리나 어니스트에게는 자주 손을 대면서도 딸이라서 그런지 그녀에게는 한 번도 그런 적이 없었다. 하지만 최근 들어 죽은 어머니만 아니라면 어떻게 하겠다고 하면서 그녀마저 위협하기 시작했다. 이제 그녀를 보호해 줄 사람은 아무도 없었다. 어니스트는 이미 죽었고, 교회 장식 일을 하는 해리는 거의 항상 시골 어딘가에 가 있었다. 더욱이 토요일 밤마다 늘 돈 때문에 벌어지는 입씨름은 이루 표현할 수 없을 정도로 그녀를 지치게 만들었다. 그녀는 자기가 벌어온 돈—7실링—을 고스란히 아버지에게 바쳤고, 해리도 힘닿는 데까지 늘 돈을 보내왔지만 문제는 아버지한테 돈을 타내는 일이었다. 아버지는 그녀가 돈을 물 쓰듯 한다는 둥, 도대체 생각이 없다는 둥, 자기가 힘들게 번 돈을 길에다 뿌리며 나다니라고 내줄 것 같으냐는 둥, 별의별 이야기를 다 하곤 했다. 토요일 밤이면 아버지는 늘 술에 많이 취해 있었기 때문이다. 결국에는 딸에게 돈을 내주며 일요일 저녁거리를 살 생각이냐고 물었다. 그러면 그녀는 될 수 있는 대로 빨리 시장으로 달려가서 장을 보아야 했다. 까만 가죽 지갑을 손에 꼭 움켜쥔 채 북적대는 사람들을 팔꿈치로 밀어젖히면서 먹을거리를 잔뜩 산 다음 밤늦게야 집으로 돌아왔다. 집안일을 보살피며, 자기에게 떠맡겨진 어린 두 동생을 규칙적으로 학교에 보내고, 꼬박꼬박 식사를 챙겨 먹이는 것은 이만저만한 일이 아니었다. 그것은 힘든 일―힘든 생활―이었지만, 이제 그 일도 막상 그만두려고 생각하니 아주 싫은 일만은 아니었던 것처럼 여겨졌다.

그녀는 이제부터 프랭크와 새로운 인생을 개척하려는 참이었다. 프랭크는 매우 친절하고, 사내답고, 솔직했다. 그녀는 그의 아내가 되어, 그녀를 위해 그가 집을 마련해 둔 부에노스아이레스에서 함께 살기 위해 밤배로 그와 함께 떠날 참이었다. 프랭크를 처음 만났던 때를 그녀는 생생히 기억했다. 그는 그녀가 자주 다니던 큰길가에 있는 어느 집에서 하숙을 하고 있었다. 그것은 바로 몇 주 전의 일만 같았다. 그는 대문 앞에 서 있었는데, 뾰족한 모자를 뒤로 젖혀 써서 머리칼이 구릿빛 얼굴 위로 흘러내렸다. 그때부터 두 사람은 서로 사귀게 되었다. 그는 밤마다 그녀를 상점 밖에서 만나 집까지 바래다주곤 했다. 그는 그녀를 데리고「보헤미아 소녀」[4]라는 오페라를 보러 간 적이 있었는데, 처음 가보는 극장 안에 그와 함께 앉아 있노라니 기분이 으쓱해졌다. 그는 노래를 무척 좋아했고, 부르기도 제법 잘 불렀다. 사람들도 그들이 사랑하는 사이라는 것을 알게 되었고, 그가 수부(水夫)를 사랑하는 처녀에 관한 노래를 부를 때면 그녀는 언제나 어쩔 줄 모르면서도 기분이 좋았다. 그는 장난삼아 그녀를 포펀스[5]라고 부르곤 했다. 무엇보다도 그녀에게 남자가 생겼다는 것은 가슴

벅찬 일이었고, 그래서 그를 더욱 좋아하게 되었다. 그는 먼 나라의 이야기들을 알고 있었다. 그는 한 달에 1파운드의 급료를 받고 캐나다로 가는 앨런 기선회사의 배에서 갑판 청소부로 일을 시작했다. 그는 자기가 탔던 배들의 이름과 여러 선박회사들의 이름을 알려 주었다. 그는 마젤란 해협을 통과한 적이 있기에 그녀에게 무시무시한 파타고니아족[6]의 이야기도 들려주었다. 그는 운 좋게도 부에노스아이레스에서 한밑천 잡았고, 단지 휴가차 잠시 고국에 들른 것이라고 했다. 물론 그녀의 아버지는 두 사람의 관계를 알게 되자, 다시는 그와 상대하지 말라고 단단히 일렀다.

"그따위 뱃놈들 속은 내가 다 안다." 아버지가 말했다.

어느 날엔가 아버지는 프랭크와 말다툼을 한 적이 있는데, 그 일이 있은 후로 프랭크를 몰래 만나야 했다.

가로수 길에 밤이 깊어가고 있었다. 그녀의 무릎 위에 놓인 하얀색 편지 두 통도 차츰 잘 보이지 않게 되었다. 한 통은 해리에게 남기는 편지였고, 한 통은 아버지에게 쓴 편지였다. 그녀는 어니스트를 특히 귀여워했지만 해리도 좋아했다. 최근 들어 아버지가 부쩍 늙는다는 생각이 들었다. 내가 떠나면 이 딸을 몹시 보고 싶어 하겠지. 때로 아버지는 무척 다정했다. 얼마 전 그녀가 몸이 아파 온종일 누워 있을 때 그녀 곁에서 유령 이야기를 읽어주기도 했고, 난롯불에 손수 토스트를 구워주기도 했다. 또 어머니가 살아 있던 어느 날은 가족 모두가 호스 언덕으로 소풍을 간 적도 있다. 그때 아버지가 어머니의 보닛 모자를 쓰고 아이들을 웃겼던 일이 문득 생각났다.

시간이 점점 다가오고 있었다. 하지만 그녀는 창 커튼에 머리를 기댄 채 먼지 낀 크레톤 천 냄새를 들이마시면서 계속 창가에 앉아 있었다. 가로수 길 저편 아래쪽에서 손풍금 소리가 들려왔다. 귀에 익은 곡조였다. 그 음악 소리가 하필이면 바로 그날 밤에 들려와 그녀가 어머니에게 했던 약속, 즉 할 수 있는 한 끝까지 집안을 돌보겠다는 약속을 상기시키다니 정말 묘한 일이었다. 그녀는 어머니가 병으로 임종을 맞던 날 밤을 기억했다. 그녀는 다시 현관 맞은편에 있는 밀폐된 컴컴한 방에 있고, 밖에서는 이탈리아의 구슬픈 곡조가 들려오는 듯했다. 그때 아버지는 풍금 치는 사람에게 6펜스를 주고 다른 데로 가라고 쫓아버렸다. 아버지가 으쓱대며 병실로 다시 들어서면서 했던 말이 새삼 떠올랐다.

"우라질 이탈리아 놈들 같으니라고! 감히 여길 오다니!"

이런 생각에 잠겨 있자니 어머니의 일생—종말에 가서는 광기로 끝나 버린 평범한 자기 희생의 일생—의 비참한 환영이 그녀 존재의 핵심에 마법을 거는 듯했다. 바보처럼 끈질기게 소리치던 어머니의 목소리가 다시 들려오는 듯해서 그녀는 몸을 부들부들 떨었다.

"데레바운 세라운!"[7] 데레바운 세라운!"

그녀는 갑자기 겁에 질려 자리에서 벌떡 일어섰다. 벗어나야 해! 벗어나야만 한다! 프랭크가 그녀를 구해 주리라. 그가 그녀에게 새 삶을, 그리고 아마 사랑 또한 주리라. 그녀는 살고 싶었다. 왜 그녀가 불행해야 한단 말인가? 그녀에게도 행복할 권리가 있다. 프랭크가 그녀를 두 팔로 끌어안고, 꼭 감싸 줄 것이다. 그가 그녀를 구해 주리라.

그녀는 노스 월 선착장에서 북적이는 군중들 사이에 끼어 있었다. 그녀는 프랭크가 자기 손을 잡고 앞으로 있을 항해에 관해 무언가를 되풀이해서 말하는 것을 의식했다. 선착장은 갈색의 배낭을 멘 군인들로 만원이었다. 창고 여러 채의 널찍한 문들 틈으로 그녀는 부두 벽 옆에 정박한, 현창(舷窓)마다 불이 켜진 시커먼 덩어리 같은 배를 얼핏 보았다. 그녀는 아무런 대답도 하지 않았다. 그녀는 볼이 싸늘해지면서 창백해지는 것을 느꼈다. 그리고 고뇌로 어찌할 바를 몰라, 자기를 인도해 주고 어찌해야 하는지 알려 달라고 하느님께 기도했다. 배는 안개 속으로 구슬픈 뱃고동 소리를 길게 내뿜었다. 이대로 그녀가 떠난다면, 내일이면 부에노스아이레스를 향해 항해하는 배 위에 프랭크와 함께 있게 될 것이다. 배표도 이미 예약했다. 그녀를 위해 프랭크가 모든 것을 다 해줬는데, 이제 와서 되돌아가겠다고 할 수 있단 말인가? 그녀는 번민으로 속이 메스꺼워서 입술을 계속 움직이며 소리 없이 간절히 기도했다.

종소리가 그녀의 가슴속까지 울렸다. 프랭크가 자기의 손을 잡는 것이 느껴졌다.

"자, 가요!"

세상의 모든 바다가 그녀의 심장으로 밀려들었다. 프랭크가 그녀를 그 바다 속으로 끌어들이는 듯했다. 마치 그녀를 물속에서 익사시킬 것만 같았다. 그녀는 두 손으로 쇠 난간을 움켜잡았다.

"자, 가자니까요!"

안 돼! 안 돼! 안 돼! 이래서는 안 돼. 그녀는 미친 듯이 쇠 난간을 부여잡았다. 그녀의 고뇌에 찬 절규가 바다 한가운데서 메아리쳤다.

"이블린! 이비!"

프랭크는 난간 너머로 달려와 그녀에게 따라오라고 소리쳤다. 빨리 앞으로 가라고 사람들이 고함을 질러댔으나, 그는 여전히 그녀를 부르고 있었다. 그녀는 무기력한 짐승처럼 아무런 반응 없이 창백한 얼굴로 그를 바라보았다. 그녀의 눈은 사랑이나 작별 또는 인식의 아무런 표시도 그에게 보여 주지 않았다.

경주가 끝난 뒤

경주용 자동차들이 나스로(路)의 움푹 파인 길을 따라 총알처럼 일직선으로 달리며 더블린을 향해 질주해 들어왔다. 결승점을 향해 들어오는 차들을 보기 위해 인치코어[1] 고개 마루턱에는 이미 구경꾼들이 떼 지어 모여 있었고, 가난과 무기력의 길을 헤치며 유럽 대륙의 부와 산업이 속도를 더하고 있었다. 이따금씩 무리를 지은 군중들이 억눌린 감정을 발산이라도 하듯이 환호성을 질러댔다. 그러나 그들은 자신들의 친구인 프랑스인들[2]의 차, 즉 푸른색 자동차들을 응원하고 있었다.

더구나 프랑스 사람들은 사실상의 승리자였다. 그들 팀은 착실하게 경기를 마쳤다. 그들은 2등과 3등을 차지했으며, 우승한 독일 자동차의 운전수는 벨기에 사람으로 알려졌다. 그래서 각각의 푸른색 자동차들이 고개 마루턱을 오를 때마다 갑절의 환영을 받았고, 그때마다 자동차에 탄 사람들은 미소와 목례로 환호에 답했다. 이 맵시 있는 차들 중 하나에는 네 명의 젊은이 무리가 타고 있었는데, 지금 그들의 기분은 성공한 프랑스인의 기질 이상으로 고무되어 있었다. 사실 이 네 명의 젊은이들은 모두 마음이 한껏 들떠 있었다. 그들은 차의 주인인 샤를 세구앵, 캐나다 태생의 젊은 전기 기술자 앙드레 리비에르, 빌로나라는 이름의 몸집이 큰 헝가리 청년, 그리고 말쑥하게 차려입은 도일이라는 이름을 가진 젊은이였다. 세구앵은 생각지도 않은 주문을 미리 받았기 때문에(그는 파리에서 막 자동차 회사를 차릴 참이었다.) 기분이 좋았고, 리비에르는 그 회사의 지배인으로 내정되었기 때문에 기분이 좋았다. 이 두 젊은이들은(사촌 사이였다.) 또한 프랑스 차들이 우승을 했기 때문에 기분이 좋았다. 빌로나는 푸짐한 점심을 먹었기 때문에 기분이 좋은 데다 타고난 낙천주의자였다. 하지만 그들 중 네 번째 젊은이는 너무 흥분한 나머지 기쁜 줄도 몰랐다.

그의 나이는 26세 정도였고, 부드러운 연갈색의 콧수염에다 다소 순진해 보이는 회색 눈을 가졌다. 그의 아버지는 열렬한 민족주의자[3]로 인생을 시작했으나 일찌감치 인생관을 바꾸었다. 그는 킹스타운에다 푸줏간을 열어 돈을 벌었고, 더블린 시내와 근교에 가게를 내서 돈을 몇 배로 불렸다. 그는 또한 운이 따라서 몇 건의 경찰청 납품 계약까지 따냈고, 급기야는 더블린의 일간지들이 그를 호상(豪商)이라고 부를 정도로 부자가 되었다. 그는 아들을 영국으로 보내 가톨릭 계통의 규모가 큰 고등학교에서 교육을 받게 했고, 나중에는 트리니티 대학에 보내 법률을 공부하도록 했다. 지미는 공부를 그리 열심히 하는 편은 아니었고, 잠시 나쁜 길에 발을 들여놓은 적도 있었다. 그는 돈뿐만 아니라 인기도 있었다. 그는 음악 서클과 자동차 경주 서클에 절묘하게 시간을 배분했다. 그러다가 세상 물정을 어느 정도 배울 수 있도록 한 학기 동안 케임브리지에 보내졌다. 그의 아버지는 아들을 꾸짖었지만 내심으로는 아들의 방종을 자랑스럽게 여겨, 그의 빚을 모두 갚아주고 집으로 데려왔다. 그가 세구앵을 만난 것은 케임브리지에서였다. 그들의 관계는 아직 아는 사이 이상으로 진척되지 못했지만, 지미는 세상을 많이 알고 프랑스에서 가장 큰 호텔 몇 개를 소유해 명성이 자자한 사람과 사귀게 된 것이 무척 기뻤다. 그런 사람은 (그의 아버지가 동의했듯이) 처음부터 지금처럼 매력적인 친구는 아니었지만 사귈 만한 가치가 충분히 있었다. 빌로나 역시 재미있는 친구이자 훌륭한 피아니스트였지만 불행하게도 몹시 가난했다.

자동차는 들뜬 젊은이들을 가득 싣고서 경쾌하게 달렸다. 사촌지간인 두 사람이 앞자리에 앉았고 지미와 헝가리 친구는 뒷자리에 앉았다. 빌로나는 기분이 최상이어서 수 마일을 달리는 동안 굵직한 저음으로 계속 콧노래를 불렀다. 두 명의 프랑스 젊은이들은 웃음과 가벼운 농담을 어깨 너머로 던졌고, 지미는 그들의 빠른 말을 알아듣기 위해 자주 몸을 앞쪽으로 기울여야 했다. 그런데 이런 짓이 그에게는 전혀 유쾌한 일이 아니었다. 그럴 때마다 거의 말의 뜻을 눈치껏 추측해서 세찬 바람이 불어오는 앞쪽을 향해 그럴싸한 대답을 큰 소리로 외쳐대야 했기 때문이다. 게다가 빌로나의 콧노래 소리는 모두에게 방해가 되었고, 자동차의 소음 또한 마찬가지였다.

빠른 속도로 공간을 달리다 보면 사람의 기분이란 우쭐해지기 마련이다. 악명을 떨칠 때도 그렇고 돈을 소유할 때도 그렇다. 이 세 가지는 지미를 흥분시키는 그럴싸한 이유였다. 그날 그의 많은 친구들은 그가 유럽 대륙의 친구들과 어울려 다니는 것을 지켜보았다. 자동차 경주의 서행(徐行) 구간에서 세구앵은 그를 프랑스 선수 중 한 명에게 소개하기도 했다. 그때 엉겁결에 어물거린 지미의 인사말에 상대방 선수는 가무잡잡한 얼굴에 새

하얀 치열을 드러내며 웃었다. 그러한 영광을 누린 뒤에 구경꾼들이 서로 옆구리를 찌르며 의미심장한 표정을 주고받는 속세로 되돌아오는 것은 기분 좋은 일이었다. 그리고 돈에 대해서라면, 정말이지 그는 자기 마음대로 주무를 수 있는 상당한 액수의 돈을 가지고 있었다. 세구앵은 아마도 그것을 대단한 액수로 생각지 않을 테지만, 지미는 일시적인 과오에도 불구하고 근본에서는 아버지의 견실한 성품을 이어받은지라 그 돈을 얼마나 힘들게 모은 것인지 잘 알았다. 이런 것을 알았기 때문에 그가 빚을 져도 적당한 선을 지킬 수 있었던 것이다. 그리고 단지 뛰어난 지성이 어떤 변심을 일으켜 문제를 야기할 때도, 돈의 뒤에 숨어 있는 노고를 그토록 의식하고 있었으니 그의 대부분의 재산을 내걸려는 지금에 있어서는 이를 얼마나 더 절실히 의식하고 있으랴! 그것은 그에게 중대한 문제였다.

물론 그 투자는 잘한 일이었다. 세구앵은 아일랜드의 푼돈 따위를 회사의 자본금에 포함시켜 주는 것은 친구로서 베푸는 호의 때문이라는 인상을 심어주고자 했다. 지미는 사업상의 문제들에 관한 아버지의 기민성을 존경했고, 이번 경우에도 자동차 사업에서 떼돈을 벌 수 있다고 투자를 먼저 제안한 사람이 바로 아버지였다. 더욱이 세구앵은 틀림없이 부자라는 인상을 풍겼다. 지미는 지금 자신이 타고 있는 이 멋진 자동차를 사려면 며칠이나 일을 해야 하는지 계산해 보기 시작했다. 차가 얼마나 매끄럽게 달렸던가! 얼마나 멋들어지게 시골길을 질주해 왔던가 말이다! 여행은 삶의 참된 맥박에 마력적인 자극을 가했고, 인간의 신경조직은 민첩하게 달리는 푸른 짐승의 탄력 넘치는 질주에 열심히 화답하고자 했다.

그들은 데임가(街)로 내달렸다. 그날따라 거리는 차량들로 혼잡했는데, 자동차를 운전하는 사람들이 눌러대는 경적 소리와 성질 급한 전차 운전기사들이 땡땡 울려대는 종소리로 귀가 따가웠다. 세구앵이 은행[4] 근처에 차를 바싹 갖다 대자 지미와 그의 친구가 차에서 내렸다. 얼마 안 되는 군중들이 인도로 몰려들어 붕붕거리는 자동차에 경의를 표했다. 그들 일행은 그날 저녁 세구앵의 호텔에서 함께 저녁 식사를 할 예정이었고, 그사이에 지미와 그의 집에 묵고 있는 친구는 옷을 갈아입기 위해 집으로 향했다. 차가 그래프턴가(街)를 향해 천천히 나아가는 동안 두 젊은이는 구경꾼들 사이를 헤치며 걸어갔다. 두 사람은 걷는 것에 야릇한 실망감을 느끼며 북쪽으로 향했다. 그들의 머리 위에는 시가지의 창백하고 둥근 가로등이 여름날 저녁의 엷은 안개에 싸인 채 매달려 있었다.

지미의 집에서는 이번 만찬이 무슨 중대한 행사라도 되는 것처럼 벌써부터 부산을 떨고 있었다. 그의 부모가 당황하는 데에는 일종의 자부심마저 섞여 있었고, 또 너무 열성적이다 보니 주체를 못 하는 면도 있었다. 왜냐하면 외국 대도시들의 이름에는 최소한 그런 힘이 있었기 때문이다. 지미도 정장을 차려입으니 아주 멋져 보였다. 그가 현관에 서서 나비넥타이를 마지막으로 손질하고 있을 때, 그의 아버지는 종종 돈을 주고도 살 수 없는 기품이 아들에게 있음을 보고 일종의 상업적인 만족감마저 느꼈는지 모른다. 그래서 그의 아버지는 빌로나에게 유난히 다정했고, 외국인의 소양에 대해 진정으로 존중하는 태도를 보였다. 그러나 주인의 이러한 세심한 배려도 저녁 만찬에만 마음이 가 있는 이 헝가리 젊은이에게는 그다지 효과를 거두지 못한 듯싶었다.

만찬은 더할 나위 없이 훌륭하고 멋졌다. 세구앵은 매우 세련된 취향을 지니고 있다고 지미는 생각했다. 지미가 케임브리지에 있을 때 세구앵과 함께 다니는 것을 본 적이 있는 라우스라는 젊은 영국인의 참석으로 파티의 분위기가 고조되었다. 젊은이들은 전등불이 환히 켜진 아늑한 바에서 식사를 했다. 그들은 아무런 거리낌 없이 청산유수처럼 말을 늘어놓았다. 온갖 상상을 다 해 보던 지미는 프랑스 친구들의 생기발랄한 젊음과 영국인 친구의 절제된 품위가 우아하게 어우러진다고 생각했다. 바로 자신이 원했던 그 모습이라는 생각마저 들었다. 그는 대화를 이끌어가는 세구앵의 재치에 감탄했다. 다섯 젊은이들의 취미가 아주 다양하여 풀린 이야기는 끊일 줄을 몰랐다. 빌로나는 무한한 존경심으로 영국 마드리갈의 아름다움을 극찬했고, 옛날 악기들이 자취를 감춘 것을 개탄하여 영국 사람인 라우스를 다소 놀라게 했다. 리비에르는 다소 주책없이 프랑스 기술진의 우수성을 늘어놓기 시작했다. 헝가리 친구인 빌로나가 우렁찬 목소리로 낭만파 화가들이 그린 류트가 엉터리라고 조롱하자, 세구앵은 화제를 정치 쪽으로 돌려 버렸다. 그것은 모두의 관심을 끄는 화제였다. 관내한 분위기에 젖어 있던 지미는 아버지로부터 이어받은 잠재적인 열성이 다시 깨어나는 것을 느꼈고, 이는 마침내 무감각한 라우스를 자극하기까지 했다. 방 안의 열기가 두 배로 더해져서, 세구앵의 주인 역할이 매 순간 더 힘들어졌다. 심지어 사사로운 악감정이 표출될 위험마저 있었다. 그러자 눈치 빠른 세구앵은 인류를 위해 건배를 들자고 했고, 건배가 끝나자 의미심장하게 창문을 열어젖혔다.

   그날 밤 이 도시는 수도의 가면을 쓰고 있었다. 다섯 명의 젊은이들은 향기로운 담배 연기를 내뿜으며 스티븐스 그린 공원을 따라 어슬렁어슬렁 거닐었다. 그들은 큰 소리로 유쾌하게 떠들어댔고, 그들의 어깨에는 외투가 걸쳐져 있었다. 사람들은 그들을 보고 길을 비켜주었다. 그래프턴가의 한 모퉁이에서 키가 작달막한 뚱보 사내가 잘 빠진 두 여자를 자동차에 태워 또 다른 뚱보 사내에게 맡기고 있었다. 차가 떠나자 그 작달막한 뚱보가 일행을 보고 소리쳤다.

"앙드레."

"팔리 아냐!"

뒤이어 이야기가 급류처럼 쏟아져 나왔다. 팔리는 미국인이었다. 무슨 이야기를 하는지 아무도 제대로 알아듣지 못했다. 빌로나와 리비에르가 제일 많이 떠들어댔으나 모두가 흥분 상태였다. 그들은 큰 소리로 웃어대며 차에 비집고 올라탔다. 그들은 이제 부드러운 색깔로 엉긴 군중 곁을 지나 즐거운 종소리에 맞추어 달렸다. 그들은 웨스트랜드 로 정거장에서 기차를 탔고, 잠시 후(지미에게는 그렇게 느껴졌다.) 킹스타운 역을 빠져나왔다. 표를 받는 역원이 지미에게 인사를 건넸다. 그는 나이가 많은 늙은이였다.

"안녕하십니까, 선생!"

맑게 갠 여름밤이었다. 그들의 발치 아래에는 마치 컴컴한 거울처럼 항구가 펼쳐져 있었다. 그들은 서로 팔을 끼고 「커데트 루셀」[5]을 합창하며 항구를 향해 걸어갔다. 그들은 후렴을 부를 때마다 발을 쿵쿵 굴렀다.

"호! 호! 호헤, 정말로!"[6]

그들은 조선대(造船臺)에서 보트를 타고 노를 저어 미국인의 요트가 있는 곳으로 갔다. 그곳에서 저녁 식사를 하고, 음악을 즐기며, 카드놀이도 할 참이었다. 빌로나가 자신 있게 말했다.

"신 나겠다!"

선실에는 요트용 피아노가 한 대 있었다. 팔리와 리비에르는 빌로나가 치는 왈츠 곡에 맞춰 춤을 추었다. 팔리는 남자 역, 리비에르가 여자 역을 했다. 그다음에는 즉흥 스퀘어 댄스를 추었는데, 두 사람 모두 기발한 모습으로 춤을 추었다. 정말로 유쾌했다! 지미도 신이 나서 춤판에 끼었다. 적어도 이것이 인생을 사는 맛이다. 그러다가 팔리가 숨이 차서 "그만!" 하고 소리쳤다. 한 남자가 가벼운 저녁 요리를 가져오자 젊은이들은 그저 예의상 그 앞에 앉았다. 하지만 모두 술만 마셨다. 보헤미아산(産) 술이었다. 그들은 아일랜드, 영국, 프랑스, 헝가리, 미국을 위해 건배했다. 지미가 일장 연설을 했다. 연설이 중단될 때마다 빌로나가 "자, 자, 들어봐요! 들어봐!" 하고 말했다. 지미가 연설을 끝내고 자리에 앉자 박수갈채가 터져 나왔다. 지미가 멋진 연설을 한 것이 틀림없었다. 팔리가 지미의 등을 두드리면서 큰 소리로 웃었다. 얼마나 유쾌한 친구들인가! 얼마나 좋은 친구들인가!

카드! 카드! 식탁이 말끔히 치워졌다. 빌로나는 조용히 피아노가 있는 데로 돌아가 그들을 위해 피아노 독주곡을 연주했다. 나머지 젊은이들은 연방 판을 갈아가며 대담하게 점점 판을 크게 벌였다. 그들은 하트 퀸과 다이아몬드 퀸을 위해 건배했다. 지미는 위트가 폭발적으로 터져 나오는데 들어주는 사람이 없자 은근히 섭섭했다. 판돈이 엄청 커지자 어음이 오가기 시작했다. 지미는 누가 따는지 정확히 알 수 없었지만, 자신이 잃고 있다는 것만은 알았다. 그러나 그것은 자신의 실수였다. 왜냐하면 그는 자꾸 카드를 잘못 집어 다른 사람들이 그의 차용증서를 대신 계산해 줘야 했으니 말이다. 그들은 엄청 재미있는 친구들이었지만, 밤이 깊어가니 이제 그만 카드놀이를 끝냈으면 싶었다. 누군가가 '뉴포트[7]의 미녀'라는 요트 이름을 부르며 건배를 제의했다. 그러자 또 누군가가 마무리로 한판 크게 하자고 제안했다.

피아노 소리가 그친 것으로 보아 빌로나는 갑판 위로 올라가 있는 것이 분명했다. 정말로 엄청난 판이었다. 모두들 그 판이 끝나기 직전에 잠시 멈추어서 각자의 행운을 위해 건배했다. 지미는 그 판이 라우스와 세구앵 사이의 승부임을 알았다. 정말 짜릿한 순간이었다. 물론 지미는 뻔히 잃을 것을 알면서도 덩달아서 신이 났다. 차용증을 얼마나 써재꼈을까? 젊은이들은 모두 일어서서 떠들고 손짓을 하며 마지막 한판을 놀았다. 라우스가 돈을 땄다. 선실은 젊은이들의 함성 소리로 진동했고, 카드를 챙겨 묶었다. 곧바로 그들은 딴 돈을 모으기 시작했다. 팔리와 지미가 가장 많이 잃었다.

지미는 아침이면 후회하리라는 것을 알았지만, 지금 당장 쉴 수 있다는 점과 자신의 어리석음을 덮어줄 몽롱한 무감각 상태가 좋았다. 그는 테이블 위에 두 팔꿈치를 괴고 두 손으로는 머리를 감싼 채, 관자놀이의 맥박을 세어보았다. 선실 문이 열리면서 빌로나가 회색 빛살 속에 서서 외치는 것이 보였다.

"동이 틉니다, 여러분!"

두 한량

 시가지는 8월의 따사로운 노을에 잠기고, 거리에는 여름을 연상시키는 훈훈한 바람이 감돌았다. 일요일의 휴식을 위해 셔터를 내린 거리는 화사한 옷차림의 군중들로 북적였다. 찬란한 진주 같은 가로등은 전신주 꼭대기로부터 그 밑에서 끊임없이 모양과 색채가 변하는 살아 있는 사람들의 직물 속으로 빛을 던졌고, 따뜻한 회색의 저녁 공기 속으로는 사람들의 끊임없는 웅얼거림 소리가 퍼져 나갔다.
 두 젊은이가 러틀랜드 광장[1]의 언덕을 내려왔다. 그중 한 사람은 긴 독백을 이제 막 끝내려던 참이었다. 보도의 가장자리를 걷던 다른 한 사람은 때때로 친구가 무례하게 미는 바람에 차도를 밟을 수밖에 없었지만, 그래도 재미있어 귀를 기울이는 표정이었다. 그는 몸집이 땅딸막하고 얼굴은 불그스레했다. 그는 요트용 모자를 이마 뒤로 젖혀 쓴 채 친구의 이야기에 귀를 기울이면서, 눈, 코, 입의 가장자리로부터 얼굴 전면으로 다양한 표정의 물결을 끊임없이 쏟아냈다. 그는 몸을 비틀면서 씨근대는 웃음을 연거푸 토해 냈다. 교활한 즐거움으로 반짝이는 그의 두 눈은 매번 친구의 얼굴을 힐끔거렸다. 그는 투우사처럼 한쪽 어깨에 걸친 가벼운 우비를 한두 번 바로잡았다. 그의 바지나 흰색 고무 구두, 멋지게 걸친 우비로 봐서는 젊은이가 분명했다. 하지만 허리가 뚱뚱한 몸집, 숱이 적은 희끗희끗한 머리, 다양한 표정의 물결이 스쳐 지나간 얼굴은 세파에 찌든 모습이었다.

친구의 이야기가 모두 끝났다고 확신한 그는 30초 동안 소리 없이 꼬박 웃더니 이렇게 말했다.

"야……! 그것 정말 끝내주는데!"

그의 목소리는 기력이 하나도 없어 보였다. 그래서 자기의 말뜻을 강조하기 위해 농을 섞어 이렇게 덧붙였다.

"그것 참 유일하고 독특하고, 또 뭐랄까, 보기 드물게 훌륭해."

이 말을 하고 난 뒤 그는 심각해져서 입을 다물었다. 오후 내내 도어셋가(街)의 어떤 선술집에서 지껄인 후라 그의 혀도 지쳐 있었다. 대부분의 사람들은 레너헌이 남들 등쳐 먹는 작자라고 생각했지만, 이러한 평판에도 불구하고 술책과 언변이 좋았기 때문에 그의 친구들은 늘 그를 어찌할 도리가 없었다. 그는 술집에서 친구들이 모여 있는 곳으로 넉살 좋게 다가가서 약삭빠르게 언저리에서 어영부영하다가, 술이 한 순배 돌 때 그들과 함께 어울려버리는 재주가 있었다. 그는 엄청나게 많은 이야깃거리, 노래, 수수께끼 등을 아는, 놀기 좋아하는 부랑자였다. 그는 또한 온갖 종류의 무례함 따위에 전혀 신경 쓰지 않는 사람이었다. 그가 어떻게 먹고사는지 아무도 몰랐지만, 그의 이름은 막연하게 경마(競馬) 정보지와 관련이 있는 듯싶었다.

"근데, 그 여잔 어디서 주웠어, 코얼리?" 하고 그가 물었다.

코얼리는 헛바닥으로 윗입술을 재빠르게 훑고 나서 말했다.

"어느 날 밤에 데임가(街)를 따라 걸어가는데 워터하우스 시계탑 밑에서 괜찮은 여자를 하나 발견했지. 그래서 '안녕하슈.' 하고 인사를 했단 말이야. 그러고 나서 우리는 운하를 따라 한 바퀴 산책을 했지. 그 여자 말로는 자기는 배고트가(街)의 어느 집에 하녀로 있다는 거야. 그날 밤 팔로 그녀의 허리를 감싸고, 좀 껴안아 주었지. 그리고 다음 일요일에 약속을 해서 그녀를 만났어. 도니브룩에 가서 들판으로 그녀를 끌고 들어갔지. 지금까지는 우유배달부하고 놀아났다는 거야……. 이봐, 끝내줬어. 매일 밤 담배 갖다 주지, 왕복 전차표 값까지 다 내주지. 어느 날 밤엔 아주 근사한 시가를 두 개비 가져왔는데, 아, 정말 끝내주더구먼. 전에 그 작자가 피우던 거라나……. 이봐, 임신이라도 할까 봐 겁이 덜컥 나더라고. 하지만 그녀도 무슨 수를 쓰고 있더군."

"아마 그 여잔 자네 쪽에서 결혼하자는 말을 꺼낼 거라고 생각한 모양이지." 레너헌이 말했다.

"난 지금 무직이어서 픾[2]에 있는 신세라고 말해 줬지. 그 여자는 아직 내 이름도 몰라. 조심하느라 가르쳐주지 않았지. 하지만 그 여잔 날 훌륭한 사람으로 생각하고 있단 말이야, 알겠어?"

레너헌이 또다시 소리 내지 않고 웃었다.

"그건 지금까지 내가 들어본 얘기 중 단연 최고군그래."

이 말에 신이 난 듯 코얼리는 성큼성큼 걸어갔다. 그의 큼직한 몸이 흔들거리는 바람에 레너헌은 보도에서 차도로 몇 발짝 비켜 나갔다가 다시 돌아와야만 했다. 코얼리는 어느 경감의 아들로, 자기 아버지의 풍채와 걸음걸이를 빼닮았다. 그는 양손을 옆구리에 붙인 채 몸을 꼿꼿이 세우고 머리를 이리저리 흔들어대며 걸었다. 그의 머리통은 크고 둥글며 기름으로 번지르르했고 사시사철 땀이 났다. 한쪽으로 비스듬히 쓴 커다랗고 둥근 모자는 구근(球根)에서 자라난 또 다른 구근처럼 보였다. 그는 행진이라도 하는 듯 늘 앞을 똑바로 보면서 걸었고, 거리에서 누군가를 봐야 할 때는 상반신을 돌려야 했다. 현재 그는 일정하게 하는 일 없이 시내를 나돌아 다니는 한량이었다. 어디 일자리가 하나 났다 싶으면 항상 그에게 부탁하러 달려오는 친구가 있었다. 그가 사복을 입은 경찰관과 함께 걸으며 열심히 이야기를 주고받는 모습이 사람들 눈에 종종 띄었다. 그는 온갖 사건의 내막을 알았고 최종적인 판단을 내리기를 좋아했다. 그는 친구들의 말에는 귀 기울이지 않고 혼자 떠벌리기가 일쑤였는데, 화제의 중심은 주로 자기 자신이었다. 그가 아무개에게 뭐라고 했는데 아무개가 그에게 뭐라고 했으며, 또 그가 무슨 말을 해서 사태를 해결했는가 하는 것이었다. 이런 이야기를 할 때면 그는 피렌체 사람 흉내를 내 그의 이름 첫 자에 기음(氣音)을 넣어 발음했다.

레너헌은 그의 친구에게 담배를 한 대 권했다. 이 두 젊은이가 사람들 무리를 뚫고 지나갈 때, 코얼리는 때때로 얼굴을 돌려 지나가는 몇몇 여자들에게 미소를 보냈으나 레너헌은 두 겹의 달무리에 싸인 크고 희미한 달에다 시선을 고정시켰다. 그는 황혼의 회색 그림자가 달의 표면 위로 지나가는 것을 열심히 지켜보았다. 이윽고 그가 입을 열었다.

"그래…… 말해 봐, 코얼리. 자네, 잘해 낼 수 있는 거지, 그렇지?"

코얼리는 대답 대신 한쪽 눈을 의미 있게 찡긋했다.

"쉽사리 넘어갈 여자 같은가?" 레너헌이 긴가민가하며 물었다. "여자들이란 알 수 없단 말이야."

"그 여잔 신경 꺼." 코얼리가 말했다. "자네는 내가 그 여자 하나쯤 후리지 못할 줄 아는가? 그 여잔 내게 푹 빠져 있단 말이야."

"자네야말로 바로 그 유쾌한 로타리오[3]군그래." 레너헌이 말했다. "진짜 로타리오란 말이야, 역시!"

빈정대는 투가 그의 태도에서 비루함을 덜어주었다. 그는 자신을 구하기 위해 자신의 아첨이 조롱으로 해석될 여지를 남기는 버릇이 있었다. 그러나 코얼리는 이런 것을 눈치챌 만큼 예민하지 못했다.

"괜찮은 하녀만 한 게 없지." 그가 단언했다. "내 말을 믿으라고."

"다 겪어본 분이니까 어련하시려고." 레너헌이 말했다.

"자네도 알다시피 처음엔 나도 늘 젊은 여자들하고 어울리곤 했지." 코얼리가 속마음을 터놓으며 말했다. "저 사우스 서큘러 도로를 저녁에 산책하는 여자들과 말이야. 늘 전차를 태워 어딘가로 데리고 다녔지, 요금은 다 내가 내고. 아니면 악대 공연이나 연극 구경도 시켜줬단 말이야. 뿐만 아니라 초콜릿이나 사탕 같은 것들도 사줬지. 걔들한테 돈도 꽤 썼어." 그는 마치 자신이 불신당하고 있음을 의식한 듯 설득조로 말했다.

그러나 레너헌은 그 말을 곧이곧대로 믿고, 진지하게 고개를 끄덕이며 이렇게 말했다.

"나도 그런 짓 해봤지. 하지만 그건 바보 같은 짓이야."

"그래, 정말 실속 없는 짓거리라고." 코얼리가 말했다.

"암, 그렇다니까." 레너헌이 말했다.

"그중 하나만은 달랐어." 코얼리가 말했다.

코얼리는 혀로 핥아 윗입술을 축였다. 과거를 회상하노라니 두 눈에 광채가 났다. 그도 구름에 잔뜩 가려 있는 희미한 달을 물끄러미 바라보면서 무언가 생각에 잠긴 듯했다.

"괜찮은 여자였는데……." 그가 아쉬운 듯이 말했다.

그는 다시 입을 다물더니 덧붙여 말했다.

"그 여잔 지금 몸을 팔고 있어. 어느 날 밤 두 사내놈하고 얼가(街)에서 자동차를 타고 가는 걸 봤지."

"자네 탓에 그렇게 됐는지도 모르지." 레너헌이 말했다.

"나 이전에도 다른 놈들이 있었어." 코얼리가 의미심장하게 말했다.

이번에는 레너헌이 믿지 못하는 것 같았다. 그는 고개를 설레설레 흔들며 미소를 지었다.

"날 놀리는 거야, 코얼리?" 그가 말했다.

"정말이야! 그 여자가 나한테 그렇게 말한걸!" 코얼리가 말했다. 레너헌은 비장한 몸짓을 했다.

"야비한 배신자 같으니라고!" 그가 말했다.

두 사람이 트리니티 대학 울타리를 따라 지나갈 때, 레너헌은 차도로 내려서서 시계를 쳐다보았다.

"20분이 지났군." 그가 말했다.

"시간은 충분해." 코얼리가 말했다.

"그 여잔 틀림없이 그곳에 나와 있을 거야. 늘 내가 조금 기다리게 하거든."

레너헌이 조용히 웃었다.

"역시, 코얼리! 여자 다룰 줄을 안단 말이야." 그가 말했다.

"여자들이 잔머리 굴리는 것 정도야 뻔히 다 알지." 코얼리가 고백했다.

"근데 이봐." 레너헌이 다시 말했다. "자네 정말 확실히 처리할 수 있는 거지? 그게 쉬운 일이 아니라는 건 자네도 알겠지. 여자들이란 그 점에 관해서 지나치게 빡빡하다고. 응……, 어때?"

그의 반짝이는 작은 두 눈은 다짐을 받아내려는 듯이 친구의 얼굴을 살폈다. 코얼리는 끈덕진 곤충을 날려 버리려는 듯이 머리를 이리저리 흔들며 이맛살을 찌푸렸다.

"해내고 말 테니 나에게 맡기게, 알겠나?"

레너헌은 더 이상 말하지 않았다. 괜히 친구의 기분을 거슬렀다가 집어치워, 네 충고 따윈 필요 없다는 식으로 면박당하는 것이 싫었다. 다소 요령이 필요했다. 그러나 코얼리의 이마는 이내 다시 펴졌다. 그는 다른 생각을 하고 있었다.

"꽤 괜찮은 애야." 그가 입맛을 다시며 말했다. "정말이라니까."

그들은 낫소가(街)를 따라 걷다가 킬데어가(街)로 접어들었다. 클럽 입구에서 그리 멀지 않은 노상에서 하프 악사가 빙 둘러선 많지 않은 청중들에게 연주해 주고 있었다. 그는 별반 주의를 기울이지 않는 듯 줄을 퉁기며, 이따금씩 새로운 사람이 올 때마다 재빨리 힐끗 쳐다보거나 또 가끔 지친 듯이 하늘을 쳐다보기도 했다. 그의 하프 또한 덮개가 무릎 근처까지 흘러내린 것도 의식하지 못한 채 낯선 사람들의 시선이나 주인의 손에 지친 듯이 보였다. 악사의 한 손은 저음부로 「오, 모일리여, 고요히」[4]의 가락을 연주했고, 다른 손은 곡조를 따라 고음부로 연주했다. 곡의 선율은 처량하고 구슬펐다.

두 젊은이는 말없이 거리를 걸었고, 구슬픈 음악 소리가 그들의 뒤를 따랐다. 두 사람은 스티븐스 그린 공원에 다다르자 길을 건넜다. 그곳에서 전차 소리, 불빛, 군중들이 그들을 침묵에서 구해 주었다.

"저기 있군!" 코얼리가 입을 열었다.

흄가(街) 모퉁이에 젊은 여자 한 명이 서 있었다. 푸른색 드레스에 하얀 밀짚모자를 쓰고 있었다. 그녀는 한 손으로 양산을 빙글빙글 돌리면서 보도의 연석 위에 서 있었다. 레너헌은 생기가 돌기 시작했다.

"어디 얼굴이나 한번 보자, 코얼리." 그가 말했다.

코얼리가 곁눈질로 자기 친구를 힐끗 쳐다보니, 기분 나쁜 웃음이 그의 얼굴에 번졌다.

"너 나 대신 어떻게 해보자는 거야?" 그가 물었다.

"천만에!" 레너헌이 되바라지게 말했다. "소개 따윈 원치 않아. 그저 얼굴 한번 보자는 거지. 따먹진 않을 테니 걱정 끄셔."

"그래…… 보기만 하겠다 이거지." 코얼리가 한결 누그러진 어조로 말했다. "자…… 그러면 말이지. 내가 가서 말을 걸 테니까 지나가면서 한번 보라고."

"좋아." 레너헌이 말했다.

이미 한쪽 다리를 쇠사슬 너머로 내딛은 코얼리를 향해 레너헌이 소리쳤다.

"그다음엔? 어디서 만나지?"

"10시 반에." 나머지 한쪽 다리를 내딛으며 코얼리가 대답했다.

"어디서?"

"메리언가(街) 모퉁이에서. 함께 돌아올 거야."

"그럼 잘해 봐." 레너헌이 작별 인사로 말했다.

코얼리는 대답하지 않았다. 그는 머리를 이리저리 흔들며 어슬렁어슬렁 길을 건넜다. 그의 커다란 몸집, 느린 발걸음, 묵직한 구둣발 소리에는 정복자다운 그 무엇이 있었다. 그는 젊은 여자 앞으로 다가가서 인사도 없이 곧장 이야기를 나눴다. 그녀는 아까보다 양산을 더욱 빠르게 돌리면서 발뒤꿈치로 몸을 반쯤씩 비틀었다. 그가 더욱 가까이 다가가서 말을 걸자 그녀는 한두 번

깔깔거리더니 고개를 숙였다.

　레너헌은 잠시 그들을 지켜보았다. 그러다가 보도의 사슬을 따라 얼마쯤 빠른 걸음으로 걷다가 길을 대각선으로 비스듬히 건넜다. 흄가의 모퉁이로 접어들자 향수 냄새가 코를 찔렀다. 그는 젊은 여자의 외모를 호기심 어린 눈초리로 재빨리 훑어보았다. 그녀는 화려한 일요일 나들이옷으로 치장하고 있었다. 푸른색 서지 치마에 두른 검은색 가죽 벨트가 그녀의 허리를 졸라맸는데, 커다란 은빛 버클은 그녀의 허리를 짓누르고, 하늘하늘한 흰색 블라우스를 클럽처럼 잡아주는 듯했다. 그녀는 자개단추가 달린 짧은 검정색 재킷을 걸치고 텁수룩한 검정색 털목도리를 두르고 있었다. 비단 망사로 된 칼라 끝은 일부러 흐트러뜨렸고, 가슴에는 커다란 묶음의 붉은 꽃이 줄기를 위로 세워서 핀으로 꽂혀 있었다. 레너헌은 아담하면서도 단단한 그녀의 근육질 몸매를 그만하면 됐다는 듯이 쳐다보았다. 그녀의 얼굴, 포동포동한 붉은색 두 뺨, 그리고 수줍음을 타지 않는 푸른색 두 눈에서는 꾸밈 없는 건강미가 활활 타올랐다. 그녀의 이목구비는 투박했다. 콧구멍은 큼직했고, 볼품없는 입은 좋아라고 헤벌어져 있었으며, 앞니 두 개는 뻐드렁니였다. 그들 곁을 지나가면서 레너헌은 모자를 벗어 아는 척을 했다. 그러자 10초쯤 후에 코얼리가 건성으로 답례를 했는데, 그것도 손을 애매하게 들어 올려서 생각에 잠긴 듯이 모자의 각도를 바꾸는 것이 전부였다.

　레너헌은 셸본 호텔까지 걸어가 거기서 발걸음을 멈추고 기다렸다. 얼마 동안 기다리고 있자니 그들이 그를 향해 오는 것이 보였다. 그들이 오른쪽으로 방향을 돌리자, 그는 흰 구두를 신은 발을 사뿐히 내딛으며 그들을 따라 메리언 광장 한쪽으로 내려갔다. 그들과 보조를 맞추며 천천히 걸어가면서 그는 코얼리의 얼굴이 매 순간 여자의 얼굴을 향해서 마치 축(軸) 위에서 맴도는 커다란 공처럼 돌려지는 것을 눈여겨보았다. 그는 두 사람을 놓치지 않고 따라갔다. 마침내 그들이 도니브룩행 전차의 층계를 오르는 것을 보자 그는 방향을 바꾸어 오던 길을 다시 걸어갔다.

혼자 남으니 그의 얼굴은 한층 더 늙어 보였다. 쾌활한 기분도 사라진 듯했다. 그는 듀크 공원의 난간 옆을 따라 지나가면서 한 손으로 난간을 훑었다. 아까 하프 악사가 연주했던 곡조가 그의 동작을 조종하기 시작했다. 그는 부드럽게 발을 굴러 그 멜로디를 흉내 냈고, 그의 손가락은 하릴없이 난간 위를 쓸고 가며 각 음절마다 변주곡의 음계를 훑었다.

그는 축 처진 채 스티븐스 그린 공원 주위를 배회하다가 그래프턴가(街)로 걸어 내려갔다. 사람들 사이를 지나치면서 이것저것 눈에 띄는 것도 많았지만 하나같이 기분만 언짢게 했다. 마음을 끌려고 하는 것들이 모두 하찮게 보였고, 대담해져 보라고 유혹하는 추파에도 응답하지 않았다. 그들을 즐겁게 해주기 위해 없는 말, 있는 말을 꾸며대며 잔뜩 지껄이고 싶었으나 그렇게 하기에는 머리도 목구멍도 너무나 말라 있었다. 코얼리를 다시 만날 때까지 시간을 어떻게 때울까 하는 문제가 좀 괴로웠다. 이렇게 계속 걷는 것 말고는 시간을 보낼 뾰족한 방법이 생각나지 않았다. 러틀랜드 광장의 모퉁이까지 와서 왼쪽으로 방향을 돌려 어둡고 조용한 거리로 나서자 마음이 편해졌는데, 거리의 칙칙한 분위기가 그의 기분과 맞아 떨어졌기 때문이다. 그는 마침내 하얀 글씨로 '간이주점'이라고 쓰인 볼품없는 상점의 창문 앞에서 발걸음을 멈추었다. 유리창에는 흘림체로 '진저 비어'와 '진저 에일'이라는 두 개의 광고 문구가 쓰여 있었다. 썰어놓은 햄

한 조각이 커다란 푸른 접시 위에 놓여 있고, 그 옆의 접시에는 아주 얇은 건포도 푸딩 조각이 하나 놓여 있었다. 그는 이 음식을 얼마 동안 열심히 들여다본 후 거리 아래위를 조심스레 살핀 다음 상점 안으로 재빨리 들어갔다.

그는 배가 고팠다. 인색하게 구는 바텐더 두 명한테 얻어먹은 비스킷 몇 개 말고는 아침 식사 이후 아무것도 먹지 못했기 때문이다. 그는 식탁보도 깔지 않은 나무 탁자에 두 여공과 기계공 하나를 마주하고 앉았다. 깔끔하지 못한 여급이 시중을 들었다.

"콩 한 접시에 얼마요?" 그가 물었다.

"1페니 반입니다." 여급이 대답했다.

"콩 한 접시와 진저 비어 한 병 주시오." 그가 말했다.

그는 점잖은 티를 내지 않으려고 일부러 거칠게 말했다. 왜냐하면 그가 안으로 들어서자 갑자기 이야기가 뚝 끊겼기 때문이다. 그의 얼굴이 후끈 달아올랐다. 태연스레 보이려고 모자를 뒤로 젖혀 쓰고 테이블 위에 양 팔꿈치를 괴었다. 기계공과 두 여공은 그의 동작을 하나하나 뜯어본 다음 나지막한 목소리로 대화를 시작했다. 여급이 후추와 초로 양념한 뜨끈한 콩 한 접시와 포크, 그리고 진저 비어 한 병을 가져왔다. 그는 게걸스럽게 음식을 먹었다. 그리고 음식 맛이 하도 좋아 상점 이름을 머릿속에 새겨두었다. 콩을 모두 먹은 다음 얼마 동안 진저 비어를 조금씩 홀짝이면서 코얼리의 모험을 생각하며 앉아 있었다. 상상 속에서 두 연인이 어두컴컴한 어떤 길을 걸어가는 것이 보였고, 코얼리가 굵직하고 힘찬 목소리로 사랑을 속삭이는 소리가 들리고, 그 젊은 여자의 입가에 흐르는 만족스러운 미소를 다시 보는 듯했다. 이러한 생각이 들자 자기의 빈약한 주머니와 부족한 정력이 뼈저리도록 아쉽게 느껴졌다. 그는 건달 짓을 하며 쏘다니고 살아가기 위해 온갖 수를 다 쓰는 생활과 속임수와 간계 따위에 염증이 났다. 오는 11월이면 그는 서른하나가 되었다. 그때까지 좋은 일자리 하나 갖지 않을 셈인가? 자신의 가정도 가져보지 않을 셈인가? 따뜻한 난롯가에 앉아 멋진 저녁 식사를 할 수 있다면 얼마나 좋을까 싶었다. 지금껏 친구들이며 여자들과 함께 쏘다닐 만큼 쏘다녔다. 그런 친구들이 아무 소용이 없으며, 또 그런 여자들 역시 아무 소용 없다는 것을 그는 알았다. 지나온 것을 생각하니 세상만사가 모두 쓰라리기만 했다. 그러나 희망이 모두 사라진 것은 아니었다. 식사를 하고 나니 식사를 하기 전보다는 기분이 좋아지고 인생이 덜 따분해지고 기운도 좀 살아났다. 돈이 좀 있는 착하고 순박한 처녀를 만날 수만 있다면 어느 아늑한 구석에서 자리를 잡고 행복하게 살 수 있을 것 같기도 했다.

그는 칠칠치 못해 보이는 여급에게 2펜스 반을 치른 뒤 주점을 나와 다시 배회하기 시작했다. 그는 케이플가(街)로 접어들어 시청 쪽으로 걸어갔다. 그런 다음 데임가(街)로 발길을 돌렸다. 조지가(街)의 모퉁이에서 그는 친구 두 명을 만나 길거리에 서서 그들과 대화를 나눴다. 그렇게 걸음을 쉴 수 있게 된 것이 기뻤다. 친구들은 그에게 코얼리를 보았는지, 또 최근에 어떻게 지내는지 물었다. 그는 종일 코얼리와 있었다고 대답했다. 친구들은 이에 별 반응이 없었다. 그들은 지나가는 군중의 몇몇 사람들을 멍하니 바라보며 이따금 이러쿵저러쿵 인물평을 했다. 그중 하나가 웨스트모어랜드가(街)에서 한 시간 전에 맥을 보았다고 말했다. 이 말에 레너헌은 지난밤에 맥과 함께 이건 주점에 있었다고 대답했다. 웨스트모어랜드가에서 맥을 만났다는 그 친구는 맥이 당구 시합에서 좀 땄다는 말이 사실이냐고 물었지만 레너헌은 전혀 모르는 일이었다. 그는 이건 주점에서 그들에게 술을 산 사람은 홀로헌이었다고 대답했다.

그는 10시 15분 전에 친구들과 헤어져 조지가를 걸어 올라갔다. 그는 시영시장(市營市場)이 있는 곳에서 왼쪽으로 돌아 그래프턴가로 걸어갔다. 여자들과 젊은 남자들 무리의 수가 좀 줄었고, 거리를 따라 올라가며 듣자니 여러 무리들과 커플들이 서로 작별 인사를 나누었다. 그는 의과대학의 시계탑이 있는 곳까지 걸어갔다. 시계는 막 10시를 치고 있었다. 그는 코얼리가 너무 일찍 돌아왔으면 어쩌나 걱정을 하면서 스티븐스 그린 공원 북쪽을 따라 급히 걸었다. 메리언가 모퉁이에 이르러 그는 가로등 그림자 속에 서서 남겨 두었던 담배 하나를 꺼내 불을 붙였다. 그는 가로등 기둥에 기대어 코얼리와 그 젊은 여자가 돌아오는 것이 보일 듯한 방향에 시선을 고정시켰다.

그의 머릿속은 다시 바빠지기 시작했다. 그는 코얼리가 일을 성공적으로 해냈을까 궁금했다. 코얼리가 그 여자에게 이미 청혼을 했을지 아니면 그냥 버티다가 막판까지 가보려는 심산인지 궁금했다. 그는 자기 처지도 처지지만 친구의 상황을 생각하니 아픔과 전율을 동시에 느꼈다. 하지만 코얼리의 머리가 여자 쪽으로 천천히 돌아가던 모습을 생각하니 마음이 좀 놓이는 것 같았다. 그는 코얼리가 잘해 내리라는 확신이 들었다. 느닷없이 코얼리가 혹시 그녀를 다른 길로 데려다 주고 그를 따돌리지는 않았을까 하는 생각이 들었다. 그는 두 눈으로 거리를 샅샅이 뒤졌으나 두 사람이 나타날 기미는 전혀 없었다. 그러나 의과대학의 시계탑을 쳐다본 지도 반 시간은 족히 됐을 것이다. 과연 코얼리가 그런 짓을 했을까? 그는 마지막 담배에 불을 붙여 초조하게 빨아대기 시작했다. 전차가 광장 저편 모퉁이에 정차할 때마다 그는 두 눈을 부릅떴다. 다른 길로 집에 가버린 것이 분명했다.

담배를 만 종이가 터지는 바람에 그는 투덜거리며 길바닥에 그것을 내동댕이쳤다.

갑자기 그들이 그를 향해 오는 것이 보였다. 그는 기뻐서 몸을 움찔했고, 가로등 기둥에 바싹 기대서서 그들의 걸음걸이에서 결과를 읽어내려고 애썼다. 그들은 빠르게 걸었는데, 젊은 여자는 빠른 종종걸음이고, 코얼리는 그녀 옆에서 성큼성큼 걸었다. 그들은 아무 말도 하지 않는 것 같았다. 날카로운 송곳 끝에 찔린 것처럼 틀렸다는 생각이 들었다. 코얼리가 실패할 줄 알았다. 그런 솜씨로는 어림도 없을 줄 알았다. 그들은 배고트가(街)로 접어들었다. 그래서 그는 건너편 보도를 따라 재빨리 그들을 뒤따랐다. 그들이 걸음을 멈추면 그도 멈추었다. 그들이 잠시 이야기를 나눈 뒤 젊은 여자는 계단을 내려가 어느 집 현관으로 들어갔다. 코얼리는 정문 층계에서 약간 떨어진 보도의 가장자리에 그대로 서 있었다. 몇 분이 지난 뒤에, 현관문이 천천히 그리고 조심스럽게 열렸다. 어떤 여자가 현관 층계를 뛰어 내려오며 기침을 했다. 코얼리는 몸을 돌려 그녀 쪽으로 갔다. 그의 커다란 체구가 그녀의 모습을 몇 초 동안 가렸고, 그녀가 다시 계단을 뛰어 올라가는 모습이 보였다. 그녀의 등 뒤로 문이 닫히고, 코얼리는 스티븐스 그린 공원을 향해 급히 걷기 시작했다.

레너헌도 같은 방향으로 서둘러 걸어갔다. 작은 빗방울이 하나둘 떨어졌다. 그는 빗방울이 무슨 경고나 되는 것처럼, 젊은 여자가 들어간 집 쪽을 흘깃 뒤돌아보며, 혹시 누가 보고 있지 않을까 살피면서 길을 가로질러 열심히 뛰었다. 조급한 마음에 헐레벌떡 뛰다 보니 숨이 찼다. 그가 버럭 소리를 질렀다.

"이봐, 코얼리!"

코얼리는 자기를 부른 사람이 누굴까 하고 고개를 돌릴 뿐 그대로 계속 걸어갔다. 레너헌은 한 손으로 어깨에 걸친 우비를 바로잡으며 그를 쫓아 달려갔다.

"이봐, 코얼리!" 그가 다시 한 번 큰 소리로 불렀다.

이윽고 그는 코얼리와 나란히 서서 그의 얼굴을 찬찬히 살폈다. 아무런 기미도 읽을 수 없었다.

"그래, 잘된 거야?"

두 사람은 엘리 광장 모퉁이에 다다랐다. 여전히 아무 대답도 없이 코얼리는 왼편으로 벗어나 샛길로 올라갔다. 그의 표정은 태연자약했다. 레너헌은 불안스레 숨을 헐떡이며 친구를 따라갔다. 그는 영문을 알 수 없었다. 그러자 다소 협박하는 듯한 목소리가 레너헌의 입에서 튀어나왔다.

"말 못 하겠어? 어떻게 해보긴 해봤어?"

코얼리는 첫 번째 가로등 밑에서 걸음을 멈추고 자기 앞을 심각한 표정으로 응시했다. 그러더니 신중한 몸짓으로 한 손을 불빛 쪽으로 쑥 내밀었다. 그는 씩 웃으면서, 빤히 보고 있는 레너헌의 눈앞에 천천히 손바닥을 펴 보였다. 그의 손바닥에서 자그마한 금화 한 개[5]가 번쩍였다.

하숙집

　무니 부인은 푸줏간 집 딸이었다. 그녀는 모든 일을 혼자서 척척 처리할 수 있는 과단성 있는 여자였다. 그녀는 자기의 아버지가 데리고 일하던 작업반장과 결혼해 스프링 가든즈 근처에다 푸줏간을 열었다. 그러나 장인이 세상을 떠나자마자 무니 씨는 방탕한 생활에 빠져들었다. 그는 술을 퍼마시고, 가게의 돈궤에서 돈을 훔쳐내는가 하면, 빚까지 내기 시작했다. 맹세를 시켜봐야 아무 소용이 없었다. 며칠이 지나면 또 제 버릇이 나오는 것이었다. 손님들 앞에서 부인과 싸움질을 해대고 나쁜 고기를 들여와서 결국 그는 장사를 망치고 말았다. 어느 날 밤에는 그가 식칼을 들고 부인에게 달려드는 바람에 그녀는 이웃집에 가서 잘 수밖에 없었다.
　그 일이 있은 뒤로 그들은 별거를 시작했다. 그녀는 신부에게 가서 아이들을 자신이 맡는다는 조건으로 별거 허가를 얻어냈다. 그녀는 남편에게 돈이나 식사, 그리고 지낼 방도 내주려 하지 않았다. 그래서 그는 부득이 군청 소사로 취직을 해야 했다. 그는 허리가 꾸부정하고 볼품없는 주정뱅이로, 희멀건 얼굴에 흰 콧수염을 기르고, 분홍색 혈관이 드러난 조그만 두 눈 위에 연필로 그려 넣은 듯한 흰 눈썹을 지녔다. 그는 종일 집달리 대기실에서 죽치면서 일이 주어지기를 기다렸다. 푸줏간 일을 정리하고 건진 돈으로 하드위크가(街)에서 하숙집을 차린 무니 부인은 몸집이 크고 당당한 여자였다. 이 집에 드는 손님들은 리버풀[1]이나 맨 섬(島)[2]에서 오는 관광객과 이따금씩 음악당에서 오는 연예인 따위의 뜨내기 손님들이었다. 그리고 고정 하숙생은 시내의 회사원들이었다. 그녀는 자신의 하숙집을 교묘하고도 엄격하게 관리했으며, 외상을 줘야 할 때와 엄하게 굴어야 할 때, 그리고 그저 눈감아 줘야 할 때를 잘 알았다. 장기 투숙을 하는 젊은 하숙생들은 그녀를 '마담'이라고 불렀다.

무니 부인의 집에 하숙하는 젊은이들은 식비와 방세(저녁 식사 때 마시는 맥주 혹은 흑맥주는 제외하고)로 일주일에 15실링을 냈다. 그들은 취미와 직업이 비슷했고, 그러한 이유 때문에 서로들 대단히 친하게 지냈다. 그들은 경마에서 인기 있는 말과 그렇지 못한 말들이 이길 확률에 대해 서로 의견을 나누곤 했다. 마담의 아들인 잭 무니는 플리트가(街)의 한 위탁 매매상 점원으로 일했는데, 불한당이라는 평판이 나 있었다. 그는 군인들이 내뱉는 음담패설을 즐겨 썼고, 대개는 새벽녘에 집에 돌아왔다. 친구들을 만날 때는 그들에게 말해 줄 좋은 이야깃거리를 늘 가지고 있었고, 그럴싸한 이야기의 소재—말하자면 유망한 경마용 말이나 유명한 배우 따위—에 관해 언제나 정통해 있었다. 그는 또한 권투에 능했고, 우스꽝스러운 노래도 불렀다. 일요일 밤에는 무니 부인네 정면 응접실에서 이따금씩 친목회가 열리곤 했다. 음악당의 연예인들도 선뜻 응해 주었으며, 셰리던이 왈츠와 폴카를 연주하고 즉석 반주를 넣기도 했다. 마담의 딸인 폴리 무니도 노래를 부르곤 했는데, 이런 노래였다.

나는…… 나쁜 계집애.
모르는 척하지 마세요.
다 아시면서 그래요.

폴리는 열아홉 살의 나이에 몸매가 날씬한 처녀였다. 머릿결은 가볍고 부드러웠으며, 입술은 작고 도톰했다. 다른 사람과 이야기를 할 때는 연둣빛을 띤 회색 눈을 위쪽으로 살짝 치켜뜨는 버릇이 있어, 그것이 이 처녀를 귀여운 심술꾸러기 마돈나처럼 보이게 했다. 무니 부인은 처음에 딸을 어떤 곡물 도매상에 타이피스트로 내보냈으나, 군청 소사로 일하는 평판이 나쁜 아버지가 딸애하고 딱 한마디만 할 테니 만나게 해달라고 이틀이 멀다 하고 사무실로 찾아가는 바람에 다시 집으로 불러들여 집안일을 거들게 했다. 폴리는 성격이 몹시 활달했기 때문에 어머니에게는 딸로 하여금 젊은이들과 어울리게 해보자는 속셈도 있었다. 뿐만 아니라 젊은이들이란 멀지 않은 곳에 젊은 여자가 있다고 느낄 때는 기분이 좋아지는 법이다. 물론 폴리는 젊은이들과 시시덕거렸지만, 눈치 빠른 무니 부인에게는 젊은이들이 단지 심심풀이로 시간을 보내는 정도로만 보일 뿐이었다. 그 누구도 딸아이에게 딴생각을 가지고 있는 것 같지는 않았다. 꽤 오랫동안 이런 상태가 지속되었다. 그래서 딸을 다시 타이피스트로 내보낼까 하고 생각하던 차에 딸과 어떤 젊은이 사이에 무슨 일이 벌어지고 있다는 것을 눈치챘다. 그녀는 두 사람을 쭉 지켜보면서 그 비밀을 혼자서만 마음속에 간직했다. 폴리는 자기가 어머니의 감시 대상이 되고 있다는 것을 눈치챘으나 어머니가 여태껏 입을 다물고 있는 의미를 모르는 바가 아니었다. 모녀가 서로 일을 꾸민 것도 아니고, 공공연한 양해가 이루어진 것도 아니었지만, 하숙집 사람들 사이에서 수군덕거리는 소리가 들리기 시작할 때도 무니 부인은 전혀 관여하지 않았다. 폴리의 태도가 다소 이상해지기 시작하고 젊은이도 분명히 마음이 동요되는 듯했다. 드디어 이때라고 판단했을 때 무니 부인이 그 일에 개입했다. 그녀는 마치 식칼로 고기를 썰듯이 도덕적인 문제를 다루었다. 사실 그 일에 대해서는 진작부터 결심하고 있던 터였다.

초여름의 화창한 어느 일요일 아침, 더워질 듯한 날씨였으나 아직은 신선한 미풍이 솔솔 불고 있었다. 하숙집의 모든 창문들은 열려 있었고, 올라간 창틀 아래로 레이스 커튼이 거리 쪽을 향해 부풀면서 휘날렸다. 조지 성당의 종루에서는 끊임없이 종소리가 울려 퍼졌고, 신자들은 혼자서 혹은 떼를 지어 성당 앞 조그만 원형 광장을 가로질러 갔다. 장갑 낀 손에 들려 있는 조그만 책자들이야 물론이지만, 그것이 아니라도 말이 없는 그들의 태도만 지켜보아도 그곳에 무슨 일로 모이는 사람들인지 금세 알 수 있었다. 하숙집에서는 아침 식사가 끝났고, 식당 테이블에는 약간의 베이컨 비계와 베이컨 껍질, 그리고 계란 노른자가 묻은 접시들이 흩어져 있었다. 무니 부인은 밀짚으로 만든 안락의자에 앉아 메리가 아침 식탁을 치우는 것을 지켜보았다. 그녀는 메리에게 화요일에 브레드 푸딩을 만들 때 쓸 수 있도록 빵 껍질과 빵 부스러기를 모으라고 했다. 메리가 테이블을 치우고 빵 부스러기를 모은 뒤 설탕과 버터를 찬장에 넣고 열쇠로 단단히 잠그자, 그녀는 간밤에 딸과 나누었던 이야기를 하나씩 되새겨 보기 시작했다. 사태는 그녀가 예측한 대로였다. 그녀는 솔직하게 질문을 했고, 폴리 또한 솔직하게 대답했다. 물론 서로 어색한 면도 없지 않았다. 무니 부인은 그런 소식을 지나칠 정도로 태연스럽게 받아들이거나 그렇게 된 것을 알고도 묵인해 왔다는 것을 드러내 보이고 싶지 않았기 때문에 어색했고, 폴리는 그렇게 넌지시 건네오는 이야기가 자기의 입장을 늘 어색하게 만들었다는 이유뿐 아니라 순진하면서도 알 것은 다 아는 자기가 어머니의 관용 뒤에 도사린 의도를 이미 감지했다는 것을 들키고 싶지 않았기 때문에 어색했다.

    무니 부인은 생각에 잠겨 있으면서도 조지 성당의 종소리가 그쳤다는 것을 알아차리자 본능적으로 벽난로 위에 있는 조그만 도금 시계를 흘깃 쳐다보았다. 11시 17분이었다. 도런 씨와 일을 처리하기에는 충분한 시간이 있었고, 그 일이 끝나면 말버러가(街)에서 12시 약식 미사에 참석할 수 있을 것이다. 그녀는 이길 자신이 있었다. 우선 사회 여론이 그녀 편이었다. 그녀는 피해를 당한 쪽의 어머니였으니까. 그녀는 그를 점잖은 사람이라 생각했기 때문에 한 지붕 아래 살게 했는데, 그녀의 호의를 마구 짓밟아 버린 것이 아닌가. 나이도 벌써 서른넷인가 다섯이어서 젊어서 그랬다는 핑계도 댈 수 없을 것이고, 세상 물정도 아는 사람인지라 철이 없어 그런 짓을 했다는 것도 변명이 될 수 없었다. 그는 단지 폴리가 어리고 철이 없다는 점을 이용한 것뿐이었다. 그것은 자명한 일이었다. 문제는 그가 어떻게 보상할 것이냐였다.

    그러한 경우 반드시 보상이 이루어져야 한다. 남자 쪽에서는 아무 상관이 없다. 재미를 보고 난 뒤에 아무 일도 없었던 것처럼 휙 가버리면 그만이지만, 여자 측에서는 공격의 화살을 면할 길이 없다. 돈 몇 푼을 받고 사건을 마무리 짓는 데 만족하는 어머니들도 있을 것이다. 그녀는 그런 경우들을 알고 있었다. 그러나 그녀는 그럴 수 없었다. 그녀에게는 딸이 잃은 정조를 보상받을 길이 딱 한 가지밖에 없었다. 그것은 두 사람의 결혼이었다.

그녀는 다시 한 번 모든 수단을 궁리해 본 뒤에 메리를 도런 씨 방으로 보내 할 이야기가 있다고 전했다. 이기리라는 확신이 있었다. 그는 성실한 젊은이여서 다른 하숙생들처럼 방탕하거나 큰 소리로 떠들어대는 부류가 아니었다. 만일 셰리던 씨나 미드 씨 또는 밴텀 라이언즈 씨라면 일이 훨씬 어려웠을 것이다. 그가 세상 소문을 무시할 것 같지는 않았다. 모든 하숙생들도 이 일을 어느 정도 알고 있었다. 누가 세세한 부분을 꾸며냈는지 없는 이야기도 나돌았다. 게다가 그는 어떤 가톨릭 교인의 커다란 주류상에서 13년 동안이나 근무해 온 터라 세상에 소문이 나면 아마 실직을 하게 될지도 몰랐다. 반면에 그가 동의만 한다면 만사가 잘 해결될 터였다. 그녀가 알기로 그는 봉급을 많이 받는 데다가 저축해 놓은 돈도 꽤나 있는 듯했다.

그럭저럭 30분이 지났다. 그녀는 자리에서 일어나 거울에 비친 자신의 모습을 살폈다. 지신외 혈색 좋은 커다란 얼굴에 드러난 단호한 표정에 그녀는 흡족했다. 그리고 딸을 치우지 못해 애태우는 몇몇 어머니들도 생각이 났다.

도런 씨는 이번 일요일 아침에 마음이 아주 뒤숭숭했다. 그는 면도를 하려고 두 번이나 시도했으나 손이 너무 떨려서 그만둘 수밖에 없었다. 사흘 동안이나 깎지 못한 붉은 턱수염이 턱 주변에 텁수룩한 데다 2, 3분마다 안경에 김이 서려서 계속 손수건으로 닦아야 했다. 전날 밤의 고해성사를 돌이켜 생각해 보니 오히려 마음만 더 괴롭게 만든 꼴이 되었다. 신부가 이번 사건에서 우스꽝스러울 정도로 시시콜콜한 일까지 다 들춰내어 결국에는 죄책감만 더 크게 만드는 바람에, 보상을 해주고 사건을 마무리

하라는 그의 말이 오히려 감사할 지경이었다. 일은 이미 벌어지고 말았다. 그러니 그녀와 결혼을 하든지 아니면 도망치는 일 이외에 무슨 방법이 있겠는가? 그냥 뻔뻔스레 시치미를 뗄 수도 없는 일이었다. 이번 일은 틀림없이 세상 사람들의 입에 오르내릴 테고, 만일 그렇게 되면 그의 회사 사장도 분명히 그 소문을 듣게 될 것이다. 더블린은 아주 작은 도시라 모든 사람들이 다른 사람들의 일을 훤히 알았다. 그는 늙은 레너드 씨가 귀에 거슬리는 목소리로 "도런 씨를 이리 보내." 하고 말하는 소리가 흥분된 상상 속에서 들리는 듯하자, 심장이 목구멍까지 후끈하게 뛰어오르는 것만 같았다.

그 오랜 세월 동안의 직장 생활이 모두 허사로 돌아간다! 그렇게 근면하고 성실하게 노력한 모든 것이 수포로 돌아간다! 물론 그도 젊었을 때는 젊은 혈기로 난봉꾼 짓도 해보았다. 선술집에서 친구들에게 자유사상을 뽐내 보기도 했고, 신의 존재를 부정하기도 했다. 그러나 그것은 이미 다 지나간 일이고, 이미…… 거의 끝난 일이었다. 그는 아직도 《레이놀즈 신문》[3]을 매주 사 보지만, 성당 미사에도 잘 나가고, 1년의 10분의 9는 규칙적인 생활을 했다. 정착해서 가정을 꾸려갈 만한 돈도 충분히 있었지만, 문제는 그것이 아니었다. 그의 가족들이 그녀를 깔볼 것이었다. 우선 평판이 나쁜 그녀의 아버지가 그렇고, 다음으로는 그녀 어머니가 운영하는 하숙집에 대해서도 나쁜 평판이 돌기 시작했다. 단단히 잘못 걸려들었다는 생각이 들었다. 친구들이 그 일로 수군거리며 비웃는 모습이 눈에 선했다. 폴리도 다소 천박한 구석이 있어, 때로 "나 봤당께."라든지 "내가 알았더면." 따위의 엉터리 말을 썼다. 하지만 그가 그녀를 정말로 사랑한다면 문법이 뭐 그리 대수인가? 그는 그녀가 그런 짓을 한 것에 대해 그녀를 좋아해야 할지 아니면 경멸해야 할지 결정할 수가 없었다. 물론 그도 그런 짓을 했던 것이 사실이다. 그의 본능은 그더러 결혼하지 말고 자유롭게 살라고 부추겼다. 일단 결혼하면 넌 끝장이야, 본능은 그렇게 말했다.

셔츠와 바지 차림으로 침대 한쪽에 속수무책으로 앉아 있는데, 그녀가 가볍게 문을 두드리고 들어왔다. 그녀는 자기 어머니에게 모든 것을 실토했으며, 어머니가 오늘 아침 그와 만나 이야기할 것이라는 말을 그에게 모두 털어놓았다. 그녀는 울면서 양팔로 그의 목을 감싸 안고 말했다.

"오, 밥! 밥! 전 어떡하면 좋아요? 도대체 어떡해야 한단 말예요?" 차라리 자살이라도 하고 싶다고 그녀는 말했다.

그는 울지 말라고 타이르며, 아무 문제 없으니 걱정하지 말라고 약한 목소리로 여자를 달랬다. 그는 셔츠 위로 여자의 가슴이 동요하는 것을 느꼈다.

일이 이렇게 된 것이 반드시 그의 탓만도 아니었다. 그는 독신자의 호기심에 찬 끈길긴 기억력으로 그녀의 옷과 숨결, 그녀의 손가락 등이 그에게 준 우연한 첫 애무의 감촉을 너무나도 잘 기억했다. 그 후 어느 날 밤늦게 그가 잠자리에 들려고 옷을 벗고 있는데, 그녀가 조심스레 방문을 두드렸다. 센 바람에 자기 촛불이 꺼졌다며 그의 촛불에 불을 붙이러 왔다는 것이었다. 그날은 그녀가 목욕한 날 밤이었다. 그녀는 무늬가 찍힌 플란넬 천으로 된, 앞이 헐렁하게 열린 화장 옷을 입고 있었다. 모피 슬리퍼 밖으로 그녀의 하얀 발등이 빛났고, 향수를 머금은 피부 안에서 핏줄이 따뜻하게 타올랐다. 초에 불을 붙여 촛대를 바로 세우자 그녀의 손과 손목에서도 아련한 향내가 피어올랐다.

그가 밤늦게 돌아올 때마다 그의 저녁 식사를 따뜻하게 데워

준 것도 그녀였다. 모두가 잠이 든 집 안에 그녀 혼자 자기 곁에 앉아 있다는 것을 느끼자, 그는 자신이 먹는 음식이 무엇인지도 모를 지경이었다. 또한 그녀의 세심한 배려는 어떻고! 밤이 어쩌다 쌀쌀하다거나, 비가 오거나, 바람이 불 때는 반드시 조그마한 잔에 펀치 술이 준비되어 있었다. 어쩌면 이런 두 사람이 함께 살면 행복할지도 몰랐다……

두 사람은 각기 초를 한 자루씩 들고 발끝으로 걸어 층계를 함께 올랐으며, 셋째 층계참에서 아쉬운 작별 인사를 나누곤 했다. 거기서 종종 키스도 나누었다. 그는 그녀의 두 눈, 그녀의 손의 감촉, 그리고 그때 맛본 짜릿한 황홀감을 매우 잘 기억했다.

그러나 황홀감은 사라지게 마련이다. 그는 그녀가 한 말을 자신에게 적용시켜 되뇌어 보았다. "난 어떡하면 좋지?" 독신자의 본능은 꽁무니를 빼라고 경고했다. 그러나 저질러진 죄는 피할 길이 없었다. 그의 염치마저도 이러한 죄에 대해서는 보상이 이루어져야 한다고 그를 타일렀다.

그가 그녀와 함께 침대에 걸터앉아 있는데, 메리가 문간에 나타나 마님께서 응접실에서 보자고 하신다고 말했다. 그는 어느 때보다 맥없이 자리에서 일어나 웃옷과 조끼를 입었다. 옷을 다 입자 그는 그녀를 달래기 위해 그녀 쪽으로 다가갔다. 모든 것이 다 잘될 테니 걱정하지 말라고 했다. 그는 침대 위에서 흐느끼며 나지막한 목소리로 "오, 하느님!" 하고 신음하는 그녀를 내버려 둔 채 밖으로 나왔다.

계단을 내려갈 때 안경에 어찌나 김이 서리던지 그는 안경을 벗어 닦지 않을 수 없었다. 그는 지붕을 뚫고 하늘로 올라가 이런 성가신 일을 다시는 듣지 않아도 될 다른 나라로 날아가 버리고 싶었지만, 어떤 힘이 그를 한 걸음 한 걸음 계단 아래로 내리밀었다. 그가 다니는 가게 주인과 하숙집 마담의 무자비한 얼굴이 그가 당황해하는 꼴을 노려보는 듯했다. 마지막 계단에서 그는 배스 맥주[4] 두 병을 안고서 찬방에서 올라오는 잭 무니와 엇갈렸다. 그들은 냉랭하게 인사를 나누었다. 사랑에 빠진 젊은이의 눈이 불도그같이 투박한 얼굴과 투박하고 짧은 두 팔에 머물렀다. 그가 계단 밑에 이르러서 위를 흘깃 쳐다보니, 잭이 모퉁이 방의 문간에서 그를 빤히 내려다보고 있었다.

그때 갑자기 어느 날 밤의 일이 그의 머리에 스쳤다. 그날 밤 음악당 연예인이었던 조그만 체구의 금발 머리 런던 사람 하나가 폴리에게 다소 지나치게 빈정댄 일이 있었다. 그날 밤의 친목회는 잭의 폭력으로 말미암아 거의 아수라장이 되고 말았다. 모든 사람들이 그를 진정시키려고 애썼다. 보통 때보다 안색이 더욱 창백해진 음악당 연예인은 계속 미소를 지으며 어떤 악의가 있어 그런 말을 한 것이 아니라고 변명을 늘어놓았다. 그러나 잭은 고래고래 소리를 지르며 만일 어떤 놈이 그런 장난을 자기 누이동생에게 하는 날에는 그의 목을 물어뜯어 놓을 테니 그리 알라고 호통을 쳤다. 사실 그는 그럴 사람이었다.

폴리는 울면서 잠시 동안 침대에 걸터앉아 있었다. 그러나 이내 눈물을 닦고서 거울 앞으로 갔다. 수건 끝을 물병에 담가 차가운 물로 눈을 닦았다. 얼굴을 옆으로 비춰보며 귀 위의 머리핀을 다시 꽂았다. 그리고 나서 다시 침대로 돌아가 침대 발치에 앉았다. 한동안 베개를 바라보고 있노라니 남모를 정겨운 기억들이 마음속에 떠올랐다. 그녀는 목덜미를 쇠로 된 차가운 침대 난간에 기대고 공상에 잠겼다. 이제 그녀의 얼굴에서는 불안의 그림자조차 찾아볼 수 없었다.

끈기 있게 거의 유쾌한 마음으로 시름을 잊고 기다리고 있자니, 지난날의 추억들이 점차 미래의 희망과 꿈으로 자리를 바꾸어갔다. 그 희망과 꿈이 어찌나 착잡했는지 그녀가 응시하던 하얀 베개도 더 이상 눈에 들어오지 않고, 자신이 무엇을 기다리고 있는지조차 기억나지 않았다.

마침내 어머니가 부르는 소리가 들렸다. 그녀는 벌떡 일어나 난간을 향해 달려갔다.

"폴리! 폴리!"

"네, 엄마."

"얘야, 어서 내려오렴. 도런 씨가 네게 할 말이 있으시단다."

그때야 그녀는 자기가 지금껏 무엇을 기다리고 있었는지 홀연히 생각났다.

작은 구름 한 점

8년 전 그는 노스 월 부두에서 친구를 전송하며 그에게 행운을 빌었다. 갤러허는 성공을 거두었다. 그의 사교적인 태도, 말쑥하게 차려입은 정장, 거침없는 말투에서 그가 성공했다는 것을 단번에 알 수 있었다. 그 사람만큼 재능이 많은 사람도 드물었지만, 성공한 후에도 그 사람만큼 변하지 않은 사람은 더욱 드물었다. 그는 친절하고 자상했기에 그가 성공한 것은 당연했다. 그런 친구를 가졌다는 것은 정말로 자랑스러운 일이었다.

점심시간 이후로 꼬마 챈들러의 머릿속은 갤러허를 만날 일이며, 갤러허의 초대, 그리고 갤러허가 사는 대도시 런던에 관한 생각 등으로 꽉 차 있었다. 그의 키는 사람들의 평균 신장보다 약간 작을 뿐이었지만, 그를 처음 보는 사람에게는 작다는 인상을 줬기 때문에 그는 꼬마 챈들러로 불렸다. 그의 손은 희고 작았으며, 몸집은 연약했고, 목소리는 차분했으며, 매너는 세련되었다. 그는 비단처럼 고운 금발 머리와 콧수염을 정성껏 가꾸었으며, 손수건에는 알뜰하게 향수를 뿌렸다. 반달 모양의 손톱은 흠잡을 데 없이 완벽했으며, 미소를 지을 때면 어린아이 같은 하얀 이가 가지런히 드러나 보였다.

그는 킹즈 인[1]에 있는 자기 책상에 앉아서 지난 8년이란 세월이 가져다준 여러 가지 변화들을 하나둘 생각해 보았다. 지금껏 초라하고 가난한 사람으로 여겼던 친구가 런던의 신문계에서 화려한 인물이 되었던 것이다. 그는 이따금씩 지긋지긋한 글쓰기를 멈추고 몸을 돌려 사무실 창밖을 내다보았다. 늦가을의 노을빛이 잔디밭과 산책로를 물들였다. 벤치에서 졸고 있는 옷맵시가 단정치 못한 유모들이며, 노쇠한 노인들 위로 석양이 다정한 황금빛 소나기를 퍼부었다. 노을빛은 모든 움직이는 사람들—자갈길을 따라 소리 지르며 뛰어가는 아이들이며, 공원을 지나가는 모든 사람들 위에서도 반짝였다. 그는 그 광경을 바라보며 인생을 생각해 보았다. 그리고 (인생에 대해 생각할 때면 늘 그렇듯이) 슬퍼졌다. 잔잔한 우수에 빠져들었다. 그는 운명에 맞서 싸운다는 것이 얼마나 부질없는 짓인가를 깨달았는데, 이는 오랜 세월이 그에게 물려준 지혜의 짐이었다.

문득 집의 서가에 있는 몇 권의 시집이 떠올랐다. 그것들은 총각 시절에 구입한 것인데, 저녁 때 현관에서 떨어진 조그마한 방에 앉아 있을 때면 그중 한 권을 꺼내서 아내에게 읽어주고 싶은 충동을 느낀 적이 한두 번이 아니었다. 하지만 수줍어서 늘 그렇게 하지 못했다. 그래서 시집들은 서가에 그대로 꽂혀 있었다. 혼자서 가끔 시 몇 구절을 외우면서 위안을 받는 것이 고작이었다.

하루의 일과가 끝날 시간이 되자 그는 자리에서 일어나 동료들에게 공손하게 작별 인사를 건넸다. 그는 깔끔하고 단정한 옷차림으로 킹즈 인의 중세풍 아치문을 빠져나와서 빠른 걸음으로 헨리에타가(街)를 걸어 내려갔다. 황금빛 석양이 점점 일그러지고 대기는 이미 싸늘해졌다. 한 무리의 꾀죄죄한 아이들이 거리를 가득 메우고 있었다. 그들은 길 한복판에 멍하니 서 있는가 하면 뛰어가기도 하고, 활짝 열린 문 앞의 계단을 기어오르거나 문지방 위에 생쥐처럼 웅크리고 앉아 있기도 했다. 꼬마 챈들러에게 그들은 안중에도 없었다. 그는 조무래기 벌레 같은 무리들 사이를 교묘하게 빠져나와 옛 더블린의 귀족들이 거들먹거리며 살았던, 금방이라도 유령이 튀어나올 듯한 을씨년스러운 저택들의 그늘 밑을 걸어갔다. 그의 마음은 현재의 기쁨으로 가득 차 있었기 때문에 과거의 기억들은 그를 전혀 감동시키지 못했다.

그는 콜리스 식당에는 한 번도 가본 적이 없지만 그 명성은 익히 알고 있었다. 연극이 끝난 뒤에 굴을 먹거나 술을 마시기 위해 사람들이 그곳에 간다는 것을 알았고, 그곳의 웨이터들이 프랑스어나 독일어를 쓴다는 것도 이미 들은 바 있었다. 밤에 그 옆을 빠른 걸음으로 지나칠 때, 그는 마차들이 문 앞에 죽 늘어서 있고, 화려한 옷을 입은 귀부인들이 멋쟁이 신사들의 호위를 받으며 마차에서 내려 빠른 걸음으로 식당 안으로 들어가는 것을 보아왔다. 귀부인들은 요란한 옷에 여러 가지 겉옷을 걸치고 있었다. 얼굴에는 분 화장을 하고 땅을 내딛을 때는 놀란 아탈란타[2]처럼 옷자락을 추어올렸다. 그는 고개를 돌려 그쪽을 보려고도 하지 않은 채 언제나 그냥 지나쳤다. 낮에조차 빠른 걸음으로 거리를 지나치는 것이 그의 습관이었으며, 언제고 밤에 시내에 나올 때면 무언가 불안하고 흥분한 듯이 발길을 재촉했다. 그러나 때로는 그 자신이 두려움을 자초하기도 했다. 그는 일부러 가장 어둡고 좁은 길을 택했는데, 대담하게 앞으로 걸어 나갈 때면 자기의 발자국 주변에 퍼져 있는 정적이 두려웠다. 또한 말없이 오가는 사람들이 두려웠고, 때로는 스쳐 지나가는 낮은 웃음소리에 온몸이 나뭇잎처럼 떨리기도 했다. 그는 오른쪽으로 돌아 케이펄가(街)를 향해 걸었다. 런던 신문계의 이그너티우스 갤러허라! 8년 전에 누가 그렇게 되리라고 생각했겠는가? 하지만 과거를 되돌아보니 그의 친구에게는 미래에 성공할 조짐이 여러 가지 있었음을 꼬마 챈들러는 이제 생각해 낼 수 있었다. 사람들은 이그너티우스 갤러허가 거칠다고 말하곤 했다. 물론 그는 방탕한 건달패들과 어울려 술을 마구 마시고 사방에서 돈을 빌려 쓰기도 했다. 결국에는 어떤 불미스러운 일, 즉 금전 문제에 휘말리게 되었으며, 적어도 그 때문에 도주했다는 설이 있었다. 그러나 그의 재간을 부정하는 사람은 아무도 없었다. 이그너티우스 갤러허에게는 사람들로 하여금 자신도 모르게 그에 대해서 탄복하게 만드는 어떤…… 그 무엇이 항상 있었다. 입에 거미줄을 칠 정도로 가난하며 돈에 쪼들려 꼼짝달싹을 못할 지경인데도 그는 늘 대범한 얼굴을 하고 있었다. 꼬마 챈들러는 이그너티우스 갤러허가 궁지에 몰렸을 때 했던 말들 중에 하나가 떠올랐다. (그것을 생각하자 자랑스러운 나머지 그의 뺨에 한 가닥 가벼운 홍조가 일었다.)

"이봐, 이제 좀 쉬어야겠어." 그는 아무렇지도 않다는 듯이 내뱉곤 했다. "근데 내 지혜 보따리는 어디로 갔지?"

이것이야말로 이그너티우스 갤러허의 본색이었다. 그리고 제기랄, 그 때문에 그를 숭배하지 않을 수 없었다.

꼬마 챈들러는 발걸음을 재촉했다. 그리고 난생처음으로 자신이 거리를 지나가는 사람들보다 잘났다고 생각했다. 또한 난생처음으로 그의 영혼은 케이펄가가 따분하고 우아하지 못한 것에 대해 반감을 느꼈다. 성공하기 위해서는 더블린을 떠나야만 했다. 그것은 확실했다. 더블린에서는 아무것도 할 수가 없었다.

그래튼교(橋)를 건너가면서 그는 강 아래쪽에 있는 부두를 내려다보며 일그러진 초라한 집들에 대해 동정심을 느꼈다. 그 집들은 강둑을 따라 옹기종기 붙어서 먼지와 검댕으로 뒤덮인 낡은 옷을 걸치고, 석양의 파노라마를 넋을 잃고 바라보다가 밤의 첫 냉기가 스쳐오면 일어서서 툭툭 털고 가버리는 한 무리의 부랑자들처럼 보였다. 그는 이런 생각들을 시로 표현해 볼까 생각도 해보았다. 아마 갤러허가 그를 위해 런던의 어떤 신문에 실어줄지도 몰랐다. 내가 독창적인 시를 쓸 수 있을까? 어떤 생각을 시로 표현할 것인지는 확실치 않았지만 그는 시적 순간에 이르렀다는 생각이 들자 어린아이 같은 희망을 느껴 온몸에 활기가 돌았다. 그는 씩씩하게 계속 발걸음을 내디뎠다.

한 걸음 한 걸음 발을 옮길 때마다 그는 단조롭고 비예술적인 생활을 정리하고 런던에 점점 가까이 다가서는 느낌이 들었다. 한 줄기의 빛이 그의 마음의 지평에 아롱지기 시작했다. 그는 나이가 그리 많지 않았다. 서른둘이었다. 그의 기질은 지금 막 무르익어 가고 있다고 할 수도 있으리라. 그에게는 시로 표현하고픈 기분과 인상들이 많았다. 그는 마음속으로 그것을 느꼈다. 그는 그것이 시인의 정신인지 아닌지 알기 위해 자신의 마음을 헤아려보려고 했다. 그는 우울증이 자신의 지배적인 기질이라고 생각했지만, 그것은 신념, 체념, 그리고 소박한 기쁨이 반복됨으로써 부드러워진 우울증이었다. 만일 그가 한 권의 시집에 그것을 표현할 수 있다면 아마 사람들이 귀를 기울이겠지. 하지만 대중의 인기는 결코 끌 수 없으리라. 그것은 빤한 일이었다. 대중을 흔들어놓을 수는 없을지 모르지만 비슷한 마음을 가진 소수 사람들의 마음에 호소할 수는 있을 것이다. 아마 영국의 비평가들은 그의 시에 담긴 음울한 음조의 특징을 들어 그를 켈트파[3]의

한 사람으로 여길지도 모른다. 그 밖에 그는 자신의 시에 풍자도 담아볼 생각이었다. 그는 그의 책이 받게 될 비평의 문장이나 구절들을 미리 머릿속에 그려보았다. "챈들러 씨에게는 평이하고도 우아한 시적 재질이 있다……. 애절한 슬픔이 이들 시에 배어 있다……. 켈트적 특징." 자신의 이름이 보다 아일랜드인답지 않은 것이 유감이었다. 아마 자신의 성(姓) 앞에 어머니의 이름을 넣는 것이 더 나을지도 모른다. 토머스 멀론 챈들러라고 할까. 아니면 T. 멀론 챈들러라고 하는 편이 더 나을까. 그는 이것에 관해 갤러허에게 말하고 싶었다.

그는 생각에 너무 골몰한 나머지 거리를 지나쳤기 때문에 되돌아가야만 했다. 콜리스 식당 근처에 갔을 때 아까처럼 가슴이 울렁거리기 시작하여 그는 엉거주춤 문 앞에서 걸음을 멈추었다. 마침내 문을 열고 안으로 들어갔다.

식당 안의 불빛과 소음 때문에 그는 잠시 문간에 멈춰 섰다. 그는 주위를 둘러보았지만 빨갛고 파란 무수한 술잔들의 광채 때문에 시야가 혼미해졌다. 식당 안은 사람들로 가득 찬 듯했고, 사람들이 그를 호기심 어린 시선으로 뚫어지게 바라보는 것 같았다. 그는 재빨리 (중대한 용무라도 있는 듯이 약간 얼굴을 찌푸리고) 좌우를 살폈으나, 시야가 좀 밝아오자 아무도 자기를 돌아보지 않는다는 것을 알아차렸다. 그리고 과연 저편에는 이그너티우스 갤러허가 등을 카운터에 기댄 채 발을 크게 벌리고 서 있었다.

"이봐, 토미, 왔군그래. 뭘로 할까? 뭘로 마시겠나? 난 위스키를 마시고 있어. 바다를 건너온 것[4]보다 훨씬 낫군그래. 소다야? 리디아[5]야? 탄산수는 싫고? 나도 마찬가지야. 맛을 망치니까……. 이봐, 웨이터, 몰트 위스키 반 파인트짜리 둘만 냉큼 가져와……. 그래, 그동안 어떻게 지냈나? 저런, 우리도 꽤 늙었군! 나한테도 늙은 징조가 보이나?—응, 뭐라고? 머리 꼭대기가 좀 허예지고 숱이 좀 빠졌다고—뭐?"

이그너티우스 갤러허는 모자를 벗고 짧게 바싹 깎은 커다란 머리를 드러내 보였다. 그의 얼굴은 침울하고 창백했으며 깨끗하게 면도되어 있었다. 푸르스름한 회색 눈은 그의 건강해 보이지 않는 창백한 얼굴에 다소 생기를 머금게 했고, 그가 매고 있는 선명한 주황색 넥타이 위에서 또렷이 빛났다. 이렇게 상반되는 눈과 안색에 비해 입술은 유난히 길고 볼품없었으며, 핏기도 없어 보였다. 그는 머리를 숙이더니 머리 한가운데 듬성듬성 난 머리칼을 두 손으로 살며시 쓰다듬었다. 꼬마 챈들러는 그 정도의 머리숱이면 그래도 괜찮다는 듯 고개를 가로저었다. 이그너티우스 갤러허는 다시 모자를 썼다.

"골병 드는 일이지. 기자 생활 말이야. 밤낮으로 허둥지둥 뛰어다니며 기삿거리를 찾지만 허탕을 치기가 일쑤지. 허구한 날 새로운 기삿거리를 물어 가야 해. 또 며칠 동안 그 지긋지긋한 교정이니 교열이니 하면서 씨름까지 해야 하니 말이야. 이렇게 고향에 돌아오니 정말 사는 것 같군그래. 역시 좀 쉬어야 몸에 좋단 말이지. 다정하지만 너저분한 이 더블린에 다시 돌아온 뒤에 건강이 아주 좋아졌다 이거야……. 자, 토미, 물 좀 탈까? 어디 얼마나?"

꼬마 챈들러는 자신의 위스키에 물을 아주 많이 타게 했다.

"자넨 술맛을 모르는군그래, 이 사람아." 이그너티우스 갤러허가 말했다. "난 깡술을 마시지."

"난 술을 잘 못해." 꼬마 챈들러가 샌님처럼 말했다. "어쩌다가 옛 친구라도 만나면 겨우 반 파인트 정도 마시지. 그게 전부야."

"그렇다면 자." 이그너티우스 갤러허가 쾌활하게 말을 이었다. "우리들의 먼 옛날과 오랜 우정을 위해서 건배하세."

그들은 잔을 맞부딪치며 건배했다.

"오늘 나는 옛 친구 몇을 만났어." 이그너티우스 갤러허가 말했다. "오하라는 꽤 곤란한 처지에 있는 것 같더군그래. 그 친구는 뭘 하고 있나?"

"백수지 뭐. 그 친구는 신세를 망쳤다네." 꼬마 챈들러가 대꾸했다.

"하지만 호건은 재미를 보나 보지?"

"그래, 토지 위탁소에 있어."

"어느 날 밤 런던에서 그 친굴 만났는데, 신수가 훤하더구면……. 가련한 오하라! 술을 많이 마시나 보지?"

"다른 일도 있어." 꼬마 챈들러가 짤막하게 대답했다. 이그너티우스 갤러허가 껄껄 웃었다.

"토미, 자네는 하나도 변하지 않았군그래. 과음을 해서 일요일 아침이면 머리가 깨질 것 같고, 혀끝이 깔깔할 때 나에게 설교를 해대던 그 범생이 모습 그대로라니까. 바깥세상 구경도 좀 해야 하는 거야. 어디 여행이라도 한번 해본 적 있나?"

"맨 섬에 다녀온 적이 있어." 꼬마 챈들러가 말했다.

이그너티우스 갤러허가 껄껄 웃었다.

"맨 섬이라!" 그가 말했다. "런던이나 파리에 가보게. 그래, 파리가 낫겠어. 자네에게 도움이 될 거야."

"자넨, 파리에 가본 적 있나?"

"그렇다고 할 수 있지! 그곳을 좀 돌아다녀 보긴 했어."

"소문처럼 그렇게 아름답던가?" 꼬마 챈들러가 물었다.

그는 이그너티우스 갤러허가 꿀꺽 잔을 비우는 동안 자기 술을 조금 마셨다.

"아름다우냐고?" 이그너티우스 갤러허는 술맛을 음미하려는 듯 잠시 말을 멈추었다가 다시 말을 이었다. "글쎄, 그렇게까지 아름답지는 않아. 물론 아름답기도 하지……. 하지만 진짜는 파리 생활이란 말이야. 환락이나 활기, 그리고 흥분을 위해선 파리만 한 도시가 없지."

꼬마 챈들러가 자기 위스키를 다 마셨다. 그리고 한참 애를 쓰다가 바텐더의 시선을 잡는 데 성공했다. 그는 아까 마신 것과 똑같은 술을 다시 주문했다.

"나는 물랭루즈[6]에도 가보았어." 바텐더가 술잔을 치우자 이그너티우스 갤러허가 말을 이었다. "그리고 보헤미언들이 다니는 카페에도 모두 가봤어. 대단하더군. 토미, 자네같이 독실한 친구에게는 큰일 날 곳이지."

꼬마 챈들러는 바텐더가 두 개의 술잔을 들고 돌아올 때까지 아무 말도 하지 않았다. 그러다가 친구의 술잔에 자기 술잔을 가볍게 갖다 대며 앞에 있었던 건배에 답례했다. 그는 다소 환멸을 느끼기 시작했다. 갤러허의 말투나 말하는 방식이 비위에 거슬렸다. 그의 친구에게는 이전에 보지 못한 저속한 무엇이 있었다. 그러나 그것은 런던 신문계의 시끌벅적한 경쟁 속에서 살다 보니 그럴 것이라는 생각이 들기도 했다. 그러나 이 새롭고 번지르르한 모습 가운데서도 예전의 인간적인 매력이 여전히 남아 있었다. 그리고 뭐니 뭐니 해도 갤러허는 인간답게 살고 세상을 보아오지 않았나. 꼬마 챈들러는 부러운 듯이 그의 친구를 쳐다보았다.

"파리에선 모든 것이 화려하단 말이야." 이그너티우스 갤러허가 말했다. "그 사람들은 인생을 즐기는 것을 생활신조로 삼거든. 그리고 어때, 자네 생각은? 그 사람들 사고방식이 옳다고 생각지 않나? 누구든 적당히 인생을 즐기려면 파리로 가야 해. 그리고 알겠나, 그곳 사람들은 아일랜드 사람들이 대단하다고 생각한단 말일세. 내가 아일랜드에서 왔다니까 나를 잡아먹을 듯이 야단들이지 뭔가."

꼬마 챈들러는 잔을 들어 네댓 모금 들이켰다.

"그런데 말이야. 파리가 정말로 그렇게…… 사람들 말처럼 문란한 게 사실인가?"

이그너티우스 갤러허는 오른손으로 성호를 긋는 시늉을 했다.

"문란하지 않은 곳이 어디 있는가?" 그가 대꾸했다. "물론 파리에는 아주 멋진 데가 있지. 예를 들어 학생 무도회쯤 한번 가보라지. 글쎄 코코트[7]들이 아양을 떨어댈 때면 정말 신이 나지 뭐야. 그것들이 뭔지는 자네도 알지?"

"얘기는 들었어." 꼬마 챈들러가 말했다.

이그너티우스 갤러허는 위스키 잔을 다 비우고서 고개를 저었다.

"아, 그야 자네도 할 말이 있겠지만 파리 여자 같은 여자는 세상에 또 없지. 스타일로 보나 정력으로 보나 말이야."

"그렇다면 문란한 도시군그래." 꼬마 챈들러가 수줍어하면서 끈덕지게 대꾸했다. "내 말은 런던이나 더블린과 비교해서 말이야."

"런던!" 이그너티우스 갤러허가 말했다. "피장파장이야. 이 사람아, 호건한테 물어보게나. 그가 왔을 때 런던 구경 좀 시켜줬지. 그가 자네 눈을 열어줄 거야……. 이봐, 토미, 그 위스키를 놓고만 있지 말고 얼른 들이키란 말이야."

"아니야, 정말……."

"자, 어서 마시게. 한 잔 더 한다고 별로 해가 될 것도 없잖아. 뭘로 할 텐가? 아까 것과 같은 걸로 할 텐가?"

"글쎄…… 좋아."

"프랑수와, 여기 같은 걸로 한 잔 더……. 담배 피울 텐가, 토미?" 이그너티우스 갤러허가 시가 갑을 꺼냈다. 두 친구는 시가에 불을 붙여 물고 술이 나올 때까지 말없이 뻐끔뻐끔 피워 댔다.

"내 의견을 말해 주지." 이그너티우스 갤러허가 자욱한 담배 연기 사이로 얼굴을 내밀며 말을 꺼냈다. "세상은 요지경 속이지 뭐야. 문란하다고! 그런 말 많이 들었지?―아니, 나 좀 봐라, 내가 무슨 얘기를 하는 거야?―실제로 그런 예를 많이 목격하고서도. 문란한…… 경우를 말이야……."

이그너티우스 갤러허는 생각에 잠긴 채 시가를 뻐끔뻐끔 빨았다. 그리고 이내 역사가다운 냉정한 말투로 외국에 만연한 부패의 단면들을 친구 앞에 늘어놓기 시작했다. 그는 여러 나라의 수도에서 벌이지는 죄악상을 간략하게 설명했는데, 그중에서 베를린이 가장 심하다는 투로 말했다. 몇 가지 일들은 그로서는 장담할 수 없었다.(친구들이 그에게 해준 이야기였기 때문이다.) 그러나 그 밖의 것들은 자신이 직접 경험한 것들이었다. 그는 지위나 신분을 가리지 않았다. 그는 유럽 대륙에 있는 수도원의 많은 비밀을 폭로했으며, 상류사회에서 유행하는 몇몇 행실들을 설명했고, 마지막에는 그가 사실이라고 믿는 영국의 어떤 공작 부인에 관한 이야기를 자세하게 말했다. 꼬마 챈들러는 깜짝 놀랐다.

"아, 글쎄 말이야. 우리는 이곳 더블린에서 우물 안 개구리처럼 살고 있으니 어디 그런 이야기를 들어보기나 하겠어."

"자네에겐 여기가 참으로 따분할 걸세." 꼬마 챈들러가 말했다. "그토록 여러 곳을 보고 다녔으니 말이야!"

"글쎄 말일세. 그래도 여기에 오니 휴양이 되는군그래. 뭐니 뭐니 해도 역시 고향이라고 하지 않나? 아무래도 정을 느끼지 않을 수 없지. 그게 인지상정이라는 거야……. 그건 그렇고 자네 얘기나 좀 들려주게. 호건이 그러는데 자넨 결혼 재미를 보고 있다면서……. 2년 전이었다지?"

꼬마 챈들러는 얼굴을 붉히며 미소를 지었다.

"그래, 지난 5월로 12개월이 됐지." 그가 말했다.

"지금 축하해도 너무 늦지는 않겠지?" 이그너티우스 갤러허가 말했다.

"자네 주소를 알았더라면 그때 축하해 주었을 텐데."

그가 손을 내밀자 꼬마 챈들러는 악수를 했다.

"자, 토미, 자네와 모든 식구들이 복 많이 받고, 돈도 억수로 벌기 바라네. 그리고 내가 자네에게 총질을 할 때까지 오래 살게나. 이건 진지한 옛 친구의 바람일세. 알겠나?" 그가 말했다.

"알아." 꼬마 챈들러가 대꾸했다.

"애는?" 이그너티우스 갤러허가 물었다.

이 말에 꼬마 챈들러는 다시 얼굴을 붉혔다.

"하나 있어." 그가 말했다.

"아들인가 딸인가?"

"아들이야."

이그너티우스 갤러허가 친구의 등을 탁 쳤다.

"장하군. 그럴 줄 알았어, 토미."

꼬마 챈들러는 미소를 지으며 어리둥절하여 그의 잔을 내려다본 다음, 어린아이 같은 세 개의 하얀 앞니로 아랫입술을 깨물었다.

"자네가 돌아가기 전에 우리 집에 와서 하루 저녁을 같이 보냈으면 하네." 그가 말했다. "집사람도 자넬 보면 무척 반가워할 걸세. 그리고 음악도 좀 듣고 말이야……."

"대단히 고맙네만 좀 더 일찍 만날걸 그랬네. 난 내일 밤에 떠나야 한다네." 이그너티우스 갤러허가 말했다.

"그럼 오늘 밤은……?"

"정말 미안하네. 글쎄 동행할 친구가 있어서 말이야. 그 친구도 머리가 좋은 젊은이야. 우린 조그만 카드 파티에 가기로 선약이 돼 있어. 그렇지만 않으면……."

"아, 그렇다면……."

"하지만 누가 아나?" 이그너티우스 갤러허가 신중하게 말했다. "일단 길을 터놓았으니 내년에 잠깐 오게 될지도 모르지. 그때까지 미뤄두게나."

"좋아." 꼬마 챈들러가 말했다. "다음번에 자네가 오면 꼭 하루 저녁을 함께 보내세. 약속했네, 알겠나?"

"그래, 약속했어." 이그너티우스 갤러허가 말했다. "명년에 오면 맹세코……!"

"그럼 우리의 약속을 굳히는 뜻에서 꼭 한 잔만 더 하세." 꼬마 챈들러가 말했다.

이그너티우스 갤러허는 커다란 금시계를 꺼내 들여다보았다.

"그럼 이게 마지막 잔이라는 건가?" 그가 말했다. "알다시피 약속이 있어서 그래."

"아, 그럼. 그렇겠지." 꼬마 챈들러가 말했다.

"그렇다면 좋아." 이그너티우스 갤러허가 말했다. "'데오크 안 도이루스'[8]로 딱 한 잔만 더 하세.—그러고 보니 이건 작은 위스키 한 잔에 딱 어울리는 우리말이네그려."

꼬마 챈들러가 술을 주문했다. 조금 전에 발그스레했던 그의 얼굴은 취기로 점점 더 빨개졌다. 그리고 이제 몸이 훅훅 달아오르면서 흥분기도 있었다. 그는 작은 석 잔의 위스키 때문에 머리가 어질어질한 데다가 갤러허가 준 독한 시가로 인해 정신이 혼미해졌다. 그는 몸이 허약하고 술과 담배를 절대 하지 않았기 때문이다. 콜리스 식당에서 불빛과 소음에 둘러싸인 채 갤러허와 함께 자리를 했다는 것, 갤러허의 이야기에 귀를 기울이고, 잠시 동안이나마 갤러허의 호탕한 생활을 함께 나누었다는 것, 이러한 신 나는 경험은 그의 여린 성품의 균형을 뒤흔들어 놓고 말았다. 그는 자기 자신의 생활과 친구의 생활의 차이를 뼈저리게 느꼈으며, 아무리 생각해 봐도 불공평한 것만 같았다. 갤러허는 가문이나 교육에 있어 자기보다 못했다. 그는 자기 친구가 했던 것보다 훨씬 훌륭한 것을 해낼 수 있었으며, 기회만 주어진다면 값싸고 번지르르한 언론보다 더 멋진 일을 해낼 자신이 있었다. 도대체 그의 길을 막는 것이 무엇이란 말인가? 그의 불운한 수줍음이다! 그는 어떻게든 자신의 진가를 드러내 보이고, 사나이다운 면모를 주장하고 싶었다. 갤러허가 자기의 초대를 거절한 속셈도 알 것 같았다. 갤러허는 고국을 찾아 아일랜드에 선심을 쓰는 체하는 것처럼 그에게 우정을 베풂으로써 그에게 선심을 쓰는 체할 뿐이었다.

바텐더가 술을 가져왔다. 꼬마 챈들러는 한 잔을 친구에게 밀어주고는 남은 잔을 대담하게 집어 들었다.

"누가 알아?" 두 사람이 잔을 치켜들자 그가 말했다. "자네가 내년에 올 때쯤이면 내가 이그너티우스 갤러허 씨 부부의 건강과 행복을 비는 영광을 누리게 될지."

술을 마시던 이그너티우스 갤러허가 술잔 가장자리 너머로 한쪽 눈을 찡긋 감아 보였다. 그리고 술을 다 마신 다음 입맛을 쩝쩝 다시면서 술잔을 내려놓고 입을 열었다.

"이 친구야, 그런 걱정은 말게나. 우선 재미부터 실컷 보고, 인생과 세상 구경을 좀 한 다음에 고생바가지를 뒤집어써도 써야 하지 않겠나. 만약 뒤집어쓰게 된다면 말이야."

"언젠가는 그렇게 되겠지." 꼬마 챈들러가 조용히 말을 받았다.

이그너티우스 갤러허는 그의 주황색 타이와 푸른 회색빛 눈을 자신의 친구 쪽으로 홱 돌렸다.

"자네, 정말 그렇게 생각하나?" 그가 물었다.

"자네도 고생바가지를 뒤집어쓰게 되어 있다니까." 꼬마 챈들러가 단호하게 되풀이해서 말했다. "여자가 생기는 날엔 다른 모든 남자와 마찬가지로."

제법 단호한 어조로 말한 것 같아 혹여 자신의 속내를 드러내 보이지는 않았나 싶었다. 그래서 두 뺨이 조금 빨개지기는 했으나 친구의 날카로운 시선에 주춤하지는 않았다. 이그너티우스 갤러허는 그를 잠시 노려보다가 다시 입을 열었다.

"그런 일이 생기더라도 여자 꽁무니를 따라다닌다거나 치근덕거리는 일은 절대 없을 걸세. 난 돈과 결혼할 생각이니까. 은행에 두둑한 계좌를 가진 여자가 아니라면 나하곤 인연이 없어."

꼬마 챈들러가 고개를 가로저었다.

"아니, 이 사람 보게." 이그너티우스 갤러허가 열을 내며 입을 열었다. "무슨 말인지 모르겠나? 내가 입만 뻥긋하면 내일이라도 당장 여자와 돈이 굴러 들어온다니까. 못 믿겠다 이거지? 그럴 거야. 돈이 썩어나게 많고, 얼씨구 좋구나 하고 달려들 독일 여자와 유대 여자들이 수백 명 아니, 수천 명 있단 말이야……. 잠깐만 두고 보란 말일세, 이 친구야. 내 솜씨가 어떤지 두고 보란 말이야. 나는 한번 했다 하면 끝장을 보는 놈이야. 정말이라니까. 어디 두고 보라지."

그는 잔을 급히 입으로 가져가 쭉 비우고는 호탕하게 웃었다. 그러고는 생각에 잠긴 얼굴로 자기 앞을 물끄러미 바라보다가 조용한 어조로 다음과 같이 말을 이었다.

"하지만 난 서두르지 않네. 여자들더러 기다리라지. 난 한 여자한테 얽매이긴 싫다고. 알겠나?"

그는 입맛을 보는 시늉을 하더니 인상을 찌푸렸다.

"술이 좀 김이 빠진 것 같군그래." 그가 말했다.

* * *

꼬마 챈들러는 현관에서 조금 떨어진 방에서 아기를 안고 있었다. 돈을 절약하기 위해 그들은 하녀를 두지 않았는데, 애니의 여동생인 모니카가 아침저녁으로 와서 한 시간가량씩 도와주었다. 그러나 모니카가 집으로 돌아간 지도 오래되었다. 9시 15분 전이었다. 꼬마 챈들러는 다과 시간이 지난 후에 집에 돌아온 데다, 불리 가게[9]에서 아내 애니가 부탁한 커피를 사 오는 것마저 잊어버렸다. 물론 아내는 기분이 좋지 않았고, 그의 말에도 퉁명스럽게 대꾸했다. 아내는 차가 없어도 괜찮다고 말했으나 모퉁이에 있는 가게가 문 닫을 시간이 가까워지자 자신이 직접 가서 4분의 1파운드의 차와 설탕 2파운드를 사 오겠다고 했다. 아내는 자는 아기를 능숙하게 그의 팔에 안겨 주면서 말했다.

"자니까 깨우지 마세요."

하얀 사기 등갓을 씌운 작은 램프 하나가 테이블 위에 있었고, 그 불빛이 비틀린 뿔로 만든 틀에 끼운 사진을 비추었다. 애니의 사진이었다. 꼬마 챈들러는 그것을 바라보다가 꼭 다문 얇은 두 입술에 시선을 고정시켰다. 사진 속의 그녀는 그가 어느 토요일에 선물로 사다 준 연푸른색 여름 블라우스를 입고 있었다. 그는 그것을 10실링 11펜스를 주고 샀으나, 그것을 고르기 위해 얼마나 신경을 써야 했던가! 그날 이만저만 고생한 것이 아니었다. 가게 안이 텅 빌 때까지 문간에서 기다렸으며, 카운터 앞에 서서 점원 아가씨가 자기 앞에 숙녀용 블라우스를 이것저것 내놓는 동안 태연한 척하려고 애를 썼다. 그리고 거스름돈을 받는 것도 잊어버려 계산대로 다시 불려 들어갔으며, 마침내 가게를 다시 나올 때는 빨개진 얼굴을 감추느라 포장이 잘되었는지 살피는 척하며 딴전을 피웠던 것이다. 그가 블라우스를 가지고 집에 돌아왔을 때 애니는 그에게 키스해 주며 참으로 예쁘고 멋있다고 했다. 그러나 그 값을 알자 블라우스를 테이블 위에다 내동댕이 치면서 10실링 11펜스를 받다니 사기를 당한 것이나 다름없다고 펄쩍 뛰었다. 처음에는 도로 갖다 주겠다고 했으나 한번 입어 보더니 퍽 마음에 들어서, 특히 소매의 맵시가 멋지다며 그에게 키스해 주고는 이렇게까지 자기를 생각해 주다니 정말 자상한 남편이라고 했다.

흠……!

그는 사진 속의 두 눈을 냉정하게 바라보았다. 그러자 그 두 눈도 냉정하게 그를 응시했다. 분명히 아름다운 눈이었으며 얼굴도 예뻤다. 그러나 어딘지 모자라는 데가 있어 보였다. 왜 저렇게 철이 없으면서도 고상한 척하는 것일까? 차분한 두 눈이 그를 화나게 했다. 두 눈은 그를 불쾌하게 했고 그에게 도전하는 듯했다. 두 눈에서는 정열도 환희도 찾아볼 수 없었다. 돈 많은 유대인 여자를 들먹이던 갤러허의 말이 생각났다. 유대인 여자의

작은 구름 한 점 147

그 검은 동양적인 눈은 정열과 육감적인 정욕으로 얼마나 가득 차 있을까……! 왜 하필이면 사진 속의 저런 눈과 결혼했을까?

그는 이런저런 생각에 사로잡혀 있다가 신경질적으로 방 안을 둘러보았다. 집 안을 꾸미기 위해 월부로 사들인 아름다운 가구에서도 무언가 천한 느낌이 들었다. 애니가 손수 고른 것이다 보니 가구를 보면 그녀가 떠올랐다. 가구 또한 아내만큼이나 깔끔하고 예뻤다. 자신의 삶에 대한 무어라 표현할 수 없는 분노가 그의 마음속에서 솟구치기 시작했다. 이 조그만 집에서 도망칠 수는 없을까? 갤러허처럼 용감하게 살아보기에는 이미 너무 늦은 것인가? 런던으로 갈 수는 없을까? 아직도 갚아야 할 가구 대금이 남아 있었다. 책을 써서 출판한다면 길이 열릴지도 모르는 일이다.

바이런의 시집 한 권이 앞에 있는 테이블 위에 놓여 있었다. 그는 잠든 아기를 깨우지 않으려고 왼손으로 조심스럽게 시집을 편 다음 첫 번째 시구절을 읽어 내려갔다.

> 바람은 잠잠하고 저녁은 침울하며
> 숲에서는 서풍 한 가닥도 불지 않는데,
> 나 이제 마가레트의 무덤으로 돌아와
> 사랑하는 이의 흙 위에 꽃을 흩뿌리노라.[10]

그는 잠시 멈추었다. 시의 리듬이 방 안의 자기를 에워싸는 것을 느꼈다. 아, 어쩌면 이다지도 우울할까? 그도 이러한 시를 쓸 수 있으며, 시로써 자기 영혼의 우수를 담아낼 수 있을까? 표현하고 싶은 것이 하나둘이 아니었다. 예를 들자면 몇 시간 전에 그래튼교에서 느꼈던 감정도 그중 하나였다. 그 기분으로 다시 돌아갈 수만 있다면…….

　아기가 잠에서 깨어 울기 시작했다. 그는 시집에서 눈을 떼고 아기를 달래려고 했다. 그러나 아기는 좀처럼 울음을 그치지 않았다. 팔에 안고 이리저리 얼러보았지만 울음소리는 점점 커지기만 했다. 그는 더욱 빨리 흔들어대면서 두 번째 시구절을 읽어 내려갔다.

　　이 좁은 무덤 속에 그녀의 육체가 누워 있네,
　　한때는 그 육체도……

　소용이 없었다. 그는 시를 읽을 수가 없었다. 아무것도 할 수가 없었다. 아기의 울음소리가 그의 귀청을 꿰뚫었다. 소용없다, 소용없어! 그는 종신형을 선고받은 죄수나 매한가지였다. 노여움으로 두 팔이 부들부들 떨리더니 그는 갑자기 아기의 얼굴 쪽으로 몸을 수그리며 버럭 소리를 질렀다.
　"그쳐!"
　아기는 잠시 그쳤다가 놀라서 자지러지면서 다시 비명을 지르기 시작했다. 그는 의자에서 벌떡 일어나 두 팔로 아기를 안은 채 방 안을 급히 왔다 갔다 했다. 아기는 애처롭게 흐느껴 울기 시작하더니, 4, 5초 동안 숨도 제대로 가누지 못하다가 이내 다시 울음을 터뜨렸다. 방의 얇은 벽이 그 소리로 쩌렁쩌렁 울렸다. 그는 아기를 달래려고 애를 써봤지만 아기는 더욱 기를 쓰고 울어댔다. 그는 아기의 얼굴이 파리해지면서 바르르 떠는 것을 보고는 덜컥 겁이 났다. 아기가 쉬지 않고 일곱 번이나 흐느껴 우는 것을 헤아려보고는 와락 겁이 나서 아기를 가슴에 꼭 껴안았다. 혹시 이러다가 죽으면……!

방문이 확 열리더니 아내가 숨을 헐떡이며 뛰어 들어왔다.

"무슨 일이에요? 무슨 일이에요?" 아내가 소리쳤다.

엄마의 목소리를 듣자 아기는 더한층 자지러지게 울어대기 시작했다.

"아무것도 아냐, 여보……. 아무것도 아니래도……. 그냥 아기가 막 울잖아……."

그녀는 손에 든 짐을 내팽개치고는 얼른 아기를 낚아챘다.

"당신, 도대체 아기한테 무슨 짓을 한 거예요?" 아내가 그를 노려보며 소리쳤다.

꼬마 챈들러는 잠시 노려보는 아내의 눈초리에 증오의 빛이 어린 것을 보자 가슴이 철렁했다. 그는 말을 더듬기 시작했다.

"아무것도 아냐……. 아기…… 아기가 그냥 울기 시작했어……. 어쩔 수가 없었어…… 난 아무 짓도 안 했어……. 무슨 짓이라니?"

아내는 그를 거들떠보지도 않고 두 팔로 아기를 꼭 껴안고서 방 안을 서성대며 중얼거렸다.

"아가야, 우리 아가야! 놀랐어, 응……? 자, 아가야! 자, 아가야……! 귀여운 우리 아가야! 엄마의 제일 예쁜 아가야……! 자!"

꼬마 챈들러는 부끄러움에 두 뺨이 빨개지는 것을 느껴 램프 불빛에서 비켜섰다. 그는 자지러지게 흐느껴 우는 아기의 울음소리가 점점 사그라지는 것을 잠자코 들었다. 그러자 자책의 눈물이 그의 두 눈에 고이기 시작했다.

분풀이

전화벨 소리가 성난 듯이 울렸다. 파커 양이 전화기가 있는 곳으로 달려가자 날카로운 북아일랜드 억양의 성난 음성이 들려왔다.

"패링턴을 이리로 보내!"

파커 양은 타자기가 있는 곳으로 돌아와서 책상에서 무언가를 쓰고 있는 사내에게 말했다.

"앨레인 씨가 위층으로 올라오시랍니다."

그 사내는 나지막이 "망할 자식!"이라고 투덜대며 의자를 뒤로 밀치고 자리에서 일어섰다. 일어서니 훤칠한 키에 몸집이 큰 사내였다. 그는 짙은 포도주색의 길쭉한 얼굴에 눈썹이 수려하고 콧수염을 길렀으며, 두 눈은 약간 튀어나왔고 흰자위는 흐릿해 보였다. 그는 카운터를 들치고 고객들 옆을 지나 무거운 발걸음으로 사무실을 나왔다.

그는 힘들게 계단을 올라 마침내 2층 층계참에 다다랐다. 그곳 문에는 '앨레인 씨'라고 새겨진 동판 문패가 달려 있었다. 그는 힘이 들고 속이 상해서 씩씩거리다가 발걸음을 멈추고 문을 두드렸다. 안에서 날카로운 목소리가 튀어나왔다.

"들어와!"

사내는 앨레인 씨의 방으로 들어갔다. 그 순간, 깔끔하게 면도한 얼굴에 금테 안경을 걸친 자그마한 체구의 앨레인 씨가 서류 더미 너머로 머리를 쳐들었다. 머리숱이 하나도 없는 불그레한 머리통은 서류 위에 놓인 커다란 달걀처럼 보였다. 앨레인 씨는 다짜고짜로 퍼부어 댔다.

"패링턴! 이게 어찌 된 일이오? 왜 허구한 날 잔소리를 하게 만드는 거요? 보들리와 커원과의 계약서를 왜 정서하지 않았소? 4시까지는 반드시 해놓아야 한다고 단단히 일러두었거늘."

"그게 저, 셸리 과장님께서 말씀하시기를……."

"'셸리 과장님께서 말씀하시기를…….' 이라니? 그따위 소리는 집어치우고 내 말이나 잘 들으란 말이오. 게으름을 피워 놓고 밤낮으로 이 핑계 저 핑계를 대. 오늘 저녁까지 계약서가 정서되지 않으면 크로즈비 씨에게 알리겠소……. 내 말 알아듣겠소?"

"네, 사장님."

"내 말 알아들었소……? 아, 그리고 사소한 거 한 가지 더! 이거 원, 당신한테 말하느니 차라리 벽에다 대고 말하는 게 낫겠소. 당신 점심시간은 한 시간 반이 아니라 반 시간이라는 걸 이번만은 꼭 명심하란 말이오. 도대체 몇 가지나 먹는 거요? 알고 싶구려……. 이젠 내 말 알아들었소?"

"네, 사장님."

앨레인 씨는 다시 서류 더미 위로 머리를 숙였다. 사내는 크로즈비 앤 앨레인 법률사무소를 운영하는 그 번득이는 머리통을 빤히 노려보며 그것이 얼마나 쉽게 부서질까 생각해 보았다. 분노가 발작적으로 치올라 그의 목을 조였다가 사라지자 그는 심한 갈증을 느꼈다. 사내는 갈증을 이기지 못해 오늘 저녁에 술을 한잔 걸쳐야겠다고 생각했다. 이달도 중순이 지났으니 시간 내에 계약서 정서를 마치면 앨레인 씨가 출납계원에게 가불을 해주도록 지시할지도 모르는 일이었다. 사내는 서류 더미 위로 보이는 머리를 뚫어져라 째려보며 가만히 서 있었다. 갑자기 앨레인 씨가 무언가를 찾으려는 듯 서류 더미를 마구 뒤지기 시작했다. 그러다가 그때까지 사내가 그곳에 있는 것을 몰랐다는 듯이 고개를 반짝 쳐들고 말했다.

"아니, 당신 온종일 그곳에 서 있을 작정이오? 거참, 당신은 진짜 무사태평이로군!"

"더 하실 말씀이라도……."

"더 할 말이고 나발이고 아래층으로 내려가 일이나 해요."

사내는 무거운 발걸음으로 문을 향해 걸어갔다. 그가 문밖으로 나오자 저녁까지 계약서를 정서해 놓지 않으면 크로즈비 씨에게 이르겠다는 앨레인 씨의 악다구니 같은 소리가 뒤에서 들려왔다.

사내는 아래층에 있는 자기 책상으로 돌아와 정서해야 할 서류가 몇 장이나 남았는지 세어보았다. 그는 펜을 집어 들고 잉크를 찍었으나, "결코 본건(本件)의 버나드 보들리는……."이라고 아까 써놓은 마지막 문구만 멍하니 바라보았다. 저녁이 다가오니 곧 가스등이 켜질 테고, 그러면 그때 정서를 하면 될 성싶었다. 그래서 우선 목이나 축여야겠다고 생각했다. 그는 책상에서 일어나 아까처럼 카운터를 들치고 사무실을 빠져나갔다. 그가 빠져나가는 것을 본 과장이 의아한 눈초리로 쳐다보았다.

"별일 아닙니다, 셸리 씨."라고 말하며 사내는 손가락으로 가려는 곳을 가리켰다.

과장은 모자걸이를 흘긋 보았으나, 그의 모자가 그대로 있는 것을 보고는 더 이상 아무 말도 하지 않았다. 층계참으로 나오자마자 사내는 주머니에서 검고 흰 바둑판무늬 모자를 꺼내 쓰고는 흔들거리는 층계를 급히 달려 내려갔다. 정문으로부터 모퉁이를 향해 길 안쪽으로 살금살금 걸어간 다음 갑자기 어느 문간으로 뛰어들었다. 그는 이제 오닐 펍의 컴컴한 구석에 안전하게 도착하여, 바 안이 들여다보이는 작은 창문에 짙은 포도주색이랄까 아니면 짙은 육류 빛과도 같은 상기된 얼굴을 들이대고 소리쳤다.

"이봐, 패트, 흑맥주 한 잔 가져와, 얼른."

급사는 보통 때 마시는 흑맥주 한 잔을 그에게 가져다주었다. 사내는 그것을 단숨에 들이키고는 캐러웨이 열매[1]를 청해서 씹었다. 그런 다음 그는 카운터 위에 술값을 내려놓고 급사가 어둠 속에서 돈을 더듬적거리며 찾는 동안, 아까 들어올 때처럼 살금살금 그곳을 빠져나왔다.

짙은 안개를 동반한 어둠이 2월의 땅거미 위에 내리고 있었고, 유스타스가(街)에는 이미 가로등이 켜져 있었다. 사내는 정서 일을 제시간에 마칠 수 있을지 내심 걱정하며 사무실에 도착할 때까지 집들 옆을 걸어 올라갔다. 계단에 오르자 짙은 향수 냄새가 코를 찔렀다. 그가 오닐 펍에 가 있는 동안 델러코 양이 온 것이 분명했다. 그는 모자를 주머니에 도로 쑤셔 넣고는 아무렇지도 않다는 듯이 다시 사무실로 들어갔다.

"앨레인 씨가 찾고 난린데, 도대체 어디에 갔었소?" 과장이 엄하게 말했다. 사내는 카운터 앞에 있는 두 손님을 흘긋 바라보고는 그들 때문에 대답하기가 난처한 체했다. 손님 둘이 모두 남자인지라 과장은 혼자 피식 웃었다.

"누가 그 수작을 모를 줄 알고." 그가 말했다. "하루에 다섯 번이면 약간 좀……. 그건 그렇고, 정신 좀 차리고 델러코 사건 관련 서신을 정서한 것을 앨레인 씨에게 갖다 드리시오."

손님들 앞에서 이런 말까지 듣고 위층까지 급히 올라온 데다가 아까 맥주를 너무 급하게 마신 탓인지 정신이 혼미해져서, 그는 밀린 업무를 보려고 책상에 앉았지만 5시 반 전에 계약서 정서를 마치기는 도저히 불가능하다는 생각이 들었다. 어둡고 음산한 밤이 다가오자 그는 이 밤을 술집의 휘황찬란한 가스 불빛과 쨍그랑대는 술잔 사이에서 친구들과 술을 마시면서 보내고 싶었다. 그는 델러코 건 관련 편지를 꺼내 들고 사무실 밖으로 나갔다. 그는 마지막 두 통의 편지가 없어진 것을 앨레인 씨가 눈치채지 않기를 바랐다.

앨레인 씨의 방에 다다를 때까지 줄곧 그 지독한 향수 냄새가 코를 찔렀다. 델러코 양은 유대계로 보이는 중년 여성이었다. 앨레인 씨가 그녀와 그녀의 돈에 군침을 흘리고 있다는 소문이 있었다. 그녀는 사무실에 자주 들락거렸으며, 올 때면 꽤 오랜 시산을 머물다가 갔다. 그녀는 지금 향수 냄새를 있는 대로 풍기면서 앨레인 씨의 책상 옆에 앉아 양산 손잡이를 매만지며 모자에 꽂은 검은 깃털을 끄덕대고 있었다. 앨레인 씨는 의자를 돌려 그녀와 마주 보고 있었는데, 그의 오른쪽 발을 왼쪽 무릎 위에 척 걸치고 있었다. 사내는 책상 위에 편지를 내려놓으면서 정중하게 인사했지만 앨레인 씨도 델러코 양도 그의 인사를 전혀 거들떠보지도 않았다. 앨레인 씨는 손가락 하나로 편지를 툭툭 치더니, "됐소, 가보시오."라고 말하는 듯이 사내를 향해 손가락을 튀겼다.

사내는 아래층 사무실로 돌아와 자기 책상에 다시 앉았다. 그

분풀이 155

는 작성하다 만 "결코 본건의 버나드 보들리는……"이라는 문구를 뚫어져라 쳐다보면서, 마지막 세 단어가 모두 똑같은 철자로 시작되는 것이 정말 이상한 일이라고 생각했다. 과장은 파커 양을 재촉하며, 그러다가는 우편 마감 시간까지 편지들을 모두 타자 치지 못할 것이라고 했다. 사내는 얼마 동안 타자기가 딸깍거리는 소리에 귀를 기울이다가 자기도 정서하는 일을 끝내기 위해 일을 시작했다. 하지만 머리가 맑지 못한 데다가 휘황찬란한 불빛 아래 잔 부딪치는 소리가 요란한 펍이 자꾸만 눈앞에 아른거렸다. 독한 펀치 술을 걸치기에 딱 좋은 밤이었다. 정서를 하느라고 무진 애를 썼으나 시계가 5시를 쳤을 때, 아직도 쓸 것이 열네 장이나 남아 있었다. 제기랄! 제시간에 마치기는 다 틀렸다. 그는 욕설을 퍼붓고 주먹으로 뭐든지 때려 부수고 싶었다. 너무나 화가 난 나머지 '버나드 보들리'라고 써야 할 것을 '버나드 버나드'라고 잘못 써서 새 종이에다 다시 고쳐 써야 했다.

사내는 사무실 전체를 혼자서 날려 버릴 정도로 힘이 솟구치는 것을 느꼈다. 그의 몸은 무언가를 하고 싶고, 밖으로 뛰쳐나가 마구 때려 부수고 싶어 근질근질했다. 그가 평생 겪은 굴욕적인 일들을 생각하니 울화가 치밀었다. 출납계원에게 가불을 좀 해달라고 슬쩍 부탁해 볼까? 아냐, 성질머리가 더러운 작자라서, 정말 더럽지. 그 작자가 가불을 해줄 리가 없지……. 그는 어디로 가면 레너드, 오핼로런, 노지 플린 같은 친구들을 만나게 될지 알고 있었다. 그는 한바탕 신나게 놀지 않고는 도저히 견딜 수 없는 감정 상태에 빠져들었다.

이런 생각에 빠져 있다 보니 그는 두 번이나 자기 이름을 부르는 소리를 듣고서야 겨우 대답했다. 앨레인 씨와 델러코 양이 카운터 바깥쪽에 서 있었고, 모든 사무원들은 무언가 심상치 않은 낌새를 알아차린 듯이 이쪽으로 고개를 돌리고 있었다. 사내는 책상에서 일어섰다. 앨레인 씨는 다짜고짜로 욕설을 퍼붓기 시작하더니 편지 두 통이 어디 갔느냐고 질책했다. 사내는 그것에 대해서는 아는 바가 없으며, 자기는 단지 성실하게 정서했을 뿐이라고 대답했다. 욕설은 계속되었다. 그 욕설이 어찌나 심하고 지독했던지 사내는 자기 앞에 서 있는 체구가 작은 앨레인의 대갈통을 주먹으로 내리치고 싶은 마음을 간신히 억제했다.

"다른 두 통의 편지에 대해서는 아는 바가 없습니다." 그가 얼빠진 듯이 말했다.

"아는 바가 없으시다고. 물론 그러시겠지." 앨레인 씨가 말했다. "말해 봐." 그는 자기 옆에 있는 델러코 양의 동의를 구하려는 듯 우선 그쪽을 흘깃 보고 나서 덧붙여 말했다. "자네, 날 바보로 아는 거야? 나를 바보 천치로 생각하느냐고?"

사내는 델러코 양의 얼굴과 작은 계란같이 생긴 앨레인 씨의 머리통을 번갈아 보다가 거의 자신도 모르게 불쑥 말했다.

"저에게 하실 적절한 말씀이 아닌 것 같군요."

사무원들은 숨소리마저 죽였다. 모두들 기겁을 했다.(다른 사람들은 물론 그 기막힌 말을 한 당사자까지도.) 그리고 통통하고 상냥하게 생긴 델러코 양은 싱글벙글 웃기 시작했다. 앨레인 씨는 분해서 얼굴이 들장미처럼 새빨개졌고, 흥분한 나머지 입이 뒤틀렸다. 그는 주먹을 사내의 면전에 갖다 대고 삿대질을 해댔는데, 마치 어떤 전기 기계의 손잡이가 진동하는 듯했다.

"이 뻔뻔스러운 자식! 이 뻔뻔스러운 자식! 내가 네놈을 그냥 놔둘 줄 알고! 어디 두고 봐! 그 뻔뻔스러운 처신에 대해 내게 사과를 하거나 아니면 회사를 당장 그만둬. 여길 당장 그만두거나 내게 사과를 하란 말이야."

＊　　＊　　＊

　그는 사무실 맞은편 문간에 서서 출납계원이 혼자 밖으로 나오는지 지켜보고 있었다. 다른 사무원들이 모두 나온 다음 맨 나중에 출납계원이 과장과 함께 나왔다. 과장과 함께 있을 때는 출납계원에게 말을 해봤자 소용없는 일이었다. 사내는 자기 입장이 참으로 난처하다고 생각했다. 그는 앨레인 씨에게 자기의 무례함에 대해 마지못해 사과를 하기는 했지만, 이제부터 그에게는 사무실이 벌집을 쑤셔놓은 것처럼 고달픈 곳이 되리라는 생각이 들었다. 그는 앨레인 씨가 자기 조카를 앉히기 위해 꼬마 피크를 회사에서 내쫓은 일을 생생하게 기억했다. 그는 울화가 치밀어 오르고 목이 타고 복수하고픈 생각이 간절했으며, 자신은 물론 세상 사람들이 모두 귀찮게만 여겨졌다. 앞으로 앨레인 씨는 나를 잠시도 가만두지 않고 들볶아 대겠지. 또 사는 게 생지옥 같을 거야. 이번에는 정말 바보짓을 한 것이었다. 왜 입을 봉하고 잠자코 있지 못했을까? 사실 그와 앨레인 씨는 애초부터 사이가 좋지 않았다. 히긴즈와 파커 양을 웃기기 위해 그가 앨레인 씨의 북부 아일랜드 말씨를 흉내 내는 것을 그가 엿듣던 날부터 그랬다. 히긴즈에게 돈을 좀 꾸어볼까 했으나 그에게는 빌려 줄 돈이 없는 것이 분명했다. 두 집 살림을 꾸리는 사람이니, 그에게 무슨……

　술집의 아늑한 분위기를 생각하자 그의 커다란 육체는 다시 쑤셔대기 시작했다. 안개 때문에 한기를 느끼기 시작하자 그는 오닐 펍의 패트에게 부탁해 볼까 생각했다. 그러나 1실링 이상은 나올 것 같지 않았다. 하지만 1실링은 아무 소용이 없었다. 어디서든 돈을 구하긴 구해야 했다. 아까 마지막 남은 한 푼마저 흑맥주를 사 마시는 데 써버렸고, 조금만 더 있으면 어디 가서 돈을 구하기에는 너무 늦을지도 모른다. 시곗줄을 만지작거리다가 그는 갑자기 플리트가(街)에 있는 테리 켈리 전당포가 생각났다. 바로 그거야! 왜 진작 그 생각을 못 했지?

그는 템플 바의 좁은 골목을 빠른 걸음으로 빠져나가면서 오늘 저녁 한바탕 신나게 놀아볼 테니 네까짓 놈들은 모두 꺼져버리라고 혼자 중얼거렸다. 테리 켈리 전당포 점원은 1크라운[2]을 쳐주겠다고 했으나, 사내가 6실링을 고집하는 바람에 결국 그의 주장대로 6실링을 받고 시계를 잡혔다. 그는 엄지손가락과 나머지 손가락 사이에 여섯 개의 동전을 작은 원통처럼 포개 쥐고 기쁜 마음으로 전당포를 나왔다. 웨스트모어랜드가(街)의 보도는 일터에서 돌아오는 젊은 남녀들로 붐볐고, 누더기를 걸친 신문팔이 소년들이 석간신문의 이름을 외치면서 이리저리 뛰어다녔다. 사내는 이 광경들을 뿌듯한 만족감으로 바라보고, 지나가는 여사무원들을 능숙한 시선으로 뜯어보면서 군중을 헤집고 걸어갔다. 그의 머리는 전차의 종소리와 스쳐가는 트롤리 소리로 가득했고, 그의 코는 벌써부터 소용돌이치는 술 냄새를 킁킁 맡았다. 걸어가면서 오늘 있었던 일들을 친구들에게 어떤 식으로 이야기하면 좋을지 미리 생각도 해보았다.

"그래, 내가 그 자식을 똑바로 쳐다봤거든—냉랭한 눈초리로 말이야. 또 그 계집년도 쳐다봤어. 그러고 나서 다시 그 자식을 쳐다보았지—천천히 말이야. 그리고 '그것은 저에게 하실 적절한 말씀이 아닌 것 같군요.'라고 말해 주었지."

노지 플린은 벌써 데이비 번 펍의 그가 늘 앉던 구석 자리에 앉아 있었다. 그는 이야기를 듣자 자기가 지금껏 들어본 것 중에서 가장 멋진 이야기라고 하면서 패링턴에게 반 잔짜리 한 잔을 샀다. 패링턴도 답례로 한 잔 샀다. 잠시 후에 오핼로런과 패디 레너드가 들어오자 그 이야기를 다시 들려주었다. 오핼로런은 모두에게 독한 맥아주를 한 잔씩 사더니, 파운즈가(街)에 있는 캘런 회사에 다닐 때 과장에게 했던 말대꾸 이야기를 꺼냈다. 그러나 자기가 한 말대꾸는 전원시에 나오는 방자한 목동의 말을 흉내 낸 것에 지나지 않으며, 사실 패링턴의 말대꾸에 비하면 아무것도 아니라고 패링턴을 치켜세웠다. 이 말을 듣자 신이 난 패링턴은 어서 들이키고 한 잔씩 새로 더 하자고 친구들에게 말했다. 모두들 마실 술을 고르고 있을 때 마침 들어온 사람은 다름 아닌 히긴즈였다! 물론 그도 이들과 한패로 어울려야 했다. 모두가 그에게 그 일을 흉내 내보라고 하자 그는 매우 신이 나서 그렇게 했다. 왜냐하면 다섯 개의 독한 위스키 잔을 보자 신바람이 났기 때문이다. 앨레인 씨가 패링턴의 면전에서 주먹을 휘두르는 흉내를 내자 모두가 배꼽을 잡고 웃었다. 그리고 나서 패링턴의 흉내를 한바탕 낸 다음 "대충 본인의 이야기는 이렇습니다."라고 하면서 끝을 맺었다. 그동안 패링턴은 무겁고 흐릿한 눈으로 좌중을 바라보고 미소를 지으면서 가끔 아랫입술로 콧수염에 묻어 있는 술 방울을 핥았다.

  술이 한 차례 돌자 잠시 조용해졌다. 오핼로런에게는 돈이 있었으나, 다른 두 사람에게는 돈이 있는 것 같지 않았으므로 일행은 다소 아쉬워하며 술집을 나왔다. 듀크가(街)의 모퉁이에서 히긴즈와 노지 플린은 왼쪽으로 떨어져 나가고, 나머지 세 사람은 시내 쪽으로 다시 발길을 돌렸다. 싸늘한 거리에는 비가 부슬부슬 내리고 있었다. 일행 셋이 밸러스트 사무소가 있는 곳까지 갔을 때 패링턴이 스카치 펍에 가자고 제안했다. 바는 만원이어서 떠드는 소리와 잔 부딪치는 소리로 소란스러웠다. 세 사람은 문간에서 성냥을 팔아달라고 애원하는 성냥팔이 아이들을 밀치고 안으로 들어가, 카운터 한구석에 자리를 잡았다. 그들은 서로 이야기를 주고받았다. 레너드는 웨더즈라는 이름을 가진 젊은이에게 그들을 소개했다. 그 젊은이는 티볼리 극장에서 곡예사 겸 코미디언으로 출연하는 사람이었다. 패링턴은 일행 모두에게 한 잔씩을 샀다. 웨더즈는 아폴로내리스 탄산수를 섞은 아일랜드 위스키를 작은 것으로 한 잔 하겠다고 했다. 패링턴은 자기의 주머니 사정을 고려해서 친구들에게 아폴로내리스 탄산수를 섞어 마시지 않겠느냐고 물었다. 그러나 그들은 팀에게 자기들 것은 독하게 해서 달라고 했다. 이야기가 무르익어 갔다. 오핼로런이 한 차례 내고, 다음으로 패링턴이 또 한 차례 냈다. 그러자 웨더즈는 대접만 받고 있자니 좀 그렇다고 하면서 나중에 무대 뒤로 데리고 가서 근사한 여자들을 소개해 주겠다고 약속했다. 오핼로런은 자기와 레너드는 기꺼이 가겠지만, 패링턴은 결혼한 몸이라 아마 가지 않을 것이라고 말했다. 그러자 패링턴은 괜히 사람 갖고 놀리지 말라는 뜻으로 무겁고 흐릿한 눈으로 친구들을 흘겨보았다. 웨더즈는 사는 시늉만 내는 듯 조금 사고는, 나중에 풀백가(街)에 있는 멀리건 펍에서 만나자고 약속했다.

   스카치 펍이 문을 닫자 그들 모두는 멀리건 펍으로 몰려갔다. 그들은 뒷방으로 들어갔고 오핼로런이 조그만 잔으로 나오는 위스키에 감수(甘水)를 섞은 독한 혼합주를 모두에게 한 잔씩 돌렸다. 모두들 흥건히 취하기 시작했다. 패링턴이 또 한 잔씩 내려고 할 때 웨더즈가 돌아왔다. 이번에 패링턴은 적이 마음이 놓였는데, 웨더즈가 맥주를 마셨기 때문이다. 돈이 바닥나기 시작했지만 술자리를 유지하는 데는 충분했다. 바로 그때 커다란 모자를 쓴 젊은 여자 두 명과 체크무늬 정장을 한 젊은 청년 하나가

들어와서 바로 옆 테이블에 앉았다. 웨더즈는 그들에게 인사를 건네고는 그들이 티볼리 극장에서 일하는 사람들이라고 일행에게 소개했다. 패링턴의 두 눈은 연방 두 젊은 여자 중 하나에게 쏠렸다. 그녀의 외모에는 사람의 눈을 끄는 무엇이 있었다. 그녀는 유난히도 큰 공작새 빛깔의 푸른 모슬린 스카프를 모자챙에 두른 다음 턱 아래에 커다란 나비 모양으로 매듭을 지었고, 팔꿈치까지 올라오는 밝은 노란색 장갑을 꼈다. 패링턴은 아주 우아하게 자주 움직이는 그녀의 통통한 팔을 감탄하며 쳐다보았다. 잠시 후 그녀가 그의 시선에 응해 주자, 그는 그녀의 커다란 암갈색 눈을 아주 넋이 나간 듯이 바라보았다. 살포시 흘기는 듯한 눈길이 무척이나 매혹적이었다. 그녀는 한두 번 그를 흘깃 쳐다보았다. 그리고 그녀 일행이 객실을 나갈 때 그의 의자를 스치며, "아, 미안해요!" 하고 런던 말씨로 말했다. 그는 그녀가 뒤돌아보기를 기대하면서 방을 나서는 모습을 지켜보았으나, 기대는 실망으로 바뀌었다. 그는 돈이 떨어진 것을 저주했고, 여러 차례 술을 산 것을 저주했으며, 특히 웨더즈에게 사준 위스키와 아폴로내리스를 저주했다. 그가 세상에서 미워하는 놈이 하나 있다면 그것은 공짜로 술을 얻어먹는 놈이었다. 그는 어찌나 화가 났던지 친구들이 하는 얘기도 제대로 알아듣지 못했다.

  패디 레너드가 그를 불렀을 때 정신을 차리고 보니 친구들은 한창 힘자랑에 관한 이야기를 하고 있었다. 웨더즈가 팔뚝 근육을 모두에게 보이면서 어찌나 자랑을 해대는지 다른 두 친구는 패링턴을 불러 아일랜드의 명예를 지켜달라고 했다. 그래서 패링턴은 소매를 걷어 올리고 자신의 팔뚝 근육을 친구들에게 과시했다. 두 사람의 팔을 모두 검사하고 비교한 뒤, 마침내 팔씨름을 하기로 합의했다. 테이블 위에 있는 물건들을 모두 치운 뒤에, 두 사람은 그 위에다가 팔꿈치를 세우고는 서로의 손을 꽉 잡았다. 패디 레너드가 "시작!" 이라고 외치면 두 사람이 상대방의 손을 테이블 위에 쓰러뜨리는 시합이었다. 패링턴의 표정은 아주 진지하고 단호했다.

팔씨름이 시작되었다. 약 30초쯤 뒤에 웨더즈가 상대방의 손을 천천히 테이블 위로 넘어뜨렸다. 이런 애송이한테 졌다는 분노와 굴욕감으로 패링턴의 짙은 포도주색 얼굴이 더한층 시뻘게졌다.

"몸무게로 밀어서는 안 되지. 정정당당하게 해야지." 패링턴이 이렇게 말하자, 웨더즈가 말을 받았다.

"누가 정정당당하지 않다고 그래?"

"자, 한 번 더 하자고. 삼판양승이니까."

시합이 다시 시작되었다. 패링턴의 이마에는 핏줄이 섰고, 창백한 웨더즈의 얼굴은 작약 빛으로 변했다. 두 사람의 손과 팔은 힘을 주느라 바들바들 떨렸다. 한참을 겨룬 끝에 웨더즈가 다시 상대방의 손을 테이블 위에 천천히 쓰러뜨렸다. 구경꾼들로부터 경탄의 갈채 소리가 새어 나왔다. 테이블 옆에 서서 구경하던 급사도 승리자를 향해 그의 붉은 대머리를 끄덕이며, 멋도 모르고 건방지게 한마디 했다.

"아, 바로 그게 기술이라는 겁니다."

"임마, 네까짓 게 뭘 안다고 그래." 패링턴이 그에게로 몸을 돌리면서 사납게 소리 질렀다. "뭘 안다고 주둥일 놀리고 그래?"

"쉬, 쉬!" 패링턴의 성난 얼굴을 살피며 오핼로런이 말했다. "자, 술값들 내게나. 입가심으로 한 잔씩만 더 하고 그만 가세."

아주 침울한 얼굴을 한 사내가 오코넬 다리 모퉁이에 서서 집으로 갈 샌디마운트행 전차를 기다리고 있었다. 그의 속은 분해서 부글부글 끓는 데다가 복수심으로 가득 차 있었다. 너무나 수치스럽고 분한 나머지 술에 취한 것 같지도 않았다. 주머니에는 겨우 동전 두 닢뿐이었다. 그는 모든 것을 저주했다. 사무실에서는 볼 장 다 봤고, 시계는 저당 잡혔으며, 돈은 몽땅 써버렸다. 그러면서 술에 취하지도 못했다. 다시 목구멍이 컬컬해지기 시작했고, 후끈하고 냄새나는 술집으로 다시 돌아갔으면 하는 생각이 굴뚝같았다. 애송이 같은 녀석에게 두 판이나 내리 졌으니 장사라는 명성도 이젠 날아가 버렸다. 울화가 치밀어 가슴이 터질 것만 같았고, 커다란 모자를 쓰고 자기를 스쳐 지나가며 "미안해요!"라고 하던 그 여자를 생각하니 분통이 터져 거의 질식할 것만 같았다.

그는 셸본로(路)에서 전차를 내려 큼직한 몸을 휘저으며 판잣집들이 늘어선 어두운 담벼락을 따라 걸었다. 집으로 돌아가기가 죽기보다 더 싫었다. 샛문으로 들어가니 부엌은 텅 비어 있고, 부엌불도 거의 꺼져 있었다. 그는 2층에다 대고 버럭 소리를 질렀다.

"에이더! 에이더!"

그의 아내는 키가 작고 얼굴이 날카롭게 생긴 여자로, 남편이 맨 정신일 때는 남편을 못살게 굴었지만, 남편이 술에 취했을 때는 거꾸로 면박을 당하는 여자였다. 그들에게는 애가 다섯이 있었다. 어린 사내아이가 계단을 뛰어 내려왔다.

"거 누구냐?" 사내는 어둠 속을 기웃거리며 물었다.

"나야, 아빠."

"누구? 찰리냐?"

"아니, 아빠. 톰이야."

"엄마는 어디 갔니?"

"성당에 갔어요."

"잘한다…… 그래. 내 저녁밥은 챙겨놓고 갔니?"

"네, 아빠. 내가……."

"램프 켜봐. 도대체 불도 안 켜고 어쩌자는 셈이냐? 다른 애들은 자냐?"

사내아이가 램프에 불을 켜는 동안 사내는 의자 하나에 털썩 주저앉았다. 그는 자기 아들의 밋밋한 억양을 흉내 내며 반쯤 혼잣말로 중얼대기 시작했다. "성당에, 성당에 갔다 이거지!" 램프에 불이 켜지자 그는 주먹으로 탁자를 내리치며 고함을 질렀다.

"내 저녁밥은?"

"내가…… 지을게요, 아빠." 사내아이가 말했다.

사내는 화를 내며 벌떡 일어서면서 불을 가리켰다.

"저 불로! 너 요놈, 네가 불을 꺼뜨렸지! 다시 그러기만 하면 어떻게 되나 가르쳐주마!"

그는 문 쪽으로 한 발짝 내딛더니만 그 뒤편에 세워둔 지팡이를 집어 들었다.

"불을 꺼뜨리면 어떻게 되나 가르쳐주마!" 그는 팔이 거추장스럽지 않게끔 소매를 걷어 올리며 고함을 질렀다.

아이는 "아, 아빠!" 하고 훌쩍이며 탁자 주위로 도망쳤다. 그러나 사내는 뒤쫓아 가서 아이의 웃옷을 잡았다. 아이는 질겁하며 사방을 둘러보았으나 도망갈 길이 없다는 것을 알자 그만 무릎을 꿇었다.

"그래, 다음에 또 불을 꺼뜨려 봐라!" 사내는 지팡이로 아이를 마구 갈겨대며 말했다. "한번 맞아봐, 이 못된 놈 같으니라고!"

지팡이로 허벅다리를 내리칠 때마다 아이는 아파 죽겠다고 비명을 질러댔다. 아이는 허공을 향해 두 손을 모았고, 목소리는 공포로 떨렸다.

"아, 아빠!" 아이가 울부짖었다. "때리지 마, 아빠! 아빠를 위해 기도드릴게요……. 기도드릴게요……. 아빠, 때리지 않으면…… 기도드릴게요……."

진흙

　일하는 여자들의 다과 시간이 끝나는 대로 외출을 해도 좋다는 허락을 이미 주임 아주머니로부터 받아놓은 터였으므로, 마리아는 저녁 외출을 무척이나 고대했다. 부엌이 매우 깔끔하게 치워져 있었기 때문에 취사 담당 여자는 커다란 구리 가마솥에 얼굴이 비칠 정도라고 했다. 불은 활활 타오르고 보조 테이블 중 하나에는 아주 큼직한 건포도빵 네 개가 놓여 있었다. 이 건포도빵은 썰지 않은 것처럼 보였지만, 조금 더 가까이 다가서서 보면 길고 두꺼운 조각으로 고르게 썰려 있어, 다과 시간에 당장이라도 나누어 줄 수 있게끔 준비되어 있었다. 그것은 마리아가 손수 썬 것이었다.
　마리아는 몸집이 아주아주 작았지만, 코와 턱은 매우 길었다. 그녀는 항상 부드럽게 약간 코맹맹이 소리로 "예, 그럼은요."라든지, "아니, 그렇지 않아요."라는 투로 말했다. 그녀는 여자들이 빨래통 문제로 다툴 때면 언제나 불려가 화해시키는 데 성공했다. 어느 날 주임 아주머니는 그녀에게 이런 말도 했다.
　"마리아, 당신은 정말로 훌륭한 중재자야!"

게다가 부주임 아주머니와 두 임원 아주머니도 이렇게 칭찬하는 말을 들었다. 그리고 진저 무니도 마리아의 체면을 보아서 그렇지, 그렇지만 않다면 다리미 일을 맡은 그 멍청이 계집애를 가만두지 않았을 것이라고 늘 입버릇처럼 말했다. 누구 할 것 없이 모든 사람들이 마리아를 굉장히 좋아했다.

여자들이 다과를 먹는 시간이 6시이므로, 마리아는 7시 전에 외출할 수 있을 것 같았다. 볼즈브리지[1]에서 필라[2]까지 20분, 필라에서 드럼콘드라[3]까지 20분, 그리고 물건을 사는 데 20분, 이렇게 계산해 보니 8시 전에는 그곳에 도착할 수 있을 것 같았다. 그녀는 은고리가 달린 지갑을 꺼내서 '벨파스트로부터의 선물'이라는 글귀를 다시 한 번 읽어보았다. 그녀는 그 지갑을 매우 좋아했다. 조와 앨피가 5년 전에 성령강림일 휴가 여행으로 벨파스트에 다녀오면서 조가 그녀에게 사다 준 선물이었기 때문이다. 지갑 속에는 반 크라운짜리 은화 두 닢과 동전 몇 닢이 들어 있었다. 전차 삯을 내도 정확히 5실링은 남을 것이었다. 아이들이 모두 노래를 부를 테니 얼마나 즐거운 밤이 될 것인가! 제발 조만 술에 취해 들어오지 않으면 좋을 텐데. 그는 술을 조금만 마셔도 아주 딴사람이 되었다.

조는 자주 그녀에게 자기 집에 와서 함께 살자고 했다. 하지만 자기가 괜히 짐만 될 것 같았고(하기야 조의 아내는 늘 아주 상냥하게 대해 주었지만), 또 이미 세탁소 생활에 익숙해져 있었다. 조는 착한 사람이었다. 그녀는 과거에 조와 앨피를 길러준 사람이기도 했다. 그래서 조는 종종 이렇게 말하곤 했다.

"엄마는 엄마지만 마리아가 진짜 나의 어머니야."

집이 몰락하자 그 형제들이 나서서 '더블린 등불 세탁소'라는 지금의 세탁소 일자리를 마리아에게 구해 주었는데, 그녀도 그것이 마음에 들었다. 그녀는 한때 신교도들을 몹시 나쁘게 생각하곤 했으나 이제는 생각을 고쳐 그들은 좋은 사람들이고, 약간 말이 없고 답답하기는 하지만 함께 지내기에는 그만이라고 생각하게 되었다. 그리고 그녀는 온실에서 화초를 길렀는데, 화초 돌보는 일을 좋아했다. 그녀가 기르는 것은 귀여운 고사리며 소귀나무들이었고, 그녀는 누가 찾아올 때마다 온실에서 한두 가지를 꺾어서 선사하곤 했다. 그녀가 싫어하는 것이 꼭 하나 있었는데, 그것은 벽에 걸린 종교에 관한 팸플릿들이었다. 그러나 주임 아주머니는 대하기에 아주 좋은 사람이었고, 매우 점잖았다.

　취사 담당이 모든 준비가 끝났다고 알리자, 마리아는 여자들이 일하는 방으로 들어가서 커다란 종을 울리기 시작했다. 잠시 후 여자들이 둘씩 셋씩 짝을 지어 김이 무럭무럭 나는 손을 속치마로 훔치거나, 김이 나는 빨간 팔뚝 위로 블라우스 소맷자락을 끄집어 내리면서 식당으로 들어오기 시작했다. 그들은 각기 커다란 찻산 잎에 지리를 잠고 앉았는데, 그 찻잔에는 취사 담당과 멍청이 계집애가 이미 커다란 양철통에서 우유와 설탕을 섞어 만든 뜨거운 차가 가득 부어져 있었다. 마리아는 건포도빵을 나누는 일을 감독했으며, 여자들이 각기 네 조각씩 가져가는지 살폈다. 식사하는 동안 웃음과 농담으로 와자지껄했다. 리지 플레밍은 오늘 저녁에 놀러 가면 마리아가 틀림없이 반지를 집을 것이라고 했다. 플레밍은 여러 해 동안 만성절 전야[4] 때마다 그렇게 말했지만, 마리아는 그냥 웃으면서 반지도, 남자도 원치 않는다고 말할 수밖에 없었다. 그녀가 웃을 때면 회색빛이 감도는 푸른 눈은 실망한 듯한 수줍음으로 반짝였고, 코끝은 거의 턱 끝에 맞닿을 듯했다. 이때 진저 무니가 찻잔을 들면서 마리아의 건강을 위해 건배하자고 제안했다. 그러자 다른 여자들도 모두 테이블 위에서 각자의 잔을 요란스럽게 덜거덕거렸고, 무니는 섞어 마실 흑맥주가 한 잔도 없는 것이 못내 아쉽다고 했다. 그래서 마리아는 코끝이 턱 끝에 거의 맞닿을 듯이, 또 그녀의 가냘픈 몸이 거의 부서질 정도로 다시 웃었다. 무니란 여자가 좀 천박하기는 해도, 무슨 악의를 가지고 그런 말을 한 것이 아니라는 것을 잘 알고 있었기 때문이다.

여하튼 여자들이 다과를 끝내고, 취사 담당과 멍청이 계집애가 다과의 뒷설거지를 시작할 때 마리아는 얼마나 기뻤던가! 그녀는 자신의 아담한 침실로 들어갔다. 그리고 내일 아침에 미사가 있다는 것을 기억하고 자명종 시계를 7시에서 6시로 돌려 놓았다. 그러고 나서 일할 때 입는 치마와 집에서 신는 구두를 벗고, 나들이 치마는 침대 위에, 그리고 조그만 나들이 구두는 침대 발치 옆에 놓았다. 블라우스도 갈아입었다. 그리고 거울 앞에 서자 어린 소녀 시절 주일 아침에 미사에 가기 위해 옷을 갈아입던 생각이 났다. 그런 다음 자신이 그토록 자주 치장했던 작은 몸매를 애정 어린 야릇한 눈초리로 들여다보았다. 나이를 먹기는 했지만 아직도 멋지고, 말쑥하며, 귀여운 몸매였다.

바깥으로 나오자 거리는 빗물로 번들거렸다. 그래서 낡은 갈색 비옷을 입고 나오길 잘했다고 생각했다. 전차는 만원이어서 그녀는 승객들 모두와 마주 보면서 발끝이 바닥에 닿을락 말락 한 자세로 찻간 맨 끝에 있는 등도 없는 자그마한 의자에 앉아야 했다. 그녀는 앞으로 해야 할 일들을 머릿속으로 정리하면서, 독립해서 자신이 직접 번 돈을 주머니에 지니고 있다는 것은 참으로 좋은 일이라고 생각했다. 그녀는 그들이 멋진 저녁을 보냈으면 했다. 틀림없이 말을 하게 되겠지만, 앨피와 조가 서로 말을 하지 않고 지낸다니 참으로 안된 일이라고 생각하지 않을 수 없었다. 그들은 지금 노상 다투기만 하지만 어렸을 때는 제일 친한 단짝들이었다. 하지만 사는 것이 다 그런 것이었다.

그녀는 필라에서 전차를 내려 북적대는 사람들 사이를 빠른 걸음으로 빠져나갔다. 다운즈 제과점에 들어갔으나 손님들이 어찌나 많은지 한참을 기다린 뒤에야 볼일을 볼 수 있었다. 그녀는 여남은 종류의 싸구려 과자를 섞어 산 뒤, 꽤 큰 봉지를 들고 제과점을 나왔다. 그런 다음 또 뭘 살까 하고 생각했다. 그녀는 정말 멋있는 것을 사고 싶었다. 사과나 호두는 분명히 많이 있을 테지. 그러나 무엇을 사야 할지 도무지 생각이 나지 않았다. 그러다가 겨우 생각해 낸 것이 케이크였다. 그녀는 건포도 케이크를 조금 사기로 결심했다. 하지만 다운즈 제과점 케이크는 위에 얹은 아몬드의 양이 적었기 때문에 헨리가(街)에 있는 제과점으로 건너갔다. 여기서도 그녀는 마음에 드는 것을 고르는 데 꽤 오랜 시간이 걸렸다. 그러자 카운터 뒤에 있던 맵시 있는 젊은 아가씨가 분명 그녀의 태도에 다소 짜증이 났던지, 사려는 것이 결혼용 케이크냐고 물었다. 그 말에 마리아는 얼굴을 붉히고 젊은 아가씨에게 미소를 지어 보였다. 그러자 젊은 아가씨는 정말 그런 줄 알고 건포도 케이크를 두껍게 한 조각 잘라 종이에 싸서 내밀며 말했다.

"2실링 4펜스입니다."

드럼콘드라행 전차에서 젊은이들이 아무도 자기를 거들떠보지 않았으므로 그녀는 서서 가야겠구나 하고 생각했지만, 어떤 중년 신사가 그녀에게 자리를 내주었다. 그는 건장한 신사로, 딱딱한 갈색 모자를 쓰고 네모진 붉은 얼굴에 회색 콧수염을 길렀다. 마리아는 그가 대령쯤 되는 신사일 거라고 생각했고, 그저 자기 앞만 똑바로 쳐다보고 있는 젊은이들에 비하면 훨씬 예의가 바른 사람이라고 생각했다. 그 신사는 그녀를 상대로 만성절 전야와 비오는 날씨에 대해 이야기하기 시작했다. 자기가 보기에 그 봉지는 아이들에게 줄 선물로 가득 차 있을 것 같은데, 애들은 어릴 때 실컷 즐겨야 한다고 말했다. 마리아도 얌전하게 고개를 끄덕이거나 헛기침을 하면서 지당한 말씀이라고 공감을 표했다. 그 신사가 너무도 친절히 대해 주었기 때문에 마리아는 커낼 다리에서 전차를 내릴 때 고개 숙여 고맙다고 인사했다. 그러자 그 신사도 그녀에게 고개를 숙이며 모자를 벗어 들고 상냥하게 미소를 지었다. 빗속에서 고개를 숙이고 언덕길을 올라가는 동안 그녀는 그 신사가 한잔하기는 했을망정 그의 됨됨이를 알아보는 것은 아주 쉬운 일이라고 생각했다.

그녀가 조의 집에 도착하자 모두들 "오, 마리아 왔네!" 하고 말했다. 조는 퇴근하여 곧장 집으로 왔고, 아이들은 모두 나들이옷을 입었다. 옆집에 사는 큰 아가씨 둘이 놀러 와 게임을 하고 있었다. 마리아는 과자 봉지를 맏아들인 앨피에게 주면서 나눠 먹으라고 했고, 도널리 부인은 이렇게 과자를 많이 사 오다니 정말 고맙다며 아이들 모두에게 "마리아 아주머니, 고맙습니다."라고 인사하도록 시켰다.

그러나 마리아는 아빠와 엄마를 위한 특별한 선물을 가져왔는데, 틀림없이 좋아할 것이라고 말하면서 건포도 케이크를 찾기 시작했다. 그녀는 다운즈 제과점의 봉지며, 비옷의 양쪽 주머니며, 현관에 있는 모자걸이까지 찾아보았으나 그 어디에도 없었다. 그러자 아이들에게 혹시 누가 잘못 알고 먹지 않았느냐고 물었다. 그러자 아이들은 모두 아니라고 했고, 이런 식으로 도둑으로 몰린다면 과자도 먹지 않겠다는 표정들이었다. 이 수수께끼 같은 일에 대해 각자 하나씩 의견을 냈다. 도널리 부인은 전차에다 두고 내린 것이 분명하다고 했다. 마리아는 회색 콧수염을 기른 신사가 자기를 얼마나 얼떨떨하게 했던가를 생각해 내고는 부끄러움과 분한 마음, 그리고 실망으로 얼굴을 붉혔다. 케이크를 내놓고 사람들을 조금 놀라게 해주려던 것이 수포로 돌아갔고, 2실링 4펜스를 그냥 날려 버렸다고 생각하니 당장이라도 울음이 터질 것만 같았다.

그러나 조는 상관없다고 하면서 그녀를 난롯가에 앉혔다. 조는 마리아에게 매우 친절했다. 그는 자기 사무실에서 일어났던 일들을 모두 이야기해 주었고, 자기가 지배인에게 했던 멋진 말대꾸를 되풀이해서 들려주었다. 마리아는 조가 자신이 했다는 말대꾸에 왜 그렇게 웃어대는지 알 수 없었으나, 그 지배인이라는 사람은 모르긴 몰라도 필시 아주 거만해서 다루기 힘든 사람일 것이라고 말했다. 이에 대해 조는 그 지배인은 잘 대하기만 하면 그렇게 나쁜 사람이 아니며 괴롭히지만 않으면 아주 점잖은 사람이라고 말했다. 도널리 부인은 아이들을 위해 피아노를 쳤고, 아이들은 춤을 추고 노래를 불렀다. 그때 옆집에서 건너온 두 아가씨가 호두를 돌렸다. 아무도 호두 까는 집게를 찾지 못하자, 조는 그 일로 거의 화를 내다시피 하면서 호두 까는 집게도 없이 마리아가 무슨 수로 호두를 까겠느냐면서 생각 좀 해보라고 했다. 이에 대해 마리아는 자기는 호두를 별로 좋아하지 않으니 신경 쓸 것 없다고 말했다. 그러자 조는 그녀에게 흑맥주 한 병 하겠느냐고 했고, 도널리 부인은 집에 포트와인도 있으니 그쪽을 원하면 들라고 했다. 마리아는 아무것도 권하지 않으면 좋겠다고 했으나, 조는 끝까지 고집을 피웠다.

그래서 마리아는 그가 하는 대로 내버려 두고 난롯가에 앉아 옛 시절에 관한 이야기꽃을 피웠다. 그때 마리아는 앨피를 위해 한마디 하는 것이 좋겠다고 생각했다. 그러나 조는 형에게 다시 말을 하느니 천벌을 받는 것이 낫겠다고 고래고래 소리를 질렀다. 그 바람에 마리아는 그런 얘기를 꺼내서 아주 미안하다고 했다. 도널리 부인은 자기 혈육에 대해 그런 식으로 말하다니 큰 수치라고 남편에게 핀잔을 주었으나, 조는 조대로 앨피는 이제 더 이상 형도 아니라고 대들었기 때문에 한바탕 싸움이 벌어질 뻔했다. 그러나 조는 오늘 밤이 명절이니만큼 화를 내지 않겠다며 아내더러 흑맥주를 좀 더 내오라고 했다. 이웃에서 건너온 두 아가씨가 만성절 놀이를 준비하자, 이내 모두가 다시 즐겁게 놀기 시작했다. 마리아는 아이들이 즐거워하고 조와 그의 아내가 기분 좋아하는 것을 보고 마음이 흐뭇했다. 아가씨들은 테이블 위에다 접시 몇 개를 놓은 다음 아이들의 눈을 가리고서 테이블 앞으로 데려갔다. 한 아이는 기도책을 집었고, 다른 세 아이는 물 잔을 집었다. 그리고 아가씨 중 한 명이 반지를 집었을 때, 도널리 부인은 얼굴이 빨개진 그 아가씨에게 "오, 난 다 안다."라고 말하듯이 손가락을 흔들어 보였다. 그리고 그들은 막무가내로 마리아의 눈을 가리게 한 다음 테이블 앞으로 데리고 가서 무엇을 집나 보기로 했다. 그들이 가리개로 눈을 가리는 동안, 마리아는 코끝이 턱 끝에 거의 닿을 정도로 우스워 죽겠다며 몇 번씩이나 깔깔거렸다.

   그들은 웃고 농담을 즐기면서 마리아를 테이블 앞으로 데려갔고, 마리아는 그들이 시키는 대로 한 손을 허공에 내밀었다. 그녀는 허공에다 이리저리 손을 내젓다가 접시 중 하나 위에 내려놓았다. 손가락 끝으로 무언가 부드럽고 질퍽한 것을 만졌는데, 아무도 말이 없고 붕대를 풀어주는 사람도 없는 것이 이상했다. 잠시 주위가 조용하다 싶더니, 이내 다투며 수군거리는 소리가 들렸다. 누군가가 정원이 어쩌고저쩌고 하자, 마침내 도널리 부인이 아가씨 중 한 명에게 뭔가 매우 언짢은 듯한 말을 했고, 그런 것은 놀이가 아니니 당장 바깥에 내다 버리라고 했다. 그러자 마리아도 무언가 잘못됐다는 것을 알고는 다시 물건을 집어 들었다. 이번에 그녀가 집어 든 것은 기도책이었다.

놀이를 마친 후 도널리 부인은 아이들을 위해 「미스 맥클라우드의 릴」 무도곡을 연주했고, 조는 마리아에게 포도주를 한 잔 권했다. 곧 모두가 다시 명랑해졌다. 도널리 부인은 마리아가 기도책을 집었으니 이 해가 다 가기 전에 수도원에 들어가게 될 것이라고 말했다. 마리아는 조가 그날 밤처럼 그렇게 상냥하게 즐거운 이야기와 추억담을 들려준 경우를 이제껏 보지 못했다. 모두가 자기에게 정말로 친절하게 대해 준다며 그녀는 흐뭇해했다.

마침내 아이들이 지쳐서 졸았기 때문에 조는 마리아에게 돌아가기 전에 짤막한 옛 노래를 한 곡 불러주지 않겠느냐고 청했다. 도널리 부인도 "부르세요, 마리아!" 하고 졸랐다. 그래서 마리아는 할 수 없이 일어서서 피아노 옆에 섰다. 도널리 부인은 아이들더러 조용히 하고 마리아 아주머니의 노래를 잘 들으라고 일렀다. 그다음 전주곡을 연주하고 나서 "자, 마리아 아주머니!" 하고 말했다. 그러자 마리아는 얼굴을 몹시 붉히면서 가냘프고 떨리는 목소리로 노래를 부르기 시작했다. 그녀는 「나는 사는 곳을 꿈꾸었네」[5]를 노래했다. 2절을 부를 때가 되자 그녀는 다시 돌아가서 1절을 불렀다.

나는 사는 곳을 꿈꾸었네, 대리석 궁궐에서

시종과 하인을 양옆에 거느리고,
이 궁궐에 모인 사람들 중에
나야말로 희망이요, 자랑이었네.

헤아릴 수 없이 많은 재산을 지니고
유서 깊은 가문을 자랑할 수도 있지만,
나에게 가장 기쁜 꿈은
그대가 변함없이 나를 사랑하는 것이었네.

그러나 아무도 그녀의 실수를 지적하려 들지 않았다.[6] 노래를 다 마치자 조는 무척 감동을 받았다. 그는 누가 뭐라고 하든 예전 같은 시절은 없고, 노래 중에는 가여운 발프 노인의 노래만 한 것도 없다고 했다. 그의 눈은 눈물로 가득해서 자기가 찾던 것도 찾지 못하고, 결국 아내에게 병따개가 어디 있는지 찾아봐 달라고 해야만 했다.

가슴 아픈 사건

　제임스 더피 씨는 채플리조드[1]에서 살았다. 그는 자신이 사는 더블린 시에서 가능한 한 외곽에서 살고 싶었고, 그곳을 제외한 다른 더블린 근교는 저급하고 현대적이며 허세를 부린다고 생각했기 때문이다. 그는 낡고 음침한 집에서 살았다. 그의 집 창밖으로는 지금은 문을 닫은 양조장과 위쪽으로는 얕은 강[2]을 따라 형성된 더블린 시가지의 모습이 내려다보였다. 카펫도 깔리지 않은 방의 벽에는 그림 한 장 걸려 있지 않았다. 방 안에 있는 세간은—검정색 철제 침대와 세면대, 등나무 의자 네 개, 옷걸이 하나, 석탄통, 벽난로의 재받이와 다리미, 사각의 탁자와 그 위에 얹은 이중 책장[3]—자신이 직접 구입한 것이었다. 벽 한쪽 구석에는 흰 나무로 된 선반을 갖다 대 서가(書架)로 사용했다. 침대는 하얀 침대보로 씌워져 있고, 검붉은 융단이 침대 발치를 덮었다. 작은 손거울 하나가 세면대 위에 걸려 있고, 낮에는 하얀 갓을 씌운 램프 하나가 벽난로 위의 유일한 장식이었다. 하얀 나무로 된 서가의 책들은 밑에서부터 위까지 크기에 따라 가지런히 정돈되어 있었다. 워즈워스 전집이 가장 아래 칸 구석에 꽂혀 있고, 맨 꼭대기 한쪽 끝에는 양장 제본한 『메이누스 교리문답서』[4]가 한 권 꽂혀 있었다. 책상 위에는 항상 필기구들이 놓여 있었다. 책상 속에는 무대 지시문을 자줏빛 잉크로 써넣은 하우프트만의 『미카엘 크라메르』[5]의 번역 원고와 청동 핀으로 묶은 작은 뭉치의 종이들도 있었다. 그는 그 종이에 때때로 글을 써넣었는데, 빈정거리고 싶을 때에는 '바일 빈즈'[6]의 광고문 표제를 오려서 종이의 첫 장에 붙여 놓기도 했다. 책상 서랍을 열면 은은한 향기가 새어 나왔는데, 그것은 삼목으로 만든 새 연필과 고무풀 또는 그곳에 넣어둔 채 잊어버린 농익은 사과 등의 냄새였다.

더피 씨는 육체적 또는 정신적 무질서를 드러내는 것은 무엇이든 싫어했다. 중세의 의사라면 그가 토성(土星)의 운을 타고 나서 침울한 것이라고 했을 것이다. 그가 살아온 세파를 모두 담고 있는 그의 얼굴은 더블린의 거리처럼 갈색을 띠었다. 길쭉하면서도 커다란 머리에는 윤기 없는 검은 머리칼이 자라나 있었고, 황갈색의 콧수염은 보기 흉한 입을 미처 다 가리지 못했다. 툭 튀어나온 광대뼈 또한 그의 얼굴이 인정머리 없어 보이게 했으나, 눈매는 조금도 그렇지 않아 보였다. 황갈색의 눈썹 밑으로 세상을 바라볼 때는 다른 사람들의 마음속에 있는 속죄하려는 본성을 찾다가 이따금 실망을 맛본 사람 같은 인상을 풍겼다. 그는 자기 자신의 행동을 못 미더운 곁눈질로 살피면서 자기 육체로부터 약간 거리를 두고 살았다. 그는 때때로 3인칭 주어와 과거형 동사를 사용해 자기 자신에 관한 단문을 마음속으로 지어 보는 이상한 자서전적인 버릇이 있었다. 그는 거지에게 절대로 동냥을 주지 않았으며, 단단한 개암나무 단장을 짚고 꼿꼿이 걸어 다녔다.

그는 여러 해 동안 배고트가(街)에 있는 한 개인 은행의 출납계원으로 근무했는데, 매일 아침 채플리조드에서 전차로 출근했다. 정오에는 댄 버크 식당으로 가서 라거 맥주[7] 한 병과 조그만 접시에 수북이 담긴 칡가루로 만든 비스킷을 먹었다. 정확히 4시에는 일에서 해방되었다. 이때 그는 으레 조지가(街)에 있는 식당에서 저녁을 먹었는데, 그곳은 한껏 멋을 부리는 더블린의 젊은 무리를 피할 수 있어서 좋았고, 음식값도 적당했기 때문이다. 저녁에는 하숙집 아주머니가 피아노 치는 것을 듣거나 교외를 산책하면서 보냈다. 모차르트의 음악을 좋아하다 보니 가끔 오페라나 음악회에 가는 일이 있었는데, 그것이 삶의 유일한 낙이었다.

그에게는 동료나 친구도 없었고, 교파와 신앙도 없었다. 그는 다른 사람들과 전혀 어울리는 일 없이 자기만의 영적인 생활을 영위했다. 기껏해야 크리스마스 때 친척들을 방문하거나, 그들이 세상을 떠났을 때 장례식에 참석하는 정도가 전부였다. 이 두 가지는 사회적 의무 때문에 이행했으나, 다른 시민 생활에 필요한 관례는 전혀 따르지 않았다. 어떤 경우에는 은행을 털어볼까 하는 생각이 들 때도 있었으나 그런 일은 결코 하지 않았기 때문에 그의 삶은 그저 평탄하게 굴러갔다. 즉, 그의 생은 모험담이 하나도 없는 이야기와 같았다.

어느 날 저녁 그는 로툰더 극장[8]에 갔다가 두 여자 옆에 앉게 되었다. 극장 안은 한산하고 조용하여 공연의 실패를 예감할 수 있었다. 그의 옆에 앉은 여자가 적막한 장내를 한두 번 둘러본 후 이렇게 말했다.

"오늘 밤 관객이 이렇게도 없으니 참 안타깝네요! 텅 빈 객석을 향해 노래 부르려면 정말 따분할 거예요."

그는 그 말을 이야기를 나누자는 뜻으로 받아들였다. 그는 이 여자가 조금도 어색하게 생각하지 않는 듯해서 놀랐다. 이야기를 나누면서 그는 이 여자를 영원히 자기의 기억 속에 남겨야겠다고 마음먹었다. 그녀 옆에 있는 젊은 여자가 그녀의 딸이라는 것을 알았을 때, 그는 그녀가 자기보다 한두 살 아래일 것이라고 생각했다. 한때는 아름다웠을 그녀의 얼굴은 아직도 지적인 면모를 풍겼다. 이목구비가 뚜렷한 갸름한 얼굴이었다. 눈은 아주 짙은 푸른색이었으며 침착해 보였다. 그녀의 시선은 처음에는 도발적으로 보였으나, 눈동자가 점차 홍안 속으로 빨려 들어가는 듯 혼미해지더니 이내 매우 예민한 감성을 드러냈다. 그러나 눈동자는 빠르게 본래의 모습을 되찾았고, 반쯤 드러났던 본성은 빠르게 신중함 속으로 숨어버렸다. 그리고 통통한 젖가슴을 가린 아스트라한[9] 재킷이 한층 도발적인 자태를 드러냈다.

그 후 몇 주일이 지나서 그는 그녀를 얼스포트 테라스[10]의 어느 음악회에서 다시 만났으며, 그녀의 딸이 한눈을 파는 사이에 친해질 기회를 가졌다. 그녀는 한두 번 남편 이야기를 넌지시 비쳤으나, 말투로 보아 남편을 조심해야 한다고 암시하는 것 같지는 않았다. 그녀는 시니코 부인이었다. 남편의 고조할아버지는 리보르노[11]에서 이민을 왔다고 했다. 남편은 더블린과 네덜란드 사이를 오가는 상선의 선장이며, 그들 사이에는 아이가 하나 있다고 했다.

우연히 그녀를 세 번째 만나게 되자 그는 용기를 내어 만나자는 약속을 했다. 그녀는 약속대로 나왔다. 이것을 시작으로 그들은 자주 만났다. 그들은 늘 저녁에 만나 가장 한적한 곳을 골라 함께 산책했다. 그러나 더피 씨는 떳떳하지 못한 짓을 싫어하는 성격인 데다가 남의 눈을 피해 만나는 처지가 되자 부인더러 그녀의 집으로 자기를 초대해 달라고 부탁했다. 시니코 선장은 그가 자기 딸에게 관심이 있어서 오는 것으로 착각하고 그의 방문을 부추겼다. 시니코 선장은 자기 아내가 자신이 누리는 향락의 세계와는 거리가 먼 여자로 여겼기 때문에, 다른 남자가 아내에게 관심을 갖게 되리라고는 꿈에도 생각지 않았다. 그녀의 남편은 집을 비우는 일이 많았고, 딸은 딸대로 음악 레슨을 한다고 나다녔기 때문에 더피 씨는 부인과 단둘이서 즐거운 시간을 가질 때가 많았다. 그나 부인이나 전에 그러한 모험을 경험해 본 적이 없었기 때문에 두 사람 모두 전혀 어색함을 느끼지 못했다. 조금씩 그는 자기의 생각과 부인의 생각을 엮기 시작했다. 그는 그녀에게 책을 빌려주고 생각을 전해 주었을 뿐만 아니라 지적인 생활도 함께 나누었다. 그녀는 그의 모든 말에 귀를 기울였다.

때때로 그가 이야기하는 견해들에 대한 보답으로 그녀는 자신의 삶에서 겪었던 몇몇 일들을 이야기했다. 그녀는 거의 어머니처럼 대하면서 그에게 본심을 모두 털어놓아 보라고 했다. 그녀는 마치 그의 고해성사를 들어주는 신부와도 같았다. 그는 자신이 얼마 동안 아일랜드의 사회당 모임에 참석한 적이 있는데, 희미한 식유램프가 켜진 다락방에서 20여 명의 심각한 표정을 한 노동자들 사이에 끼어 있을 때면 자기가 아주 특별한 존재가 된 듯한 느낌이 들었다고 부인에게 말했다. 또한 그 단체가 세 파로 갈라져 각기 우두머리를 달리하여 서로 다른 다락방에서 모이게 되자 발을 끊어버렸다고 했다. 그의 말에 의하면 노동자들은 토론에는 겁을 내면서도 임금에 대한 관심은 너무 지나치더라는 것이었다. 그들은 인상이 험악한 현실주의자들이며, 자기들은 바라지도 못할 한가한 생활의 산물인 치밀함에 대해 불만을 가지고 있는 것 같다고 말했다. 그리고 앞으로 몇백 년 동안 이 더블린에서는 어떠한 사회주의 혁명도 일어나지 않을 것 같다고 부인에게 말했다.

부인은 왜 그러한 생각을 글로 쓰지 않느냐고 물었다. "무엇 때문에요?" 하고 그는 조심스럽게 쓴웃음을 지으며 반문했다. "단 1분 동안이라도 계속해서 생각할 수 없는 미사여구를 늘어놓는 놈들과 경쟁하려고요? 도덕은 경찰에게, 예술은 흥행사들에게 내맡기는 어리석은 중산계층의 비평에 머리를 숙이기 위해서요?"

그는 자주 더블린 교외에 있는 그녀의 조그만 집으로 찾아가서, 둘이서만 오붓이 저녁 시간을 보내곤 했다. 조금씩 서로의 생각이 맞아가게 되자, 그들은 자신들에게 좀 더 가까운 주변의 것들을 화제로 삼았다. 그녀와의 교제는 이국(異國) 식물을 감싸 주는 따뜻한 흙과도 같았다. 그들 사이에 어둠이 내려도 램프불도 켜지 않은 채 앉아 있던 때가 한두 번이 아니었다. 어둡고 은밀한 방, 둘만의 호젓함, 여전히 그들의 귓전에 울리는 음악은 두 사람을 화합시켰으며, 이 화합은 그에게 생기를 불어넣고 그의 거친 성격을 부드럽게 했으며, 그의 내적인 생활에 정서가 깃들게 했다. 때때로 그는 자신의 목소리에 도취되어 자신의 목소리에 귀를 기울였고, 그녀의 눈에는 자기가 마치 천사처럼 고상한 존재로 보일 것이라고 생각했다. 그래서 그녀의 열렬한 본성에 더욱 애착을 느끼자, 그는 자신의 목소리임에도 불구하고 사람의 목소리 같지 않은 이상한 목소리를 들었는데, 그 목소리는 영혼의 치유할 수 없는 외로움을 주장했다. 우리는 스스로를 내줄 수 없으며, 스스로의 것이라고 그 음성은 말했다. 그러한 대화가 끝나 가던 어느 날 밤, 시니코 부인은 유달리 흥분된 기색을 보이며 그의 손을 정열적으로 잡더니 그 손을 자기 뺨에 갖다 댔다.

더피 씨는 너무나 놀랐다. 또한 부인이 자기의 말을 그런 식으로밖에 받아들일 수 없는 것에 대해 환멸을 느꼈다. 그는 일주일 동안 그녀를 찾아가지 않았다. 그런 다음에 만나고 싶다며 편지를 보냈다. 그는 그들의 마지막 만남이 그들의 파멸을 초래한 고해실의 분위기로 더럽혀지길 원치 않았기 때문에 파크게이트[12] 근처의 조그만 제과점에서 만났다. 싸늘한 가을 날씨였으나 추위에도 불구하고 그들은 공원길을 거의 세 시간 가까이 걸었다. 그들은 교제를 그만두기로 했다. 모든 인연은 결국 슬프게 끝나는 것이라고 그는 말했다. 공원에서 나오자 두 사람은 아무 말 없이 전차 역으로 걸어갔다. 그러나 그곳에서 부인이 어찌나 심하게 몸을 떨기 시작하던지, 또 한 번 자제력을 잃지 않을까 염려되어 그는 재빨리 작별 인사를 하고 그녀 곁을 떠났다. 며칠 뒤 그는 그의 책들과 악보가 들어 있는 소포를 받았다.

  4년이 흘렀다. 더피 씨는 다시 변화 없는 생활로 돌아갔다. 그의 방은 그의 성격을 반영하듯 여전히 깔끔하게 정리 정돈되어 있었다. 새 악보 몇 개가 아래층 방에 있는 악보대를 채웠으며, 서가에는 니체의 책 두 권이 꽂혀 있었는데,『차라투스트라는 이렇게 말했다』와『즐거운 과학』이었다. 그는 책상 서랍에 있는 종잇장에다는 좀처럼 글을 쓰지 않았다. 시니코 부인과 마지막으로 만난 지 두 달 뒤에 쓴 글 가운데 이런 글귀가 적혀 있었다. "성적(性的) 관계가 존재할 수 없기 때문에 남성 간의 사랑은 불가능하다. 그리고 성적 관계가 존재하기 때문에 남녀 간의 우정은 불가능하다." 그는 부인을 만날까 두려워 음악회에도 가지 않았다. 그동안 그의 부친이 세상을 떠났고, 은행의 하급 동업자도 은퇴했다. 그러나 그는 여전히 매일 아침 전차를 타고 시내로 출근했고, 매일 저녁 조지가(街)에서 조촐한 식사를 하고, 디저트를 먹는 대신 석간신문을 읽은 다음, 걸어서 시내에서 귀가했다.

어느 날 저녁 콘비프와 양배추를 입에 넣으려는 순간 그는 손을 멈추었다. 그러고는 유리 물병에 기대놓고 읽던 석간신문의 한 구절에 시선을 고정시켰다. 그는 먹으려던 음식을 다시 내려놓고 그 기사를 주의 깊게 읽었다. 그리고 물을 한 잔 마시고 접시를 한쪽으로 치운 뒤, 양 팔꿈치 사이에 신문을 반으로 접어놓고서 몇 번이고 되풀이해서 그 기사를 읽었다. 양배추에서 나온 하얀 기름이 식어 접시에 엉겨 붙기 시작했다. 여종업원이 와서 요리가 잘못되었느냐고 물었다. 그는 아니라고 대답하고는 억지로 몇 입 먹는 체했다. 그런 다음 계산을 하고서 밖으로 나왔다.

그는 11월의 노을 속을 빠른 걸음으로 걸어갔다. 그의 단단한 개암나무 단장이 규칙적으로 땅을 똑똑 두드렸고, 꽉 끼는 더블 외투 옆 주머니에는 누르스름한 《메일》의 끝자락이 삐죽이 나와 있었다. 파크게이트에서 채플리조드로 뻗어 있는 인적이 드문 길에서 그는 걸음을 늦췄다. 땅바닥을 두드리는 단장 소리가 점점 힘을 잃었고, 불규칙적으로 내쉬는 숨소리가 거의 한숨을 짓는 듯 겨울의 찬 공기 속에 얼어붙었다. 집에 도착하자 그는 즉시 2층 침실로 올라갔다. 그리고 호주머니에서 신문을 꺼내 들고 창문으로부터 새어 들어오는 희미한 불빛 아래서 그 기사를 다시 읽었다. 그는 소리 내지 않고 마치 신부가 세크레토[13]를 드릴 때처럼 입술만 움직였다. 기사는 다음과 같았다.

시드니 퍼레이드 역[14]에서 부인 사망
가슴 아픈 사건

금일 더블린 시립병원에서 대리 검시관[15]의 주도로(검시관 레버리트 씨의 부재로), 어제저녁 시드니 퍼레이드 역에서 사망한

43세의 에밀리 시니코 부인의 시신에 대한 검시가 있었다. 조사에 의하면, 사망자는 선로를 횡단하려다 킹스타운에서 들어오는 10시발 완행열차의 기관차에 치어 머리와 오른쪽 허리에 부상을 입고 사망한 것이라고 한다.

사고 열차의 기관사인 제임스 레넌의 진술에 따르면, 자기는 15년간 철도회사에 근무했으며, 차장의 호각 소리를 듣고 발차시켰다가, 1, 2초 후에 고성의 비명 소리를 듣고 다시 정차시켰으며, 당시 열차는 서행 중이었다는 것이다.

역무원 P. 던의 진술에 의하면, 기차가 발차하는 순간 어떤 부인이 선로를 횡단하는 것을 목격하고 그녀를 향해 달려가면서 소리를 질렀지만, 그가 미처 당도하기도 전에 부인은 이미 기관차의 완충기에 치여 땅에 쓰러졌다고 한다.

배심원: "부인이 쓰러지는 것을 보았습니까?"

증인: "예."

크롤리 경위의 진술에 따르면, 그가 현장에 도착했을 때 부인은 이미 사망하여 플랫폼 위에 쓰러져 있었다고 한다. 또한 그는 시신을 대합실로 옮겨 놓고 구급차가 오기만 기다렸다고 했다.

57번 순경도 이 같은 증언을 시인했다.

더블린 시립병원의 외과 부과장인 핼핀 박사는 이에 대해, 사망자는 아래쪽 갈비뼈 두 대가 골절됐으며, 오른쪽 어깨에 심한 타박상을 입었고, 오른쪽 머리는 넘어지면서 부상을 당한 것이라고 했다. 이러한 부상은 정상인의 경우 생명을 앗아갈 정도는 아니지만, 자신의 소견으로는 쇼크와 갑작스러운 심장마비로 인해 사망한 것 같다고 했다.

H. B. 패터슨 핀레이 씨는 철도회사를 대표하여 이 사건에 대해 깊은 유감을 표했다. 그의 말에 따르면, 회사 측은 각 역마다

경고문을 게시하고, 건널목에는 자동식 특허 개폐기를 설치하여 구름다리를 이용하지 않고는 선로를 횡단하지 못하도록 사고 예방을 위해 늘 만전을 기해 왔다고 했다. 고인은 밤늦은 시간에 플랫폼에서 플랫폼으로 건너갈 때 선로를 횡단하는 버릇이 있었으며, 이 사건의 다른 정황으로 보아도 철도회사의 역무원에게 과실이 있다고는 여겨지지 않는다고 진술했다.

시드니 퍼레이드의 레오빌에 사는 고인의 남편 시니코 선장은 다음과 같이 증언했다. 고인은 자신의 아내이며, 사고 당시 자신은 더블린에 있지 않았고, 사건 당일 아침에야 로터댐에서 돌아왔다. 자신들은 결혼생활 22년 동안 행복하게 살아왔는데, 약 2년 전부터 아내에게 술을 마시는 버릇이 생기기 시작했다.

메리 시니코 양도 최근 들어 어머니가 밤에 술을 사러 나가는 버릇이 생겼다고 진술했다. 증인인 딸은 어머니를 설득하려고 여러 차례 노력했고, 금주모임에 가입하라고 권유도 했다. 또한 사고가 발생한 지 한 시간 후에야 귀가했다고 한다.

배심원들은 의학적 증거에 따라 평결(評決)을 내렸으며, 레넌의 무죄를 인정했다.

대리 검시관은 이번 일은 참으로 가슴 아픈 사건이라면서 시니코 선장과 그의 딸에게 심심한 조의를 표했다. 그는 앞으로 이와 유사한 사건이 두 번 다시 발생하지 않도록 강력한 조치를 취할 것을 철도회사에 요청했다. 결국 이 사건은 그 누구의 과실도 아닌 것으로 결론이 났다.

더피 씨는 신문에서 눈을 들어 창밖의 쓸쓸한 저녁 풍경을 물끄러미 바라보았다. 강은 텅 빈 양조장 옆을 조용히 흐르고, 이따금 루칸 도로변에 있는 어떤 집에서 불빛이 새어 나왔다. 이렇게 끝날 줄이야! 그녀의 사망 기사를 다 읽고 나니 울화가 치밀었다. 또한 자기가 고이 간직하던 것을 그 여자에게 이야기했던 것을 생각하니 또다시 울화가 치밀었다. 그 진부한 문구들, 그 부질없는 동정의 표현, 그리고 흔한 개죽음의 참상을 순화시켜 쓰도록 지시받은 기자의 조심스러운 문구들이 그의 비위에 거슬렸다. 그녀는 자기 자신을 타락시켰을 뿐만 아니라 그 역시 타락시켰던 것이다. 그는 그녀의 비참하고, 악취 나는 악(惡)의 불결한 행적을 보는 듯했다. 이 모습이 내 영혼의 반려자였단 말인가! 술집 바텐더에게 술을 구걸하려고 깡통이나 병을 들고 절뚝거리며 걸어가던 불쌍한 사람들의 모습이 그의 눈앞에 아른거렸다. 아, 이렇게 끝날 줄이야! 분명히 그녀는 살아가기에 적합하지 못했다. 목적의식도 없고, 쉽사리 악습에 빠져들며, 문명에 짓밟힌 낙오자 중의 하나일 따름이었다. 하지만 그녀가 이렇게까지 타락할 줄이야! 그가 이렇게까지 그녀를 잘못 생각했단 말인가? 그는 그날 밤 그녀의 격정을 기억했고, 그것을 어느 때보다도 가혹하게 해석했다. 그는 이제 자신이 취한 행동이 당당했음을 어렵지 않게 인정할 수 있었다.

사방이 어두워지고 그의 기억이 이리저리 배회하기 시작하자 문득 그녀의 손이 자기 손에 닿는 듯한 느낌이 들었다. 처음에는 그의 배 속을 뒤틀리게 했던 충격이 이제는 신경을 자극하기 시작했다. 그는 외투와 모자를 허겁지겁 걸치고 밖으로 나왔다. 문 밖을 나서자 찬바람이 불어와 그의 외투 소맷자락 속으로 파고들었다. 채플리조드 다리 근처에 있는 술집에 이르자 그는 안으로 들어가서 독한 펀치 술을 한 잔 주문했다.

술집 주인은 굽실거리면서 술을 따라 주었지만 감히 말을 걸지는 못했다. 술집에는 대여섯 명의 노동자들이 앉아서 킬데어주(州)에 있는 어떤 사람의 땅값에 대해 이러쿵저러쿵 이야기하고 있었다. 그들은 이따금씩 1파인트짜리 술잔을 들이키고 담배를 빨면서, 종종 마룻바닥에 침을 뱉고는 무거운 구둣발로 톱밥을 끌어다가 침을 덮곤 했다. 더피 씨는 등받이가 없는 의자에 앉아 그들을 물끄러미 바라보았지만, 실은 그들을 보는 것도 그들의 말을 듣는 것도 아니었다. 얼마 후 그들이 술집에서 나가자 그는 다시 펀치 술을 한 잔 주문했다. 그는 술잔을 앞에 두고 한참을 앉아 있었다. 술집 안은 매우 조용했다. 주인은 카운터에 기대 누워 《헤럴드》를 읽으면서 하품을 했다. 이따금씩 전차가 쓸쓸한 바깥 한길을 휙휙 지나가는 소리가 들렸다.

그가 그곳에 앉아서 그녀와 함께했던 자신의 삶을 반추하며, 지금 이 순간 그녀에 대해서 생각나는 두 가지 이미지[16]를 번갈아 회상하자, 그녀는 이미 죽었고 이 세상에는 더 이상 존재치 않는 하나의 추억이 되어버렸다는 생각이 들었다. 그는 마음이 불안해지기 시작했다. 어쩔 수 없었던 일 아니냐고 스스로 반문해 보았다. 남의 눈을 피해 가며 그녀와의 기만극을 계속할 수는 없었고, 그렇다고 버젓하게 그녀와 함께 살 수도 없는 노릇이었다. 그로서는 최선을 다했던 것이다. 어찌 그에게 책임이 있단 말인가? 이제 그녀가 가고 없으니, 그는 밤마다 홀로 앉아서 보냈을 그녀의 외로운 삶을 이해할 수 있었다. 그의 삶 또한 그가 죽어 없어져 한낱 추억이―누군가가 그를 기억해 줄 사람이 있다면―될 때까지 외로우리라.

9시가 지나서야 그는 술집을 나왔다. 밤은 춥고 음산했다. 그는 첫 번째 문을 통해 공원으로 들어가 가늘고 긴 나무들을 따라 걸었다. 또한 4년 전에 그녀와 함께 거닐었던 쓸쓸한 오솔길도 걸어보았다. 어둠 속에서 그녀가 자기 가까이에 있는 것만 같았다. 때로는 그녀의 목소리가 귓전을 울리고, 그녀의 손이 그의 손과 닿는 것 같기도 했다. 그는 가만히 서서 귀를 기울였다. 왜 그녀의 삶을 지켜주지 못했나? 왜 그녀에게 죽음을 선고했던가? 그는 자신의 도덕관이 산산조각으로 부서지는 것을 느꼈다.

  매거진 언덕 꼭대기에 다다르자, 그는 잠시 걸음을 멈추고 강을 따라 더블린 쪽을 바라보았다. 더블린 시가지의 불빛이 차가운 밤에 빨갛고 다정하게 빛났다. 산비탈을 내려다보니 산기슭의 공원 담 그늘 속에 드러누운 사람들의 모습이 눈에 띄었다. 이렇게 돈을 주고 남몰래 거래되는 애욕이 그를 절망으로 가득 채웠다. 그는 자기 생활의 방정성(方正性)을 되돌아보았다. 그러자 자신이 삶의 향연으로부터 추방된 자처럼 느껴졌다. 한 여인이 자기를 사랑하는 것 같아 보였지만, 그는 그녀의 삶과 행복을 부정했던 것이다. 그는 그녀에게 치욕을, 부끄러운 죽음을 선고했던 것이다. 저쪽 담장 아래 누워 있는 자들이 그를 주시하며, 그가 빨리 그곳을 떠나주기를 바란다는 것을 모르는 바 아니었다. 그를 원하는 사람은 아무도 없었다. 그는 삶의 향연으로부터 쫓겨난 몸이었다. 그는 더블린을 향해 꾸불꾸불 흘러가며 회색빛으로 반짝이는 강물 쪽으로 눈길을 돌렸다. 강 너머로 화물열차 하나가 킹스브리지 역으로부터 꾸불꾸불 기어 나오는 것이 보였다. 그 꼴은 마치 어떤 벌레가 불을 뿜는 머리를 쳐들고 어둠 속을 고집스럽게 기를 쓰며 기어 나오는 것 같았다. 기차는 천천히 시야에서 사라졌다. 그러나 기관차가 허덕이며 드렁거리는 소리는 그녀의 이름을 되풀이하는 듯 여전히 그의 귀에 들려왔다.

  그는 왔던 길로 되돌아갔다. 기관차의 리듬이 아직도 귓전에서 고동쳤다. 그는 자신의 추억이 일러주는 이야기의 진실성을 의심하기 시작했다. 그는 나무 아래에서 걸음을 멈추고 기관차의 리듬이 사라지기를 기다렸다. 그러자 어둠 속 어딘가에 있던 그녀의 느낌도, 속삭이는 것만 같던 그녀의 목소리도 모두 사라져버렸다. 그는 몇 분 동안 귀를 기울이고 서 있었다. 아무 소리도 들리지 않았다. 밤은 더할 나위 없이 고요했다. 그는 다시 귀를 기울였다. 밤은 여전히 숨을 죽인 듯이 고요했다. 갑자기 이 세상에 혼자뿐이라는 생각이 엄습했다.

위원실의 담쟁이 날[1]

 잭 영감은 마분지 조각으로 타고 남은 재를 긁어모아 허옇게 사그라지는 석탄 더미 위에 조심스레 뿌렸다. 석탄 더미가 얇게 덮이자 그의 얼굴은 어둠 속에 잠겼다. 그러나 그가 다시 불에 부채질을 해대자, 쭈그리고 앉은 그의 그림자가 맞은편 벽에 비치면서 불빛에 얼굴이 천천히 다시 나타났다. 뼈가 앙상한 털북숭이 노인네의 얼굴이었다. 영감은 젖은 듯한 푸른 두 눈으로 불을 쳐다보며 껌벅거렸고, 때때로 침이 묻은 입을 헤벌리곤 했는데, 입을 다물 때는 습관적으로 한두 번 오물거렸다. 석탄재에 불이 붙자 영감은 마분지 조각을 벽에 세워놓고는 한숨을 쉬며 말했다.
 "이젠 좀 낫겠군요, 오코너 씨."
 오코너라는 사람은 머리칼이 회색인 젊은이로, 얼굴에는 부스럼과 여드름이 많아 보기가 조금 흉했다. 그는 방금까지 담배를 모양새 나게 원통형으로 말고 있었는데, 그 말을 듣자 무슨 생각에 잠긴 듯이 말던 담배를 다시 풀었다. 그러고는 생각에 잠긴 표정으로 다시 담배를 말기 시작하더니, 잠시 생각한 후 종이에 침을 발랐다.

"티어니 씨는 언제 돌아온다고 했죠?" 그는 일부러 쉰 목소리를 내면서 물었다.

"아무 말도 없었는데요."

오코너 씨는 담배를 입에 물고 호주머니를 뒤지기 시작했다. 그는 얇은 광고지 카드 한 뭉치를 꺼냈다.

"성냥을 갖다 드리지요." 영감이 말했다.

"괜찮습니다. 이거면 됩니다." 오코너 씨가 말했다.

그는 카드 하나를 골라 그 위에 인쇄된 내용을 읽어보았다.

시의원 선거
왕립거래소 선거구

빈민구제법 관리위원인 리처드 J. 티어니 씨는 이번 왕립거래소 선거구 선거에서 귀하의 한 표와 성원을 감히 청하옵니다.

오코너 씨는 티어니의 대리인으로부터 선거구 일부의 선거운동을 맡아달라고 고용된 사람이었으나, 날씨가 나빠 신발이 젖는다는 이유로 위클로가(街)에 있는 선거 사무소에서 관리인 잭 영감과 함께 난롯가에 앉아서 하루의 대부분을 보냈다. 그들은 짧은 하루가 어둑어둑해지기 시작할 때부터 줄곧 이렇게 앉아 있었다. 그날은 10월 6일로, 바깥 날씨는 음산하고 추웠다.

오코너 씨는 카드 한쪽을 길게 찢어 불을 붙인 다음 담배에 갖다 붙였다. 그러자 그의 외투 깃에 꽂은 검은 광택이 나는 담쟁이 잎사귀가 불빛에 반짝였다. 영감은 이 젊은이를 유심히 지켜보았다. 그러다가 다시 마분지 조각을 집어 들고는 젊은이가 담배를 피우는 동안 천천히 불에 부채질을 하기 시작했다.

"아, 그래요." 영감이 다시 말을 이었다. "애들을 키운다는 게 보통 힘든 일이 아닙니다. 내 자식이 저렇게 되리라고 누가 생각이나 했겠습니까? 가톨릭 초등학교에 보내고, 그 녀석을 위해 할 만큼은 다했는데, 저렇게 술이나 퍼마시고 다니니 말입니다. 사람답게 키워보려고 무던히 애를 썼는데 말이오."

그는 고달픈 듯이 마분지를 다시 제자리에 놓고는 다시 말을 이었다.

"내가 이렇게 늙지만 않았어도 그놈의 버르장머리를 확 고쳐놓는 건데 말이오. 내가 그놈을 당해 낼 기운만 있다면 작대기로 그놈의 등짝을 후려치고 싶단 말이오.—예전에 늘 하던 것처럼 말이오. 그 애 어미가 곁에서 이러고저러고 해서 그놈 버릇을 다 버려놓았다니까……."

"그게 애들을 망치는 지름길이지요." 오코너 씨가 맞장구를 쳤다.

"암, 그렇고말고요." 영감이 대꾸했다. "그렇다고 어디 놈들이 고마워나 한답디까? 건방만 늘어가고서는. 내가 한잔했다 싶으면 늘상 날 깔아뭉개려 든다니까요. 자식 놈들이 제 아비한테 그런 식으로 대드니 도대체 세상이 어찌 되려는 건지요?"

"나이가 몇입니까?" 오코너 씨가 물었다.

"열아홉이랍니다."

"일이라도 좀 시키지그래요?"

"아, 글쎄 그 술꾼 놈이 학교를 마친 뒤에 왜 안 시켰겠소? '난 널 먹여 살리지 않는다. 네 힘으로 일자리쯤은 구해 봐라.' 하고 노상 말했지만, 글쎄 일자리를 구하면 뭡합니까? 더 나빠지기만 하는걸요. 늘상 술만 퍼마시고 다니니 말입니다."

오코너 씨는 그 심정을 이해한다는 듯이 고개를 끄덕였고, 영감은 입을 다물고는 물끄러미 불만 바라보았다. 그때 누군가가 방문을 열며 소리쳤다.

"아니! 이거 무슨 비밀회담이라도 하는 거 아니오?"

"누구시오?" 영감이 물었다.

"어두운 데서 뭣들 하시오?" 사람은 보이지 않고 목소리만 들렸다.

"자넨가, 하인즈?" 오코너 씨가 물었다.

"그래, 날세. 그런데 어두운 데서 뭣들 하는 거야?" 하인즈 씨가 불빛 쪽으로 다가오면서 물었다.

그는 엷은 갈색 콧수염을 기른, 키가 크고 호리호리한 청년이었다. 금방이라도 떨어질 듯한 작은 빗물 방울이 모자챙에 매달려 있고, 짧은 외투 깃은 세워져 있었다.

"그래, 매트, 어떤가?" 그는 오코너 씨에게 물었다.

오코너 씨는 고개를 설레설레 흔들었다. 영감은 난로 곁을 떠나 방 안을 이리저리 살핀 다음 초 두 자루를 들고 되돌아와서는 난롯불에 차례로 불을 붙여 탁자 위에 세웠다. 아무런 장식도 없는 방이 시야에 들어오자 벌겋게 이글거리던 난롯불도 모든 빛을 잃은 듯했다. 방 안의 네 벽에는 선거 연설문이 한 장 붙어 있는 것 외에는 아무것도 걸려 있지 않았다. 방 한복판에는 작은 탁자 하나가 놓여 있고, 그 위에는 서류가 수북이 쌓여 있었다.

하인즈 씨가 벽난로에 몸을 기댄 채 물었다.

"그래, 급료는 받았나?"

"아직 못 받았어." 오코너 씨가 대답했다. "정말이지 오늘 밤 우리를 곤경에 빠트리지 않았으면 좋겠어."

하인즈 씨가 껄껄 웃었다.

"주겠지, 걱정 말게나."

"일을 잘하려면 그도 정신을 차려 빨리 처리하는 게 낫지." 오코너 씨가 말했다.

"영감님은 어떻게 생각하시오?" 하인즈 씨가 비꼬는 투로 노인에게 물었다.

영감이 난롯가의 자기 자리로 돌아오면서 말했다.

"하여간 그에게 돈이 없는 건 아니오. 다른 어설픈 뜨내기하고는 다르지요."

"다른 뜨내기라니요?" 하인즈 씨가 물었다.

"누구긴, 콜건이지." 영감이 경멸조로 말했다.

"콜건이 노동자라서 그렇게 말하는 겁니까? 착하고 정직하게 살아가는 벽돌공이 뭐가 어때서요? 술 장사꾼보다 못하다는 겁니까, 말 좀 해보시오. 노동자라고 해서 다른 사람들처럼 시정(市政)에 참여할 권리가 없다는 겁니까? 아니, 그래, 알량한 직함이나 내세우며 유권자 앞에서 늘 굽실거리는 그 잘난 양반들보다 더 자격이 있는 거 아닙니까? 안 그래, 매트?" 하인즈 씨가 오코너 씨에게 이야기를 걸며 말했다.

"자네 말이 옳은 것 같네." 오코너 씨가 말했다.

"저쪽 사람은 아주 정직하고 평범한 사람이며, 노동자 계층을 대변하기 위해 출마한 겁니다. 근데 당신들이 돕는 그 작자는 이런저런 일자리가 탐이 나서 입후보한 거라 이겁니다."

"물론, 노동자 계층을 대변하는 사람도 당연히 내보내야지요." 영감이 말했다.

"노동자란 온갖 수모를 다 겪으면서도 보수는 쥐꼬리만큼도 받지 못한다 이겁니다. 그런데 모든 것은 다 노동이 만들어내지요. 노동자는 자기 아들이나 조카나 사촌들을 위해 배를 불릴 수 있는 일자리를 찾지도 않아요. 노동자는 독일 황제[2]의 비위를 맞추기 위해 더블린의 명예를 더럽히려고도 하지 않고요." 하인즈 씨가 말했다.

"그게 무슨 말입니까?" 영감이 물었다.

"내년에 에드워드 국왕이 이곳에 오면 환영 연설을 한다고들 야단인데, 그걸 모르신단 말씀입니까? 왜 외국 왕에게 머리를 조아리려 하느냐 이겁니다."

"우리 후보는 그런 연설에 찬성표를 던지지는 않을 거야. 그는 국민당 공천으로 출마한 거니까." 오코너 씨가 말했다.

"안 할 거라고?" 하인즈 씨가 물었다. "어디 두고 보세, 하나안 하나. 난 그 친구를 잘 안다고. 사기꾼 디키 티어니가 아닌가?"

"아무렴, 자네 말이 맞을지도 모르지, 조." 오코너 씨가 말했다.

"그건 그렇고 좌우지간 그 양반이 돈이나 가지고 나타났으면 좋겠네."

세 사람은 모두 말이 없었다. 영감은 석탄재를 더 긁어모으기 시작했다. 하인즈 씨는 모자를 벗어 턴 다음, 올렸던 외투 깃을 접어 내렸다. 그 바람에 외투 깃에 단 담쟁이 잎사귀가 모습을 드러냈다.

"만일 이분이 살아 계신다면 환영 연설 따위는 입 밖에도 내지 못할 걸세." 하인즈 씨가 잎사귀를 가리키면서 말했다.

"그건 사실이야." 오코너 씨가 말했다.

"정말 그때가 좋았지요. 그땐 잎사귀도 살아 있었지요." 영감이 말했다.

다시 방 안에 침묵이 흘렀다. 그때 코를 킁킁거리며 귀가 몹시

시린 듯이 보이는, 키가 작달막한 사내가 부산을 떨며 문을 밀치고 들어왔다. 그는 후다닥 난롯불 앞으로 가더니 불꽃이라도 일게 하려는 듯이 두 손을 비벼댔다.

"돈이 없다네, 이 사람들아." 그가 말했다.

"자, 여기 앉으시오, 헨치 씨." 영감이 의자를 내주며 말했다.

"아, 일어설 것 없어요, 잭. 그냥 앉아 있어요." 헨치 씨가 말했다.

그는 하인즈 씨에게 무뚝뚝하게 고개를 끄덕이면서 영감이 내준 의자에 앉았다.

"안지어가(街)에는 다녀오셨소?" 그가 오코너 씨에게 물었다.

"네." 오코너 씨는 호주머니에 손을 넣어 메모를 찾기 시작하면서 말했다.

"그라임 씨도 만나보고요?"

"네."

"그래, 그 양반은 어느 편이랍디까?"

"확답은 않더라고요. '어느 편에 투표할지 말 못 하겠소.' 그 분은 이렇게만 얘기하던데요. 그렇지만 그분은 별문제가 없을 것 같아요."

"어째서요?"

"내게 추천인이 누구냐고 묻더라고요. 그래서 말씀드렸죠. 버크 신부님의 이름을 들먹였지요. 그러니 잘될 것 같습니다."

헨치 씨는 불 위에서 코를 킁킁거리면서 재빠르게 손을 비벼대기 시작했다. 그러고는 말을 끄집어냈다.

"제발, 잭. 석탄 좀 가져오구려. 아직 좀 남아 있을 텐데요."

영감이 방에서 나갔다.

"도대체 말이 통하지 않아요." 헨치 씨가 고개를 흔들면서 말했다. "그 못난 녀석한테 돈 좀 달라고 했더니, 그래 뭐라고 하는지 아세요? '자, 헨치 씨. 일이 잘되어 가는 것이 보이면, 결코 당신을 잊지 않겠소, 정말이오. 나만 믿으시오.' 이러더군요. 야비한 깍쟁이 자식 같으니라고! 정말이지, 깍쟁이가 아니면 뭐란 말이오?"

"내가 뭐라고 하던가, 매트?" 하인즈 씨가 말했다. "사기꾼 티어니라고 하지 않던가."

"소문대로 정말 사기꾼이오." 헨치 씨가 말했다. "눈이 돼지새끼 눈처럼 생겼더니 다 이유가 있었구먼. 망할 자식 같으니라고! 사내답게 돈을 척 내놓지 못하고, 기껏 한다는 소리가 '저, 헨치 씨, 패닝 씨에게 부탁 좀 해봐야겠어요……. 돈이 너무 많이 들어가다 보니 말이오.' 이러지 뭐예요. 깍쟁이 같은 망할 자식 같으니라고! 그 자식은 제 아비가 메리로(路)에서 헌 옷 장사를 하던 시절이 생각나지도 않나 봐."

"근데 그게 사실인가?" 오코너 씨가 물었다.

"사실이고말고요." 헨치 씨가 말했다. "그 얘길 못 들었소? 사람들이 일요일 아침에 다른 술집들이 문을 열기도 전에 그 가게로 가서 양복 조끼나 바지를 사곤 했지요. 나 원 참! 그런데 사기꾼 디키의 작고 늙은 아비는 가게 한쪽 구석에 괴상하게 생긴 조그맣고 까만 술병 하나를 늘 숨겨 두었다 이겁니다. 이제 감이 잡힙니까? 거기서 배운 재주요. 그 자식이 세상을 처음 배우게 된 것이 바로 거기라는 말입니다."

영감은 석탄 몇 덩어리를 가지고 돌아와서 그것을 여기저기 불 위에 얹었다.

"세상 한번 멋지게 배웠군." 오코너 씨가 말했다. "돈도 주지 않으면서 어떻게 우리더러 자기 일을 해달라고 해?"

"이제 나도 모르겠소." 헨치 씨가 말했다. "집에 가면 차압하러 온 집달리가 현관에서 죽을 치고 있을 텐데."

그 말에 하인즈 씨는 껄껄 웃으며 어깨로 벽난로 시렁에 기댔던 몸을 일으켜 세우고서 떠날 채비를 했다.

"에드워드 왕이 왕림하시면 만사가 잘 풀리겠지요." 그가 말했다. "자, 여러분, 소생은 이만 물러갑니다. 나중에 또 봅시다. 다들 안녕히 계십시오."

그는 천천히 방에서 나갔다. 헨치 씨도 영감도 아무 말이 없었다. 그러다가 문이 막 닫히는 순간 침울한 표정으로 난롯불을 바라보던 오코너 씨가 갑자기 소리를 질렀다.

"잘 가게, 조."

헨치 씨는 잠시 기다렸다가 문 쪽으로 고개를 끄덕였다.

"그런데, 저잔 여기에 왜 온 거죠? 원하는 게 뭡니까?" 그가 난로 너머로 말했다.

"정말, 가련한 조!" 오코너 씨는 담배꽁초를 불 속으로 던지며 말했다. "그도 우리만큼이나 궁색한 친구죠."

헨치 씨가 어찌나 심하게 코를 훌쩍거리며 침을 뱉던지, 난롯불이 쉿 소리를 내며 거의 꺼질 뻔했다.

"내 개인적인 의견을 솔직히 말하자면." 그가 말했다. "왠지 저 친구는 저쪽 선거사무소에서 온 것 같소. 말하자면 콜건의 첩자라 이 말이오. 잠깐 가서 그자들이 어떻게 하고 있는지 보고 오시오. 그쪽에선 당신을 의심하지 않을 테니 말이오. 알겠소?"

"아, 가련한 조는 점잖은 사람입니다." 오코너 씨가 말했다.

"저자의 아버지가 점잖고 존경할 만한 사람이긴 했죠." 헨치 씨도 시인했다.

"가엾은 래리 하인즈 영감! 생전엔 좋은 일을 정말 많이 했지요! 근데 어째 저 친군 전혀 순수하지 않은 것 같아. 젠장, 사람이 궁한 거야 이해할 수 있다지만, 남의 등이나 쳐먹는 놈은 도저히 이해할 수 없단 말이야. 왜 저 녀석은 그렇게 사내다운 데가 없는지 모르겠소."

"그 친구가 여기에 왔을 때 어쩐지 반가운 마음이 전혀 안 들더라고요." 영감이 말했다. "자기편 일이나 열심히 할 것이지 첩자 짓이나 하러 여길 오다니."

"글쎄요." 오코너 씨가 담배와 담배 마는 종이를 꺼내면서 미심쩍은 듯 말했다. "내 생각엔 조 하인즈는 정직한 사람 같아요. 글재주도 있는 똑똑한 친구죠. 그가 쓴 글을 기억하세요······?"

"말하자면 저 힐사이드 당원이니 페니어 당원³⁾이니 하는 사람들 중 몇몇은 약아빠진 데가 있어요." 헨치 씨가 말했다. "이런 쓰레기 같은 녀석들에 대한 내 개인적이고 솔직한 의견이 뭔지 아시겠소? 그놈들 중 절반은 성(城)⁴⁾으로부터 뒷돈을 받고 있단 거요."

"그거야 알 수 없는 일이죠." 영감이 말했다.

"아, 하지만 제가 알기로는 분명한 사실입니다." 헨치 씨가 말했다. "놈들은 성의 끄나풀들이지요······. 하인즈가 그렇다는 건 아니지만······. 아니, 제기랄, 내 생각엔 그 자식이 한 수 위인 것 같아······. 하지만 사팔뜨기 눈을 한 못난 귀족 부스러기 놈이 또 하나 있어요.─내가 말하는 그 애국자란 작자가 누군지 짐작이 가나요?"

오코너 씨가 고개를 끄덕였다.

"말하자면 그놈은 서 소령⁵⁾의 직계 후손이오! 아, 애국자 중의 애국자지! 그 작자는 자기 조국을 동전 네 푼에 팔아먹을 놈이지.─그렇고말고.─전능하신 예수님 앞에 무릎을 꿇고, 팔아먹을 나라가 있는 걸 고마워할 놈이란 말이오."

문 두드리는 소리가 들렸다.

"들어오시오!" 헨치 씨가 말했다.

가난한 성직자 같기도 하고, 가난한 배우 같기도 한 사람이 문간에 나타났다. 작달막한 그의 몸을 감싼 까만 옷은 꽉 조이게 단추가 채워져 있었다. 그가 성직자의 칼라를 했는지 평신도의 칼라를 했는지는 알 수 없었다. 왜냐하면 촛불을 반사하는, 덧씌우지 않은 단추가 달린 그의 초라한 프록코트 깃이 목 부분을 가리고 있었기 때문이다. 그는 딱딱하고 까만 펠트 천으로 된 둥근 모자를 썼다. 빗방울로 반짝이는 그의 얼굴은, 두 개의 발그레한 점이 광대뼈임을 알려 주는 부분을 제외하고는, 축축이 젖은 노란 치즈 색을 띠었다. 그는 매우 긴 입을 갑자기 열어 실망을 표하는 동시에, 유난히 맑은 푸른 눈을 크게 떠서 기쁨과 놀라움을 동시에 표현했다.

"아, 키온 신부님 아닙니까?" 헨치 씨가 의자에서 벌떡 일어나며 말했다. "신분님이셨군요? 어서 들어오세요!"

"아니, 아니, 아닙니다." 키온 신부는 애들한테 말하는 것처럼 입술을 오므리며 서둘러 말했다.

"들어와 앉으시지요."

"아니, 아니, 아닙니다." 키온 신부는 정중하고 관대하며 부드러운 목소리로 말했다. "괜히 폐만 끼치는가 보군요! 그냥 패닝 씨가 있나 해서……."

"블랙이글[6]에 가 계시는데요." 헨치 씨가 말했다. "하지만 들어오셔서 잠깐 앉으시지 그러세요?"

"아니, 아니, 고맙습니다. 그저 잠깐 볼일이 있어서요." 키온 신부가 말했다. "감사합니다, 정말."

키온 신부는 이렇게 말하면서 문간에서 돌아섰다. 헨치 씨는 초 한 자루를 집어 들고 신부가 내려가는 길을 비춰주려고 문까지 따라나섰다.

"아, 괜찮습니다, 정말!"

"아닙니다, 계단이 너무 어두워서요."

"아니, 아니, 볼 수 있어요……. 감사합니다, 정말."

"이제 괜찮으세요?"

"됐습니다. 감사합니다……. 감사해요."

헨치 씨는 촛대를 들고 돌아와 그것을 탁자 위에 놓았다. 그는 다시 난롯가에 앉았다. 잠시 동안 침묵이 흘렀다.

"그런데 저, 존." 오코너 씨가 다른 마분지 카드로 담배에 불을 붙이며 말했다.

"왜요?"

"저 사람 정체가 정확히 뭡니까?"

"수수께끼요." 헨치 씨가 말했다.

"패닝과 아주 친한 것 같더군요. 카바나 술집에서 종종 어울리던데요. 저 사람 신부가 맞기는 맞나요?"

"으음, 난 그렇게 알고 있소만……. 이른바 검은 양[7]이라는 자요. 그런 작자가 많지 않은 게 다행이지요. 하지만 좀 있기는 있지요……. 일종의 불운한 사람이오……."

"그러면 저 양반은 어떻게 먹고사는 거요?" 오코너 씨가 물었다.

"그것 또한 수수께끼요."

"예배당이나 성당, 아니면 수도원, 또 그런데 말고 어느 기관에 소속된 곳이라도 있습니까?"

"아니오." 헨치 씨가 말했다. "제멋대로 저러고 돌아다니나

봐요……. 안된 얘기지만." 그가 덧붙여 말했다. "올 때 흑맥주 한 다스쯤은 가져올 줄 알았는데."

"술 얘기가 나왔으니 말인데, 한잔 안 될까요?" 오코너 씨가 물었다.

"나도 목이 칼칼한데요." 영감도 맞장구를 쳤다.

"그 깍쟁이 녀석한테 세 번이나 부탁했다니까요." 헨치 씨가 말했다. "흑맥주 한 다스만 보내달라고 말이오. 좀 전에도 또 부탁을 했지만, 녀석은 셔츠 바람으로 카운터에 기대서서 카울리 부시장하고 수군덕거리고만 있습디다."

"왜 좀 알아듣도록 얘기하지 그랬어요?" 오코너 씨가 말했다.

"글쎄, 그래도 카울리 부시장하고 얘기하는데 끼어들기는 좀 그렇더라고요. 그래서 그와 눈이 마주칠 때까지 그냥 기다렸다가 '방금 부탁드린 건은 어떻게…….' 라고 했더니 '잘될 거요, 헨치 씨.' 하더라니까요. 우라질, 그 땅딸보 코딱지만 한 자식이 그새 새까맣게 잊어먹은 거야."

"그쪽 사무실 녀석들이 무슨 꿍꿍이 짓을 하고 있더라고요." 오코너 씨가 무슨 생각되는 바가 있다는 듯이 말했다. "어제 그자들 셋이 서포크가(街)의 모퉁이에서 뭔가 열심히 꾸며대고 있는 걸 봤어요."

"그자들이 꾸미고 있는 짓은 알 만해요." 헨치 씨가 말했다. "요즘은 시장 나리가 되려면 시의원들한테 돈을 집어 줘야 해요. 그래야만 시장으로 뽑아주거든요. 정말이지, 나도 시의원 한 번 해볼까 하고 요즘 심각하게 고려하고 있지요. 어떻게 생각하시오? 내가 그 일을 잘해 낼 수 있을 것 같소?"

오코너 씨가 껄껄 웃었다.

"돈을 뿌리는 일이라면 그야……."

"시장 관저에서 차를 몰고 나온단 말이야." 헨치 씨가 말을 이었다. "모피로 내 온몸을 감싸고, 여기 계신 잭 영감은 분을 칠한 가발을 쓰고 내 뒤에 서 있고.—어때요?"

"그리고 날 당신 개인 비서로 삼고, 존."

"그래요. 그리고 키온 신부를 내 개인 신부로 삼고 말이오. 그때 우리 집안 잔치나 한판 벌입시다."

"정말이지, 헨치 씨." 영감이 말했다. "당신은 그들보다 훨씬 더 호화스럽게 살 겁니다. 어느 날 내가 시장 댁 문지기 키건 영감에게, '그래, 새 주인이 마음에 드시오, 패트? 요즘은 연회도 뜸하다고 하던데요.' 하고 말했더니, 영감이 하는 소리가 '연회! 시장 나리는 자기 기름 걸레 냄새를 반찬으로 알고 사는걸요.' 이러더라고요. 그리고 그 영감이 나에게 뭐라고 한 줄 아시오? 정말 귀가 믿어지지 않는 이야기였소이다."

"뭐라고 했는데요?" 헨치 씨와 오코너 씨가 이구동성으로 물었다.

"그가 나에게 이렇게 말했어요. '더블린 시장 나리께서 사람을 시켜 저녁거리로 고기 한 근만 사 오라고 한다면 당신은 어떻게 생각하시겠소? 높으신 분의 생활이 이래서야 되겠소?' 이 말에 내가 '허, 참.' 하고 놀랐더니, 그가 말했소. '고기 한 근을 시장 댁에서 사들였지 뭐요.' '홍, 이번엔 어떤 사람이 시장이 될지, 원.' 하고 내가 말했지요."

이때 노크 소리가 들리더니 소년 하나가 머리를 안으로 디밀었다.

"뭐냐?" 영감이 물었다.

"블랙이글에서 왔는데요." 이렇게 말하고서 소년은 비틀거리며 안으로 들어가서 병 소리가 덜거덕거리는 바구니를 마루 위에 놓았다.

영감은 소년을 도와 바구니에서 탁자로 병을 옮겨 놓고, 전체를 세어보았다. 다 옮긴 다음 소년은 바구니를 팔에 걸치고서 물었다.

"빈 병 있습니까?"

"무슨 빈 병?" 영감이 물었다.

"우선 마셔야 빈 병이 나지." 헨치 씨가 말했다.

"내일 다시 오너라." 영감이 말했다.

"야, 이봐! 오패럴 씨 댁에 달려가서 병따개 좀 가져다주겠니? 헨치 씨가 빌려달란다고 해라. 그리고 곧 돌려드린다고 그래. 바구니는 거기 두고." 헨치 씨가 말했다.

소년이 나가자 헨치 씨는 기분이 아주 좋은 듯이 두 손을 비벼대며 말했다.

"아, 그래도 사람이 그렇게까지 나쁘진 않군그래. 어쨌거나 약속은 지켰어."

"잔이 없는데요." 영감이 말했다.

"아, 그런 데 마음 쓸 거 없어요, 잭." 헨치 씨가 말했다. "자고로 병째 마시는 사람이 얼마나 많다고요."

"아무튼, 없는 것보다야 낫지요." 오코너 씨가 말했다.

"나쁜 녀석은 아니야." 헨치 씨가 말했다. "패닝이 그에게 신세를 많이 져서 그렇지. 그는 통은 작지만 마음만은 착한 사람이오. 알겠소?"

소년이 병따개를 가지고 왔다. 영감이 세 병을 따고 나서 그것을 소년에게 돌려주려 하자 헨치 씨가 소년에게 말했다.

"너도 한잔할래, 얘야."

"주신다면요." 소년이 말했다.

영감은 마지못해 병 하나를 따서 소년에게 주며 물었다.

"너 몇 살이니?"

"열일곱입니다." 소년이 대답했다.

영감이 더 이상 말을 하지 않자 소년이 병을 들고 말했다. "헨치 씨, 정말 감사합니다." 그는 술을 쭉 비우고는 병을 탁자 위에 도로 놓고 소매로 입을 훔쳤다. 그러고 나서 병따개를 집어 들고는 비틀비틀 문을 나서며 뭐라고 인사말을 중얼거렸다.

"저렇게 해서 망치기 시작하는 거죠." 영감이 말했다.

"바늘 도둑이 소 도둑 된다는 말이지요." 헨치 씨가 맞장구를 쳤다.

영감이 병마개를 딴 세 병을 각자에게 나누어 주자 세 사람은 동시에 나발을 불었다. 술을 마신 세 사람은 각자의 병을 벽난로 선반의 손이 미칠 만한 곳에 놓고 만족한 듯 길게 숨을 내쉬었다.

"그래, 오늘은 일을 참 많이 했소." 헨치 씨가 잠시 후 말했다.

"그렇습니까, 존?"

"그렇소. 도슨가(街)에서 한두 표를 확보했지요. 크로프튼과 내가 둘이서 말이오. 우리끼리 얘기지만, 뭐 다 아니까. 크로프튼은 물론 점잖은 친구지, 하지만 선거 운동원으로서는 젬병이야. 지나가는 개한테도 말 한마디를 못 붙여요. 내가 한참 떠들고 있으면 그 친구는 그냥 서서 사람들 얼굴만 쳐다보고 있다니까."

그때 두 남자가 방 안으로 들어왔다. 그중 하나는 아주 뚱뚱한 사람으로, 푸른색 서지 양복이 질구통 같은 몸에서 흘러내릴 것만 같았다. 황소 새끼 같은 표정의 커다란 얼굴에는 푸른 눈이 떼굴떼굴하고, 희끗희끗한 콧수염이 자라 있었다. 또 한 사람은 훨씬 젊고 연약해 보였는데, 여윈 얼굴은 깨끗하게 면도되어 있었다. 그는 아주 높은 더블칼라를 달고, 챙이 넓은 중산모를 썼다.

"어이, 크로프튼 씨!" 헨치 씨가 뚱뚱한 사람에게 인사를 건넸다. "호랑이도 제 말 하면 온다더니……."

"술은 어디서 났소? 암소가 새끼라도 낳은 거요?" 젊은 사람이 물었다.

"그래, 뭐 눈엔 뭐만 보인다더니, 라이언스, 자넨 술 냄새부터 맡나!" 오코너 씨가 껄껄 웃으면서 말했다.

"그러면서 자네들 선거운동을 한다는 거야? 나와 크로프튼은 찬비를 맞아가며 표를 모으고 있는 판인데." 라이언스 씨가 말했다.

"이런, 염병할." 헨치 씨가 말했다. "난 5분이면 자네 둘이서 일주일 동안 얻는 표보다 더 많이 얻을 수 있어."

"흑맥주 두 병 더 따줘요, 잭." 오코너 씨가 말했다.

"어떻게 따지요?" 노인이 말했다. "병따개가 없으니."

"가만있어, 잠깐만 기다려요!" 헨치 씨가 재빨리 일어서면서 말했다. "이런 재주를 혹 구경한 적이 있으신지?"

그는 탁자 위에서 병 두 개를 집어 들고 난롯가로 가서는, 벽난로의 양쪽 시렁 위에 놓았다. 그런 다음 난로 곁에 앉아 자기 병을 들고 한 모금 더 마셨다. 라이언스 씨는 탁자 모서리에 앉아 모자를 목덜미 쪽으로 젖혀 쓴 다음 두 다리를 흔들기 시작했다.

"어느 것이 내 병이지요?" 그가 물었다.

"이거요, 친구." 헨치 씨가 말했다.

크로프튼 씨가 상자 위에 걸터앉아 시렁 위의 다른 쪽 병을 뚫어져라 쳐다보았다. 그는 두 가지 이유 때문에 말이 없었다. 첫 번째 이유는—그것만으로도 충분한 이유가 되지만—말할 건더기가 없었기 때문이고, 두 번째 이유는 동료들이 자기보다 못났다고 생각했기 때문이다. 그는 보수당 후보 윌킨즈의 선거 운동원이었다. 하지만 보수당에서 자기들 후보를 사퇴시키고, 궁여지책으로 덜 나쁜 쪽을 택해 국민당 후보를 지지하게 되면서 티어니 씨의 운동원이 되었던 것이다.

잠시 후 조심스럽게 폭! 소리를 내면서 라이언스 씨의 병마개가 날아갔다. 라이언스 씨는 탁자에서 뛰어내려 난롯가로 가서 병을 집어 들고 탁자로 되돌아왔다.

"방금 막 그 얘기를 하던 중이야, 크로프튼." 헨치 씨가 말했다. "우리가 오늘 몇 표를 확실하게 얻었다는 얘기 말이야."

"누구의 표를 얻었지요?" 라이언스 씨가 물었다.

"글쎄, 파크스의 한 표, 그리고 앳킨슨의 두 표, 도슨가의 와드도 끌어들였지요. 역시 훌륭한 영감이더군.—제법 점잖은 멋쟁이 영감이며, 오랜 보수당원이지요. '그래, 댁의 후보는 국민당원이 아니던가요?' 하고 묻기에, '존경할 만한 사람입니다! 이 나라에 이익이 되는 일이라면 뭐든지 찬성한답니다. 또한 세금도 많이 내고요.' 하고 내가 말했지. '시내에 굉장히 큰 집을 가지고 있고, 사업체도 세 군데나 됩니다. 그러니 세금을 줄이는 것이 그 사람 자신에게도 이득이 되지 않겠습니까? 그분은 저명하고 존경받는 시민입니다.' 라고도 했지. '그리고 빈민구제법 관리위원일 뿐만 아니라 좋은 당이든 나쁜 당이든 어디에도 속하지 않는 초연한 사람입니다.' 라고도 해줬지 뭐야. 말은 이렇게 해야 하는 법이니까요."

"그리고 왕에 대한 환영 연설은 어떻게 생각하십니까?" 라이언스 씨가 술을 마신 다음 입맛을 다시면서 물었다.

"내 말 좀 들어보시오." 헨치 씨가 말했다. "내가 와드 영감에게 말했듯이, 이 나라에 필요한 것은 자본이오. 왕이 이곳에 온다는 것은 이 나라에 돈이 굴러 들어온다는 것을 의미하오. 더블린 시민들은 그것으로 인해 덕을 보게 되지요. 저 부둣가에 있는 공장들이 휴업 중인 걸 보시오! 우리가 옛날부터 해오던 산업, 제분소니 조선소니 그리고 각종 공장이니 하는 것들을 가동하기만 한다면 이 나라에 굴러 들어올 돈을 한번 생각해 보란 말이오. 지금 우리에게 필요한 건 자금이란 말이오."

"하지만, 이것 봐요, 존." 오코너 씨가 말했다. "우리가 왜 영국 왕을 환영해야 한단 말입니까? 파넬 자신도······."

"파넬은." 헨치 씨가 말했다. "죽었소. 자, 난 이렇게 본단 말이오. 여기에 온다는 그 작자는 노모(老母)[8] 때문에 머리가 백발이 되도록 왕위에 오르지도 못하다가 이제야 겨우 즉위한 사람이오. 그는 세상 물정을 잘 아는 사람이며, 우리에게 호의를 갖고 있소. 내가 생각하기에 그는 꽤 명랑하고 점잖은 사람이며, 악의라곤 전혀 없소. 그는 오직 이렇게 혼잣말을 할 뿐이란 말이오. '선왕께서는 이 야만적인 아일랜드 사람들을 결코 보러 간 적이 없다. 정말이지, 내가 친히 가서 그들이 어떻게 생겼는지 보고 와야겠다.'라고 말이오. 그런데 이처럼 우호적인 의도를 가지고 찾아오는 사람을 우리가 굳이 모욕해야겠소? 어때? 내 말이 맞지 않습니까, 크로프튼 씨?"

크로프튼 씨가 고개를 끄덕였다.

"그러나 결국, 지금은 알다시피." 라이언스 씨가 따지듯이 말했다. "에드워드 왕의 생활이 그다지······."

"과거지사는 과거지사로 내버려 두라고요." 헨치 씨가 말했다. "나는 개인적으로 그 사람을 존경하오. 그도 당신이나 나같이 놀기 좋아하는 평범한 한 인간일 뿐이오. 술을 좋아하고 아마 약간 난봉기가 있을지 모르지만, 훌륭한 스포츠맨이오. 젠장, 우리 아일랜드 사람들은 페어플레이도 할 줄 모른단 말이오?"

"모두 다 지당하신 말씀입니다. 하지만 파넬의 경우도 좀 생각해 보세요." 라이언스 씨가 말했다.

"도대체 두 사람이 무슨 관계가 있다고 그러는 거요?" 헨치 씨가 말했다.

"내 말은 우리에게도 이상이 있다는 겁니다." 라이언스 씨가 말했다. "자, 왜 우리가 그따위 사람을 환영해야 합니까? 파넬이 이루어놓은 업적으로 보아 그가 우리를 영도할 적임자였다고 생각하지 않으세요? 그런데 왜 우리가 에드워드 7세에게 그따위 짓거리를 해야 한단 말이오?"

"오늘은 파넬 기념일입니다." 오코너 씨가 말했다. "그러니 더는 기분 상하게 하지 맙시다. 파넬이 고인이 되어 우리 곁을 떠났기 때문에 우리 모두가 존경하는 거 아니겠소.―보수당원까지도 말이오." 그는 크로프튼 씨를 돌아보며 덧붙여 말했다.

폭! 늑장을 부리던 크로프튼 씨의 병마개가 날아갔다. 크로프튼 씨는 앉아 있던 상자에서 일어나 난로 앞으로 갔다. 그가 술병을 들고 돌아오면서 가라앉은 목소리로 말했다.

"우리 당도 그를 존경해요. 그는 신사였으니까."

"자네 말이 맞아, 크로프튼!" 헨치 씨가 격하게 말했다. "그 고양이 우리[9]의 질서를 바로잡을 수 있는 사람은 그 사람밖에 없었으니까. '앉아, 이 개들아! 드러누워, 이 똥개들아!' 그런 식으로 그들을 다루었으니까. 들어오시오, 조! 들어오라니까요!" 그가 문간에 있는 하인즈를 보자 큰 소리로 불렀다.

하인즈 씨가 천천히 들어왔다.

"흑맥주 한 병 더 따시구려, 잭." 헨치 씨가 말했다. "이런, 병따개가 없는 걸 깜박 잊었군! 자, 병 하나만 이리 보내시오. 난로 옆에 놓아둘 테니."

헨치 씨의 말에 영감이 술병 하나를 그에게 건네주자 그는 그것을 벽난로 시렁 위에 놓았다.

"앉게, 조." 오코너 씨가 말했다. "우린 지금 당수[10]에 대한 얘기를 하는 중일세."

"그래, 그래!" 헨치 씨가 말했다.

하인즈 씨는 라이언스 씨 가까이에 있는 탁자 옆에 앉았으나, 아무 말도 하지 않았다.

"아무튼 한 사람밖에 없다니까." 헨치 씨가 말했다. "파넬을 배반한 적이 없는 이는 맹세코, 그렇지, 조뿐이야! 자네는 시종일관 그를 지지해 왔지!"

"어이, 조." 오코너 씨가 갑자기 끼어들었다. "자네가 쓴 그 글 좀 보여 주겠나?―기억하나? 지금 그걸 갖고 있나?"

"아, 그래." 헨치 씨도 말했다. "그걸 이리 내봐요. 들어본 적 있어, 크로프튼? 자, 들어봐. 참 근사할 거야."

"자, 어서." 오코너 씨가 재촉했다. "시작해, 조."

하인즈 씨는 그들이 이야기하는 것이 무엇인지 금방 기억이 나지 않는 듯했으나, 잠시 생각한 다음 입을 열었다.

"아, 그것 말이군……. 알았어, 그건 퍽 오래돼서."

"자, 그걸 해봐, 이 사람아!" 오코너 씨가 말했다.

"쉬, 쉬." 헨치 씨가 말했다. "자, 조!"

하인즈 씨는 잠시 더 머뭇거렸다. 그런 다음 좌중이 조용한 가운데 모자를 벗어 탁자에 올려놓고 일어섰다. 그는 마음속으로 그것을 외워보는 듯하더니 잠시 후에 소리 내어 읊기 시작했다.

파넬의 죽음
1891년 10월 6일

그는 목청을 한두 번 가다듬더니 암송하기 시작했다.

님은 갔습니다. 우리 무관(無冠)의 왕은 갔습니다.
오, 아일랜드여, 설움과 슬픔으로 애도할지어다
현세의 타락한 위선자들의 무리에 꺾여
님은 이제 쓰러지고 말았으니.

님은 비열한 도당들의 칼에 맞고 가시니
님은 오욕(汚辱)으로부터 영광의 반열에 오르셨네.
아일랜드의 희망이며 아일랜드의 꿈은
우리의 왕을 보내는 불 위에서 사라지도다.

궁전, 초옥, 오두막
아일랜드의 정기가 있는 곳이면 어디든지
슬픔으로 그 정기 꺾였도다
조국의 운명을 짊어질 님이 가셨기에.

조국의 명성을 떨치시고,
영광의 초록 깃발을 휘날리시며,
세상의 만백성 앞에
조국의 문무(文武)를 드높이신 우리 님.

님은 자유의 꿈을 품으셨으나
(아, 슬프도다, 꿈에 지나지 않음이!)
그 자유를 쟁취하려 애쓰실 때
배신을 당하시와 못 이룬 님의 꿈.

수치스럽도다
자기들의 님을 치거나, 혹은 입맞춤으로
그의 친구가 결코 아닌 아첨하는 오합지졸 사제들에게
그를 팔아넘긴 비겁자들아, 비열한 손들아.

님의 자부심으로 저들을 물리치신
님의 거룩하신 이름을 애써 더럽히려 한
그자들의 기억을
영원한 치욕으로 썩게 하소서.

님은 용맹한 자들이 쓰러지듯 가셨도다,
최후까지 고귀한 용맹 떨치며.
죽음이여, 이제 그분을 하나 되게 하소서
과거 아일랜드의 영웅들과 함께.

어떠한 투쟁의 소리도 님의 잠을 방해하지 마라!
님께서 고요히 잠들어 계시니.
이제 어떤 인간적 고통도, 드높은 야망도 그를 독려하지 마라
그가 영광의 정상에 오를 수 있도록.

저들은 자신들의 소망대로 님을 꺾었네.

그러나 아일랜드여, 들어라,
님의 영혼은 새날의 먼동이 틀 때
불사조처럼 불꽃에서 다시 일어나리니.

우리에게 자유의 세상을 가져다줄 그날.
그리고 그날 아일랜드여, 부디
기억하라, 기쁨에 축배를 드는 술잔 속에
하나의 슬픔을—파넬의 기억을.

하인즈 씨는 다시 탁자 위에 앉았다. 낭송이 끝나자 잠시 침묵이 흐르다가 박수 소리가 터져 나왔다. 라이언스 씨마저도 박수를 쳤다. 한참 동안 그렇게 박수 소리가 이어졌다. 박수 소리가 그치자 그것을 듣던 모든 사람들이 자기 술병을 들고 말없이 들이켰다.

폭! 하고 하인즈 씨의 술병 마개가 날아갔으나, 하인즈 씨는 상기된 얼굴로 모자를 벗은 채 탁자 위에 그대로 앉아 있었다. 그는 술을 권하는 소리도 듣지 못한 것 같았다.

"잘했어, 조!" 오코너 씨가 자신의 흥분을 감추려는 듯 담배 마는 종이와 쌈지를 꺼내면서 말했다.

"자, 어때요, 크로프튼 씨?" 헨치 씨가 큰 소리로 말했다. "근사하지? 안 그래요?"

크로프튼 씨도 정말 훌륭한 글이라고 칭찬했다.

어머니

 아일랜드 독립협회의 사무차장인 홀로헌 씨는 때 묻은 서류들을 양손에 잔뜩 움켜쥐거나 주머니마다 가득 쑤셔 넣은 채 음악회를 준비하느라고 거의 한 달 동안이나 더블린 시내를 동분서주했다. 그는 다리를 절었는데, 그 때문에 친구들은 그를 절름발이 홀로헌이라고 불렀다. 그는 쉬지 않고 나다녔으며, 길모퉁이에 서서 시간대별로 요점을 정리하거나 메모를 했다. 하지만 결국 보는 것을 준비한 사람은 키어니 부인이었다.
 데블린 양은 홧김에 결혼해서 키어니 부인이 되었다. 그녀는 결혼 전에 일류 수도원에서 교육을 받았으며, 그곳에서 프랑스어와 음악을 배웠다. 그녀는 선천적으로 얼굴이 창백한 데다 남에게 고분고분한 성격이 아니었기 때문에 학창 시절에도 친구가 별로 없었다. 결혼 적령기가 되어서는 이 집 저 집으로 놀러 다녔는데, 그때 연주 솜씨와 귀티 나는 매너 때문에 사람들로부터 많은 칭송을 받았다. 그녀는 자신만의 교양 영역을 구축하고 그 안에 머물면서, 청혼자가 나타나서 그것을 무너뜨려 주고 자신을 화려한 생활로 이끌어주기를 기다렸다. 하지만 그녀가 만난 젊은이들은 모두 그렇고 그랬기 때문에 별 반응을 보이지 않았고, 남몰래 눈깔사탕이나 먹으면서 처녀의 로맨틱한 꿈을 버리지 못했다. 그러나 혼기가 꽉 차서 친구들이 수군거리기 시작하자 키어니 씨와 덜컥 결혼함으로써 친구들의 입을 쏙 들어가게 했다. 키어니 씨는 오먼드 부둣가의 구두 수선공이었다.

    그는 그녀보다 나이가 훨씬 많았으며 무뚝뚝했다. 그가 늘어놓는 이야기는 심각한 것들뿐이었는데, 그나마도 그의 텁수룩한 갈색 턱수염 사이에서 간간이 나왔다. 결혼 생활을 한 해쯤 겪고 나자 키어니 부인은 이런 남자가 낭만적인 작자보다 함께 지내기가 한결 낫다는 것을 깨닫게 되었지만, 자신의 낭만적인 꿈만큼은 결코 버리지 않았다. 남편은 술을 입에 대지 않았고, 검소했으며, 신앙심도 깊었다. 그는 매달 첫 금요일마다 성당에 가곤 했는데, 때로는 아내와 함께 가기도 했지만 혼자서 갈 때가 더 많았다. 그렇다고 그녀의 신앙심이 약해진 것은 아니었고, 그에게는 좋은 아내였다. 낯선 집의 모임에 갈 때면 아내가 눈썹만 약간 추켜올려도 그는 일어날 채비를 했다. 그가 감기에라도 걸릴라치면 그녀는 오리털 이불로 그의 발을 덮어주고, 그를 위해 독한 럼펀치 술을 만들어 줄 만큼 정성이 지극했다. 또한 그는 모범적인 아버지였다. 매주 어떤 조합에다 약간의 돈을 적립해서 두 딸의 나이가 각각 스물네 살이 되었을 때는 결혼지참금으로 100파운드씩 마련해 주었다. 그는 큰 딸 캐슬린을 좋은 수도원에 보내 프랑스어와 음악을 배우게 했고, 그다음에는 학자금을 주어 왕립 음악학교에 보냈다. 해마다 7월이 되면 키어니 부인은 친구들에게 이렇게 말하곤 했다.

    "글쎄, 애들 아버지가 우리더러 몇 주 동안 스케리즈[1]로 피서를 다녀오라지 뭐예요."

스케리즈가 아니면 호스[2]이거나 그레이스톤즈[3]였다.

　아일랜드의 문예부흥운동[4]이 명성을 얻기 시작하자 키어니 부인은 딸의 이름[5]을 떨쳐 봐야겠다고 생각하고 아일랜드어 선생을 집으로 들였다. 캐슬린 자매가 친구들에게 아일랜드 그림엽서를 보내자, 친구들도 다른 아일랜드 그림엽서를 보내왔다. 특별한 일요일에 키어니 씨가 가족과 함께 내성당에 갈 때면 미사 후에 사람들의 작은 무리가 성당가(街) 모퉁이에 모이곤 했다. 그들은 모두 키어니 가족의 친구들로, 음악 친구들이거나 국민당 친구들이었다. 그리고 얼마간의 잡담이 끝나면 모두가 서로 악수를 했고, 그렇게 많은 손들이 겹쳐지는 것에 웃음을 터뜨리며 아일랜드 말로 작별 인사를 주고받았다. 곧 캐슬린 키어니 양의 이름이 사람들 입에 자주 오르내리기 시작했다. 그녀는 음악적 재능이 뛰어났으며 예의도 발라서 국어(國語)운동 신봉자라는 평판이 나 있었다. 키어니 부인은 이에 매우 흡족해했다. 그래서 어느 날 홀로헌 씨가 자기를 찾아와서 아일랜드 독립협회 주최로 앤티언트 음악당에서 열리게 될 네 번의 대음악회에 딸을 반주자로 삼고 싶다는 제의를 해왔을 때 별로 놀라지 않았다. 그녀는 그를 응접실로 안내해 자리에 앉히고는 술병과 은제 비스킷 통을 내놓았다. 그녀는 이 일 하나하나에 온 정성을 기울이며 충고도 하고 말리기도 했다. 그리하여 마침내 계약서가 작성되었는데, 그 계약서에 의하면 캐슬린은 대음악회에서 네 번의 반주에 대한 보수로 8기니를 받기로 되어 있었.

　홀로헌 씨는 광고 문안이나 프로그램 내용의 작성과 같은 섬세한 일에는 서툴렀기 때문에 키어니 부인의 도움을 받았다. 그녀는 이러한 일에 재능이 있었다. 그녀는 어떤 가수의 이름을 모두 대문자로 쓰고 어떤 가수의 이름을 작게 써야 할지 알았다.

어머니　217

또한 제1테너는 미드 씨가 희극적인 노래를 부른 다음에는 나오려 하지 않으리라는 것까지 알고 있었다. 청중의 관심을 계속 끌기 위해 그녀는 자신이 없는 노래들을 오랜 애창곡들 사이에다 살짝 끼워 넣기도 했다. 홀로헌 씨는 이런저런 조언을 듣기 위해 매일같이 그녀를 찾아왔다. 그녀는 늘 다정했고, 조언도 아끼지 않았으며, 항상 가족적인 분위기였다. 그녀는 그에게 술병을 내밀며 이렇게 말했다.

"자, 마음껏 드세요, 홀로헌 씨!"

그리고 그가 마시는 동안 그녀가 말했다.

"걱정할 거 없어요! 걱정할 거 없다니까요!"

모든 일이 순조롭게 진행되었다. 키어니 부인은 캐슬린의 옷섶에 대려고 브라운 토머스 포목점에 들러 예쁜 분홍색 샤르뫼즈 비단도 사 왔다. 꽤 비싼 편이었으나 이럴 때 돈을 안 쓰면 언제 쓰랴 싶었다. 그녀는 마지막 공연의 2실링짜리 입장권을 열두 장이나 구해서 그렇게라도 하지 않으면 올 것 같지 않은 친구들에게 돌렸다. 빠뜨린 일은 하나도 없었다. 그런 그녀 덕분에 만반의 준비가 갖춰졌다.

음악회는 수요일, 목요일, 금요일 그리고 토요일에 열릴 예정이었다. 수요일 밤에 키어니 부인이 딸과 함께 앤티언트 음악당에 가보니 돌아가는 꼴이 영 마음에 들지 않았다. 저고리에 반짝이는 푸른 배지를 단 몇몇 젊은이들이 문간에서 서성대고 있었는데, 그들 중 야회복을 입은 사람은 아무도 없었다. 그녀가 딸과 함께 그 옆을 지나쳐 가면서 홀의 열린 문 사이로 흘깃 객석을 둘러보니 안내원들이 빈둥거리는 까닭을 알 수도 있을 것 같았다. 처음에는 시간을 잘못 알고 온 것이 아닌가 싶었으나, 그런 것도 아니었다. 시간은 8시 20분 전이었다.

무대 뒤 분장실에서 협회 사무장인 피츠패트릭 씨를 소개받자 그녀는 생글생글 웃으면서 악수를 나눴다. 사무장은 자그마한 체구에 피부가 희고 멍청해 보이는 얼굴이었다. 유심히 살펴보니 그는 부드러운 갈색 중절모를 아무렇게나 머리 한쪽에 얹고 있었으며, 억양이 없는 말씨였다. 그는 한쪽 손에 프로그램을 들었는데, 부인과 이야기를 나누는 동안 한쪽 끝을 질겅질겅 씹어서 젖은 펄프로 만들었다. 그는 관객이 적은데도 크게 실망하는 것 같지 않았다. 홀로헌 씨는 매표소의 매표 상황을 보고하기 위해 연방 분장실을 드나들었다. 가수들은 초조한 듯 자기들끼리 수군대며 이따금씩 거울 속을 흘깃 들여다보기도 했고 악보를 말았다 펴기도 했다. 8시 반이 거의 다 되자 객석에 있는 많지 않은 사람들이 이제는 시작하라는 듯이 웅성대기 시작했다. 피츠패트릭 씨가 들어와서 멍하니 방 안을 둘러보더니 싱긋 웃으며 이렇게 말했다.

"자, 신사 숙녀 여러분, 이제 시작하는 편이 좋을 듯합니다."

키어니 부인은 억양이 없는 그의 마지막 말투에 경멸의 눈초리를 잠시 흘기다가 격려하듯이 딸에게 말했다.

"준비됐니, 애야?"

부인은 기회를 보아가며 홀로헌 씨를 곁으로 불러 도대체 어찌 된 영문인지 말해 보라고 다그쳤다. 홀로헌 씨는 자기로서도 어찌 된 영문인지 모르겠다면서, 네 번씩이나 음악회를 갖기로 한 위원회의 처사는 잘못이며, 네 번은 너무 많다는 것이었다.

"그리고 가수들은요!" 키어니 부인이 말했다. "물론 다들 열심히 한다고는 하지만 실은 쓸 만한 가수는 아무도 없어요."

홀로헌 씨는 가수들이 변변치 않다는 것을 인정했으나, 위원회는 세 번의 음악회는 되는대로 하고, 토요일 저녁의 공연을 위해 모든 역량을 쏟기로 결정했다고 말했다. 키어니 부인은 이에 아무런 대꾸도 하지 않았으나, 시원찮은 곡들이 무대에서 연주되는 동안 장내에 있는 얼마 되지 않는 관중들마저 점점 줄어드는 것을 보자 이따위 음악회를 위해 얼마간의 비용을 부담한 것을 후회하기 시작했다. 일이 되어가는 꼴이 무언가 마음에 들지 않았고, 피츠패트릭 씨의 얼빠진 미소가 그녀를 매우 격분시켰다. 그러나 그녀는 아무 말도 하지 않고 꾹 참으며 음악회가 어떻게 끝이 나는지 지켜보았다. 음악회는 10시 조금 전에 끝났고, 사람들은 서둘러 집으로 돌아갔다.

목요일 밤 음악회에는 청중이 제법 많았지만, 키어니 부인은 공짜 관객들이 자리를 채웠다는 것을 단박에 알아챘다. 청중들은 음악회가 마지막 리허설인 양 제멋대로였다. 피츠패트릭 씨는 흥이 나서, 키어니 부인이 성난 눈초리로 자기의 행동을 지켜보고 있다는 것도 전혀 알아채지 못한 눈치였다. 그는 무대의 막 끝 쪽에 서서 때때로 머리를 불쑥 밖으로 내밀고는 발코니 구석에 앉아 있는 두 친구들과 희희덕댔다. 그날 저녁에 키어니 부인은, 금요일 음악회는 취소하고 토요일 저녁 공연을 성황리에 마치기 위해 전력을 다하기로 위원회에서 결정했다는 사실을 알게 되었다. 이 말을 듣자 키어니 부인은 홀로헌 씨를 찾아 나섰다. 어떤 젊은 여자에게 주려고 레모네이드 잔을 들고 절름거리며 부리나케 나선 홀로헌 씨를 잡고서 그것이 사실이냐고 그녀가 따져 물었다. 과연 그것은 사실이었다.

"하지만, 물론 계약 내용에는 영향이 없겠지요." 그녀가 말했다. "계약서에는 네 번 반주하기로 되어 있으니까요."

홀로헌 씨는 짐짓 바쁜 체하면서, 피츠패트릭 씨에게 물어보라고 했다. 이 말에 키어니 부인은 덜컥 걱정이 되기 시작했다.

그래서 부인은 무대의 막 뒤에 있는 피츠패트릭 씨를 불러내 자기 딸은 네 번 반주하기로 계약서에 서명을 했으니, 물론 계약 사항에 있는 대로 위원회에서 연주 횟수를 줄이든 말든 애당초 정한 금액은 주어야 한다고 말했다. 논란의 핵심을 알아채지 못한 피츠패트릭 씨는 자기로서는 이 난점을 해결할 방도가 없다는 듯 위원회에 제기해 보겠다고 했다. 키어니 부인은 분해서 얼굴이 새빨개졌고, 따지는 것을 참느라 갖은 애를 다 썼다.

"도대체 그 위원회라는 것이 뭡니까?"

그러나 그렇게 대드는 것이 숙녀답지 못하다는 것을 알기에 그녀는 입을 꾹 다물었다.

꼬마 아이들이 금요일 아침 일찍 여러 다발의 광고 뭉치를 들고 더블린의 주요 거리로 나섰다. 과장된 호평 기사 전부를 모든 석간신문에 실어, 다음 날 저녁으로 예정된 음악 향연을 모든 음악 애호가들에게 홍보하였다. 키어니 부인은 다소 안심이 되었으나, 그래도 의심이 가는 부분은 남편과 상의하는 것이 좋겠다고 생각했다. 남편은 그녀의 이야기를 귀 기울여 들은 뒤 토요일 밤에는 자기도 동행하는 것이 좋겠다고 말했다. 그녀도 이에 동의했다. 그녀는 남편을 마치 큼직하고 안정된 느낌의 중앙우체국을 대하듯이 안정감 있고 믿음직스러운 존재로 존경했다. 그리고 남편이 별다른 재주가 없는 것은 알았지만 남성으로서의 고상한 가치를 높이 평가했다. 그녀는 함께 가자는 남편의 제의에 반가워했으며 그것으로 그 일이 일단락되었다고 생각했다.

대음악회의 밤이 왔다. 키어니 부인은 남편과 딸과 함께 음악회가 열리기 45분 전에 앤티언트 음악당에 도착했다. 운이 없는 저녁이 되려는지 비가 내리고 있었다. 키어니 부인은 딸의 옷과 악보를 남편에게 맡기고 홀로헌 씨나 피츠패트릭 씨를 찾기 위해 온 건물을 뒤지고 다녔다. 두 사람 모두 찾을 수가 없었다. 안내원에게 위원회의 누구라도 좋으니 여기서 못 봤느냐고 물었더니, 안내원이 한참을 수소문한 끝에 베언 양이라는 키가 작달막한 여인을 하나 데리고 왔다. 키어니 부인은 그녀에게 사무원 중 누구라도 만났으면 좋겠다고 했다. 베언 양은 곧 그들이 나타날 것이라며, 무엇 때문에 그러느냐고 물었다. 키어니 부인은 나이가 들었지만 믿음직하고 열성적으로 보이는 그녀의 표정을 살피면서 대답했다.

"아니에요, 감사합니다."

그 몸집이 작은 여인은 장내가 만원이 되었으면 좋겠다고 했다. 그녀는 비가 내리는 밖을 내다보았다. 비에 젖은 우울한 거리가 그녀의 밝고 믿음직한 표정을 찌푸리게 만들었다. 이윽고 그녀는 나지막이 한숨을 내쉬며 말했다.

"아, 글쎄요! 최선을 다한다고 했는데 이 모양이니······."

키어니 부인은 하는 수 없이 분장실로 돌아갔다.

가수들이 속속 도착했다. 베이스와 제2테너는 벌써 와 있었다. 베이스인 더건 씨는 검은 콧수염이 드문드문 나고 몸집이 호리호리한 젊은이였다. 그는 시내 어느 사무실 현관 문지기의 아들이었는데, 어릴 적에는 목소리가 울려 퍼지는 그 사무실 홀에서 베이스 음으로 길게 노래를 부르곤 했다. 그는 이러한 하찮은 신분에서 출세하여 일류 가수가 되었다. 그는 그랜드 오페라에 출연한 적도 있었다. 어느 날 밤 오페라 가수 한 명이 병이 나자, 그 대신 퀸즈 극장에서 「마리타나」[6]의 오페라에 나오는 임금 역을 맡았던 것이다. 그는 정감 넘치는 목소리와 우람한 발성으로 노래를 불러 관중들로부터 열렬한 갈채를 받았으나, 불운하게도 무심코 장갑 낀 손으로 한두 번 코를 닦아서 모처럼 풍긴 좋은 인상을 그르치고 말았다. 그는 겸손한 데다 말수도 적었다. 당신이란 말은 어찌나 부드럽게 발음하는지 거의 들리지 않을 정도였고, 자신의 성대를 위해 우유보다 강한 음료는 절대로 마시지 않았다. 제2테너인 벨 씨는 금발 머리에 몸집이 작은 사내로, 매년 페쉬 씨오일 음악경연대회[7]에 참가했는데, 네 번째로 참가했을 때는 동메달을 수상하기도 했다. 그는 대단히 신경질적이며 다른 테너들을 몹시 시기했지만, 사람을 대하는 다정한 태도 때문에 성격이 겉으로 드러나지 않았다. 그는 음악회에 한번 나가는 것이 얼마나 힘든 일인지 사람들에게 알리고 싶어 하는 성격이었다. 그래서 더건 씨를 보자 다가가서 물었다.

"당신도 출연하세요?"

"네." 더건 씨가 대답했다.

벨 씨는 함께 고생하게 되었다면서 한 손을 내밀며 말했다.

"자, 악수나 한번 합시다!"

키어니 부인은 두 젊은 남자들 옆을 지나 장내를 둘러보기 위해 무대 막의 가장자리로 갔다. 좌석은 빠르게 청중들로 채워지고 있었으며, 장내는 다소 들뜬 듯 웅성거리는 소리로 소란스러웠다. 그녀는 자리로 돌아와 남편에게 은밀하게 말했다. 두 남자의 대화는 캐슬린에 관한 것이 분명했다. 왜냐하면 그들은 캐슬린이 국민당 친구들 중 하나요, 콘트랄토 가수인 힐리 양과 서서 대화하는 모습을 흘깃흘깃 쳐다보았기 때문이다. 창백한 얼굴을 한 어떤 낯설고 고독하게 생긴 여인이 분장실 안을 지나갔다. 여자들은 깡마른 체구에 색 바랜 푸른 드레스를 입은 그 여자를 날카로운 시선으로 쏘아봤다. 그녀가 소프라노인 마담 글린이라고 누군가가 말했다.

"글쎄, 어디서 저런 여자를 데려왔지?" 캐슬린이 힐리 양에게 말했다. "정말 이름도 들어보지 못한 여자야."

힐리 양은 미소를 지을 뿐이었다. 그때 홀로헌 씨가 절름거리며 분장실로 들어오자 두 젊은 여자는 저 낯선 여자가 누구냐고 물었다. 홀로헌 씨는 런던에서 온 마담 글린이라고 대답했다. 마담 글린은 둘둘 만 악보를 뻣뻣이 들고 분장실 한구석에 서서 이따금씩 놀란 눈초리로 분장실 안을 두리번거렸다. 그림자가 그녀의 색 바랜 옷을 가려주었으나, 그 대신 가슴의 쇄골 뒤쪽 움푹 파인 곳을 더욱 두드러져 보이게 했다. 장내의 웅성거리는 소리가 커지기 시작했다. 제1테너 가수와 바리톤 가수가 함께 도착했다. 두 사람 모두 멋지게 차려 입었고, 건장하고 만족한 듯 보였으며, 그 누구보다도 유복해 보였다.

키어니 부인은 딸을 그들에게 데리고 가서 상냥하게 말을 걸었다. 그녀는 그들과 친해지고 싶어서 정중하게 대하려 애를 쓰면서도 시선은 절뚝거리며 걷는 홀로헌 씨를 향했다.

"홀로헌 씨, 잠깐 얘기할 게 있는데요." 그녀가 말했다.

두 사람은 복도의 조용한 곳을 찾아갔다. 키어니 부인은 자기 딸이 언제 돈을 받게 되느냐고 물었다. 홀로헌 씨는 그것은 피츠패트릭 씨의 소관이라고 대답했다. 키어니 부인은 그것이 피츠패트릭 씨 소관이라는 것은 금시초문이라면서, 자기 딸은 8기니를 받기로 하고 계약서에 서명을 했으니 그 돈을 받아야겠다고 말했다. 홀로헌 씨는 그것은 자기가 알 바 아니라고 잘라 말했다.

"왜 그것이 당신 소관이 아니라고 하시죠?" 키어니 부인이 따지고 들었다. "당신이 직접 딸에게 계약서를 가져오지 않았던가요? 어쨌든 당신 소관이 아니라는 것은 말이 안 돼요. 오늘 꼭 결말을 보고 말겠어요."

"피츠패트릭 씨한테 말씀해 보시는 것이 좋을 듯싶습니다."

홀로헌 씨도 단호하게 말했다.

"피츠패트릭 씨에 대해서는 아는 바가 없다니까요." 키어니 부인이 되풀이해서 말했다. "계약을 하셨으니 이행하셔야만 해요."

분장실로 돌아왔을 때 그녀의 두 뺨은 약간 상기되어 있었다. 방 안은 활기를 띠고 있었다. 외출복을 입은 두 사내가 벽난로 앞에 앉아 힐리 양과 바리톤 가수와 함께 다정하게 이야기를 나누었다. 두 사람은 《프리먼》의 기자와 오머든 버크 씨였다. 《프리먼》의 기자는 시장 관저에서 있을 미국인 신부의 강연을 취재해야 하기 때문에 음악회를 더 이상 기다리지 못하겠다는 사실을 알리기 위해 왔다고 했다. 그는 원고를 작성해서 《프리먼》으로 보내주면 자기가 기사를 실어주겠다고 했다. 그는 믿음직한 목소리와 신중한 태도를 지닌 백발의 남자였다. 그는 불이 꺼진 시가를 손에 들고 있었는데, 그 주위에서 시가 향이 은은하게 피어올랐다. 그는 음악회나 가수들을 무척 따분하다고 생각했기 때문에 잠시도 머물고 싶지 않았지만, 그냥 벽난로에 기대선 채 있었다. 힐리 양은 그 사람 앞에 서서 이야기를 나누며 웃어댔다. 그는 이 여자가 이렇게 공손하게 구는 까닭을 짐작은 했으나 같은 기분을 느끼기에는 너무 젊었다. 그녀의 체온과 체취, 그리고 피부가 그의 감각을 자극했다. 그의 시선 아래서 천천히 오르내리는 그녀의 가슴은 그 순간 그를 위해 오르내리는 듯했고, 그 웃음과 향기와 추파가 그에게 바치는 공물(貢物)이라는 것을 깨닫자 그는 기분이 좋아졌다. 그는 더 이상 오래 머물 수 없는 것을 아쉬워하며 그녀 곁을 떠났다.

"오머든 버크가 기사를 쓸 겁니다." 그가 홀로헌 씨에게 설명했다. "그러면 제가 실어드리지요."

"정말 고맙습니다, 헨드릭 씨." 홀로헌 씨가 말했다. "실어주시는 걸로 알고 있겠습니다. 자, 가시기 전에 뭘 좀 드시지 않겠습니까?"

"그럴까요?" 헨드릭 씨가 말했다.

두 사람은 복잡한 복도를 지나 컴컴한 층계를 올라 별실에 도착했다. 그곳에서는 접대원 한 명이 몇몇 신사들에게 술병을 따 주고 있었다. 그 신사들 가운데는 오머든 버크도 끼어 있었는데, 그는 본능적으로 그 방을 발견한 터였다. 그는 유순한 중년 남자로 쉴 때는 커다란 비단 우산에다 듬직한 체구를 의지하는 사람이었다. 그의 어마어마한 서부풍의 이름은 그가 자신의 미묘한 금전 문제를 의존시키는 도덕적 우산이기도 했다. 그는 폭넓은 사람들로부터 존경을 받았다.

홀로헌 씨가 《프리먼》의 기자를 접대하는 동안, 키어니 부인이 어찌나 열을 올리며 남편에게 떠들어댔는지 남편은 아내에게 목소리를 좀 낮추라고 했다. 분장실에 있는 다른 사람들도 긴장된 가운데 이야기를 나누었다. 제일 먼저 나갈 사람인 벨 씨는 악보를 들고 준비 자세를 취했으나 반주자는 움직일 기색조차 보이지 않았다. 무언가 잘못된 것이 분명했다. 키어니 씨는 턱수염을 쓰다듬으며 앞을 똑바로 바라보았고, 키어니 부인은 캐슬린의 귀에 대고 낮은 목소리로 무언가를 속삭였다. 장내에서는 관객들이 어서 시작하라고 박수를 치며 발을 굴러댔다. 제1테너와 바리톤과 힐리 양은 함께 서서 조용히 기다렸으나, 벨 씨는 관객들이 자기가 늦게 온 것으로 알까 봐 긴장했다.

홀로헌 씨와 오머든 버크 씨가 방 안으로 들어왔다. 순간 홀로헌 씨는 방 안의 냉랭한 분위기를 금방 알아채고는 키어니 부인에게 간곡히 타일렀다. 그들이 서로 이야기를 하는 동안 장내에서 웅성거리는 소리가 한층 커졌다. 홀로헌 씨는 얼굴색이 새빨갛게 흥분되어 사정사정해 보았으나 키어니 부인은 간간이 짤막하게 대꾸할 뿐이었다.

"그 애는 안 나가요. 8기니를 받아야만 해요."

홀로헌 씨는 사색이 되어 관객들이 박수를 치고 발을 구르는 장내를 가리켰다. 그는 키어니 씨와 캐슬린에게 사정해 보았다. 그러나 키어니 씨는 턱수염만 계속 만지작거렸고, 캐슬린은 자기 잘못이 아니라는 듯 새 구두 끝을 움직이면서 아래만 내려다보았다. 키어니 부인이 또다시 말했다.

"돈을 받지 않고는 안 나가요."

빠른 입씨름이 끝나자 홀로헌 씨가 절룩거리며 황급히 밖으로 나갔다. 방 안은 물을 뿌린 듯 잠잠했다. 이러한 침묵의 긴장 상태가 지속되어 참기 힘든 지경에 이르자 힐리 양이 바리톤에게 말했다.

"이번 주에 패트 캠벨 부인[8]을 만나셨나요?"

바리톤은 그녀를 보지는 못했지만 아주 잘 있다는 말은 들었다고 대답했다. 대화는 더 이상 지속되지 않았다. 제1테너는 고개를 숙이고 허리를 가로지르는 금시곗줄 고리를 헤아리기 시작했고, 미소를 지으면서 컨디션을 조절하기 위해 콧노래를 흥얼거렸다. 이따금씩 사람들이 키어니 부인을 힐끗힐끗 쳐다보았다.

피츠패트릭 씨가 방 안으로 후다닥 들이닥치고 뒤이어 홀로헌 씨가 숨을 헐떡이면서 들어왔을 때, 웅성거리던 장내가 떠들썩해져 있었다. 장내에서 손바닥을 치는 소리와 발을 구르는 소리 사이로 휘파람 소리가 간간이 들려왔다. 피츠패트릭 씨는 지폐 몇 장을 손에 쥐고 있었다. 그는 넉 장을 세어서 키어니 부인

어머니 227

의 손에 쥐여 주고는, 나머지 반은 휴식 시간에 주겠다고 했다. 이에 키어니 부인이 대답했다.

"4실링이 모자라는데요."

그러나 캐슬린은 치맛자락을 감아쥔 채 사시나무처럼 떨고 있는 첫 번째 출연자를 향해 "자, 벨 씨." 하고 불렀다. 가수와 반주자가 함께 무대로 나갔다. 장내의 떠드는 소리가 잠잠해졌다. 잠시 잠잠하더니 이내 피아노 소리가 들렸다.

음악회의 제1부는 마담 글린의 순서를 제외하고는 대성공이었다. 이 딱한 여자는 「킬라니」[9]를 숨 가쁘게 불렀는데, 우아하게 부른답시고 케케묵은 틀에 박힌 발성과 발음을 했다. 그녀는 마치 낡은 무대 분장실에서 되살아 나온 것처럼 보였고, 장내의 3등 객석에서는 그녀의 울부짖는 듯한 노랫소리를 야유하는 소리가 터져 나왔다. 그러나 제1테너와 콘트랄토는 만장의 박수갈채를 받았다. 캐슬린은 아일랜드 노래를 몇 곡 연주해서 많은 갈채를 받았다. 음악회의 제1부는 아마추어 극을 각색한 바 있는 어떤 젊은 여자가 한 편의 감동적인 애국시를 낭송하는 것으로 막을 내렸다. 그것도 상당한 갈채를 받았으며, 그것이 끝나자 사람들은 모두 흡족한 얼굴로 막간의 휴식을 위해 밖으로 나갔다.

그때 분장실은 내내 흥분의 도가니였다. 한쪽 구석에는 홀로헌 씨, 피츠패트릭 씨, 베언 양, 안내원 두 사람, 바리톤 가수, 베이스 가수, 오머든 버크 씨가 있었다. 오머든 버크 씨는 이번 음악회는 자기가 보아온 것 중에서 가장 수치스러운 공연이었다고 말했다. 또한 이것으로 캐슬린 키어니 양의 음악가로서의 명성은 더블린에서 끝장이 났다고 말했다. 바리톤 가수는 캐슬린 양의 이번 행동을 어떻게 생각하느냐는 질문을 받았으나 아무 말도 하고 싶지 않았다. 그는 이미 공연료를 받은 터라 사람들과 아무 탈 없이 지내고 싶을 뿐이었다. 그러나 키어니 부인이 가수들의 입장을 조금만 고려했더라면 좋았을 것이라는 말은 했다. 안내원들과 임원들은 휴식 시간이 되면 어떻게 할지에 대해 뜨거운 토론을 벌였다.

"나는 베언 양의 말에 동감합니다." 오머든 버크 씨가 말했다. "한 푼도 주지 마세요."

방의 다른쪽 구석에는 키어니 부인과 그녀의 남편, 벨 씨, 힐리 양, 그리고 애국시를 낭송한 젊은 여자가 있었다. 키어니 부인은 위원회가 사람을 대접하는 꼴이 모욕적이라면서, 자기는 온갖 수고와 비용을 아끼지 않고 협조했는데 이런 대접밖에 받지 못했다고 투덜거렸다.

그들은 여자애 하나만 상대하면 되겠거니 하고 생각했고, 따라서 충분히 그녀를 자기네들 뜻대로 처리할 수 있으리라 여겼으나 그녀는 넘어가지 않았다. 아마 자기 딸이 남자였다면 감히 그렇게 대접하지는 않았을 것이다. 어쨌든 그녀는 자기 딸이 권리를 챙기도록 조치하였고 절대로 바보처럼 속아 넘어가지 않았다. 만일 그들이 마지막 한 푼까지 다 주지 않을 경우 더블린에 온통 소문을 낼 작정이었다. 물론 가수들에게는 미안하지만 별도리가 없었다. 그녀가 제2테너에게 호소하자, 그는 자기도 그녀가 부당하게 대우받는다고 생각한다고 말했다. 다음으로 키어니 부인은 힐리 양에게도 호소했다. 힐리 양은 다른 그룹에 끼고 싶었으나, 캐슬린과 아주 친한 사이이고 키어니 가족의 집에 가끔 초대를 받은 적도 있고 해서 그렇게 할 수가 없었다.

제1부가 끝나자 피츠패트릭 씨와 홀로헌 씨는 키어니 부인이 있는 곳으로 와서 나머지 4기니는 다음 화요일에 위원회 모임을 가진 후에 지불하겠으며, 만일 그녀의 딸이 제2부의 출연을 거

부한다면 위원회는 계약이 파기된 것으로 간주하고 한 푼도 주지 않겠다고 말했다.

이 말에 키어니 부인은 발끈 화를 내며, "전 위원회 따윈 구경도 못 했어요. 우리 딸은 계약을 했단 말예요. 그 애가 4파운드 8실링을 손에 받아 쥐지 않는 한, 한 발도 저 무대 위에 들여놓지 않겠어요."

"정말 댁한테 놀랐습니다. 키어니 부인." 홀로헌 씨가 말했다. "우릴 이런 식으로 대할 줄은 꿈에도 생각지 못했습니다."

"당신들이 나한테 한 처사는 어떻고요?" 키어니 부인도 따져 물었다.

그녀의 얼굴은 분에 못 이겨 이글이글 타는 듯했고, 두 손으로 금방 아무한테나 달려들 기세였다.

"전 제 권리를 주장하는 것뿐이에요." 그녀가 말했다.

"체면도 좀 생각하셔야지요." 홀로헌 씨가 말했다.

"체면? 체면이라고 했나요……? 딸애가 언제 돈을 받을 수 있느냐고 묻는데 공손한 대답 한마디 못 듣는 판국이에요."

그가 머리를 좌우로 흔들며 거만한 목소리로 말했다.

"사무장에게 말씀해 보세요. 제 소관이 아닙니다. 사람을 아주 바보 천치로 아시는군요. 점잖은 부인인 줄 알았더니." 하는 말을 남기고 홀로헌 씨는 갑자기 그녀로부터 발길을 돌렸다.

그 일이 있은 후 키어니 부인을 비난하는 소리가 여기저기서 들렸다. 누구나 할 것 없이 위원회의 처사는 당연하다고 했다. 키어니 부인은 분노로 얼굴이 창백해진 채 문간에 서서 남편과 딸과 함께 삿대질을 하면서 뭐라고 따지듯 떠들어댔다. 그녀는 임원들이 자기에게 오겠지 하고 기대하면서 제2부가 시작될 때까지 기다렸다. 그러나 힐리 양은 한두 번 반주를 맡아주겠다고 이미 승낙해 놓은 상태였다. 키어니 부인은 바리톤과 반주자가 무대까지 나갈 수 있도록 길을 비켜주어야만 했다. 그녀는 성난 돌부처처럼 잠시 가만히 서 있다가, 노래의 첫마디가 그녀의 귓전을 울리자 딸의 외투를 잡아채며 남편에게 말했다.

"마차를 잡아요."

남편은 곧바로 뛰어나갔다. 키어니 부인은 외투로 딸을 감싸 안고 남편을 뒤따랐다. 문간을 지날 때 그녀는 발걸음을 멈추고 홀로헌 씨의 얼굴을 뚫어지게 노려보았다.

"아직 당신하고 일이 끝난 게 아니에요." 그녀가 말했다.

"하지만 전 끝난 줄 아는데요." 홀로헌 씨가 대꾸했다.

캐슬린은 순순히 어머니 뒤를 따랐다. 홀로헌 씨는 마치 피부가 타는 듯싶었기 때문에 흥분을 가라앉히기 위해 방 안을 서성대기 시작했다.

"대단한 여자야!" 그는 혼자서 중얼거렸다. "정말 대단한 여자야!"

"잘하셨습니다, 홀로헌 씨." 오머든 버크 씨가 우산에 몸을 기댄 채 동의를 표했다.

은총

 그때 화장실에 있던 두 신사가 그를 일으켜 세우려고 안간힘을 썼으나, 전혀 어쩔 도리가 없었다. 그는 굴러 떨어진 계단 발치에 웅크린 채 누워 있었다. 두 신사가 겨우 그를 돌려 눕혀 놓았다. 그의 모자는 몇 야드 떨어진 곳에서 나뒹굴었고, 엎어져 있었던 터라 옷은 마룻바닥의 때와 오물로 뒤범벅이 되었다. 두 눈은 감겨 있고, 그는 그르렁 소리를 내며 숨을 쉬었다. 입언저리로부터 가느다란 피가 한 줄기 흘러내렸다.
 두 신사와 급사 중 하나가 그를 계단 위로 끌어올려 펍의 마룻바닥에 다시 눕혔다. 채 2분도 안 되어 사람들이 그를 둥그렇게 에워쌌다. 펍의 지배인은 그 사람이 누구이며, 함께 온 손님이 누구냐고 모두에게 물었다. 그가 누구인지 아무도 몰랐다. 하지만 급사 중 하나가 그 손님에게 럼주를 작은 것으로 한 잔 갖다주었다고 말했다.
 "이 양반이 혼자 오셨던가?" 지배인이 물었다.
 "아뇨, 다른 손님 두 분과 함께 계셨습니다."
 "그 손님들은 지금 어디 계시지?"

아무도 아는 사람이 없었다. 누군가가 말했다.

"바람을 쏘이게 해요. 기절한 모양이니."

둥그렇게 에워싸고 있던 구경꾼들이 잠시 물러섰다가 다시 다가섰다. 바둑판무늬로 된 마룻바닥에 누워 있는 사내의 머리 근처에 시꺼먼 핏덩이가 엉겨 있었다. 사내의 얼굴이 잿빛처럼 창백해진 데 놀라 지배인이 순경을 부르러 사람을 보냈다.

사람들이 사내의 칼라와 넥타이를 느슨하게 풀어주었다. 그를 2층으로 끌어올린 신사 중 하나는 더러워진 실크 모자를 손에 들고 있었다. 지배인은 부상을 당한 이 사람이 누구이며, 같이 있던 사람들이 어디로 갔는지 아는 사람이 없느냐고 반복해서 물었다. 펍의 문이 열리면서 몸집이 큰 순경 한 명이 들어왔다. 순경의 뒤를 쫓아 골목길을 따라온 군중들이 유리창을 통해 펍의 안을 들여다보려고 옥신각신했다.

지배인은 즉시 자기가 아는 바를 이야기하기 시작했다. 우악스럽게 생긴 젊은 순경은 가만히 듣고 있었다. 그는 무슨 속임수에 말려든 것이 아닐까 싶어 지레 겁을 먹은 듯이 지배인과 바닥에 누워 있는 사내를 천천히 좌우로 번갈아 가면서 쳐다보았다. 그러고는 장갑을 벗고, 허리춤에서 작은 수첩을 꺼내 들더니 연필심에 침을 묻혀 가며 적을 준비를 했다. 그는 사투리가 섞인 말씨로 취조하듯 물었다.

"이 사람은 누구지요? 이름과 주소는?"

자전거 복장을 한 청년 하나가 빙 둘러선 구경꾼들을 헤치고 나와 재빨리 다친 사람 옆에 무릎을 꿇고 앉더니 물을 가져오라고 했다. 순경도 도우려고 무릎을 꿇었다. 청년은 다친 사람의 입에서 피를 닦아낸 다음 브랜디를 가져오라고 했다. 순경이 권위적인 목소리로 명령을 반복했다. 그러자 급사가 브랜디 잔을 들고 급히 달려왔다. 다친 사람의 목구멍으로 브랜디를 흘려 넣었다. 잠시 뒤에 그가 눈을 뜨고 주변을 둘러보았다. 그는 사람들이 빙 둘러서 있는 것을 보고는 사태를 파악했는지 일어서려고 애를 썼다.

"이제, 괜찮으십니까?" 자전거 복장을 한 청년이 물었다.

"예, 아무렇지도 않습니다." 다친 사내가 자리에서 일어서려고 애쓰면서 말했다. 그는 부축을 받고 일어섰다. 지배인이 병원에 가보라고 무슨 말을 했고, 구경꾼들 중 몇 사람도 충고를 했다. 찌부러진 실크 모자가 사내의 머리 위에 얹혀졌다. 순경이 물었다.

"어디 사시오?"

사내는 아무 대답도 하지 않고 콧수염 끝을 비비 꼬기 시작했다. 그는 이번 사고를 대수롭지 않게 여기는 눈치였다. 그는 아무 일도 아니며 단지 사고에 불과하다고 투박한 어투로 말했다.

"어디 사시오?" 순경이 다시 한 번 물었다.

사내는 사람들더러 마차를 하나 불러달라고 했다. 마차를 부르네 마네 하는 동안, 키가 크고 민첩하게 생겼으며 혈색이 좋아 보이는 신사 한 사람이 기다랗고 누런 얼스터 외투를 입고 펍의 저쪽 끝에서 건너왔다. 이 광경을 보고 그가 소리쳤다.

"어이, 톰! 자네, 웬일인가?"

"아무 일도 아닐세." 사내가 말했다.

새로 온 신사는 자기 앞에 있는 사내의 딱한 꼴을 훑어보고는 순경을 향해 말했다.

"염려 마시오, 순경 나리. 내가 집까지 바래다주겠소."

순경이 거수경례를 하며 대답했다.

"알겠습니다, 파우어 씨!"

"자, 가세, 톰." 파우어 씨가 친구의 팔을 잡으며 말했다. "뼈는 다치지 않았나? 어때, 걸을 수 있겠어?"

자전거 복장을 한 청년이 다른 팔을 잡자 구경꾼들이 흩어졌다.

"어쩌다가 이 지경이 됐나?" 파우어 씨가 물었다.

"계단에서 굴러떨어졌어요." 자전거 복장을 한 청년이 말했다.

"아, 이거 정말 고맙습니다." 다친 사람이 말했다.

"별말씀을요."

"우리 그럼, 어디서 한잔……?"

"다음에요. 다음에."

세 사람은 펍을 떠났다. 구경꾼들도 이 문 저 문으로 빠져나가 골목으로 흩어졌다. 지배인은 사고 현장을 조사하기 위해 순경을 계단으로 데리고 갔다. 두 사람은 그 사내가 발을 헛디딘 것으로 결론을 내렸다. 손님들은 카운터로 돌아왔고, 급사가 마루의 핏자국을 닦아내기 시작했다.

그래프턴가(街)로 나오자 파우어 씨가 마차를 잡으려고 휘파람을 불었다. 다친 사람은 다시 성심껏 감사를 표했다.

"저엉말 가아암사합니다. 우리 다시 한 번 만나압시다. 제 이르음은 커넌이라고 합니다."

사고의 충격과 이제 막 시작되는 통증 때문에 사내는 술이 조금 깨는 듯했다.

"별말씀을요." 청년이 말했다.

두 사람은 서로 악수를 나누었다. 그들은 커넌 씨를 마차로 끌어 올렸다. 그리고 파우어 씨가 마부에게 방향을 일러주는 동안, 커넌 씨는 청년에게 감사를 표하며 서로 술 한잔을 나눌 수 없어

유감이라고 말했다.

"다음에 하지요." 청년이 말했다.

마차는 웨스트모어랜드가(街)를 향해 떠났다. 밸러스트 사무소 앞을 지날 때 시계는 9시 반을 가리키고 있었다. 하구(河口)에서 불어오는 차가운 동풍이 살을 에는 듯했다. 커넌 씨는 추위로 몸을 웅크렸다. 그의 친구가 도대체 어찌 된 영문이냐고 물었다.

"마…… 말을 못 하겠어. 혀……를 다쳐서."

"어디 보세."

친구가 마차의 짐칸 너머로 몸을 굽혀 커넌 씨의 입안을 살펴보았으나 제대로 볼 수가 없었다. 그가 성냥을 켜서 두 손으로 감싸 가린 다음 순순히 벌린 커넌 씨의 입안을 다시 들여다보았다. 마차가 흔들리는 바람에 성냥불이 벌린 입 앞에서 까불거렸다. 아랫니와 잇몸에 피가 엉겨 붙어 있었고, 혀끝이 조금 깨물려 떨어져 나간 것 같았다. 성냥불이 꺼졌다.

"입안이 엉망이네." 파우어 씨가 말했다.

"뭐, 괜찮아." 커넌 씨는 이렇게 대꾸하고는 입을 다문 채 더러워진 외투 깃을 끌어당겨 목을 감쌌다.

커넌 씨는 자신의 직업에 자부심을 느끼는 구식 외판원이었다. 시내에 나설 때면 언제나 다소 품위 있는 실크 모자를 쓰고 각반까지 찼다. 그는 이 두 가지 외관만 갖추면 언제든지 검열을 통과할 수 있다고 말했다. 그는 유명한 외판원이었던 나폴레옹의 전통을 계승하여 가끔 그 위인에 관한 추억담을 전설처럼 이야기하거나 흉내 내기도 했다. 현대적인 상술로 그는 겨우 작은 사무실을 하나 마련했는데, 크로가(街)에 있는 그의 사무실 창문 블라인드 위에는 런던 E. C.[1]라는 주소와 함께 회사 이름이 쓰여 있었다. 이 조그만 사무실의 벽난로 위에는 납으로 만든 양철통

몇 개가 가지런히 놓여 있고, 창가의 탁자 위에는 검은 액체가 늘 반쯤 차 있는 도자기 잔들이 너덧 개 놓여 있었다. 커넌 씨는 이 잔으로 차 맛을 보았는데, 차를 한 모금 들이마시고 입천장을 흠뻑 적신 다음 이내 벽난로의 쇠살대 속으로 내뱉었다. 그러고는 잠시 그 맛을 음미했다.

그보다 훨씬 젊은 파우어 씨는 더블린 성(城)[2] 아일랜드 왕립 경찰본부에 근무했다. 그의 사회적 출세의 상승곡선은 그의 친구의 하강곡선과 서로 교차했다. 그러나 커넌 씨가 성공의 최정상에 있을 때 그를 알고 지내던 몇몇 친구들이 아직도 그를 그럴듯한 인물로 존경한다는 사실이 커넌 씨의 몰락한 처지에 다소 위안이 되었다. 파우어 씨는 바로 그런 친구들 중 하나였다. 도대체 파우어 씨가 무슨 신세를 졌기에 저렇게까지 호의적으로 대할까 하고 파우어 씨의 동료들은 수군거렸다. 그는 예의 바른 젊은이였다.

마차가 글래스네빈로(路)에 있는 조그만 집 앞에 멈춰 서자 커넌 씨는 부축을 받으며 집 안으로 들어갔다. 그의 아내가 그를 침대에 눕히는 동안 파우어 씨는 아래층 부엌에 앉아 아이들에게 어느 학교에 다니며 무슨 책을 배우느냐고 물었다. 아이들—딸 둘과 아들 하나—은 아버지가 꼼짝 못하는 데다가 어머니마저 자리에 없는 것을 눈치채고는 그와 장난을 치기 시작했다. 그는 아이들의 태도와 말투에 놀라 이맛살을 찌푸리기 시작했다. 잠시 후 커넌 부인이 소리를 지르며 부엌으로 들어왔다.

"이게 무슨 꼴이람! 아, 저 양반은 저러다가 결국 죽고 말 거예요. 천벌이지요. 금요일부터 내내 술타령이니."

파우어 씨는 자기는 모르는 일이며, 아주 우연히 사고 현장에 갔을 뿐이라고 조심스레 설명했다. 커넌 부인은 파우어 씨가 자기들이 부부 싸움을 할 때마다 화해를 시켜주던 일과 많은 돈은 아니지만 요긴할 때마다 여러 차례 그에게 돈을 빌려 쓰던 일을 생각하고 이렇게 말했다. "아, 그런 말씀 안 하셔도 잘 알아요, 파우어 씨. 선생님은 저 양반의 친구이며, 저 양반이 어울리는 친구들과는 다르시다는 걸 잘 압니다. 저 양반 친구들은 저 양반이 주머니에 돈푼이나 있다 싶으면 여편네나 가족들 가까이에는 얼씬도 못하게 하는 사람들이죠. 홍, 좋은 친구들이지요? 오늘 저녁엔 누구와 함께 있었죠, 저 양반?"

파우어 씨는 고개만 흔들 뿐 아무 말도 하지 않았다.

"이거 죄송해서 어쩌죠." 그녀가 말을 이었다. "대접할 것이 아무것도 없군요. 하지만 잠시만 기다려주시면 모퉁이에 있는 포가티 가게에 누굴 보내겠어요."

파우어 씨가 자리에서 일어섰다.

"우린 저 양반이 돈을 가지고 집으로 돌아오길 목이 빠져라 기다리고 있었지 뭐예요. 저 양반에겐 가정이란 안중에도 없을 거예요."

"아, 그렇습니까, 커넌 부인." 파우어 씨가 말했다. "우리가 좀 알아먹도록 애를 써보겠습니다. 마틴에게 한번 얘기해 보죠. 그 사람이면 무슨 방법이 있을 겁니다. 언제 저녁에 한번 찾아뵙고 상의드리겠습니다."

부인이 그를 문간까지 배웅했다. 마부는 몸을 녹이느라 보도에서 발을 동동거리며 양팔을 휘젓고 있었다.

"저 양반을 집까지 데려다 주셔서 대단히 감사합니다."

"원, 별말씀을요." 파우어 씨가 말했다.

그가 마차에 올랐다. 마차가 출발할 때 그는 부인에게 경쾌하게 모자를 들어 보였다.

"우리가 한번 새사람을 만들어보겠습니다." 그가 말했다. "안녕히 계십시오, 커넌 부인."

* * *

커넌 부인은 마차가 시야에서 사라질 때까지 당혹스러운 눈빛으로 쳐다보았다. 그런 다음 시선을 거두고 집 안으로 들어가 남편의 호주머니를 뒤졌다.

그녀는 활동적이고 실질적인 중년 여성이었다. 얼마 전에는 은혼식을 치르고, 파우어 씨가 연주하는 반주에 맞춰 왈츠를 추면서 정분을 더욱 돈독히 한 적도 있었다. 연애 시절에는 커넌 씨도 그렇게 멋없는 사람은 아니었다. 그녀는 지금도 어디에선가 결혼식이 있다는 소식만 들리면 성당 문으로 달려가 신랑 신부를 보면서, 프록코트와 보라색 바지를 말쑥하게 차려입고 한쪽 팔로는 실크 모자를 우아하게 감싸 쥔 쾌활하고 살찐 사내와 팔짱을 끼고 샌디마운트에 있는 혜성교회(海星敎會)를 나서던 시절을 회상하며 그때의 생생한 기쁨에 도취되곤 했다. 결혼 생활 3주일 만에 그녀는 한 남자의 아내로 산다는 것에 염증을 느꼈고, 그것을 도저히 못 견디겠다는 생각이 들기 시작했을 때는 이미 한 아이의 어머니가 되어 있었다. 어머니란 역할이 그녀로 하여금 어떠한 어려움도 악착같이 견뎌낼 수 있게 했으며, 그렇게 25년 동안 남편을 위해 영악스럽게 살림을 꾸려왔던 것이다. 위로 있는 두 아들은 따로 독립해서 살았다. 한 아들은 글래스고우의 포목점에서 일했고, 다른 아들은 벨파스트에 있는 차(茶) 상점에서 점원으로 있었다. 두 아들 모두 효자여서 꼬박꼬박 집으로 편지를 보내왔으며, 때로는 돈을 부쳐올 때도 있었다. 다른 아이들은 아직 학교에 다녔다.
 커넌 씨는 다음 날 자기 사무실로 편지를 보내고 그냥 침대에 누워 있었다. 커넌 부인은 남편에게 고깃국을 끓여 주고는 호되게 바가지를 긁었다. 그녀는 남편의 잦은 음주를 날씨의 변화쯤으로 여겼으므로 그가 술병으로 앓아누울 때면 정성껏 간호를 했으며, 늘 억지로라도 아침을 들게 했다. 생각해 보면 세상에는 이보다 못한 남편들도 얼마든지 있었다. 남편은 아이들이 다 자란 뒤로는 난폭하게 구는 법도 없었고, 작은 주문이라도 받아내려고 토머스가(街)의 끝까지 걸어갔다가 다시 돌아오는 것도 마다하지 않는 성미임을 그녀는 잘 알았다.
 이틀 밤이 지난 뒤 그의 친구들이 찾아왔다. 그녀는 그들을 남편의 침실로 안내했다. 방 안 공기는 앓는 남편의 체취로 코를 찔렀다. 그녀는 난로 옆에 있는 의자를 그들에게 권했다. 커넌 씨는 혀가 이따금씩 찌르는 듯이 쑤셔서 종일토록 다소 짜증을 부렸으나, 이제는 좀 가라앉은 상태였다. 그는 베개를 괴어 놓고 기댄 채 침대 위에 앉아 있었는데, 부어오른 두 뺨의 상기된 혈색은 타다 남은 숯불을 연상시켰다. 그는 친구들에게 방이 지저분해서 미안하다고 사과했지만, 동시에 베테랑이라는 자부심을 가지고 다소 우쭐한 태도로 그들을 바라보았다.
 그는 자신의 친구들인 커닝엄 씨, 머코이 씨, 그리고 파우어 씨가 응접실에서 커넌 부인에게 밝힌 음모의 희생자가 되고 있다는 사실을 전혀 눈치채지 못했다. 그 음모를 꾸민 사람은 파우어 씨였지만 추진은 커닝엄 씨가 맡기로 했다. 커넌 씨는 본래 신교 집안 출신이었다가 결혼할 당시 가톨릭으로 개종했는데, 지난 20년 동안 한 번도 성당 경내에 발을 들여놓은 적이 없었다. 그뿐만 아니라 그는 가톨릭을 비방하는 일을 즐겼다.

커닝엄 씨는 이런 일에 적임자였다. 그는 파우어 씨보다 나이는 많지만 그의 동료였다. 그의 가정생활은 그다지 행복하지 않았다. 도저히 고칠 수 없는 음주벽을 가진 떳떳치 못한 여자와 결혼했다는 사실이 알려지면서 사람들은 그를 크게 동정했다. 그는 아내를 위해 여섯 번이나 살림을 마련해 주었으나, 그때마다 그녀는 남편의 명의로 가구들을 저당 잡혔다.

누구나 이 가엾은 커닝엄을 존경했다. 그는 더없이 생각이 깊고, 영향력도 있었으며, 머리도 좋았다. 천성이 민첩한 데다가 치안재판소에서 여러 사건들을 오랫동안 다루어오면서 특히 날카로워진 인간에 대한 통찰력은, 철학 전반에 대한 지식을 겸비함으로써 다소 부드러워졌다. 그는 또한 박식했다. 친구들은 그의 말이라면 누구나 존중했고, 그의 얼굴이 셰익스피어를 빼닮았다고 생각했다.

음모에 대해 다 듣고 난 커넌 부인이 말했다.

"모든 걸 선생님께 일임하겠습니다, 커닝엄 선생님."

25년 동안 결혼 생활을 해오면서 그녀에게 꿈이라고는 거의 남아 있지 않았다. 그녀에게는 종교도 일종의 습관이 되어버려, 자기 남편의 연배쯤 되는 사람은 죽기 전에 크게 달라질 것이 없다고 생각했다. 이번 사건만 하더라도 이상하리만큼 남편이 당해도 싸다는 생각이 들었고, 독한 여자라는 소리가 듣기 싫어서 그렇지, 그렇지만 않다면 남편의 혀가 좀 짧아진들 그게 뭐 대수냐고 친구들에게 말해 주고 싶은 심정이었다. 그러나 커닝엄 씨는 유능한 사람이었고, 그에게 종교는 어디까지나 종교였다. 그 계획은 잘될 것이고, 또 적어도 해가 되지는 않으리라는 생각이 들었다. 그녀의 신앙은 도에 지나치지 않았다. 그녀는 가톨릭 신앙 가운데서도 성심(聖心)[4]이야말로 가장 널리 유익한 것이라고 한결같이 믿었으며, 성례(聖禮) 또한 받아들였다. 그녀의 신앙은 부엌 세계의 테두리 내에 머물기는 했지만, 경우에 따라서는 밴시[5]나 성령(聖靈)의 존재도 믿을 수 있는 여자였다.

친구들이 이번 사고에 대해 이야기하기 시작했다. 커닝엄 씨는 전에 한번 이와 유사한 경우를 본 적이 있다고 말했다. 일흔 살 먹은 어떤 노인이 간질로 발작을 일으키는 동안 혀끝을 깨물어 혀가 잘려 나갔는데, 나중에 혀가 다시 자랐기 때문에 아무런 흔적도 없더라는 것이었다.

"글쎄, 난 일흔이 아니잖아." 환자가 말했다.

"맙소사." 커닝엄 씨가 말했다.

"이제 안 아픈가 보지?" 머코이 씨가 물었다.

머코이 씨는 한때 꽤 명성을 떨치던 테너 가수였다. 소프라노 가수였던 그의 아내는 적은 레슨비를 받고 여전히 아이들에게 피아노를 가르쳤다. 그가 살아온 인생길은 그리 순탄하지만은 않아서, 간간이 꾀로 먹고살아야 했던 때도 있었다. 그는 한때 중부 철도회사에서 일한 적도 있고, 《아이리시 타임즈》와 《프리맨즈 저널》[6]의 광고 모집원, 석탄회사의 시내 위탁판매원, 사설탐정, 부주지사의 사무원 등으로도 일했으며, 최근에는 시검시관(市檢屍官)의 비서가 되었다. 이 새로운 직책 때문에 그는 커넌 씨의 사건에 관심이 많았다.

"안 아프냐고? 그래, 별로." 커넌 씨가 대답했다. "하지만 속이 니글거려. 토할 것만 같아."

"그건 술 탓이네." 커닝엄 씨가 잘라 말했다.

"아냐." 커넌 씨가 말했다. "마차에서 감기가 든 것 같아. 목으로 자꾸만 뭐가 넘어와. 가래인지 아니면······."

"쓴 물이야." 머코이 씨가 말했다.

"목구멍 속에서 뭔가 자꾸만 올라오는데, 속이 메스꺼워."

"그래, 그래." 머코이 씨가 말했다. "흉부에서 그러는 거야."

그러고 나서 자기 말이 맞지 않느냐는 듯이 커닝엄 씨와 파우어 씨를 동시에 바라보았다. 커닝엄 씨는 빠르게 고개를 끄덕였고, 파우어 씨는 이렇게 말했다.

"아, 글쎄, 끝이 좋으면 만사가 다 좋은 거야."

"정말 신세 많이 졌네, 자네." 환자가 말했다. 이에 파우어 씨가 손을 내저었다.

"나와 함께 있던 그 두 사람은……."

"자네, 누구하고 같이 있었지?" 커닝엄 씨가 물었다.

"어떤 녀석이야. 이름은 몰라. 젠장, 그 작자 이름이 뭐였더라? 연한 갈색 머리에 작달막한 녀석이었는데……."

"그리고 또 누가 있었지?"

"하포드."

"흥!" 커닝엄 씨가 코웃음을 쳤다.

커닝엄 씨가 이렇게 말하자 모두 입을 다물었다. 그가 무언가 남이 모르는 비밀 정보를 가지고 있다는 것을 다들 눈치챘기 때문이다. 이런 경우에 "흥." 하는 단음절 소리에는 어떤 도덕적인 의미가 들어 있었다. 하포드 씨는 때때로 친구들과 조그만 모임을 만들어 일요일 정오가 지나면 이내 시내를 빠져나가 교외에 있는 어느 술집으로 갔는데, 그 술집의 멤버들은 으레 진짜 나그네들로 칭해졌다. 그러나 그의 동료 나그네들은 절대로 그의 출신 성분을 잊으려 하지 않았다. 그는 노동자들에게 소액의 돈을 비싼 이자로 빌려주는 사채업자로 인생의 첫발을 내딛었다. 나중에는 골드버그 씨라는 뚱뚱하고 키가 작은 사람과 동업자가 되어 리피 대부은행을 경영했다. 비록 그는 유대교 도덕률 이상을 신봉하지는 않았지만, 그의 동료 가톨릭교도들은 자기들이 직접 혹은 대리인을 통해 가혹한 빚 독촉에 시달릴 때마다 그를 아일랜드계 유대 놈이니 무식쟁이니 하고 욕을 했으며, 백치 아들을 둔 것은 고리대금업 때문에 하느님에게 천벌을 받은 것이라고 했다. 그렇지 않을 때는 그의 좋은 점을 알아주기도 했다.

"그 사람 어디로 가버렸는지 모르겠어." 커넌 씨가 말했다.

그는 그때의 사건이 상세히 밝혀지는 것을 원치 않았다. 어떤 착오가 생겨서 하포드 씨와 자기가 헤어진 것으로 친구들이 알아주기를 바랐다. 하포드 씨의 술버릇을 너무나 잘 아는 친구들은 입을 굳게 다물었다. 파우어 씨가 다시 말했다.

"끝이 좋으면 만사가 좋은 거야."

커넌 씨가 곧 화제를 바꾸었다.

"그 젊은 친구, 그 의사 양반 말이야." 그가 말했다. "그 사람이 없었더라면……."

"아, 그 친구가 아니었으면." 파우어 씨가 말했다. "과료(科料) 정도에 그치지 않고 일주일 정도 구류 처분을 받았을지도 모르지."

"그래, 맞아." 커넌 씨가 기억을 되살리려 애쓰면서 말했다. "그때 순경이 한 명 있었던 게 이제 생각이 나네. 아주 점잖은 친구 같았어. 도대체 어떻게 된 거야?"

"자네가 곤드레만드레가 됐던 것 같아, 톰." 커닝엄 씨가 진지하게 말했다.

"그래, 사실이야." 커넌 씨도 진지하게 맞장구를 쳤다.

"자네가 경찰을 구워삶은 모양이군, 잭." 머코이 씨가 말했다.

파우어 씨는 자신이 세례명으로 불리는 것을 탐탁하게 여기지 않았다. 그는 성미가 까다롭지는 않았지만, 최근에 머코이 씨가 자기 부인이 있지도 않은 지방 공연에 초대받은 것처럼 보이게 하려고 손가방과 여행용 가방을 구하러 사방을 순회하며 나다녔던 일을 잊을 수가 없었다. 그는 자신이 속았다는 사실 이상으로 그러한 비열한 장난에 분개했다. 그래서 그는 커넌 씨가 묻기라도 한 듯이 대답했다.

사건의 자초지종을 듣고 난 커넌 씨는 몹시 화를 냈다. 그는 투철한 시민 의식의 소유자였으며, 따라서 시 당국과 서로 명예로운 관계를 유지하며 살고 싶었다. 그런데 시골 촌뜨기 같은 그런 작자들에게 수모를 당한 것에 이만저만 화가 나지 않았다.

"우리가 그러라고 세금을 내는 건가?" 그가 물었다. "그런 바보 얼간이들을 먹이고 입히려고……. 바보 얼간이가 아니고 뭐야, 그놈들이?"

커닝엄 씨가 껄껄 웃었다. 그는 근무시간에만 공무원이었다.

"그렇지 뭐, 별수 있겠나, 톰?" 그가 말했다.

그는 투박한 지역 사투리를 섞어 다소 명령조로 말했다.

"65번, 양배추 받아유!"

모두가 낄낄 웃었다. 어떻게 해서든지 대화에 끼어들고 싶었던 머코이 씨는 그 이야기가 금시초문인 체했다. 커닝엄 씨가 말했다.

"이봐, 사람들 이야기로는 말이야, 저 엄청나게 덩치가 큰 시골 얼간이들을 모아놓고 훈련시키는 수용소에서 있었던 일이라네. 경사 나리가 그들을 벽에다 죽 일렬로 세워놓고 접시를 번쩍 쳐들게 한단 말이야."

그가 괴상한 몸짓을 해가면서 설명했다.

"식사 때 말이야, 경사 나리가 자기 앞 식탁 위에 엄청나게 큰 통을 올려놓고 삽만큼이나 큰 숟가락으로 양배추 덩어리를 건져

은총 245

서 방 건너로 던지면, 그 가련한 녀석들이 그걸 접시로 받아야 하는 거야. 그런데 이때, '65번, 양배추 받아유!' 한단 말이야."

모두가 또다시 웃었다. 그러나 커넌 씨는 아직도 분이 덜 풀렸다. 그는 신문에 투서하겠다고 했다.

"여기 오는 그 짐승 같은 촌뜨기 놈들이 사람들을 마음대로 부리려고 한단 말이야. 그놈들이 어떤 놈들인지 말 안 해도 알지, 마틴?"

커닝엄 씨는 적당히 동의하는 체했다.

"세상만사가 다 그런 거라네." 그가 말했다. "나쁜 놈이 있으면 좋은 놈도 있고 말이지."

"아, 그래, 좋은 놈들도 더러 있다는 건 나도 인정해." 그 말이 마음에 든다는 듯이 커넌 씨가 말했다.

"그따위 인간들에겐 그저 말대꾸를 안 하는 게 상책이지." 머코이 씨가 말했다. "그게 내 생각이야."

커넌 부인이 방으로 들어와 쟁반을 탁자 위에 놓으며 말했다.

"자, 어서들 드세요."

파우어 씨가 나누어서 돌리려고 일어서면서 부인에게 의자를 권했다. 부인은 아래층에서 다리미질을 하다가 왔다면서 사양했고, 파우어 씨의 등 뒤에서 커닝엄 씨와 서로 고개를 끄덕인 다음 방을 나가려고 했다. 그러자 커넌 씨가 자기 부인에게 큰 소리로 말했다.

"난 뭐 아무것도 없소, 여보?"

"아, 당신! 제 손등이나 드릴까요!" 부인이 앙칼지게 쏘아붙였다.

커넌 씨가 부인의 등 뒤에서 다시 큰 소리로 호통을 쳤다.

"이 가련한 남편에게는 아무것도 못 주겠다 이거지!"

그가 어찌나 우스꽝스러운 표정과 목소리로 말했던지 모두들 와 하고 웃으면서 흑맥주 병을 돌렸다.

손님들은 맥주를 잔에다 따라 마신 뒤 잔을 다시 탁자 위에 내려놓고 잠시 숨을 돌렸다. 그때 커닝엄 씨가 파우어 씨 쪽으로 몸을 돌리며 무심코 물었다.

"목요일 밤이랬지, 잭?"

"그래, 목요일이야." 파우어 씨가 말했다.

"좋았어!" 커닝엄 씨가 재빨리 말을 받았다.

"우리 모두 머올리 집에서 만나기로 하지." 머코이 씨가 말했다. "거기가 제일 편할 거 같으니까."

"하지만 늦어선 안 돼." 파우어 씨가 진지하게 말했다. "분명히 문간까지 사람들이 꽉 들어찰 테니까 말이지."

"그럼 7시 반에 만나세." 머코이 씨가 말했다.

"좋아!" 커닝엄 씨가 말을 받았다.

"7시 반에 머올리 집에서!"

잠시 침묵이 흘렀다. 커넌 씨는 친구들의 비밀 이야기에 끼어들 수 없을까 하고 눈치를 살피며 망설이다가 이내 물었다.

"도대체 무슨 일이야?"

"아, 아무것도 아니야." 커닝엄 씨가 말했다. "목요일에 뭐 좀 그런 일이 있어."

"오페라 구경인가?" 커넌 씨가 물었다.

"아니, 아냐." 커닝엄 씨가 슬슬 피하는 듯한 말투로 말했다. "그저 잠깐…… 종교상의 문제로."

"오, 그래." 커넌 씨가 말했다.

다시 침묵이 흘렀다. 그때 파우어 씨가 단도직입적으로 말했다.

은총 247

"실은 말이야, 톰, 우린 묵상 기도회에 가려고 하네."

"그래, 그거야." 커닝엄 씨가 거들었다. "잭과 나, 그리고 여기 머코이하고—마음을 좀 깨끗이 해보려고 말이야."

그는 은근히 힘을 주어 이렇게 비유하고는, 자기 목소리에 힘을 얻은 듯 다시 말을 이었다.

"글쎄, 생각해 보면 우리 모두는 너 나 할 것 없이 악당들이라고 할 수 있을 거야. 정말로 하나같이 말이야." 그는 무뚝뚝하게 연민에 찬 듯 말을 덧붙이고, 파우어 씨를 돌아보며 "자, 자백하시지!" 하고 말했다.

"자백하네." 파우어 씨가 말했다.

"나도 자백하겠네." 머코이 씨가 말했다.

"그래, 우리 모두 함께 마음을 깨끗이 씻으러 가는 거야." 커닝엄 씨가 말했다.

무슨 생각이 문득 그의 머리에 떠오른 것 같았다. 그가 갑자기 환자를 돌아보며 말했다.

"톰, 자네 방금 내 머리에 무슨 생각이 떠올랐는지 아는가? 자네도 합세한다면, 우린 사중무(四重舞)를 출 수 있을 거야."

"좋은 생각이야." 파우어 씨가 말했다. "우리 넷이 함께 말이야."

커넌 씨는 잠자코 있었다. 그 제안이 그다지 그의 마음을 끌지는 못했지만, 자기로 인해 어떤 영적인 힘이 친구들에게 미치고 있다고 생각하여 그는 위신 때문에 목을 뻣뻣하게 세워야겠다고 생각했다. 그는 한참 동안 대화에 끼어들지 않고 친구들이 예수회에 관해 토론하는 동안 다소 언짢은 태도로 가만히 듣고만 있었다.

"나는 예수회가 그렇게 나쁘다고는 생각하지 않아." 그가 마침내 끼어들며 말했다. "교양이 있는 교파지. 취지도 좋다고 생각해."

"그들은 교회 중에서도 가장 큰 교파야, 톰." 커닝엄 씨가 힘주어 말했다. "예수회 총회장은 교황 바로 다음이라네."

"그건 틀림없어." 머코이 씨가 말했다. "무슨 일을 제대로 잘 하려면 그리로 가야 한다네. 상당히 영향력도 있고 말일세. 한 가지 예를 들자면……."

"예수회 종단(宗團)은 훌륭한 단체야." 파우어 씨가 말했다.

"예수회 종단에는 한 가지 묘한 점이 있지." 커닝엄 씨가 말했다. "여타의 모든 교파는 다 한두 번은 개혁을 해야 했지만, 이 종단은 한 번도 개혁을 한 적이 없단 말일세. 부패한 적이 한 번도 없다는 얘기지."

"그런가?" 머코이 씨가 물었다.

"사실이고말고." 커닝엄 씨가 말했다. "역사가 증명하지."

"또 그들의 성당을 보고, 거기에 모이는 회중(會衆)들을 보란 말이야." 파우어 씨가 밀했다.

"예수회는 상류층 사람들의 기호에 맞지." 머코이 씨가 말했다.

"물론이지." 파우어 씨가 말했다.

"그렇고말고." 커넌 씨도 맞장구를 쳤다. "그들에게 호감이 가는 것은 그 때문이야. 간혹 속되고, 무식하고, 거만한 신부들이 있기는 하지만……."

"그들은 모두 제 나름대로 착한 사람들이야." 커닝엄 씨가 말했다. "아일랜드의 성직자들은 전 세계에서 존경받고 있거든."

"그야 물론이지." 파우어 씨가 맞장구를 쳤다.

"유럽 대륙의 몇몇 성직자들하고는 격이 다르지." 머코이 씨

은총 249

가 말했다. "이름값도 못하는 그런 자들하고는 말이야."

"아마 자네 말이 옳을지도 몰라." 커넌 씨가 누그러진 듯 말했다.

"물론, 내 말이 맞지." 커닝엄 씨가 말했다. "내가 오랫동안 이 세상을 살아오면서, 그리고 세상만사를 겪어오면서 어찌 인물을 판단하지 못하겠나."

손님들은 연이어 다시 술을 마셨다. 커넌 씨는 마음속으로 무언가를 깊이 생각하는 눈치였다. 그는 감명을 받았던 것이다. 그는 커닝엄 씨가 사람을 판단하고 관상을 보는 능력을 높이 평가했다. 그는 좀 더 자세히 얘기해 달라고 했다.

"아, 그저 묵상 기도회야." 커닝엄 씨가 말했다. "퍼던 신부님이 주재하시는데, 실업가들을 위한 거라네."

"그 신부님은 우리한테 그렇게 까다롭게 굴진 않을 거야, 톰." 파우어 씨가 권유하듯이 말했다.

"퍼던 신부라고? 퍼던 신부라고?" 환자가 말했다.

"아니, 자넨 그분을 잘 알 텐데, 톰." 커닝엄 씨가 힘주어 말했다. "쾌활하고 멋진 분이지. 우리처럼 세상 물정을 잘 아시는 분이야."

"아……, 그래, 알 것 같아. 얼굴이 좀 붉고 키가 크지?"

"맞았어, 바로 그분이야."

"그런데 마틴……. 그분이 설교는 잘하시나?"

"음, 아니……. 꼭 설교라곤 할 수 없지. 그저 친구 사이의 대화 같은 거야, 상식적인 방법으로."

커넌 씨가 생각에 잠겼다. 머코이 씨가 말했다.

"톰 버크 신부.[7] 그분은 대단한 사람이야!"

"아, 톰 버크 신부말이지." 커닝엄 씨가 말했다. "타고난 웅변

가시지. 톰, 자네 그분 설교를 들어본 적 있나?"

"들어본 적이 있느냐고?" 환자가 발끈해서 말했다. "물론이지! 어디서 들었느냐 하면……."

"그렇지만 그렇게 대단한 신학자는 아니라던데." 커닝엄 씨가 말했다.

"그래?" 머코이 씨가 물었다.

"아, 물론, 그 말이 틀린 것은 아니지만, 들리는 말에 의하면 그분의 설교가 정통은 아니라는 말들을 하는 것 같더군."

"아……! 그분은 참 대단한 사람이야." 머코이 씨가 말했다.

"나도 한 번 그분 설교를 들은 적이 있네." 커넌 씨가 말을 이었다. "지금은 설교 제목이 뭐였는지 생각나지 않네만. 크로프튼과 내가 뒷자리에 앉아서…… 거기가 어디더라……."

"본당 말인가?" 커닝엄 씨가 말했다.

"맞아, 문 근처 뒷자리였어. 주제가 뭐였는지는 생각이 안 나네……. 아, 그래, 교황에 관한 것이었어. 돌아가신 교황 말이야. 기억이 생생해. 정말 대단했지. 말솜씨하며 그 음성이 말이야. 임! 그 음성이 기가 막혔지! 교황을 '바티칸의 죄수'라고 부르더군. 우리가 밖으로 나왔을 때 크로프튼이 나보고 하는 소리가, 내게 무슨 말을 했느냐 하면……."

"하지만 크로프튼은 오렌지당원[8]이 아닌가?" 파우어 씨가 물었다.

"물론이지." 커넌 씨가 말했다. "그것도 핵심 오렌지당원이지 뭐야. 우리 둘이서 무어가(街)에 있는 버틀러 펍에 들어갔는데—나는 정말 감동을 받았지 뭐야.—크로프튼이 그때 한 말이 지금도 생생하다네. '커넌, 우리가 섬기는 제단은 다르지만 믿음은 하나라네.' 이러더라고. 정말 표현을 잘해서 감동을 받았지 뭐야."

"그건 의미심장한 말인데, 톰." 파우어 씨가 말했다. "톰 신부가 설교하는 성당에는 항상 신교도들이 떼를 지어 왔으니까."

"신교와 구교가 그렇게 다른 것은 아니잖아." 머코이 씨가 말했다. "우린 양쪽을 다 믿지 않나……."

그는 잠시 머뭇거렸다.

"……구세주를 믿거든. 단지 신교도들은 교황과 성모마리아를 믿지 않을 뿐이지."

"그렇지만 물론." 커닝엄 씨가 조용하고 적절하게 말했다. "우리 종교가 **진짜** 종교지, 오랜 전통을 가진 데다가 원조 아닌가."

"그건 당연하지." 커넌 씨가 흥분하여 맞장구쳤다.

그때 커넌 부인이 침실 문간으로 와서 알렸다.

"여기 손님이 오셨어요!"

"누군데요?"

"포가티 씨예요."

"아, 들어오게! 들어와!"

창백하고 갸름한 얼굴이 불빛 속으로 다가왔다. 반원의 기다란 금빛 콧수염이, 즐거운 듯 놀란 두 눈 위에서 곡선을 이룬 금빛 눈썹과 서로 닮아 보였다. 포가티 씨는 작은 식료품 가게를 운영했다. 한때는 시내에서 허가를 받아 펍을 운영하기도 했지만, 재정 형편이 여의치 않아 이류 양조업자들과 특약을 맺어야 했기 때문에 그만 실패를 맛본 사람이었다. 그는 글래스네빈로(路)에다 작은 가게를 열고 자기가 고분고분한 성격이니 동네 주부들이 많이 팔아줄 것이라고 자부했다. 그는 다소 품위가 있어 보였고, 아이들도 잘 구슬렸으며, 말씨도 단정했다. 또한 교양도 없지는 않았다.

포가티 씨는 반 파인트짜리 특제 위스키 한 병을 선물로 가져왔다. 그는 커넌 씨의 안부를 정중하게 묻고 난 뒤, 가지고 온 선물을 테이블 위에 놓고는 다른 친구들과 나란히 앉았다. 커넌 씨는 자기와 포가티 씨 사이에 식료품 외상값이 약간 남아 있는 것을 알기 때문에 그 선물을 더욱 고마워했다. 그가 말했다.

"과연 자네답군그래. 잭, 그걸 좀 따주겠나?"

파우어 씨가 다시 잔심부름을 했다. 그는 술잔들을 헹궈내고 다섯 개의 잔에 위스키를 조금씩 따랐다. 새롭게 술이 들어가자 대화는 다시 활기를 찾았다. 포가티 씨는 의자의 모서리에 앉아 유난히 관심을 보였다.

"교황 레오 13세[9]는 당대의 등불 중의 하나였지. 그분의 위대한 생각은 라틴 교회와 그리스정교의 통합이었어. 그것이 그의 필생의 목표였지." 커닝엄 씨가 말했다.

"그분이 유럽에서 최고 지식인 중의 하나였다는 말은 나도 가끔 들었어." 파우어 씨가 말했다. "내 말은, 교황인 것하고는 별개로 말이야."

"그랬지." 커닝엄 씨가 말했다. "최고의 석학은 아니었다 해도, 교황으로서 그분의 모토는 룩스 우폰 룩스(Lux upon Lux)— 즉, 광명 위의 광명이었어."

"아냐, 아냐." 포가티 씨가 진지하게 말했다. "그 점에선 자네가 틀린 것 같아. 룩스 인 테네브리스(Lux in Tenebris)였다고 생각해.— '어둠 속의 광명'[10]이라는."

"아, 그래." 머코이 씨가 말했다. "테네브리스가 아니라 테네브라에(Tenebrae)지."

"실례지만." 커닝엄 씨도 지지 않고 말했다. "룩스 우폰 룩스가 옳아. 그분 전임자셨던 교황 비오 9세의 모토가 크룩스 우폰 크룩스(Crux upon Crux)—즉, '십자가 위의 십자가'였으니까. 두 교황의 차이를 잘 보여 주는 거지."

이 추론은 좌중의 인정을 받았다. 커닝엄 씨가 말을 이었다.

"레오 교황은 위대한 학자이자 시인이었다네."

"얼굴이 억세게 생겼다던데." 커넌 씨가 말했다.

"그래." 커닝엄 씨가 맞장구를 쳤다. "라틴어로 시도 썼지."

"그렇습니까?" 포가티 씨가 물었다.

머코이 씨는 흡족한 표정으로 위스키를 음미했고, 이중의 의미로 고개를 흔들며 말을 이었다.

"그건 절대로 농담이 아니고 진짜라고."

"우린 그걸 배운 적이 없어, 톰." 파우어 씨가 머코이 씨의 말투를 흉내 내며 말했다. "일주일에 1페니의 수업료를 내고 가난뱅이 학교[11]에 다녔던 때도."

"겨드랑이에 토탄을 끼고 그런 가난뱅이 학교에 다닌 사람 중에도 인재가 참으로 많았지." 커넌 씨가 훈계조로 말했다. "옛날 교육제도가 최고였어. 소박하고 정직한 교육이었으니까. 요즘같이 겉만 번지르르한 교육과는 다르지……."

"그렇고말고." 파우어 씨가 맞장구쳤다.

"사치스러운 교육을 하진 않았죠." 포가티 씨도 맞장구를 쳤다.

그는 사치라는 말을 똑똑하게 발음하고 나서 어두운 표정으로 술을 마셨다.

"레오 교황의 시 가운데 사진의 발명에 관한 것을 읽은 기억이 나네……. 물론 라틴어로 쓴 시지만." 커닝엄 씨가 말했다.

"사진에 관해시라!" 커넌 씨가 언성을 높였다.

"그래." 커닝엄 씨가 대답했다.

그도 잔을 들어 술을 마셨다.

"글쎄, 생각해 보면 그 사진이란 거 참 신기하지 않나?" 머코이 씨가 말했다.

"아, 물론이지." 파우어 씨가 말했다. "위대한 사람은 뭘 볼 줄 안다니까."

"시인이 말했듯이, '위인과 광인은 일맥상통한다.' 라는 말씀이군요." 포가티 씨가 말했다.

커넌 씨는 심기가 불편한 것 같았다. 그는 어떤 괴로운 문제에 관한 신교의 교리를 상기해 보려고 애쓰다가 결국에는 커닝엄 씨에게 말을 걸었다.

"이봐, 마틴." 그가 말했다. "교황들 중에는…… 물론 현재의 교황이나 전임 교황을 두고 하는 얘기는 아니지만, 옛날 교황들 중에는…… 뭐라고 할까…… 썩 훌륭하지 못한 이들도 있었지 않나?"

잠시 침묵이 흘렀다. 커닝엄 씨가 말했다.

"아, 물론 더러는 나쁜 사람들도 있었지……. 하지만 놀라운 것은 바로 이걸세. 그들 중 어느 누구도, 아무리 지독한 술주정뱅이도, 아무리 철저한…… 악당도, 법좌(法座)에서 그릇된 교의를 설교하지 않았다는 거야. 자, 이건 정말 놀라운 일 아닌가?"

"놀랄 일이군!" 커넌 씨가 맞장구를 쳤다.

"그래요, 교황이 법좌에서 설교할 때는 절대로 과오를 범하는 일이 없으니까요." 포가티 씨가 설명했다.

"그래요." 커닝엄 씨가 말을 받았다.

"아, 교황의 불과오설(不過誤說)[12]에 관해서는 나도 압니다. 내가 기억하기로는 젊었을 땐데…… 아니면 그때가……?"

포가티 씨가 말을 가로막았다. 그는 술병을 들어 다른 사람들에게 조금씩 따라 주며 권했다. 머코이 씨는 술이 모두에게 돌아갈 만큼 충분치 않다는 것을 알고, 아직 첫 잔에 술이 남아 있다면서 사양했다. 다들 사양하면서 술을 받았다. 술잔에 떨어지는 위스키의 가벼운 음향은 듣기 좋은 간주곡이었다.

"얘기하려던 게 뭐지, 톰?" 머코이 씨가 물었다.

"교황의 불과오설이야." 커닝엄 씨가 말했다. "그건 교회 역사상 가장 큰 사건이잖아."

"어떤 사건이었는데, 마틴?" 파우어 씨가 물었다.

커닝엄 씨가 굵직한 손가락 두 개를 들어 보이면서 말했다.

"추기경, 대주교, 주교들로 구성된 로마 추기경단 가운데서, 알겠나, 이 설(說)에 반대한 사람이 딱 둘 있었지. 다른 사람들은 모두 찬성했는데 말이야. 전체 비밀회의에서 이 둘을 빼놓고는 만장일치였어. 절대로! 이 두 사람은 뜻을 굽히지 않았다 이거야!"

"하!" 머코이 씨가 말했다.

"그중 하나는 독일 추기경인데, 이름이 돌링인지…… 다울링인지…… 아니면……."

"다울링은 독일 사람이 아냐. 그건 확실해." 파우어 씨가 웃으면서 말했다.

"글쎄, 이름이야 어찌 되었든 간에 이 위대한 독일 추기경이 한 사람이었고, 또 한 사람은 존 맥헤일[13]이었어."

"뭐라고?" 커넌 씨가 소리쳤다. "튜엄의 존 말인가?"

"그래, 그게 확실합니까?" 포가티 씨가 미심쩍어하며 물었다. "난 이탈리아 사람이나 미국 사람으로 알고 있는데."

"튜엄의 존이, 바로 그 사람이야." 커닝엄이 반복해서 말했다.

그가 술을 마시자 다른 사람들도 따라 술을 마셨다. 그가 이내 말을 이었다.

"그래서 세계 각지에서 온 모든 추기경, 주교, 대주교들과 이 두 사람 사이에 일대 논쟁이 벌어지자, 교황 자신이 벌떡 일어나 법좌에 올라 불과오설이야말로 교회의 교리라고 선언을 했지 뭐야. 그러자 바로 그 순간까지 계속 반대만 하던 존 맥헤일이 자리에서 벌떡 일어나 사자 같은 목소리로 '크레도(Credo)!' 하고 소리쳤지 뭐야."

"'믿습니다.'라는 말이군요." 포가티 씨가 말했다.

"크레도!" 커닝엄 씨가 말했다. "이 말은 그의 신앙을 보여 주었지. 그는 교황이 말하는 순간 복종하고 만 거야."

"그리고 다울링은 어떻게 됐어?" 머코이 씨가 물었다.

"그 독일 추기경은 끝내 복종하지 않았지. 그는 교회를 떠나고 말았어."

커닝엄의 이야기는 듣고 있던 좌중의 마음속에 교회라는 거대한 이미지를 심어주었다. 그의 중후하고 거센 목소리에 실려 나오는 신앙이니 복종이니 하는 말들은 모든 사람들의 가슴을 울렁거리게 했다. 커넌 부인이 손을 닦으며 방 안으로 들어와 한몫 꼈을 때 사람들은 엄숙한 분위기에 젖어 있었다. 그녀는 침묵을 깨뜨리지 않고 침대 발치의 쇠난간에 몸을 기댔다.

"나는 딱 한 번 존 맥헤일을 본 적이 있지." 커넌 씨가 말했다. "하지만 살아 있는 한 그 일은 결코 잊을 수 없을 거야."

그는 아내의 동의를 구하려는 듯이 아내 쪽으로 몸을 돌리면서 말했다.

"당신에게 자주 얘기했잖아."

커넌 부인이 고개를 끄덕였다.

"존 그레이 경[14]의 동상 제막식 때였어. 에드먼드 드와이어 그레이[15]가 횡설수설하면서 연설을 하는데, 이 괴팍하게 생긴 영감이 그의 짙은 눈썹 밑으로 그를 노려보고 있더군."

커넌 씨는 이맛살을 찌푸리며 고개를 떨어뜨리고는 성난 황소처럼 아내를 노려보았다.

"맙소사!" 그는 본래의 얼굴로 돌아가면서 소리쳤다. "나는 사람의 얼굴에서 그런 눈매는 처음 보았네. 마치 '네 이놈, 난 네 속을 다 안다.'라고 말하는 것 같았다니까. 매 같은 눈이었어."

"그레이 집안에 쓸 만한 녀석이라곤 하나도 없지." 파우어 씨가 말했다.

다시 침묵이 흘렀다. 파우어 씨가 커넌 부인을 돌아보며 명랑한 말투로 불쑥 말했다.

"저, 커넌 부인, 우리는 이제부터 주인 양반을 하느님을 두려워하는 독실하고 경건한 로마 가톨릭교도로 만들어볼 작정입니다."

그는 여기 있는 사람 모두라는 듯이 팔을 휙 저었다.

"우리 모두는 묵상 기도회에 가서 죄를 고백할 작정입니다. 하느님께서도 우리에게 그것이 필요하다는 것을 아실 테니까요."

"난 아닐세." 커넌 씨가 약간 신경질적으로 웃으면서 말했다.

커넌 부인은 만족해하는 얼굴을 보이지 않는 것이 상책이다 싶어 이렇게 말했다.

"당신 얘길 들어줄 신부님이 가엾으시지."

커넌 씨의 표정이 바뀌었다.

"내 얘기가 듣기 싫다면." 그가 퉁명스럽게 말했다. "듣지 말라지……. 난 그저 신세타령이나 좀 하려는 것뿐이야. 난 그렇게 나쁜 사람이 아니란 말이야……."

커닝엄 씨가 재빨리 말을 가로챘다.

"우리 모두 악마를 물리치도록 하세." 그가 말했다. "악마의 술수와 허세를 잊지 말고."

"사탄이여, 썩 물러가라!" 포가티 씨가 이렇게 외치고는 껄껄 웃으면서 좌중을 쳐다보았다.

파우어 씨는 잠자코 있었다. 그는 완전히 한 방 먹은 듯한 느낌이었다. 그러나 즐거운 표정이 얼굴에 언뜻언뜻 비쳤다.

"우리가 해야 할 일은." 커닝엄 씨가 말했다. "촛불을 양손에 들고 영세받을 때 하는 서약[16]을 다시 하는 거야."

"참, 무슨 일이 있더라도 양초 가져오는 걸 잊지 말게, 톰." 머코이 씨가 말했다.

"뭐라고?" 커넌 씨가 말했다. "양초를 가져가야 한다고?"

"아, 그럼." 커닝엄 씨가 말했다.

"안 돼, 싫어." 커넌 씨가 제정신을 차린 듯이 말했다. "그렇게까지는 못 하겠어. 다른 건 다 좋아. 묵상 기도도 하고, 고해도 하고, 또…… 다른 선 나 한다고. 하지만…… 양초만은 안 돼. 어림도 없는 소리. 양초만은 절대로 안 된단 말이야."

그는 우스꽝스럽게 근엄한 표정으로 고개를 저었다.

"저 소리 좀 들어보세요!" 그의 아내가 말했다.

"양초만은 안 되네." 커넌 씨는 먹히기 시작한 것을 의식하고 계속 고개를 이리저리 저으면서 말했다. "내가 그 요술 등 같은 걸 왜 드느냐 말이야."

모두가 한바탕 웃어댔다.

"참말로 훌륭한 가톨릭 신자 한 사람 나셨군!" 그의 아내가 말했다.

"양초는 안 돼!" 커넌 씨가 고집스럽게 반복해서 말했다. "그것만은 안 돼!"

* * *

가디너가(街)에 있는 예수회 성당의 수랑(袖廊)은 사람들로 거의 가득 차 있었다. 그러나 아직도 사람들이 속속 옆문으로 들어와 평수사(平修士)[17]의 안내를 받으며 발끝으로 살금살금 통로를 걸어가면서 앉을 자리를 찾았다. 사람들은 모두 옷을 잘 차려입었고 질서 정연했다. 성당의 등불이 검은 옷에 흰 칼라를 댄 사람들의 무리와 군데군데 흑백의 색조를 누그러뜨리는 트위드 복장을 한 사람들, 어두운 무늬가 있는 녹색 대리석 기둥, 그리고 우중충해 보이는 유화 그림을 비쳤다. 양복을 입은 신사들은 바지를 살짝 무릎 위로 추켜올리고 모자를 안전하게 놓은 다음 벤치에 앉았다. 그들은 등을 깊숙이 기대앉은 채 저 멀리 높은 제단 앞에 매달린 붉은 반점 같은 불빛[18]을 똑바로 응시했다.

설교단 근처의 벤치 하나에는 커닝엄 씨와 커넌 씨가 앉았다. 그 뒤 벤치에는 머코이 씨가 혼자 앉았고, 그 뒤에 있는 벤치에는 파우어 씨와 포가티 씨가 앉았다. 머코이 씨는 일행과 같은 자리에 앉으려고 했지만 끝내 자리를 찾지 못했다. 그래서 일행이 X자형으로 앉게 되자, 주사위의 다섯 눈꼴[19]로 앉았다고 농담을 던져보았으나 아무도 웃지 않았다. 반응이 시원치 않자 그는 그만두고 말았다. 그런 그도 엄숙한 분위기에 젖어 종교적인 자극에 반응하기 시작했다. 커닝엄 씨는 귓속말로 커넌 씨에게, 좀 떨어진 곳에 앉은 고리대금업자 하포드 씨와 새로 선출된 시의원(市議員) 한 사람과 함께 설교단 바로 밑에 앉아 있는 등기업

자요 시장 보좌관인 패닝 씨를 쳐다보게 했다. 그의 오른편에는 전당포를 세 개나 운영하고 있는 마이클 그라임즈 노인과 시청에 다니는 댄 호건의 조카가 앉아 있었다. 저 앞쪽으로는 《프리먼즈 저널》의 주필인 헨드릭 씨와 한때 실업계의 상당한 거물로서 커넌 씨의 오랜 친구였던 가련한 오캐럴 씨가 앉아 있었다. 낯익은 얼굴들이 눈에 띄자 커넌 씨는 점차로 마음이 놓이기 시작했다. 아내가 손질해 준 그의 모자는 무릎 위에 놓여 있었다. 그는 한 손으로 모자 테를 가볍게, 그러나 단단하게 쥔 채 다른 손으로 한두 번 옷소매를 잡아당겨서 바로잡았다.

상반신을 흰 법의(法衣)로 감싼, 풍채가 당당한 사람이 허우적거리며 설교단으로 올라가는 것이 보였다. 그와 동시에 회중이 웅성대더니 손수건을 꺼내서 펴놓고 조심스럽게 그 위에 무릎을 꿇었다. 커넌 씨도 남들이 하는 대로 따라 했다. 이제 설교단에 우뚝 선 신부의 모습이 보였는데, 얼굴이 큼직하고 붉은 그의 몸집의 3분의 2가 난간 위로 드러나 보였다.

퍼던 신부는 성단 위의 붉은 점과 같은 불빛을 향해 무릎을 꿇고 앉아, 두 손으로 얼굴을 가리고 기도를 드렸다. 잠시 후 그는 손을 얼굴에서 떼고 일어섰다. 회중도 자리에서 일어나 다시 벤치에 앉았다. 커넌 씨는 모자를 다시 무릎 위에 놓고 긴장한 얼굴로 신부를 바라보았다. 신부는 정중하고도 큰 동작으로 법의의 넓은 소맷자락을 하나씩 뒤로 젖힌 다음, 회중의 얼굴을 천천히 살폈다. 그런 다음 그가 입을 열었다.

"세속의 자녀들이 자기네들끼리 거래하는 데는 빛의 자녀들보다 더 약다. 그러니 잘 들어라. 세속의 재물로라도 친구를 사귀어라. 그러면 재물이 없어질 때 너희는 영접을 받으며 영원한 집으로 들어갈 것이다."[20]

퍼던 신부는 우렁찬 음성으로 자신 있게 이 구절을 설명해 나갔다. 그는 이 구절이야말로 성경 가운데서 제대로 해석하기가 가장 어려운 구절이라고 했다. 이 구절은 얼핏 보기에 예수님이 다른 곳에서 설교하신 고매한 가르침과 상충될지도 모른다. 그러나 이 구절은 세속적인 삶을 영위해야 할 운명에 놓여 있지만 속되지 않게 살아가기를 원하는 사람들의 지침으로서 특별히 적합하다고 회중에게 설파했다. 이 구절은 실업가와 직업인을 위한 것이다. 인간 본성을 속속들이 이해하는 성스러운 혜안을 지닌 예수님은 모든 인간이 다 종교 생활을 해야 하는 것이 아니고, 대다수의 사람들은 속세에서 살아갈 수밖에 없으며, 또 어느 정도는 속세를 위해서 살아야 한다는 것을 이해했다. 그리하여 예수님은 이 구절로 사람들에게 충고의 말씀을 주고자, 종교적인 문제에는 조금도 관심이 없는 배금주의자들을 종교 생활의 본보기로서 그들 앞에 보이고자 한 것이라고 했다.

그는 회중에게 그날 저녁 자기가 그 자리에 온 것은 어떤 무시무시하고 대단한 목적을 위해서가 아니라, 속세를 살아가는 한 인간으로서 자신의 동료들에게 이야기하기 위해서라고 했다. 그는 실업가들에게 이야기를 하러 왔으니 실업가적인 방식으로 이야기하고 싶다고 했다. 그가 말하길, 비유컨대 자기는 그들의 영적인 회계사라고 했다. 그는 모든 회중이 각자의 장부, 즉 자신의 영적인 삶의 장부를 펼쳐놓고, 그것이 양심과 정확하게 부합되는지 보기를 원한다고 했다.

예수 그리스도께서는 엄한 감독자가 아니셨습니다. 그분께서는 우리들의 사소한 잘못도 이해하시고, 가엾게도 타락에 빠지고 마는 우리들의 유약한 본성도 이해하시며, 이 세상에 갖가지 유혹들이 있다는 것도 이해하십니다. 우리들은 그런 유혹 앞에 놓여 있으며, 때로는 그런 유혹에 빠진 적도 있습니다. 우리 모두는 과오를 범할 뻔했으며 또 범하기도 했습니다. 그러나 단 한 가지 여러분에게 부탁하고 싶은 것이 있습니다. 그것은 바로 하느님 앞에 떳떳하고 당당하라는 것입니다. 만일 여러분의 장부가 모든 점에서 부합된다면 이렇게 말씀하십시오. "네, 저의 회계장부를 맞춰보았더니 모든 게 제대로 되어 있습니다."라고.

그러나 흔히 그렇듯이, 만일 무슨 착오가 있다면 그 사실을 인정하고 솔직하고 당당하게 이렇게 말씀하십시오. "네, 제 장부를 살펴보았더니 이러이러한 잘못된 점이 있었습니다. 그러나 하느님의 은총으로 이러이러한 점을 시정하겠습니다. 제 회계장부를 바로잡겠습니다."라고.

죽은 사람들[1]

문지기의 딸 릴리[2]는 문자 그대로 발바닥이 닳아빠질 지경이었다. 아래층의 사무실 뒤에 있는 자그마한 식기실로 손님 한 분을 안내하여 외투 벗는 것을 거들어주기가 무섭게 씨근대는 현관문 초인종이 다시 울리는 바람에, 그녀는 텅 빈 널마루를 따라 허겁지겁 달려가서 또 다른 손님을 맞아들여야 했다. 그녀가 여자 손님들까지 맞아들이지 않아도 되는 것이 그나마 다행이었다. 그러나 케이트와 줄리아는 미리 이 일을 고려하여 위층 욕실을 여성용 탈의실로 개조해 두었다. 케이트와 줄리아는 거기서 웃고 노닥거리며 법석을 떨다가 층계 꼭대기로 우르르 몰려나와 난간 너머로 아래쪽을 기웃거리며 아래층의 릴리를 향해 누가 왔느냐고 큰 소리로 묻기도 했다.

모컨 자매가 해마다 여는 댄스파티는 언제나 큰 행사였다. 파티에는 그녀들을 아는 모든 사람, 즉 일가친척, 집안의 오랜 친구, 줄리아가 속해 있는 성가대 단원, 성인이 다 된 케이트의 제자, 심지어 메리 제인의 몇몇 제자 들까지 참석했다. 파티가 싱겁게 끝난 적은 한 번도 없었다. 사람들이 기억을 더듬을 수 있는 한 이 파티는 여러 해 동안 성대하게 치러졌다. 그러니까 오빠 패트가 세상을 떠난 뒤, 케이트와 줄리아 두 자매가 단 하나뿐인 조카딸 메리 제인을 데리고 스토니 배터[3]에 있는 집을 떠나, 어셔스 아일랜드[4]의 어둡고 음산한 이 집으로 이사해서 살게 된 이후로 이 파티는 계속되었다. 그들은 이 집의 2층을 곡물 중개상을 하는 플럼 씨로부터 세내어 살고 있었다. 이를 햇수로 치면 지금부터 족히 30년도 더 되는 일이었다. 그 당시 아동복을 입는 소녀였던 메리 제인은 이제 집안의 기둥 구실을 했는데, 그 이유인즉 그녀는 해딩턴로(路)에 있는 성당에서 오르간을 연주했기 때문이다. 그녀는 왕립 음악학교를 나와, 해마다 앤티언트 음악당 2층에서 제자들의 음악회를 열었다. 그녀의 제자들 대다수는 킹스타운과 돌키 사이의 철로 연변에 사는 상류층 가정의 아이들이었다. 비록 늙기는 했으나 두 고모도 제 몫을 다했다. 줄리아는 백발이 성성했지만 여전히 아담 앤 이브즈 성당[5]에서 제1소프라노였고, 케이트는 너무 허약해서 나다닐 수 없었기 때문에 뒷방에 있는 구식 피아노로 초보자들에게 음악 개인지도를 했다. 문지기의 딸인 릴리가 그들의 살림을 도맡아 했다. 검소한 살림이기는 했으나 식사만은 잘해야 한다고 생각했기 때문에 무엇이든 가장 좋은 것, 즉 다이아몬드 꼴로 썬 등심을 먹었고, 3실링짜리 차(茶)와 최고급 스타우트 병맥주를 마셨다. 그러나 릴리는 시키는 일을 거의 어기지 않고 안주인 셋을 무난히 모시며 살았다. 그들은 조금 수선스러운 편이었지만 그것뿐이었다. 그러나 말대꾸를 하는 것만은 용납되지 않았다.

물론 오늘 같은 밤에는 그들이 수선을 떠는 것도 그럴 법한 일이었다. 그런 데다가 10시가 지난 지 오래건만 가브리엘[6] 부부는 감감무소식이었다. 게다가 그들은 프레디 맬린즈가 술에 취해 나타나지는 않을까 몹시 염려했다. 무슨 일이 있어도 메리 제인의 제자들 앞에서 프레디의 그런 꼴을 보일 수는 없었다. 그리고 프레디는 술에 취하면 때때로 아주 다루기 힘든 사람이었다. 프레디야 늘 이렇게 늦는다지만, 가브리엘이 왜 이렇게 늦는지는 도무지 알 길이 없었다. 그들 자매가 2분마다 난간 있는 데로 와서 가브리엘이나 프레디가 왔느냐고 묻는 것도 바로 그 때문이었다.

"아, 콘로이 선생님." 릴리가 그에게 문을 열어주면서 인사를 건넸다. "케이트 아주머니와 줄리아 아주머니께서 선생님께서 아예 안 오시는 건 아닌지 얼마나 걱정을 하셨다고요. 안녕하세요, 사모님."

"분명 그러셨을 거야." 가브리엘이 말했다. "그런데 우리 집사람이 차려입고 나서는 데는 무려 세 시간이나 걸린다는 걸 깜박하신 게로군."

그는 깔개 위에 서서 덧신에 묻은 눈을 탁탁 털어냈다. 그러는 동안에 릴리는 그의 부인을 계단 아래까지 안내하고 나서 위층을 향해 소리쳤다.

"케이트 아주머니, 콘로이 선생님 사모님께서 오셨어요."

그 말을 듣고 케이트와 줄리아는 어두운 계단을 뒤뚱거리며 내려왔다. 두 사람 모두 가브리엘의 아내에게 키스하고는 추워서 혼이 났겠다고 하면서 가브리엘도 함께 왔느냐고 물었다.

"편지처럼 여기 딱 대령해 있습니다, 케이트 이모님! 어서 올라가세요. 곧 따라갈 테니까요." 가브리엘이 어둠 속에서 소리쳤다.

세 여자가 웃으면서 여자 탈의실로 올라가는 동안, 가브리엘은 줄곧 신발에 묻은 눈을 열심히 털어냈다. 그의 외투의 양어깨에는 마치 망토처럼, 그리고 덧신 부리에는 콧등 가죽처럼 하얀 눈이 약간 묻어 있었다. 외투 단추가 눈에 얼어 뻣뻣해진 프리즈 천 사이로 삐걱 소리를 내며 빠져나왔을 때, 문 바깥으로부터 싸늘하고 향기로운 바람이 문틈과 커튼의 주름 사이로 새어 들어왔다.

"또 눈이 오나요, 콘로이 선생님?" 릴리가 물었다. 그녀는 앞장서서 식기실로 그를 안내하여 외투 벗는 것을 거들던 참이었다. 가브리엘은 그녀가 자신의 성(姓)을 세 음절로 발음하는 것에 빙긋이 웃으며 그녀를 힐끔 쳐다보았다. 릴리는 성장기에 있는 안색이 창백하고 노릿한 머리칼을 가진, 몸매가 호리호리한 처녀였다. 가브리엘은 릴리가 층층대 맨 아래 계단에 앉아 헝겊인형을 가지고 놀던 아주 어릴 적부터 그녀를 알았다.

"그래, 릴리." 그가 대답했다. "밤새 올 것 같은데."

그는 2층 마루에서 발을 쿵쿵거리며 질질 끄는 바람에 흔들리는 식기실의 천장을 올려다보며, 피아노 소리에 잠시 귀를 기울이다가, 선반 머리에서 자기의 외투를 정성껏 개는 처녀를 흘낏 바라보았다.

"이봐, 릴리, 너 아직도 학교에 다니니?" 그가 다정한 목소리로 물었다.

"아, 아뇨, 선생님." 그녀가 대답했다. "학교를 졸업한 지가 벌써 1년이 넘었어요."

"아, 그래." 가브리엘이 쾌활하게 말했다. "그러면 머지않아 네 신랑을 보러 결혼식에 가봐야 하겠구나, 응?"

릴리는 어깨 너머로 그를 쏘아보며 쌀쌀맞게 대꾸했다.

"요즘 남자들은 모두 입만 살아서 사람을 골려댈 줄만 안단 말이에요."

가브리엘은 무슨 잘못이라도 저지른 것처럼 얼굴을 붉혔다. 그러고는 그녀를 쳐다보지도 못한 채 덧신을 벗고는 목도리로 에나멜 가죽 구두를 열심히 닦았다.

가브리엘은 건장하고 키가 큰 젊은이였다. 그의 두 뺨의 붉은 빛은 이마까지 퍼져 올라가 거기에서 몇 개의 희미한 반점이 되어 흩어졌다. 그리고 수염이 없는 얼굴에는, 예민하고 한시도 가만히 있지 못하는 눈을 가린 안경의 잘 닦인 렌즈와 도금한 안경테가 쉴 새 없이 번뜩거렸다. 반질반질한 검은 머리칼은 한가운데서 가르마를 타서 귀 뒤로 긴 곡선을 이루도록 빗겨지고, 모자를 썼던 자국 밑은 가볍게 말려 올라가 있었다.

그는 구두를 반짝거리도록 닦은 다음 일어서더니 통통한 몸에 꼭 맞도록 조끼를 바싹 밑으로 끌어내렸다. 그러고는 주머니에서 동전 한 닢을 재빨리 꺼냈다.

"저, 릴리." 그가 동전을 그녀 손에 밀어 넣으며 말했다. "크리스마스잖니? 그냥…… 작은 성의니까……."

그러고는 재빨리 문 쪽으로 걸어갔다.

"아, 안 돼요, 선생님!" 그를 뒤쫓아 가면서 그녀가 소리를 질렀다. "정말이에요, 선생님, 전 받을 수 없어요."

"크리스마스잖아! 크리스마스!" 가브리엘은 계단이 있는 데까지 거의 뛰어가다시피 하면서 한 손을 휘저으며 제발 받아달라는 시늉을 했다.

릴리는 그가 이미 계단까지 간 것을 보고 그의 등 뒤에서 소리쳤다.

"그럼, 고마워요, 선생님."

그는 응접실 문밖에 서서 치맛자락이 마루를 스치는 소리와 질질 끄는 구두 소리에 귀를 기울이면서 왈츠 음악이 끝날 때까지 기다렸다. 그는 아직도 뜻하지 않은 릴리의 똑 쏘아붙이는 말대꾸 때문에 어리벙벙한 상태였다. 그래서 그는 소맷부리와 나비넥타이 매듭을 바로잡음으로써 우울한 기분을 떨쳐 버리려 했다. 그런 다음 조끼 주머니에서 작은 종잇조각을 꺼내 들고는 연설을 하기 위해 적어놓은 요지를 한번 훑어보았다. 그는 로버트 브라우닝[7]의 시에서 인용한 부분이 마음에 걸렸다. 여기 모인 청중의 머리로는 이해가 되지 않을 듯싶어 염려가 되었기 때문이다. 셰익스피어나 아일랜드의 서정시집[8]에서 인용하는 것이 더 나을 듯싶었다. 상스럽게 덜거덕거리는 남자들의 구두 굽 소리며 질질 끄는 구두창 소리를 듣고 있자니, 자기와는 교양의 수준이 판이하게 다른 사람들이라는 생각이 새삼 들었다. 또한 알아듣지도 못하는 시구를 인용함으로써 괜한 웃음거리가 되지는 않을까도 싶었다. 모든 사람들이 그가 잘난 교양을 뽐낸다고 비아냥거릴 것만 같았다. 식기실에서 릴리에게 말한 것이 실패했듯이 그들에게도 실패할 것만 같았다. 그는 감을 잘못 잡은 것이었다. 그의 연설문은 처음부터 끝까지 완전히 실패작이라는 생각이 들었다.

바로 그때 그의 두 이모와 아내가 여성용 탈의실에서 나왔다. 이모들은 둘 다 키가 자그마하고 수수하게 옷을 입은 할머니였다. 줄리아 이모가 1인치가량 더 컸다. 귀 위까지 흘러내린 그녀의 머리칼은 반백이었고, 군데군데 검은 그림자가 낀 축 처진 넓적한 얼굴도 같은 색이었다. 튼튼한 체격에 자세는 꼿꼿했지만, 활기 없는 눈과 헤벌린 입술을 보면 자기가 어디에 있고, 또 어디로 가고 있는지에 대해 전혀 영문을 모르는 할머니 같은 표정이었다. 케이트 이모는 조금 더 생기가 있었다. 동생보다 건강해 보이는 그녀의 얼굴은 마치 쭈글쭈글한 붉은 사과처럼 온통 주름투성이였다. 그리고 동생과 똑같이 구식으로 땋아 내린 그녀의 머리칼은 무르익은 밤색을 아직도 잃지 않았다.

두 이모는 아주 반갑게 가브리엘에게 키스했다. 그는 이 두 이모가 애지중지하는 조카이고, 항만국에 다니는 T. J. 콘로이라는 사람과 결혼한, 이미 고인이 된 언니 엘렌의 아들이었다.

"그레타 말로는 오늘 밤은 몽크스타운[9]으로 돌아가지 않을 거라고 하던데, 가브리엘?" 케이트 이모가 물었다.

"네." 가브리엘이 아내를 보며 대답했다. "우리가 작년에 그랬다가 혼이 났잖아요? 기억 안 나세요, 케이트 이모님. 그레타가 감기에 지독하게 걸렸던 거? 마차 창문이 내내 덜컹거리죠, 메리언[10]을 지나서부터는 동풍이 들이치죠. 정말 굉장했어요. 그 바람에 그레타는 그만 지독한 감기에 걸렸고요."

케이트 이모는 잔뜩 인상을 찌푸리고 말끝마다 고개를 끄덕였다.

"그럼, 가브리엘, 그래야지." 그녀가 말했다. "조심하면 할수록 좋은 거야."

"그렇지만 그레타는 말이에요. 내버려 두면 눈 속이라도 걸어서 집으로 가려고 할 거예요." 가브리엘이 말했다.

남편의 말에 아내가 웃으면서 말했다.

"케이트 이모님, 저 사람 말 듣지 마세요. 얼마나 장난꾸러기라고요. 밤에는 눈에 좋다고 톰에게 푸른 눈가리개를 씌우고, 아령을 하게 한답니다. 또 에바한테는 억지로 오트밀을 먹인답니다. 글쎄, 애가 가여워 죽을 지경이에요! 오트밀을 보기만 해도 싫다는 애한테 글쎄……! 오, 그리고 또 저한테는 오늘 뭘 신게 했는지 아마 상상도 못 하실 거예요!"

그녀가 깔깔 웃어대며 남편을 힐끗 쳐다보자, 남편은 아내의 옷에서부터 얼굴이며 머리칼을 감탄에 찬 행복한 눈길로 훑어보았다. 두 이모도 실컷 웃었는데, 가브리엘의 지나친 걱정이 그들에게는 언제나 웃음거리가 되었기 때문이다.

"골로쉬[11]랍니다!" 콘로이 부인이 말했다. "요즈음은 그거랍니다. 발밑이 질척할 때는 언제나 그걸 신어야 한다는 거예요. 오늘 밤만 해도 저 사람은 저더러 그걸 신으라고 하고, 저는 또 안 신겠다고 실랑이를 벌였지 뭐예요. 다음번에는 아마 잠수복을 사 입히려고 할 거예요."

가브리엘은 어색한 듯이 씩 웃으며 머쓱함을 달래느라 넥타이를 만지작거렸다. 한편 케이트 이모는 그 농담이 하도 재미있어서 허리가 땅에 닿도록 웃어댔다. 줄리아 이모의 얼굴에서 곧 웃음이 사라졌다. 그녀는 새침한 눈길로 조카의 얼굴을 똑바로 쳐다보더니 잠시 후 물었다.

"그런데 골로쉬가 뭐냐, 가브리엘?"

"덧신 말이야, 줄리아!" 케이트 이모가 큰 소리로 말했다. "맙소사, 골로쉬가 뭔지도 몰라? 신 위에다 덧신는 신 말이야. 그렇지, 그레타?"

"맞아요." 콘로이 부인이 말했다. "고무 비슷한 걸로 만든 거예요. 우리 둘 다 한 켤레씩 갖고 있어요. 가브리엘의 얘기로는 대륙에서는 누구나 다 신는다나요."

"아, 대륙에서는……." 줄리아 이모는 고개를 천천히 끄덕이며 중얼거렸다.

가브리엘은 이마를 찌푸리며 다소 골이 난 것처럼 말했다.

"그렇게 이상한 물건도 아닌데 그레타는 아주 우스워하거든요. 뭐, 골로쉬라는 말이 크리스티 순회극단[12]을 연상시킨다나요."

"그런데 가브리엘." 케이트 이모가 눈치 빠르게 화제를 돌렸다. "물론 방은 보아두었겠지? 그레타 말로는……."

"아, 방은 문제없습니다." 가브리엘이 대답했다. "그레샴 호텔[13]에 하나 잡아두었습니다."

"그래, 그것 참 잘했다. 그리고 그레타, 너 애들 걱정은 안 할 테지?"

"아이, 하룻밤인데요, 뭐." 콘로이 부인이 말했다. "더군다나 베시가 잘 돌봐 줄 거예요."

"암, 그래야지." 케이트 이모가 다시 말했다. "그렇게 믿을 만한 애가 있으면 얼마나 든든하니! 그런데 우리 릴리는 말이야. 요즈음 왜 그러는지 모르겠다. 예전하고는 너무나 달라졌어."

가브리엘은 그 점에 관해서 케이트 이모에게 무얼 조금 물어볼까 했으나, 이모가 갑자기 말을 끊더니, 계단을 내려가서 목을 길게 빼고 난간 위를 기웃거리는 동생을 내려다보며 못마땅한 듯이 말했다.

"아니, 그런데, 어디를 가, 줄리아? 줄리아! 줄리아! 어딜 가는 거야?"

층계 계단을 절반쯤 내려간 줄리아는 다시 돌아와서 조용히 말했다.

"프레디가 왔수."

그와 때를 같이하여 박수 치는 소리와 피아니스트의 마지막 탄음(彈音)이 왈츠의 끝을 알렸다. 응접실 문이 안에서부터 열리며 서너 쌍의 남녀가 밖으로 나왔다. 케이트 이모는 가브리엘을 부리나케 옆으로 데리고 가서 그의 귀에다 대고 속삭였다.

"가브리엘, 미안하지만 살며시 내려가서 프레디가 괜찮은지 좀 보고 오렴. 취했거든 올려 보내지 말고. 분명 취했을 거야. 취했고말고."

 가브리엘은 계단 쪽으로 가서 난간 너머로 귀를 기울였다. 식기실에서 두 사람이 뭐라고 이야기하는 소리가 들렸다. 잠시 들어보니 프레디의 웃음소리임을 알 수 있었다. 가브리엘은 소란스럽게 계단을 내려갔다.

 "정말 다행이야." 케이트 이모가 그레타에게 말했다. "가브리엘이 왔으니 말이야. 저 애만 오면 늘 마음이 든든하단 말이야……. 줄리아, 데일리 양과 파우어 양에게 시원한 것 좀 드리지그래. 훌륭한 왈츠를 춰줘서 고마워요, 데일리 양. 덕분에 멋진 시간이 됐어요."

 뻣뻣한 반백의 콧수염에 가무잡잡한 피부를 지닌, 키가 크고 얼굴이 쭈글쭈글한 사나이가 그의 파트너와 함께 지나가다가 이 말을 듣고 말했다.

 "우리도 뭘 좀 마실 수 있겠습니까, 모컨 아주머니?"

 "줄리아." 케이트 이모가 곧바로 말했다. "여기 계신 브라운 씨와 펄롱 양도 안내해 드려. 데일리 양과 파우어 양과 함께."

 "전 숙녀분들에게 인기가 많은 사람입니다." 브라운 씨가 콧수염이 곤두설 때까지 입을 다물고는 주름살투성이가 되도록 미소를 지으면서 말했다. "모컨 아주머니, 숙녀분들이 저를 그토록 좋아하는 이유는요……."

 미처 말을 끝맺기도 전에 케이트 이모가 저 멀리 가버린 것을 알고 그는 곧 세 젊은 여성을 뒷방으로 안내했다. 방 한가운데는 네모난 탁자 두 개가 서로 맞대어져 있었고, 이 탁자 위에다가 줄리아와 문지기 처녀가 커다란 식탁보를 잡아당겨 가며 펼쳤다. 찬장에는 커다란 접시, 조그만 접시, 술잔, 나이프와 포크 및 스푼 다발이 가지런히 놓여 있었다. 덮개가 닫힌 사각 피아노 뚜경도 음식과 과자를 놓는 선반 구실을 했다. 한쪽 구석에 있는 좀 더 작은 찬장 앞에서는 두 젊은이가 서서 홉비터[14]를 마시고 있었다.

브라운 씨는 자기가 맡은 여성들을 그리로 데리고 가서 따끈하고 독하면서도 달콤한 여성용 펀치 술을 들어보라고 농담 삼아 권했다. 여인들이 술은 절대로 안 한다고 하자 그는 레모네이드 세 병을 따서 그들에게 돌렸다. 그런 다음 한 청년에게 잠시 비켜달라고 하고는 술병을 들어 자기 잔에다 위스키를 가득 따랐다. 그가 시험 삼아 맛을 보는 동안 청년들은 대단하다는 듯한 시선으로 그를 처다보았다.

"가련한 신세지." 그가 빙그레 웃으며 말했다. "이게 의사의 처방이라니까요."

그의 쭈글쭈글한 얼굴이 미소로 쫙 퍼졌다. 그의 농담에 세 명의 젊은 여성들은 음악적으로 화답하듯이 허리를 움켜쥐고 어깨를 세게 흔들며 깔깔 웃어댔다. 그들 중 제일 대담한 여성이 말했다.

"아이, 브라운 선생님도, 의사 선생님이 설마 그런 처방을 내리셨을라고요!"

브라운 씨는 위스키를 한 모금 더 마시고 나서 슬쩍 흉내를 내며 말했다.

"전 말이에요. 그 유명한 캐시디 부인을 닮았단 말이에요. 그 부인은 이렇게 말했다지요. '자, 메리 그라임즈, 내가 안 마시고 있으면 강제로라도 권해요. 난 아무래도 마시고 싶으니까.' 라고 말이죠."

그가 취기 있는 얼굴을 무척이나 친한 듯 들이밀며 천박한 더블린 말투를 썼기 때문에 여인들은 하나같이 본능적으로 그의 말에 대꾸하지 않았다. 메리 제인의 문하생 중 하나인 펄롱 양은 데일리 양에게 방금 연주한 그 아름다운 왈츠 곡목이 무엇이냐고 물었다. 그러자 자기가 무시당하고 있다는 것을 눈치챈 브라운 씨는 자기를 좀 더 알아줄 것 같은 두 청년이 있는 쪽으로 급히 얼굴을 돌렸다.

그때 보라색 옷을 입은, 얼굴이 붉은 젊은 여자 하나가 흥분하여 손뼉을 치면서 소리쳤다.

"카드릴[15]을 춥시다! 카드릴을 춥시다!"

케이트 이모가 그녀를 바싹 뒤따라 들어오더니 소리쳤다.

"남자 둘과 여자 셋, 메리 제인!"

"아, 여기 버긴 씨와 캐리건 씨가 계시잖아요." 메리 제인이 말했다. "캐리건 씨, 파우어 양과 파트너가 되시겠어요? 펄롱 양, 당신 파트너로 버긴 씨가 어때요? 자, 그럼 이제 다 됐어요."

"여자 셋이라니까, 메리 제인!" 케이트 이모가 말했다.

두 청년이 숙녀들에게 "잘 부탁합니다." 하고 인사드리는 동안 메리 제인은 데일리 양을 돌아보며 말했다.

"오, 데일리 양, 마지막 춤곡으로 두 곡이나 연주해 줘서 정말 고마워요. 하지만 오늘 밤엔 여자 손님이 너무 모자라서요."

"괜찮아요, 모컨 양."

"하지만 좋은 파트너가 있어요. 테너 가수인 바텔 다아시 씨예요. 나중에 노래를 한 곡 부탁드릴 참이에요. 더블린이 온통 그분 때문에 떠들썩하다니까요."

"목소리 좋지, 목소리 좋아." 케이트 이모가 말했다.

피아노가 첫 번째 무도곡 전주(前奏)를 두 번 되풀이하자, 메리 제인은 새로 보충된 사람들을 재빨리 방에서 데리고 나갔다. 그들이 나가자마자 줄리아 이모가 뒤를 살피면서 느릿느릿한 걸음으로 방 안으로 들어왔다.

"왜 그래, 줄리아?" 케이트 이모가 걱정스럽게 물었다. "누구 때문에 그래?"

냅킨을 한 아름 안고 들어오던 줄리아는 뜻밖의 물음이라는 듯이 간단하게 대꾸했다.

"프레디지 누구야, 언니. 가브리엘이 그와 함께 있어."

정말 바로 그녀 뒤에서 가브리엘이 프레디 맬린즈를 데리고 층계참을 가로질러 오는 것이 보였다. 프레디는 마흔 살쯤 된 사내로 키나 덩치는 가브리엘하고 비슷했지만 어깨가 유난히 둥글었다. 얼굴은 살이 찌고 창백했으며, 다만 축 처진 두툼한 귓불과 넓적한 코 언저리에만 붉은빛이 감돌았다. 그는 거친 용모에, 뭉툭한 코, 툭 튀어나오고 까진 이마, 부어오른 듯이 튀어나온 입술을 가졌다. 그는 눈꺼풀이 두툼한 눈과 헝클어진 성긴 머리칼 때문에 졸린 사람처럼 보였다. 그는 층계에서 아까 가브리엘에게 하던 이야기가 생각나서 집이 떠나갈 듯이 웃어댔으며, 왼쪽 손등으로 연방 왼쪽 눈을 비벼댔다.

"어서 와, 프레디." 줄리아 이모가 먼저 인사를 건넸다.

프레디 맬린즈가 모컨 자매에게 인사했으나, 목소리가 습관적으로 막히곤 했기 때문에 언뜻 보아서는 퉁명스럽게 내던진 말처럼 들렸다. 그런 다음 찬장 있는 데서 브라운 씨가 그를 쳐다보며 히죽거리는 모습을 보고는 그쪽으로 다소 비틀거리면서 방을 질러가서, 조금 전에 가브리엘에게 한 이야기를 나지막한 목소리로 되풀이했다.

"그다지 심하진 않은 것 같지?" 케이트 이모가 가브리엘에게 말했다.

가브리엘은 이맛살을 찌푸렸다가 재빨리 표정을 피면서 대답했다.

"네, 별로 심하진 않네요."

"정말 한심한 인간이야." 그녀가 말했다. "지 어미가 섣달 그믐날 밤에 금주 맹세를 시켰다더구먼. 하지만 그건 그렇고, 가브리엘, 어서 응접실로 가자꾸나."

가브리엘과 함께 방을 나서기 전에 케이트 이모는 이맛살을 찌푸리고 집게손가락을 앞뒤로 까딱여 술을 조심하라는 경고 신호를 보냈다. 브라운 씨는 대답 대신 고개를 끄덕이더니, 그녀가 나가자 프레디 맬린즈에게 말했다.

"자, 그럼, 테디. 레모네이드를 한 잔 듬뿍 따라 줄 테니 기운 좀 차리게나."

이야기가 한창 절정으로 치닫고 있었기에 프레디 맬린즈는 그 제안에 귀찮다는 듯이 손을 내저었으나, 브라운 씨는 우선 흐트러진 옷매무새부터 바로잡으라고 프레디 맬린즈의 주의를 환기시킨 다음, 레모네이드를 한 잔 가득 따라서 건네주었다. 프레디 맬린즈는 아무 생각 없이 왼손으로 잔을 받았고, 오른손으로는 늘 그렇듯이 흐트러진 옷매무새를 바로잡느라 여념이 없었다. 기분이 좋아 얼굴이 다시 한 번 주름살투성이가 된 브라운 씨는 자기 몫으로 위스키를 한 잔 따랐다. 한편 프레디 맬린즈는 이야기의 절정에 이르기도 전에 기관지염에 걸린 사람처럼 괴상야릇한 고성(高聲)의 웃음을 터뜨렸고, 입도 대지 않은 철철 넘치는 잔을 내려놓고는 왼손 등으로 왼쪽 눈을 비비기 시작하더니, 웃음의 발작이 새어 나오는 사이사이에 자기가 했던 마지막 말을 되풀이했다.

　　　　　　　＊　　＊　　＊

　가브리엘은 메리 제인이 물을 뿌린 듯 조용한 응접실에서 빠른 장식음부(裝飾音符)와 어려운 악절(樂節)로 가득한 아카데미 곡[16]을 연주하는 동안 그것이 귀에 잘 들어오지 않았다. 그는 음악을 좋아하기는 했지만 그녀가 연주하는 곡은 전혀 멜로디가 없는 것처럼 들렸고, 메리 제인에게 한 곡 연주해 달라고 청했던 다른 청중들도 그 멜로디를 이해하는지 의심스러웠다. 피아노 소리를 듣고 식당에서 나와 문간에 서서 듣고 있던 청년 네 명도 잠시 후에 짝을 지어 조용히 가버렸다. 그 음악을 이해하는 듯이 보이는 사람은, 두 손을 건반 위로 빠르게 움직이다가 주문(呪文)을 외우는 순간의 여사제처럼 쉼표가 있는 데서 양손을 치켜드는 메리 제인과, 그녀 바로 옆에 서서 악보를 넘겨 주는 케이트 이모뿐이었다.

　묵직한 샹들리에 불빛 아래 밀랍으로 닦아 반질거리는 마룻바닥 때문에 눈이 부시자, 가브리엘은 피아노 위의 벽면으로 눈을 돌렸다. 거기에는 『로미오와 줄리엣』의 발코니 장면 그림이 걸려 있고, 그 옆에는 런던탑에서 살해된 두 왕자[17]의 그림이 걸려 있었는데, 그것은 줄리아 이모가 붉은색, 푸른색, 노란색의 털실로 처녀 시절에 수놓은 것이었다. 아마 이모들이 소녀 시절에 다녔던 학교에서는 그런 수예를 1년 동안 가르쳤는지도 모른다. 그의 어머니는 언젠가 생일 선물로 보랏빛 태비네트 천[18]으로 조끼를 만들어준 일이 있는데, 조그마한 여우 머리를 수놓고, 갈색 새틴으로 안을 대고, 뽕나무 열매 모양의 동그란 단추가 달려 있었다. 케이트 이모는 언니인 가브리엘의 어머니가 모컨 집안의 명석한 두뇌를 이어받았다고 늘 이야기했지만, 그런 어머니에게 음악적 재능이 없다는 것은 이상한 일이었다. 케이트 이모와 줄리아 이모는 진지하고 자상한 언니를 늘 자랑스러워하는 것 같았다. 어머니의 사진이 창과 창 사이의 벽에 걸린 거울 앞에 걸려 있었다. 사진 속의 어머니는 무릎 위에 책을 펴놓고 해군복 차림으로 발아래 누워 있는 콘스탄틴[19]에게 책 속의 무언가를 가리키고 있었다. 어머니는 아들들의 이름도 직접 지었는데, 집안의 위신과 체면을 무척이나 의식했기 때문이다. 어머니 덕택에 콘스탄틴은 지금 밸브리건[20]에서 수석(首席) 보좌신부로 있고, 가브리엘도 왕립 대학[21]에서 학위를 받을 수 있었다. 그는 자신의 결혼을 언짢아하며 반대하던 어머니의 모습이 떠오르자 얼굴이 어두워졌다. 어머니가 던진 몇 마디의 모욕적인 말들이 아직도 그의 가슴속에 도사리고 있었기 때문이다. 어머니는 그레타를 촌뜨기 말괄량이라고 불렀는데, 이는 전혀 당치 않는 말이었다. 몽크스타운에 있던 그들의 집에서 어머니가 돌아가시기 전 오랫동안 앓아누워 있을 때, 끝까지 어머니를 보살펴 드린 것은 바로 그레타였다.

그는 메리 제인이 연주하는 곡이 거의 끝나 간다고 생각했다. 매 소절이 끝날 때마다 장식적 악구(樂句)를 덧붙여 첫머리의 멜로디를 다시 치는 소리가 들렸기 때문이다. 연주가 끝나기를 기다리는 동안 마음속의 노여움이 가라앉았다. 고음부의 옥타브 트릴과 마지막 악장의 저음부 옥타브를 묵직하게 연주하면서 음악이 끝났다. 우레 같은 박수가 터져 나오자 메리 제인은 얼굴을 붉히며 부랴부랴 악보를 말아 쥐고는 방을 빠져나갔다. 가장 열렬한 박수는 피아노 곡이 시작될 때 식당으로 갔다가 피아노 연주가 끝날 무렵 돌아와 문간에 서 있던, 네 명의 젊은이들로부터 나왔다.

랜서 춤[22]이 시작되었다. 가브리엘의 파트너는 아이버즈 양이었다. 그녀는 솔직한 성격에 말이 많은 젊은 여자로, 주근깨가 있는 얼굴에 갈색 눈이 약간 튀어나와 있었다. 그녀는 가슴팍이 파인 옷을 입지 않았고, 칼라 앞에 꽂은 커다란 브로치 위에는 아일랜드 고유의 명구와 격언이 새겨져 있었다.

그들이 자리를 잡고 서자 그녀가 불쑥 말을 꺼냈다.

"선생님과 좀 따질 일이 있어요."

"나하고요?" 가브리엘이 말했다.

그녀가 엄숙하게 고개를 끄덕였다.

"그게 뭔데요?" 가브리엘은 그녀의 엄숙한 태도에 미소를 지으며 물었다.

"G. C.가 누구예요?" 그에게 눈길을 돌리면서 아이버즈 양이 물었다.

가브리엘이 얼굴을 붉히면서 무슨 영문인지 모르겠다는 듯이 이맛살을 찌푸리자, 그녀가 퉁명스럽게 말했다.

"아, 시침 떼지 마세요! 전 선생님이 《데일리 익스프레스》[23]에 글을 쓰고 계시다는 걸 벌써부터 알고 있어요. 부끄럽지도 않으세요?"

"제가 왜 부끄러워해야 하는 거죠?" 가브리엘이 두 눈을 껌벅이고 미소를 지으려고 애쓰며 반문했다.

"글쎄, 제가 다 부끄러울 지경이에요." 아이버즈 양이 솔직하게 말했다. "어떻게 그따위 신문에 글을 쓰시죠? 선생님이 친영파[24]이신 줄은 미처 몰랐어요."

가브리엘의 얼굴에 당황한 빛이 역력했다. 그가 매주 수요일 《데일리 익스프레스》의 문학 칼럼에 글을 써서 15실링의 고료를 받는 것은 사실이었다. 그렇다고 해서 자기가 친영파가 된 것은 확실히 아니었다. 서평을 써달라고 부쳐오는 책들이 몇 푼 안 되는 고료보다 몇 갑절이나 더 반가웠다. 신간 서적들의 표지를 만지작거리면서 책장을 넘겨 보는 것은 무척이나 즐거운 일이었다. 그는 거의 매일 대학에서 강의를 끝내고 나면 부둣가에 있는 헌책방, 즉 배철러 산책로의 히키 서점, 애스턴 부두에 있는 웨브 서점이나 매시 서점, 혹은 뒷골목에 있는 오클로이시 서점을 배회하곤 했다. 그는 이 여자의 공격에 어떻게 응수해야 할지 몰랐다. 문학은 정치를 초월하는 것이라고 말해 주고 싶었다. 그러나 그들은 오랫동안 친구로 지내왔으며, 처음 대학에 다닐 때부터 지금의 선생 신분에 이르기까지 같은 경력을 유지해 오고 있는 사이였다. 그래서 그녀에게는 아무렇게나 말할 수 있는 처지가 아니었다. 그는 계속 눈을 껌벅거리고 억지웃음을 지어가며, 책의 서평을 쓰는 데 무슨 정치적인 색채가 있겠느냐고 어물어물 낮은 목소리로 말했다.

그들이 서로 위치를 바꾸어야 할 차례가 되었는데도 그는 여전히 어쩔 줄을 몰랐고 마음도 산란했다. 아이버즈 양은 재빨리 그의 손을 다정하게 잡고는 부드럽고 친근한 어조로 말했다.

"아이, 아까는 농담을 한 거예요. 자, 우리 바꿔 서요."

그들이 다시 함께 있게 되자, 그녀는 대학 문제에 관해 이야기했고, 그러자 가브리엘은 좀 더 편안한 기분이 들었다. 그녀의 친구가 가브리엘이 브라우닝의 시에 대해 평을 쓴 것을 그녀에게 보여 주었다. 그렇게 해서 그녀가 그 비밀을 알아냈던 것이다. 하지만 그녀는 그 평이 무척 마음에 들었다. 그러더니 그녀가 갑자기 말했다.

"참, 콘로이 선생님, 이번 여름에 애란 섬[25]으로 놀러 가지 않으시겠어요? 우린 한 달 동안 꼬박 거기서 보낼 작정이에요. 대서양 쪽으로 나가면 참 근사할 거예요. 선생님도 꼭 가세요. 클랜시 씨도 간다고 했고, 킬켈리 씨와 캐슬린 키어니도 간대요. 그레타도 가면 참 좋아할 거예요. 부인이 코노트[26] 출신이시죠, 안 그래요?"

"친정이 그렇지요." 가브리엘이 퉁명스럽게 말했다.

"하지만 선생님은 오시겠지요?" 아이버즈 양이 따뜻한 손으로 그의 팔을 힘껏 붙잡고 조르듯이 말했다.

"사실은 어딜 가기로 이미 약속을 했는데요……." 가브리엘이 말했다.

"어디로 가는데요?" 아이버즈 양이 물었다.

"사실, 전 해마다 몇몇 친구들과 자전거 여행을 떠나지요……."

"그런데 어디로요?" 아이버즈 양이 다그쳤다.

"글쎄, 우리는 보통 프랑스나 벨기에 아니면 독일로 갑니다." 가브리엘이 어색하게 대답했다.

"아니, 왜 우리 나라는 둘러보지 않고 프랑스나 벨기에로 가시는 거죠?" 아이버즈 양이 말했다.

"아, 그건 그곳 나라들의 언어를 접해 보자는 것이고, 또 한편으로는 기분 전환을 해보자는 것이죠." 가브리엘이 말했다.

"그럼 선생님은 우리 나라 말[27]은 접해 보고 싶은 생각이 없으세요? 우리 아일랜드어 말이에요." 아이버즈 양이 물었다.

"글쎄요. 그렇게 말씀하신다면, 아일랜드어는 저의 언어가 아닙니다." 가브리엘이 말했다.

그들 곁에 있던 사람들도 아까부터 이쪽을 바라보며 그녀의 힐문에 귀를 기울였다. 가브리엘은 안절부절못하고 좌우를 돌아보며 난처한 처지에서도 명랑한 표정을 지어 보이려고 애썼지만, 그의 이마에는 붉은빛이 번져갔다.

"그럼 선생님께서는 우리 나라에는 가볼 만한 곳이 없다는 건가요?" 아이버즈 양이 말을 이었다. "전혀 모르는 자기 민족, 자기 나라에는요?"

"아, 솔직히 말하자면." 가브리엘이 갑자기 대꾸했다. "난 내 조국에 진절머리가 나요, 진절머리가 난다고요."

"왜요?" 아이버즈 양이 물었다.

말대꾸에 열이 난 가브리엘은 아무 대답도 하지 않았다.

함께 여행을 가기는 가야 하는데 가브리엘이 입을 다물고 있자 이번에는 아이버즈 양이 열을 내며 말했다.

"물론, 대답을 못 하시겠죠."

가브리엘은 아주 열심히 춤을 춤으로써 마음의 동요를 숨겨 보려고 무진 애를 썼다. 또한 그녀의 얼굴에 뾰로통한 표정이 보였으므로 그녀의 시선을 피하려고 했다. 그러나 길게 늘어선 줄에서 둘이 다시 만났을 때, 그녀가 자기 손을 세게 잡는 것을 느끼지 그는 섬뜩 놀랐다. 하지만 그녀가 눈을 치켜뜨고 잠시 그를 노려보는 바람에 그는 끝내 웃고 말았다. 그러나 다시 줄이 움직이려고 하자 그녀가 발꿈치를 세우고 서서 그의 귀에다 대고 속삭였다.

"친영파!"

랜서 춤이 끝나자 가브리엘은 프레디 맬린즈의 어머니가 앉아 있는 멀리 떨어진 방구석으로 갔다. 프레디의 어머니는 듬직하게 생겼지만 기운이 없어 보이는 백발의 노부인이었다. 음성은 아들처럼 목에 걸리는 소리인 데다 말도 조금 더듬었다. 그녀는 자기의 아들 프레디가 와 있으며, 그다지 취하지도 않았다는 말을 이미 들었다. 가브리엘은 바다를 잘 건너오셨느냐고 안부를 물었다. 노부인은 글래스고우[28]에서 시집간 딸과 함께 살고 있으며, 한 해에 한 번씩 더블린에 다녀갔다. 그녀는 꽤 멋진 항해를 했으며, 선장이 참으로 잘 보살펴 주었다는 이야기를 차분하게 했다. 또 글래스고우에서 딸이 사는 집이 아주 아름다우며, 그곳 사람들도 매우 좋다고 했다. 노부인이 이야기보따리를 쏟아내는 동안 가브리엘은 아이버즈 양과 나누었던 불쾌한 대화를 기억에서 말끔히 씻어내려고 애썼다. 물론 그 처녀, 아니 여성은 호칭이야 어찌 되었든 간에, 아일랜드의 열렬한 민족주의자였지만 모든 일에는 때가 있는 법이다. 아마 자신이 그런 식으로 대답하지 말았어야 했는지도 모른다. 하지만 농담으로라도 많은 사람들 앞에서 자신을 친영파라고 부를 권리가 그녀에게는 없는 것이다. 그런데 그 여자는 토끼 같은 눈을 동그랗게 뜨고 그에게 따지려 들면서 사람들 앞에서 그를 놀림감으로 만들고자 했다.

왈츠를 추는 여러 쌍의 남녀들 사이를 뚫고 자기 쪽으로 걸어오는 아내가 보였다. 그에게 다다르자 그녀는 그의 귀에다 대고 속삭였다.

"여보, 케이트 이모님께서 여느 때처럼 당신이 거위 고기를 잘라주지 않겠느냐고 물으세요. 데일리 양은 햄을 썰고, 저는 푸딩을 맡겠어요."

"그러지." 가브리엘이 말했다.

"이 왈츠가 끝나는 대로 젊은 사람들에게 먼저 자리를 만들어 주고, 우리는 우리끼리 자리를 마련하겠다고 하시네요."

"당신도 춤을 좀 추었소?"

"그럼요, 추고말고요. 못 보셨어요? 몰리 아이버즈하곤 무슨 말다툼이라도 하셨어요?"

"말다툼은 무슨 말다툼. 왜? 그 여자가 뭐라고 합디까?"

"그런 것처럼 말하던데요. 제가 저기 다아시 씨에게 노래를 시켜볼게요. 자부심이 대단한 분인 것 같아요."

"말다툼 같은 건 없었어." 가브리엘이 침울하게 대답했다. "그저 아일랜드의 서부 지방으로 여행을 가자는 것을 내가 싫다고 했을 뿐이야."

그의 아내는 그 말에 흥분해서 두 손을 모아 쥐고 껑충껑충 뛰었다.

"아, 가요, 여보. 골웨이[29]를 정말 다시 가보고 싶어요." 그의 아내가 소리쳤다.

"가고 싶으면 가구려." 가브리엘이 냉정하게 대답했다.

그녀는 잠시 그를 쳐다보고는 맬린즈 부인을 돌아보며 말했다.

"나 참, 남편이라고 말하는 것 좀 보세요, 맬린즈 부인."

그녀가 방을 가로질러 저쪽으로 돌아가는 동안, 맬린즈 부인은 자기의 이야기가 중단된 것에 개의치 않고 스코틀랜드에는 정말 아름다운 곳이 많으며, 경치도 아름답다고 가브리엘에게 계속 이야기했다. 사위가 해마다 딸과 자기를 데리고 호수로 낚시를 간다는 이야기며, 사위의 낚시 솜씨가 아주 뛰어나서 어느 날은 아름답고 아주 커다란 물고기를 낚았는데 호텔 요리사가 그것으로 저녁 요리를 멋지게 해주었다는 이야기들을 늘어놓았다.

가브리엘은 그녀가 하는 말을 거의 듣지 않았다. 만찬 시간이 다가왔기 때문에 그는 자기가 해야 할 연설과 인용 문구를 또다시 생각하기 시작했다. 프레디 맬린즈가 자기 어머니를 보러 방을 가로질러 오는 것을 보자, 가브리엘은 그에게 의자를 비워 주고 창가로 물러섰다. 방은 이미 텅 비어 있었고, 뒷방에서는 접시며 나이프가 쨍그랑하고 부딪히는 소리가 들려왔다. 아직 응접실에 남아 있는 사람들은 춤에 지쳤는지 삼삼오오 무리를 지어 조용히 이야기를 나누었다. 가브리엘은 따뜻하고 떨리는 손가락으로 차가운 유리창을 가볍게 두드렸다. 바깥은 얼마나 시원할까? 우선 강가를 따라 걷다가 공원[30]으로 들어가 혼자 걸으면 얼마나 기분이 좋을까! 눈이 나뭇가지마다 하얗게 쌓이고, 웰링턴 기념비[31]는 하얀 눈 모자를 썼겠지. 저녁 만찬보다는 거기가 얼마나 더 기분이 좋을까!

그는 자기가 할 연설의 서두를 죽 훑어보았다. 아일랜드인의 친절성, 슬픈 추억들, 세 여신,[32] 파리스,[33] 그리고 브라우닝의 시구 인용. 그는 서평에 이미 썼던 글귀, "독자는 사색으로 고통받는 음악을 듣는 듯한 느낌을 갖게 된다."라는 구절을 혼잣말로 되뇌어 보았다. 아이버즈 양이 그 서평을 칭찬했는데, 과연 진심이었을까? 아일랜드를 사랑한다고 저렇게 떠들어대는 이면에 정말 그녀 자신의 인생이란 것이 있을까? 두 사람 간에 불쾌했던 일이 생긴 것은 오늘 저녁이 처음이었다. 자기의 연설을 들으며 식탁에 딱 버티고 앉아서 비아냥거리는 듯한 눈초리로 노려볼 그 여자를 생각하니 맥이 탁 풀렸다. 그녀는 그의 연설이 실패로 돌아가는 것을 보고도 안됐다는 생각을 하지 않을 것이다. 그때 문득 좋은 생각이 떠오르면서 자신감이 생겼다. 케이트 이모와 줄리아 이모를 가리켜서 이렇게 말하리라. "신사 숙녀 여러분, 우리들의 쇠태해 가는 세대에도 나름대로 잘못이 있는지 모릅니다. 하지만 제 견해로는 그 세대는 친절, 유머, 인정 같은 어떤 특질을 지녔다고 생각합니다. 그러나 이러한 특질이 우리들 주위에서 지금 자라나고 있는, 새롭고 아주 진실하며 고등교육을 받은 세대에게는 부족한 듯 여겨집니다." 아주 근사하다. 이것은 아이버즈 양에게 들으라는 소리이다. 두 이모님이 무식한 두 할망구에 지나지 않는다는 이야기가 되겠지만 그게 무슨 상관이란 말인가?

방 안에서 웅성거리는 소리가 그의 주의를 끌었다. 브라운 씨가 줄리아 이모를 정중하게 모시고 문으로 들어오고, 줄리아 이모는 그의 팔에 매달려 고개를 숙인 채 미소를 지었다. 줄리아 이모가 피아노 있는 데까지 가는 동안 불규칙한 소총 소리 같은 박수 소리가 계속되었다. 그러자 메리 제인이 피아노 의자에 앉고, 미소를 거둔 줄리아 이모가 목소리가 방 안에서 가장 잘 들릴 수 있도록 몸을 반쯤 돌리자 박수 소리가 점점 잦아들었다. 가브리엘은 전주곡을 이미 알고 있었다. 그것은 줄리아 이모가 예전에 즐겨 부르던 노래로 「신부로 단장하고」[34]라는 곡이었다. 줄리아 이모는 힘차고 맑은 목소리로 곡의 장식음을 압도하면서 활기차게 노래를 불렀고, 노래를 매우 빠르게 불렀는데도 하찮은 장식음 하나도 놓치지 않았다. 노래하는 사람의 얼굴을 보지 않고 음성만을 듣고 있자면 경쾌하면서도 안전하게 비상(飛翔)하는 감흥을 느끼고 함께 나누는 듯했다. 가브리엘은 노래가 끝나자 다른 사람들과 함께 열광적인 박수갈채를 보냈다. 그리고 보이지 않는 식탁에서도 우렁찬 박수 소리가 터져 나왔다. 박수 소리가 너무 진지하게 들렸던지, 표지에 자기 이름의 이니셜이 새겨진 낡은 가죽 노래책을 악보대에 다시 놓으려고 허리를 굽히는 줄리아 이모의 얼굴에도 작은 홍조가 번졌다. 노래를 좀 더 잘 들어보겠다고 머리를 비스듬히 기울이고 듣던 프레디 맬린즈는 다른 사람들이 모두 그쳤는데도 혼자서만 여전히 박수를 치면서 자기 어머니에게 신이 나서 떠들었다. 그의 어머니는 아들의 말이 맞는다는 듯이 엄숙하고도 천천히 고개를 끄덕였다. 마침내 더 이상 박수를 칠 수 없게 되자, 그는 갑자기 자리에서 벌떡 일어나 부리나케 방을 가로질러 줄리아 이모에게 건너가서, 그녀의 손을 두 손으로 부여잡고 말문이 막히거나 목소리가 막혀 견딜 수 없을 때는 그녀의 손을 흔들어댔다.

"방금 저의 어머니께도 말씀드렸지만, 이렇게 노래를 잘 부르시는 건 처음 듣습니다. 오늘 밤처럼 이렇게 목소리가 좋으신 것은 처음입니다. 자! 저의 말을 믿으시겠어요? 정말입니다. 맹세코 이건 진실입니다. 그렇게도 신선하고, 그렇게…… 맑고 시원한 목소리는 결코 들어본 적이 없습니다, 결코." 그가 말했다.

줄리아 이모는 환하게 웃으며, 그의 손아귀로부터 손을 빼내며 과찬이라는 뜻의 말을 뭐라고 중얼거렸다. 브라운 씨는 줄리아 이모 쪽으로 쫙 편 한 손을 내뻗으며 굉장한 사람을 관객들에게 소개하는 흥행사의 몸짓으로 자기 가까이에 있는 사람들에게 말했다.

"줄리아 모컨 여사, 제가 최근에 발굴해 낸 가수입니다!"

그가 이 말에 스스로 흡족해서 껄껄 웃고 있는데, 프레디 맬린즈가 그를 돌아보며 말했다.

"이봐요, 브라운 씨. 당신은 죽었다 깨어나도 이보다 훌륭한 발견은 못 할 거요. 내가 아는 한에선 이 반에라도 미치는 노래조차 결코 들어본 적이 없다니까요. 정말이에요."

"나도 그래." 브라운 씨도 맞장구를 쳤다. "목소리가 엄청 좋아지셨다니까."

그 말에 줄리아 이모는 어깨를 으쓱하고는 점잖게 무게를 잡으며 말했다.

"30년 전에도 목소리가 그리 나쁘진 않았어요."

"내가 줄리아한테 자주 하는 말이지만." 케이트 이모가 열을 내며 말했다. "줄리아는 그 성가대에서 좋은 세월을 다 보냈다니까요. 그래도 내 말이라면 절대로 들으려 하지 않아요."

그녀는 고집 센 아이에 대해 타인의 훌륭한 판단에 호소라도 하듯이 고개를 돌렸다. 한편 줄리아 이모는 앞만 응시했는데, 추억을 더듬는 듯한 희미한 미소가 얼굴에 감돌았다.

"그렇다니까요." 케이트 이모가 말을 이었다. "밤이고 낮이고 그 성가대에서 노예처럼 일만 하면서, 남의 말이라면 아예 귀를 닫아버리고, 시키는 대로 하려고도 않지 뭐예요. 크리스마스에는 아침 6시부터 난리였어요. 도대체 무엇을 위해 그러느냐 말이에요?"

"글쎄, 그건 다 하느님의 영광을 위한 것 아니겠어요, 케이트 고모?" 메리 제인이 피아노 의자 위에서 몸을 돌리고 미소를 지으며 물었다.

"하느님께 영광을 드리기 위해서란 것은 나도 잘 안단다, 메리 제인. 하지만 평생을 그곳에서 노예처럼 일해 온 여자들을 성가대에서 몰아내고, 그 대신 젖비린내 나는 조무래기 녀석들을 올려 앉힌 교황의 처사도 결코 바른 것이라고 생각지 않아. 물론 교황께서 그렇게 하신 것은 성당을 위한 일이기야 하겠지만 그건 공평치가 않아. 그건 온당치 못한 처사야, 메리 제인, 옳지가 않다고."

자기로서는 가슴 아픈 일이었기 때문에 케이트 이모는 발끈 화를 내면서 계속해서 동생을 옹호해 주고 싶었을 것이다. 그러나 메리 제인은 춤추던 사람들이 모두 돌아온 것을 보고 달래듯 끼어들면서 말했다.

"자, 케이트 고모님, 브라운 씨한테 실례가 되지 않겠어요, 종파가 다르신 분인데."

자기 종교에 관한 이런 이야기를 듣고서 히죽거리고 있는 브라운 씨를 돌아보며 케이트 이모가 빠른 말로 말했다.

　"아, 교황께서 옳지 않다는 것은 아니에요. 나같이 어리석은 늙은이가 어찌 감히 그런 소리를 입에 담을 수가 있겠어요. 그래도 우리가 살아가는 일상사에는 예의니 감사니 하는 것들이 있지 않느냐 말이에요. 내가 만약 줄리아 같은 일을 당했다면 힐리 신부님을 똑바로 쳐다보면서 말하겠어요……."

　"그건 그런데요, 케이트 고모님." 메리 제인이 말했다. "우리 모두는 정말 배가 고프거든요. 그리고 배가 고플 때면 언제고 언쟁이 생기게 마련이라고요."

　"또 목이 마를 때에도 언쟁이 생기기 마련이지요." 브라운 씨가 말했다.

　"그러니까 저녁 식사부터 하는 게 낫겠어요. 그런 후에 말씀을 마저 끝내도록 하시죠."

　응접실 밖의 층계참에서 가브리엘은 자기 아내와 메리 제인이 아이버즈 양에게 저녁 식사나 하고 가라고 만류하는 것을 보았다. 그러나 이미 모자를 쓰고 외투 단추를 채우는 아이버즈 양은 더 이상 머무를 수 없다면서, 자기는 조금도 시장하지 않을뿐더러 이미 너무 오래 지체했다고 사양했다.

　"그렇지만 딱 10분만이라도 더 머물다 가요, 몰리 양. 그렇다고 늦는 건 아니잖아요." 콘로이 부인이 말했다.

　"그렇게 춤을 추셨는데 뭐라도 좀 들고 가셔야죠?" 메리 제인이 말했다.

　"정말 안 되겠어요." 아이버즈 양이 극구 사양했다.

　"별로 재미가 없었던가 봐요." 메리 제인이 하는 수 없다는 듯이 말했다.

"아주 재미있었어요, 정말로." 아이버즈 양이 말했다. "그렇지만 이젠 정말 저를 좀 보내주셔야겠어요."

"그런데 집까지 어떻게 가시려고요?" 콘로이 부인이 물었다.

"아, 부둣가로 조금만 가면 돼요."

가브리엘이 잠시 머뭇거리더니 말을 꺼냈다.

"괜찮으시다면, 아이버즈 양, 제가 댁까지 모셔다 드리죠. 정말 이렇게 굳이 가셔야만 한다면 말이에요."

그러나 아이버즈 양은 뿌리치고 나서며 큰 소리로 말했다.

"아니에요. 제발 들어가서 저녁이나 드세요. 제 걱정은 마시고요. 제 일은 제가 알아서 할 테니까요."

"참, 알 수 없는 분이군요, 몰리 양." 콘로이 부인이 솔직하게 말했다.

"빈낙트 리브."[35] 아이버즈 양은 큰 소리로 인사말을 남기고 웃으면서 계단을 뛰어 내려갔다.

메리 제인은 침울하고 당황스러운 표정으로 아이버즈 양의 뒷모습을 물끄러미 바라보았다. 한편 콘로이 부인은 난간에 기대서서 현관문이 닫히는 소리에 귀를 기울였다. 가브리엘은 아이버즈 양이 급히 가버린 것이 자기 때문은 아니었을까 하고 생각해 보았다. 하지만 그녀는 그렇게 기분 나빠 보이지 않았다. 웃으며 떠나지 않았던가 말이다. 그는 멍하니 계단 쪽을 내려다보며 서 있었다.

그때 케이트 이모가 식당에서 부리나케 뛰어오더니, 거의 두 손을 쥐어틀다시피 하면서 낭패라는 듯이 소리쳤다.

"이 사람, 가브리엘은 어디 있어? 도대체 가브리엘은 어디 갔느냐 말이야? 다들 기다리고 있고 준비도 다 되었는데 거위 고기를 잘라줄 사람이 없으니, 내 참!"

죽은 사람들 291

"여기 있어요, 케이트 이모님." 가브리엘이 갑자기 활달하게 소리쳤다. "필요하시다면 거위 떼라도 잘라드리죠."

식탁 한쪽 끝에는 살진 누런 거위 한 마리가 놓여 있고, 다른 끝에는 파슬리의 잔가지를 늘어놓은 쪼글쪼글 주름이 잡힌 종이 위에 껍질을 벗기고 빵가루를 뿌린 커다란 햄이 한 덩이 놓여 있었다. 거위의 정강이 주위에는 산뜻한 종이로 만든 주름 장식이 둘러져 있고, 그 곁에는 양념한 소고기 한 덩어리가 놓여 있었다. 이 상반되는 양쪽 끝 사이에는 두 줄로 작은 요리 접시들이 평행을 이루며 늘어서 있었다. 빨간색과 노란색의 성당 모양으로 만든 두 개의 젤리, 하얀 크림과 빨간 잼 덩어리가 가득 담긴 얕은 접시, 자줏빛 건포도와 껍질을 벗긴 아몬드가 담긴, 줄기 모양의 손잡이가 달린 커다란 초록색 잎사귀 모양의 접시, 스미르나 무화과를 네모 모양으로 단단하게 쌓아 올린 그와 같은 모양의 또 하나의 접시, 육두구(肉荳蔲)를 갈아서 위에 덮은 커스터드 접시, 금종이 은종이에 싼 초콜릿과 사탕을 가득 담은 작은 사발, 그리고 긴 셀러리 줄기를 몇 개 꽂아둔 유리 꽃병이 하나 놓여 있었다. 식탁 한가운데에는 세공 유리로 된 땅딸막한 구식 술병 두 개가 오렌지와 미국 사과를 피라미드 모양으로 쌓아 올린 과일 쟁반을 지키는 보초병처럼 놓여 있었는데, 한 개에는 포트와인이, 다른 한 개에는 셰리주가 담겨 있었다. 뚜껑이 닫힌 구식 피아노 위에는 엄청나게 큰 누런 접시에 푸딩이 담겨 있었고, 그 뒤에는 흑맥주와 에일주(酒) 및 탄산수 병들이 군복 색깔에 따라 세 개 분대로 정렬되어 있었다. 앞의 까만색 두 분대에는 갈색과 빨간 딱지가 붙어 있었고, 세 번째의 제일 작은 분대는 하얀 바탕에 초록색 견장을 달았다.

가브리엘은 대담하게 식탁 제일 윗자리에 앉아 칼날을 살펴

본 다음 포크를 거위 살 속으로 푹 찔렀다. 그는 이제 아주 마음이 편했다. 고기를 자르는 데 아주 능숙했고, 잘 차려진 식탁 윗자리에 앉는 것보다 기분 좋은 일은 없었기 때문이다.

"펄롱 양, 뭘 드릴까요?" 그가 물었다. "날개를 드릴까요, 아니면 가슴살을 드릴까요?"

"가슴살로 조금만요."

"히긴즈 양은 뭘 드릴까요?"

"아, 무엇이든 괜찮아요, 콘로이 씨."

가브리엘과 데일리 양이 거위 고기 접시와 햄과 양념 쇠고기 접시를 돌리는 동안, 릴리는 흰 냅킨에 싼 뜨겁고 바삭바삭한 감자를 담은 접시를 들고 손님들 사이를 오가며 권했다. 이것은 메리 제인이 생각해 낸 것인데, 그녀는 거위 고기에 애플 소스를 치자고 제안했지만, 케이트 이모는 애플 소스를 치지 않고 그냥 구운 거위 고기가 자기 입맛에는 맞는다면서 자칫하면 맛을 버릴지도 모른다고 했다. 메리 제인은 자기 제자들의 시중을 들며, 가장 좋은 고기 조각을 골라주었고, 케이트 이모와 줄리아 이모는 남자 손님들에게는 흑맥주와 에일주 병을, 여자 손님들에게는 탄산수 병을 따서 피아노가 있는 곳으로부터 날랐다. 혼잡과 웃음소리와 소음, 무엇을 보내라는 소리와 무엇을 달라고 했느냐고 묻는 소리, 나이프와 포크 소리, 코르크 마개와 유리 마개를 따는 소리들이 뒤범벅이 되어 아주 떠들썩했다. 가브리엘은 첫 번째로 자른 것을 모두에게 다 나눠 주자마자 자기는 먹지도 않은 채 다시 두 번째 고기를 잘라서 돌리기 시작했다. 모든 사람들이 그렇게 해서는 안 된다고 항의를 하고, 고기 자르는 일도 쉬운 일은 아니었으므로 그는 못 이기는 체하면서 흑맥주를 한 모금 길게 들이켰다. 메리 제인은 조용히 앉아서 식사를 했으나,

케이트 이모와 줄리아 이모는 여전히 서로 뒤를 쫓아다니며, 맞부딪치기도 하고, 서로 귓등으로 듣지도 않는 말을 이르기도 하면서, 식탁 주위를 종종걸음으로 돌아다녔다. 브라운 씨가 두 이모에게 제발 좀 앉아서 식사를 하라고 간청했고, 가브리엘도 역시 간청했으나, 두 이모가 아직 식사할 시간이 넉넉하다며 고집을 피우는 바람에 마침내 프레디 맬린즈가 일어나서 케이트 이모를 붙잡아다가 억지로 자리에 앉혔는데, 일동은 그 모습을 보고 떠나갈 듯 웃어댔다.

모두에게 고기를 충분히 돌리고 난 뒤 가브리엘이 미소를 지으며 말했다.

"자, 막말로 말해 배가 터지도록 드시고 싶은 분이 계시면 누구든지 말씀하세요."

사람들이 이구동성으로 그에게 어서 식사를 좀 들라고 권했고, 릴리는 그를 위해 남겨 두었던 감자 세 개를 가지고 왔다.

"그럼 좋습니다. 잠시 동안 제가 없는 걸로 생각해 주십시오." 가브리엘은 상냥하게 말하고서 식사하기 전에 목부터 축이기 위해 술을 다시 한 모금 마셨다.

그는 식사를 하느라고 릴리가 식탁의 접시를 치우는 소리도 들리지 않을 정도로 떠들어대는 사람들의 대화에 끼어들지 않았다. 화제는 때마침 왕립 극장[36]에서 공연 중인 오페라단 이야기였다. 테너 가수이며, 멋진 콧수염을 기른 피부색이 가무잡잡한 청년 바텔 다아시 씨는 그 오페라단의 제1콘트랄토 가수를 극찬했지만, 펄롱 양은 그 가수의 연기에 기품이 조금 없는 것 같더라고 했다. 프레디 맬린즈는 어떤 흑인 추장이 게이어티 극장[37]의 팬터마임 제2부에서 노래를 불렀는데, 그는 자기가 지금껏 들어본 중에서 가장 훌륭한 음성을 가진 테너 가수라고 했다.

"들어보셨나요?" 프레디 맬린즈가 식탁 건너편에 있는 바텔 다아시 씨에게 물었다.

"아뇨." 바텔 다아시 씨는 아무 관심도 없다는 듯이 대답했다.

"왜냐하면." 프레디 맬린즈가 설명했다. "지금 난 그에 대한 선생님의 평가를 듣고 싶어서입니다. 전 그 사람이 대단히 훌륭한 목소리를 가졌다고 생각합니다."

"정말 훌륭한 것을 찾아내는 것은 테디뿐이지요." 브라운 씨가 스스럼없이 식탁을 향해 말했다.

"아니, 왜 그 사람이라고 좋은 음성을 가지면 안 된다는 법이 있답디까? 그가 단지 흑인이기 때문인가요?" 프레디 맬린즈가 날카롭게 물었다.

아무도 이 물음에 대답하지 않자, 메리 제인은 식탁의 화제를 아까 하던 오페라 이야기로 돌렸다. 그녀의 제자 중 하나가 초대권을 갖다 주어서 「미뇽」[38]을 구경했는데, 물론 아주 좋았지만, 듣고 있자니까 가엾은 조지나 번즈[39]가 자꾸만 생각나더라고 말했다. 브라운 씨는 훨씬 더 먼 옛날 이야기로 돌아가서 이전에 더블린에 늘 오곤 했던 이탈리아 오페라단 이야기를 꺼냈다.— 티에트젠스, 일마 데, 무르즈카, 캄파니니, 위대한 트레벨리, 지우글리니, 라벨리, 아람브로[40] 등등 더블린에서 노래 같은 노래를 들을 수 있었던 것은 그 시절이었다고 말했다. 그는 또한 옛날에는 왕립 극장 꼭대기 층까지 밤마다 초만원이었으며, 어느 날 저녁 이탈리아 테너 가수 한 사람이 매번 고음부의 C로 시작되는 「병사답게 죽으련다」[41]라는 곡을 불러 다섯 번이나 앙코르를 받았고, 또 어떤 때는 오페라에 왔던 청년 관객들이 하도 열광한 나머지 어느 주연 여배우가 타고 온 마차의 말들을 끌어내고, 대신 자기들이 직접 마차를 끌고 호텔까지 여배우를 데려다

줬다는 이야기를 했다. 그는 "왜 요즘은 「디노라」,[42] 「루크레치아 보르지아」[43] 같은 오래된 그랜드 오페라를 공연하지 않을까요?" 하고 묻더니, "아마 그런 곡들을 노래할 만한 음성을 가진 가수들이 없기 때문이겠지요." 하고 말을 맺었다.

"천만에요." 바텔 다아시 씨가 말을 받았다. "내가 보기엔 오늘날에도 예전이나 다름없이 훌륭한 가수들이 있습니다."

"어디 있단 말입니까?" 브라운 씨가 도전적으로 물었다.

"런던, 파리, 밀라노 같은 데 말입니다." 바텔 다아시 씨가 흥분하여 말했다. "예를 들면 카루소[44] 같은 가수는 방금 당신이 말한 가수들보다 낫다곤 할 수 없어도 그들에게 뒤지진 않을 겁니다."

"그럴 수도 있겠지만." 브라운 씨가 말했다. "저로서는 믿어지지 않는데요."

"아, 저는 카루소가 노래하는 것을 들을 수만 있다면 더 이상 소원이 없겠어요." 메리 제인이 말했다.

"내가 보기엔." 아까부터 뼈에 붙은 고기를 뜯고 있던 케이트 이모가 말했다. "내 마음에 드는 테너 가수라곤 딱 한 사람이 있었어. 그런데 여기 있는 사람들은 아마 그 사람 이야기를 한 번도 못 들어봤을걸."

"그 가수가 누군데요, 모컨 아주머니?" 바텔 다아시 씨가 공손하게 물었다.

"그 가수 이름은 파킨슨[45]이에요." 케이트 이모가 말했다. "그가 한창 전성기 때 그의 노래를 들었지요. 내 생각으로는 그 당시 사람의 목에서 나오는 소리치고 그의 목소리만큼 순수한 테너는 없는 듯했다니까요."

"이상하군요." 바텔 다아시 씨가 말했다. "저는 그 사람의 이름도 못 들어봤는데요."

"그래, 그래. 모컨 아주머니의 말씀이 옳아." 브라운 씨가 말했다. "예전에 파킨슨의 노래를 들어본 것이 기억나요. 하지만 너무도 오래전의 일이지요."

"아름답고, 순수하고, 감미롭고, 부드러운 영국의 테너 가수였지." 케이트 이모가 열정적으로 말했다.

가브리엘이 식사를 끝마치자 커다란 푸딩이 식탁으로 옮겨졌다. 다시 포크와 스푼이 달가닥거리는 소리가 났다. 가브리엘의 아내가 푸딩을 스푼으로 듬뿍듬뿍 떠서 접시에 담아 식탁으로 돌렸다. 식탁 중간쯤에서 메리 제인이 그것을 받아 다시 산딸기며, 오렌지 젤리며, 블라망주, 그리고 잼을 더 담아서 돌렸다. 이 푸딩은 줄리아 이모가 만든 것이었는데, 자리에 있는 모든 사람들로부터 칭찬이 자자했다. 그러나 줄리아 이모는 색깔이 좀 더 누렜으면 좋았을 것이라고 했다.

"글쎄, 저, 모컨 아주머니, 제가 대신 갈색이 됐다고 해두시지요. 아시다시피 제 이름이 브라운이니까요." 브라운 씨가 익살을 부렸다.

가브리엘을 제외한 모든 남자 손님들이 줄리아 이모의 성의를 생각해서 푸딩을 조금씩 먹었다. 가브리엘은 단것을 절대로 먹지 않았기 때문에 그의 몫으로는 셀러리를 남겨 두었다. 프레디 맬린즈는 셀러리 줄기를 집어 푸딩과 함께 먹었다. 그는 셀러리가 피에 제일 좋다는 이야기를 들었고, 그때 마침 의사의 치료를 받고 있었기 때문이다. 저녁 식사 내내 말이 없던 맬린즈 부인은 자기 아들이 일주일쯤 후에 맬러리 산[46]으로 휴양을 갈 것이라고 했다. 그러자 사람들은 식탁의 화제를 맬러리 산으로 옮겨 그곳의 공기가 정말로 신선하고, 그곳 수도사들이 매우 친절하여 찾아오는 손님들에게 한 푼의 돈도 요구하는 일이 없다는 등의 말들을 늘어놓았다.

"그런데 그게 무슨 말씀이세요?" 브라운 씨가 믿을 수 없다는 표정으로 말했다. "거기에 가서 마치 호텔인 양 머무르면서 온갖 맛있는 음식을 먹어대고 지내다가 한 푼도 안 내고 돌아와도 괜찮다는 이야긴가요?"

"아, 대부분의 사람들은 그곳을 떠날 때 수도원에 얼마간의 헌금을 하지요." 메리 제인이 말했다.

"우리 성단에도 그런 기관이 있으면 좋겠네요." 브라운 씨가 솔직하게 말했다.

그는 수도사들이 절대로 말을 하지 않으며, 새벽 2시에 일어나고, 관 속에 들어가 잔다는 이야기[47]를 듣고 깜짝 놀라서, 무엇 때문에 그런 짓을 하느냐고 물었다.

"그게 수도원의 규율이지요." 케이트 이모가 단호하게 말했다.

"알아요, 그런데 왜 그래야 하죠?" 브라운 씨가 물었다.

케이트 이모는 "그것이 수도원의 규율이지요. 그게 모두 다."라는 말만 되풀이했다. 브라운 씨는 그래도 납득이 가지 않는 모양이었다. 프레디 맬린즈는 수도사들이 외부 세계에 사는 모든 죄인들이 저지른 죄를 속죄하기 위해 애쓰는 것이라고 될 수 있는 한 열심히 설명했다. 이러한 설명도 석연치 않은지 브라운 씨가 히죽이 웃으면서 말했다.

"그건 매우 좋은 생각이지만 편안한 스프링 침대와 관(棺)이 뭐가 다릅니까?"

"관은 말이에요, 그들에게 늘 최후의 종말을 상기시켜 주지요." 메리 제인이 말했다.

이처럼 화제가 음산한 이야기로 번지자 식탁에 앉은 모든 사람들이 침묵에 빠져들었다. 그사이에 맬린즈 부인이 분명치 않은 나지막한 목소리로 옆 사람에게 말하는 소리가 들렸다.

"참 좋은 사람들이지요. 그 수도사들 말이에요. 참 경건한 사람들입니다."

건포도, 아몬드, 무화과, 사과, 오렌지, 초콜릿, 사탕 등이 이제 식탁 주변을 한 바퀴 돌았다. 그리고 줄리아 이모는 손님들에게 포트와인이나 셰리주를 들라고 권했다. 처음에 바텔 다아시 씨는 아무것도 들지 않겠다고 사양했으나, 옆에 앉은 사람 중 하나가 옆구리를 쿡쿡 찔러가며 뭐라고 속삭이자 할 수 없이 잔을 채웠다. 차차 마지막 술잔이 다 채워지자 이야기도 점점 잦아들었다. 그 뒤로 잠시 침묵이 흐르면서 술 따르는 소리와 의자를 바로잡는 소리만 들렸다. 세 명의 모컨 부인들은 모두 식탁보만 내려다보았다. 누군가 한두 번 기침을 하자 남자 손님 몇이서 조용히 하라는 신호로 가볍게 식탁을 툭툭 쳤다. 실내가 조용해지자 가브리엘이 의자를 뒤로 빼면서 자리에서 일어났다.

그를 환영한다는 뜻으로 식탁을 두드리는 소리가 일제히 한 번 커졌다가 갑자기 매우 조용해졌다. 가브리엘은 떨리는 열 손가락으로 식탁보를 짚고 서서 긴장된 웃음을 지으면서 좌중을 둘러보았다. 일제히 얼굴을 쳐들고 자기를 바라보는 죽 늘어선 얼굴들과 마주치자, 그는 얼굴을 들어 샹들리에를 쳐다보았다. 피아노에서는 왈츠 음악이 흘러나왔고, 치맛자락이 응접실 문을 스치고 지나가는 소리가 들렸다. 아마 바깥에서는 사람들이 눈 쌓인 부둣가에 서서 불 켜진 창들을 쳐다보며 왈츠 음악에 귀를 기울이고 있겠지. 아마 그곳의 공기는 맑으리라. 저 멀리에는 공원이 있고, 그곳 나무들은 눈 속에 잠겨 있으리라. 웰링턴 기념비는 피프틴 에이커즈[48]의 하얀 눈벌판 너머 서쪽을 향해 반짝이는 눈 모자를 쓰고 있겠지.

그가 연설을 시작했다.

"신사 숙녀 여러분! 저는 오늘 저녁에도 예년과 마찬가지로 즐거운 임무를 수행해야 할 운명에 처한 것 같습니다. 그러나 언변이 부족한 저로서는 이 임무가 너무나 버겁게만 느껴집니다."

"천만에요, 천만에!" 브라운 씨가 말했다.

"하지만 설령 그렇다손 치더라도, 오늘 밤 저의 행동에 대한 성의만큼은 어여삐 봐주시길 바라며, 이번 파티에 즈음하여 제가 느낀 바를 말씀드리고자 하오니 잠시 귀를 기울여 주시기 바랍니다.

신사 숙녀 여러분! 우리가 온정이 넘치는 이 지붕 아래서 이처럼 화기애애하게 식탁에 함께 둘러앉게 된 것은 이번이 처음이 아닙니다. 또 우리가 이 댁의 훌륭하신 귀부인들의 환대를 받는 것도—아니, 이렇게 말씀드리는 것이 더 나을지도 모르겠습니다만, 그분들의 환대의 희생자가 된 것도—이번이 처음이 아닙니다."

그는 자신의 팔로 허공에 원을 그리며 잠시 말을 멈췄다. 모든 사람들이 케이트 이모와 줄리아 이모와 메리 제인을 보고 웃거나 미소를 지었다. 그러자 그들은 기쁨으로 얼굴이 홍당무가 되었다. 가브리엘은 한층 대담하게 말을 이어 나갔다.

"제가 해를 거듭할수록 더욱 절실히 느끼는 것은 우리나라가 가장 많은 영광을 돌리며 애써 지켜야 할 전통은 바로 환대의 전통이라는 겁니다. 이것은 저의 경험으로 미루어(저는 해외의 여러 나라를 방문한 적이 있습니다만) 현대의 여러 나라들 가운데서도 우리 나라만의 아주 독특한 전통이라고 생각합니다. 아마 이렇게 말씀하시는 분도 계실 것입니다. 이것은 우리의 자랑이라기보다는 오히려 결점이라고 말입니다. 설령 그 말이 옳다손 치더라도 제 생각으로는 기품 있는 결점이며, 우리들 사이에서 오랫동안 가꾸어 나가야 할 결점이라고 굳게 믿고 있습니다. 저는 적어도 한 가지만은 확신합니다. 앞서 말씀드린 대로, 이 집의 지붕이 세 부인들을 보호해 주는 한—그리고 앞으로도 여러 해 동안 그러기를 진심으로 기원하지만—진실하고 따뜻한 마음에서 우러나오는 아일랜드 사람들의 공손한 환대의 전통, 즉 우리 선조들이 우리들에게 물려주었고, 또 우리가 후손들에게 물려주어야 할 바로 그 전통이, 여기 우리들 사이에 엄연히 살아 있다는 것입니다."

과연 그렇다는 마음에서 우러나오는 동의의 웅성거림이 식탁 주변으로 퍼져 나갔다. 아이버즈 양이 지금 여기에 없다는 것, 그리고 그녀가 무례하게 떠나버렸다는 생각이 가브리엘의 마음을 화살처럼 뚫고 지나갔다. 그러자 그는 자신 있게 말을 이었다.

"신사 숙녀 여러분! 우리들 가운데 하나의 새로운 세대가 자라나고 있습니다. 바로 새로운 사상과 새로운 원칙에 따라 행동하는 세대 말입니다. 그들은 이 새로운 사상을 진지하고 열정적으로 받아들입니다. 그리고 이러한 열정이 비록 그릇된 방향으로 간다손 치더라도, 대체로 진지하다고 저는 믿습니다. 그러나 우리는 회의의 시대, 제가 이런 말을 써도 되는지 모르지만, 사유(思惟)로 고통받는 시대에 살고 있습니다. 그리고 때때로 저는 교육을 받은, 아니 실은 최고의 교육을 받은 이 새로운 세대에게 지난날의 유산인 인간애, 환대, 상냥한 유머 같은 것이 결핍되어 있는 것이 아닌지 심히 두렵습니다. 오늘 밤에 지난날의 저 모든 위대한 가수들의 이름에 귀를 기울이고 있자니, 감히 저는 고백하는 바이지만, 제가 느끼는 것은 우리들은 아량이 넓지 못한 시대에 살고 있다는 것입니다. 그 옛날은 아량이 넓은 시대였다고 불러도 과장은 아닐 것입니다. 그리고 그러한 시대가 영원히 가 버렸다면, 적어도 이와 같은 모임에서 우리들은 긍지와 애정을 가지고 그 시대를 이야기하고, 세상이 쉽사리 잊지 못할 고인이 되어 사라진 위인들의 추억을 마음속에 소중히 간직하자는 것입 니다."

"옳소! 옳소!" 브라운 씨가 큰 소리로 외쳤다.

"그러나." 목소리를 좀 더 부드럽게 낮추면서 가브리엘이 말을 이었다. "이와 같은 모임에서는 언제나 우리들의 마음속에 떠오르는 한층 슬픈 생각들, 즉 과거에 대한 생각, 젊음에 대한 생각, 변화에 대한 생각, 그리고 오늘 저녁 이곳에 참석하지 않아 그리워지는 얼굴들에 대한 생각 등이 우리들의 마음속에 자리하고 있습니다. 우리들이 걸어가는 인생행로에는 그런 슬픈 추억들이 수없이 산재해 있습니다. 그리고 우리가 늘 그러한 생각에만 안주한다면, 우리는 살아 있는 사람들 사이에서 우리들의 임무를 용감하게 헤쳐 나갈 마음을 갖지 못할 것입니다. 우리 모두에게는 살아 있는 의무, 불굴의 노력을 요구하는, 그것도 정당하게 요구하는, 살아 있는 애정이 있습니다.

그러므로 저는 과거에 집착하지는 않겠습니다. 또한 오늘 밤 여기에 모인 분들에게 어떤 우울한 도덕관을 강요코자 하는 것도 아닙니다. 우리는 번잡하고 시끄러운 일상으로부터 잠시 벗어나 오늘 밤 여기에 함께 모였습니다. 우리는 이곳에 친구로서, 정다운 우정으로, 동료로서, 그리고 어느 정도는 진정한 동지애로, 그리고 뭐라 할까요.—더블린 음악 세계의 아름다운 세 여신의 손님으로서 모인 것입니다."

이 비유에 요란한 박수와 웃음소리가 일제히 식탁에서 터져 나왔다. 줄리아 이모는 한 사람씩 번갈아 가며 자기 옆 사람들한테 가브리엘이 무슨 말을 했느냐고 물어보았으나 시원한 대답은 얻지 못했다.

"글쎄 우리를 세 여신이라잖아요, 줄리아 고모." 메리 제인이 말했다.

줄리아 이모는 무슨 소리인지 알아듣지 못했지만, 빙그레 웃으며 가브리엘을 쳐다보았다. 그가 같은 어조로 말을 이었다.

"신사 숙녀 여러분! 저는 오늘 밤 여기에서 언젠가 파리스가 했던 역을 반복할 생각은 추호도 없습니다. 저는 여기 계신 세 분 중에서 한 분을 고르려는 것이 아닙니다. 그러한 일은 저에게 외람된 일이며, 또 저에게는 그렇게 할 수 있는 역량도 없습니다. 왜냐하면 제가 이분들을 번갈아 가며 차례로 바라보건대 그 훌륭한 마음씨, 참으로 훌륭한 마음씨로 인해 그녀를 아는 모든 사람들에게 하나의 속담이 되어버린 첫 번째 주인을 택해야 하는지, 아니면 그녀의 동생, 영원한 젊음의 천복을 타고나시고, 또 오늘 밤에 부르신 그 노래 솜씨로 인해 우리 모두의 놀라움과 일종의 계시가 되신 그분을 택해야 하는지, 그분도 아니면 마지막으로 결코 다른 분들께 뒤처지지 않는, 재주가 있고 명랑하며 부지런하신 최고의 조카딸이자 제일 나이가 어리신 주인을 택해야 할지 결정할 수 없기 때문입니다. 따라서 신사 숙녀 여러분, 저는 이들 세 분 가운데 어느 분에게 상을 수여해야 할지 전혀 알 수가 없음을 고백하는 바입니다."

가브리엘이 이모들의 얼굴을 내려다보았다. 그리고 줄리아 이모의 얼굴에 번지는 큰 미소와 케이트 이모의 눈가에 맺힌 눈물을 보자 서둘러 연설을 마치려 했다. 좌중의 모든 사람들이 무슨 기대나 하듯 술잔을 손가락으로 만지작거리는 동안, 그가 포트와인 잔을 번쩍 쳐들고 큰 소리로 말했다.

"우리 모두 이 세 분을 위해 축배를 듭시다. 세 분의 건강, 재복, 장수, 행복, 그리고 번영을 위해, 또한 세 분이 자기 분야에서 스스로의 노력으로 확보하신 자랑스러운 지위와, 우리들의 마음 한가운데 자리 잡고 있는 존경과 사랑의 자리를 오래도록 간직하시길 기원합시다."

모든 손님들이 손에 잔을 들고 일어섰다. 그리고 앉아 있는 세 부인을 향해 브라운 씨의 선창으로 다 같이 노래를 불렀다.

> 모두 즐겁고 쾌활한 친구들,
> 모두 즐겁고 쾌활한 친구들,
> 모두 즐겁고 쾌활한 친구들,
> 아니라고 할 사람 하나도 없네.[49]

케이트 이모는 남의 이목에 아랑곳하지 않고 손수건을 꺼내 눈물을 닦았고, 줄리아 이모도 감개무량한 표정이었다. 프레디 맬린즈가 푸딩 포크를 가지고 장단을 맞추자 모두가 노래로 무슨 회답이라도 하듯이 서로 마주 보며 더욱 힘차게 노래를 불렀다.

> 거짓말이 아니라면,
> 거짓말이 아니라면.

그러고는 모두들 다시 돌아서서 세 주인들을 향해 노래를 불렀다.

모두 즐겁고 쾌활한 친구들,
모두 즐겁고 쾌활한 친구들,
모두 즐겁고 쾌활한 친구들,
아니라고 할 사람 하나도 없네.

이어서 터져 나온 환호 소리는 식당의 문밖에 있는 손님들에게까지 퍼져서, 프레디 맬린즈가 포크를 높이 휘두르며 지휘를 하는 가운데 여러 차례 되풀이되었다.

* * *

살을 에는 듯한 새벽 공기가 사람들이 서 있는 현관 안으로 들어오자 케이트 이모가 말했다.
"누가 문 좀 닫아줘요. 맬린즈 부인이 감기 드시겠어요."
"브라운 씨가 밖에 나가 계세요, 케이트 이모님." 메리 제인이 말했다.
"브라운 씨는 안 가는 데가 없군." 케이트 이모가 목소리를 낮추어 말했다.
메리 제인은 그녀의 말투에 깔깔 웃으며 비꼬는 투로 말했다.
"정말로 그분은 신경 안 쓰는 데가 없죠."
"그분은 크리스마스 기간 내내 우리 집에 머물러 계셨지." 케이트 이모도 똑같은 말투로 말했다.
이번에는 그녀도 기분 좋게 웃고 나서 재빨리 덧붙였다.
"하지만 그 사람더러 어서 좀 들어오라고 그래, 메리 제인. 그리고 문 좀 닫아줘. 설마 브라운 씨가 내 말을 듣고 있지는 않았겠지."

그때 현관문이 열리면서 브라운 씨가 가슴이 터질 듯이 웃으며 문간으로부터 들어왔다. 그는 가짜 아스트라한 커프스와 깃이 달린 기다란 초록색 외투를 입고, 머리에는 타원형 털모자를 쓰고 있었다. 그는 눈으로 덮인 부두 쪽을 가리켰다. 그러자 그곳에서 날카롭고 긴 휘파람 소리가 들려왔다.

"프레디가 더블린 장안의 마차를 몽땅 불러낼 참인가 봐요." 그가 말했다.

가브리엘이 외투를 힘들게 입으면서 사무실 뒤에 있는 작은 식기실에서 나와 현관을 둘러보며 말했다.

"그레타는 아직 안 내려왔나요?"

"옷을 입고 있던데, 가브리엘." 케이트 이모가 말했다.

"저 위에서 누가 피아노를 치는 거죠?" 가브리엘이 물었다.

"아무도 없어, 다들 갔어."

"아니에요, 케이트 고모님." 메리 제인이 말했다. "바텔 다아시 씨와 오캘러헌 양은 아직 안 가셨어요."

"아무튼 누군가가 피아노로 장난을 치고 있군그래." 가브리엘이 말했다.

메리 제인이 가브리엘과 브라운 씨를 힐끗 쳐다보며 떨리는 목소리로 말했다.

"두 신사분께서 그렇게 두툼하게 차려입고 나서는 모습을 보니까 제가 다 추워지는데요. 저 같으면 이런 시간에 집에 가려고 나서지는 않겠어요."

"나 같으면 이런 순간보다 더 신 나는 때는 없소." 브라운 씨가 통쾌하게 말했다. "시골 길을 멋있게 뚜벅뚜벅 걷거나 아니면 잘 달리는 말에다 굴레를 씌워 신 나게 달리는 것보다 말이오."

"예전에 우리 집에 아주 멋진 말과 이륜마차가 있었는데." 줄리아 이모가 슬픈 듯이 말했다.

"그 잊지 못할 조니 말이죠." 메리 제인이 웃으면서 말했다.

케이트 이모와 가브리엘도 웃었다.

"유감스럽게도 고인이 되신 우리 할아버지 패트릭 모컨 어르신께서는 노년에 노신사로 정평이 났는데, 아교를 만드는 분이셨어." 가브리엘이 설명을 시작했다.

"아니야, 가브리엘." 케이트 이모가 소리 내어 웃으며 말했다. "그분은 풀 공장을 갖고 계셨어."

"좋아요, 아교든 풀이든 간에." 가브리엘이 말했다. "할아버지껜 조니라는 이름의 말이 한 마리 있었어요. 그리고 조니는 할아버지의 공장에서 연자방아를 돌리기 위해 빙빙 돌며 일을 했답니다. 그것까지는 좋았어요. 그러나 이제부터 조니의 슬픈 이야기가 시작됩니다. 어느 날 할아버지께서는 유지들과 함께 드라이브를 나가 공원의 군대 열병식을 봐야겠다고 생각했어요."

"하느님, 그분의 영혼에 자비를 베푸소서." 케이트 이모가 동징 어린 목소리로 말했다.

"아멘." 가브리엘이 말을 이었다. "그래서 할아버지께서는 제가 말씀드렸듯이 조니에게 마구를 채우신 뒤, 춤이 높은 제일 좋은 모자에 가장 좋은 칼라를 달아 입으시고, 어디에선가, 백 레인[50] 근처라고 생각이 됩니다만, 그분의 조상 대대로 내려온 저택에서 의젓한 풍채로 드라이브를 나오셨어요."

가브리엘이 흉내 내는 것을 보자 모두가 웃었다. 맬린즈 부인마저도 웃었다.

"아냐, 가브리엘, 백 레인에 사신 게 아냐, 정말로. 단지 공장이 거기 있었을 뿐이야." 케이트 이모가 말했다.

"할아버지께서는 조상 대대로 살아왔던 그 저택을 나오서서." 가브리엘이 말을 이었다. "조니와 함께 달렸어요. 그리고 조니가 윌리엄 왕의 동상[51]을 볼 때까지는 모든 것이 순조로웠답니다. 그런데 윌리엄 왕이 타고 있던 말에 반했는지, 아니면 공장으로 다시 돌아간 줄로 생각했던 건지, 여하튼 조니는 동상 주위를 빙빙 돌기 시작했어요."

가브리엘은 다른 사람들이 웃는 가운데 덧신을 신고서 현관 안을 빙빙 돌았다.

"빙글빙글 이렇게 막 돈 거예요." 가브리엘이 말을 이었다. "그러자 퍽이나 점잔을 빼는 노신사 할아버지께서는 몹시 화가 나서서, '자, 가자, 이놈아! 이게 무슨 짓이야, 이놈! 조니! 조니! 거 참, 기이한 일이군! 이놈의 말을 이해할 수가 없단 말이야!' 하고 말씀하셨답니다."

이러한 사건을 흉내 내는 가브리엘의 모습 때문에 터져 나온 웃음소리는 현관문을 요란하게 두드리는 소리에 뚝 그치고 말았다. 메리 제인이 뛰어가서 문을 열어주자 프레디 맬린즈가 들어왔다. 그는 모자를 뒤로 젖혀 쓰고, 추위로 양어깨를 웅크리고 달려온 터라 숨을 훅훅 내쉬며 입김을 내뿜었다.

"에이, 마차를 한 대밖에 못 잡았어." 그가 투덜거렸다.

"괜찮아요, 부두를 따라가다가 한 대 더 잡으면 돼요." 가브리엘이 말했다.

"그래." 케이트 이모가 말했다. "맬린즈 부인이 바람받이에서 계시지 않도록 해요."

맬린즈 부인은 그녀의 아들과 브라운 씨의 부축을 받으며 현관 층계를 내려와 한동안 실랑이를 벌인 뒤에야 마차에 올라탈 수 있었다. 프레디 맬린즈가 어머니의 뒤를 따라 마차에 올랐고, 브라운 씨가 이런저런 참견을 해대는 와중에 한참이 걸려서야 어머니를 의자에 제대로 앉혔다. 마침내 그녀가 편히 자리를 잡았고 프레디 맬린즈는 브라운 씨더러 마차에 오르라고 권했다. 한참을 타네 못 타네 옥신각신하다가 브라운 씨가 마차에 올랐다. 마부는 무릎을 담요로 덮은 다음 몸을 굽혀 행선지를 물었다. 이러쿵저러쿵하느라 혼란이 더 커졌고, 프레디 맬린즈와 브라운 씨는 제각기 창밖으로 머리를 내밀고 마부에게 각기 다른 방향을 지시했다. 문제는 가는 도중에 어디에서 브라운 씨를 내려주느냐 하는 것이었다. 그러자 케이트 이모, 줄리아 이모, 그리고 메리 제인이 문간에 서서 말을 거든다고 했지만, 서로 어긋난 방향이며 반대되는 지시를 했기 때문에 다들 크게 웃었다. 프레디 맬린즈는 웃느라고 아무 말도 하지 못했다. 그는 마차 문으로 연방 머리를 내밀었다 들이밀었다 하여 하마터면 모자를 떨어트릴 뻔했다. 그는 바깥에서 진행되는 이야기를 자기 어머니에게 보고했다. 그러자 마침내 브라운 씨가 사람들의 웃음소리보다 큰 소리로 어리둥절해하는 마부에게 고함을 질렀다.

"드리니티 대학[52]을 아시오?"

"네, 선생님." 마부가 대답했다.

"그럼 트리니티 대학 정문 앞으로 갑시다." 브라운 씨가 말했다. "거기에서 다시 갈 곳을 이야기하리다. 아시겠소?"

"네, 선생님." 마부가 대답했다.

"트리니티 대학으로 속히 가시오."

"알겠습니다, 선생님." 마부가 말했다.

말에 채찍이 가해지자마자 마차는 웃음소리와 작별 인사가 울려 퍼지는 가운데 부두를 따라 덜거덕거리며 달리기 시작했다.

가브리엘은 다른 사람들과 함께 문간에 나오지 않았다. 그는 현관의 어두운 곳에 서서 층계를 물끄러미 바라보았다. 한 여인

또한 첫 층계참 꼭대기 근처의 어둠 속에 서 있었다. 그는 그녀의 얼굴은 볼 수 없었지만, 어둠 속에서 까만색과 흰색으로 보이는 스커트의 적갈색과 앵두색 밑단은 볼 수 있었다. 아내였다. 아내는 난간에 기대어 무언가에 귀를 기울이고 있었다. 가브리엘은 아내가 그렇게 가만히 서 있는 것에 놀라, 자신도 들으려고 귀를 기울였다. 그러나 현관 앞 계단에서 웃고 떠들어대는 소리 말고는 아무 소리도 들리지 않았고, 다만 피아노에서 나오는 듯한 간헐적인 화음과 어떤 남자의 노랫소리만 약간 들렸다.

그는 현관의 어둠 속에 가만히 서서 그 노래의 곡조를 들어보려고 애쓰면서 아내를 빤히 쳐다보았다. 아내는 흡사 그 무엇의 상징인 양 그 자태에 우아함과 신비함이 어려 있었다. 그는 어두운 층계 위에 서서 멀리서 들려오는 음악에 심취해 있는 여인이 과연 무엇의 상징일까 하고 스스로에게 물어보았다. 만일 자신이 화가라면 아내의 저런 자태를 화폭에 담아보고 싶었다. 어둠을 배경으로 아내의 푸른 펠트 모자를 그리면 금빛 머리카락이 한층 아름답게 드러날 것이고, 스커트의 검은 단은 흰 단을 선명하게 돋보이게 하리라. 만일 자신이 화가라면 이 그림을 「희미한 음악」[53]이라 부르고 싶었다.

현관문이 닫히고 케이트 이모와 줄리아 이모, 그리고 메리 제인이 여전히 웃으면서 안으로 들어왔다.

"글쎄, 프레딘 정말 지독하지요?" 메리 제인이 말했다. "정말 지독한 사람이야."

가브리엘은 아무 말도 하지 않고 다만 자기 아내가 서 있는 층계 쪽을 가리켰다. 현관문이 닫혔기 때문에 노래하는 소리와 피아노 소리가 더욱 선명하게 들렸다. 가브리엘은 사람들에게 조용히 하라고 한 손을 처들었다. 그 노래는 고대 아일랜드의 가요와 같았고, 노래하는 사람은 가사와 목소리에 자신이 없는 듯했다. 멀리서 들려오는 데다가 노래하는 사람의 목까지 쉬어서 목소리는 애처롭게 들렸고, 슬픔을 나타내는 가사와 함께 곡의 운율을 아련하게 드러냈다.

> 아, 비는 내 머리 단에 내리고
> 이슬은 내 살갗을 적시는데,
> 내 아이는 차디차게 누워…….[54]

"오." 메리 제인이 탄성을 질렀다. "바텔 다아시 씨가 노래하고 계세요. 밤새 부르지 않겠다고 하시던 분이. 가시기 전에 꼭 한 곡 불러달라고 해야지."

"그래, 그렇게 해라." 케이트 이모도 맞장구쳤다.

메리 제인이 사람들 사이를 헤치고 층계를 향해 달려갔다. 그러나 거기에 다다르기도 전에 노랫소리가 뚝 그치더니 피아노도 갑자기 닫혀 버렸다.

"아니, 저런!" 그녀가 외쳤다. "그분이 지금 내려오시는 거야, 그레타?"

가브리엘은 아내가 그렇다고 대답하고 자기들 쪽으로 내려오는 것을 보았다. 그리고 몇 발짝 뒤에 바텔 다아시 씨와 오캘러헌 양이 따라왔다.

"아, 다아시 씨." 메리 제인이 소리쳤다. "선생님 노래를 듣고 다들 황홀해하고 있는데 그렇게 무정하게 갑자기 끝내시면 어떡해요?"

"제가 저녁 내내 졸랐지 뭐예요. 콘로이 부인도요. 그런데 지독한 감기에 걸려 노래를 부르실 수가 없다는 거예요." 오캘러헌 양이 말했다.

"아, 다아시 씨." 케이트 이모도 한마디 거들었다. "그건 그냥 한번 해보신 소리 아니에요?"

"제가 까마귀처럼 목이 쉰 걸 모르십니까?" 다아시 씨가 거칠게 말했다.

그는 재빨리 식기실로 가서 외투를 입었다. 그의 무례한 말투에 주춤하여 다들 말문이 막혔다. 케이트 이모는 이마를 찌푸리며 그런 이야기는 다들 그만두라는 눈짓을 했다. 다아시 씨는 목도리로 목을 조심스럽게 감싸면서 인상을 찌푸린 채 서 있었다.

"날씨 탓이야." 줄리아 이모도 한마디 했다.

"그래, 다들 감기에 안 걸린 사람이 없으니." 케이트 이모가 기다렸다는 듯이 말했다. "다들 말이야."

"사람들 말이 30년 만에 내린 가장 큰 눈이라던데요. 오늘 조간신문에는 아일랜드 전역에 눈이 내린다고 했어요." 메리 제인이 말했다.

"나는 설경이 참 좋은데." 줄리아 이모가 서글픈 듯이 말했다.

"저도 그래요." 오캘러헌 양이 맞장구쳤다. "눈이 내리지 않는 크리스마스는 정말 크리스마스 같지가 않더라고요."

"그런데 다아시 씨는 눈을 좋아하지 않는 모양이지요." 케이트 이모가 미소를 지으면서 말했다.

그때 다아시 씨가 목을 친친 두르고 단추를 모두 채운 채 식기실에서 나오더니, 후회하는 듯한 목소리로 감기에 걸리게 된 연유를 이야기했다. 모두가 그에게 충고를 해주었고 참 안됐다면서 밤공기에 특히 목을 조심해야 한다고 타일렀다. 가브리엘은 이 대화에 끼어들지 않는 아내를 지켜보았다. 그녀는 먼지 낀 부채꼴 채광창 바로 밑에 서 있었다. 며칠 전 난롯불을 쪼이며 말리는 것을 지켜본 아내의 머리칼이 이제 가스등의 불빛을 받아 짙은 청동색으로 빛나고 있었다. 그녀는 그때와 똑같은 자태였고, 주위에서 오고 가는 말들을 의식하지 못하는 듯했다. 마침내 아내가 사람들 쪽으로 몸을 돌리자, 가브리엘은 홍조를 띤 그녀의 두 뺨과 반짝이는 두 눈을 보았다. 기쁨의 물결이 갑자기 가브리엘의 마음속에서 파동 쳤다.

"다아시 씨, 아까 부르신 노래 곡목이 뭐죠?" 그녀가 물었다.

"'오그림의 처녀'라고 합니다." 다아시 씨가 대답했다. "하지만 가사가 잘 생각나지 않아요. 왜요? 그 노래를 아시나요?"

"오그림의 처녀." 그녀가 되뇌었다. "제목이 생각나지 않아서요."

"참 좋은 곡이죠." 메리 제인이 말했다. "오늘 밤은 선생님의 목소리가 그래서 아쉽군요."

"자, 메리 제인, 다아시 씨를 괴롭히지 말거라. 나라면 괴롭히지 않을 게다." 케이트 이모가 말했다.

모두가 떠날 채비가 된 것을 보고 그녀는 사람들을 문간까지 안내했다. 거기에서 작별 인사가 오고 갔다.

"자, 안녕히 계세요, 케이트 이모님. 즐거운 저녁을 보낼 수 있게 해주셔서 고맙습니다."

"잘 가, 가브리엘, 잘 가, 그레타!"

"안녕히 계세요, 케이트 이모님. 정말 감사드려요. 안녕히 계세요, 줄리아 이모님."

"오, 잘 가, 그레타, 미처 못 봤어."

"잘 가요, 다아시 씨. 잘 가요, 오캘러헌 양."

"안녕히 계세요, 모컨 아주머니."

"잘들 가, 그럼."

죽은 사람들

"모두 잘들 가, 그리고 조심들 해."

"안녕히 계세요. 안녕히."

날이 아직 밝기 전이었다. 활기 없는 누르스름한 빛이 집들과 강 위를 짓눌렀고, 하늘은 내려앉을 것만 같았다. 발아래는 눈이 녹아 질퍽거렸고, 지붕과 강가의 흉벽(胸壁)과 지하실로 들어가는 입구의 철책 위에 눈이 기다랗게, 그리고 뭉텅이로 쌓여 있었다. 거리의 가로등은 아직도 거무스레한 하늘 아래 붉은 빛을 발했고, 강 건너 저편에는 짙은 하늘을 등지고 우람한 법원 건물[55]이 위압적인 모습으로 우뚝 서 있었다.

그의 아내는 앞에서 바텔 다이시 씨와 함께 나란히 걸었다. 구두를 갈색 보자기에 싸서 한쪽 팔 아래에 끼고, 두 손으로는 진창에 치맛자락이 닿을까 봐 쳐들고 걸었다. 아내에게서 아까와 같은 우아한 자태는 더 이상 볼 수 없었지만, 가브리엘의 두 눈은 아직도 행복감으로 빛났다. 피는 혈관을 따라 약동하며 흘렀고, 머릿속으로는 여러 가지 생각들이 자랑스럽고 즐겁게, 정답고 세차게 널뛰듯이 스쳐갔다.

아내가 자기 앞을 어찌나 사뿐히, 그리고 어찌나 흐트러짐 없이 다소곳이 걷던지, 그 뒤를 소리 없이 뒤쫓아 가서 아내의 어깨를 덥석 껴안고서 무언가 바보스럽고 다정한 말을 귀에다 소곤거리고 싶었다. 아내의 모습이 너무나도 연약해 보이기에 그녀를 보호해 주고 싶은 마음이 일면서, 또 아내와 단둘이서만 있고 싶은 생각이 간절했다. 둘이서만 나눴던 은밀한 시간의 추억들이 별처럼 그의 기억에서 쏟아져 나왔다. 연보랏빛 봉투 한 장이 아침 식사 때 컵 옆에 놓여 있었는데, 그는 한 손으로 그것을 만지작거리고 있었다. 새들이 담쟁이넝쿨 사이에서 지저귀고, 밝은 햇살을 받은 망사 커튼이 마루 위에서 하늘댔다. 그는 행복감에 도취되어 아무것도 먹을 수가 없었다. 두 사람은 사람들로 북적대는 플랫폼에 서 있었고, 그는 아내의 장갑 낀 따뜻한 손바닥에 기차표를 쥐여 주었다. 그는 추위 속에 아내와 함께 서서 어떤 사내가 소리를 내며 활활 타는 용광로에서 병을 만드는 모습을 창살을 댄 유리창을 통해 들여다보았다. 날씨는 무척이나 추웠다. 찬 공기 속에서 향기로운 아내의 얼굴이 그의 얼굴에 바싹 달라붙어 있었다. 갑자기 아내가 용광로 앞에서 일하는 사내에게 소리를 질렀다.

"여보세요, 그 불이 뜨거운가요?"

그러나 그 사내는 용광로에서 나는 소음 때문에 아내의 말을 알아듣지 못했다. 듣지 못해도 상관없었다. 들었다 해도 그가 무례하게 대답했을지 모르니까 말이다.

아직도 더 감미로운 기쁨의 파동이 그의 심장으로부터 솟아나와 따뜻한 홍수가 되어 그의 동맥 속을 굽이쳐 흘렀다. 다정한 별빛처럼 아무도 모르는, 또 아무도 모를 그들 두 사람만의 생활의 순간들이 쏟아져 나의 그의 추억을 비추었다. 이러한 순간들을 아내에게 상기시키고, 함께 보낸 따분했던 세월들을 잊게 하며, 단지 황홀한 순간들만 기억하도록 하고 싶었다. 왜냐하면 지나온 세월들이 자기의 영혼이나 아내의 영혼을 짓누르지는 않을 듯이 느껴졌기 때문이다. 그들의 아이들, 그의 작품, 아내의 살림살이 걱정도 그들 영혼의 모든 부드러운 불꽃을 꺼버리지는 않았던 것이다. 그 시절 아내에게 써 보낸 편지에 그는 이렇게 쓴 적이 있다. "이러한 말들이 나에게 왜 이다지도 무미건조하고 차갑게 느껴지는 걸까? 당신을 부르기에 적합한 다정한 말이 없기 때문일까?"

멀리서 들려오는 음악 소리처럼 수년 전에 썼던 그런 글귀들이 과거의 기억으로부터 아련히 피어올랐다. 그는 아내와 단둘이서만 있고 싶었다. 다른 사람들이 다 가버리고 난 뒤, 그와 아내가 호텔 방에 들게 되면, 그때 그들은 단둘만 남게 되는 것이다. 그러면 그는 아내를 다정하게 부르리라.

"그레타."

아마 아내는 즉시 알아듣지 못할지도 모른다. 옷을 벗고 있을 테니까. 그런 다음 아내는 그의 목소리에 담긴 의미를 알아차릴 것이다. 아내는 몸을 돌려서 그를 바라보고…….

와인태번가(街)의 모퉁이에서 그들은 마차를 잡았다. 마차가 덜컹거리는 소리 때문에 서로 대화를 나눌 수 없는 것이 그에게는 오히려 다행이었다. 아내는 창밖을 내다보았으며 피곤해 보였다. 다른 사람들은 어떤 건물이나 거리를 가리키면서 몇 마디 할 뿐이었다. 말은 음산한 새벽하늘 아래 덜컹거리는 낡은 마차를 발굽 뒤로 끌면서 지친 모습으로 달렸다. 가브리엘은 배를 잡아타고 신혼여행을 떠나기 위해 아내와 함께 마차를 타고 질주하는 기분이었다.

마차가 오코넬 다리[56]를 건널 때 오캘러헌 양이 말했다.

"사람들 말이 오코넬 다리를 건널 땐 반드시 흰 말을 본다지요."

"이번엔 흰 사람이 보이는데요." 가브리엘이 말했다.

"어디요?" 바텔 다아시 씨가 물었다.

가브리엘은 하얀 눈을 군데군데 덮어쓴 동상[57]을 가리켰다. 그러고는 다정스럽게 그쪽으로 고개를 끄덕이며 손을 흔들었다.

"안녕하시오, 댄!" 그가 명랑하게 말을 걸었다.

마차가 호텔 앞에 다다르자 가브리엘은 껑충 뛰어내렸다. 그리고 그는 바텔 다아시 씨가 굳이 말리는 것도 듣지 않고 마부에게 마차 삯을 치르고, 덤으로 1실링을 더 얹어주었다. 마부가 꾸벅 인사를 건네며 말했다.

"새해 복 많이 받으십시오, 손님."

"당신도요." 가브리엘이 진심으로 말했다.

아내는 마차에서 내리면서 잠시 그의 팔에 몸을 기댔다. 그리고 보도의 가장자리 돌 옆에 서서 마차 안에 남은 사람들에게 잘 가라고 인사했다. 아내는 몇 시간 전에 그와 춤을 출 때처럼 사뿐히 그의 팔에 기대었다. 이에 그는 자랑스럽고 행복했다. 그런 여자가 자기 사람이라는 것이 행복했고, 그녀의 우아한 자태와 아내다운 몸가짐이 자랑스러웠다. 그러나 이제 그토록 많은 추억의 불꽃들이 다시 일렁이자 선율이 흐르듯 신비롭고 향긋한 그녀의 육체와의 첫 접촉이 짜릿하도록 아픈 욕정을 그에게 불러일으켰다. 아내가 가만히 있는 틈을 타서 그는 아내의 팔을 잠자코 잡다가 자기 허리에 꼭 대었다. 그리고 둘이서 호텔 문에 서 있노라니 생활과 의무로부터 벗어나고, 가정과 친구들로부터도 벗어나서, 격렬하고 밝은 마음으로 모험을 향해 함께 도망치는 것만 같았다.

한 노인이 현관에 있는 커다란 덮개를 씌운 의자에 앉아서 꾸벅꾸벅 졸고 있었다. 그는 두 사람을 보자 사무실로 들어가서 촛불을 켜 들고 나와 앞장서서 계단을 올라갔다. 그들은 두껍게 양탄자를 깔아놓은 계단을 사뿐사뿐 밟으며 노인 뒤를 따랐다. 아내는 문지기를 따라 고개를 숙이고 계단을 올라갔다. 그녀의 가냘픈 어깨는 무거운 짐이라도 진 듯이 굽어 보였고, 치마는 몸에 꽉 달라붙었다. 그는 두 팔로 아내의 허리를 덥석 감싸서 꼭 껴안아 주고 싶었다. 그의 양팔이 아내를 꼭 껴안고 싶은 욕망으로 부들부들 떨렸기 때문이다. 그는 단지 손톱으로 손바닥을 꾹 누름으로써 불타오르는 욕정을 억제했다. 문지기 영감은 층계에 멈춰 서서 촛농이 녹아내리는 양초를 바로잡았다. 두 사람도 영감이 서 있는 아래 층계에서 걸음을 멈추었다. 침묵 속에서 가브리엘은 촛농이 쟁반 위로 떨어지는 소리와 자신의 심장 고동이 늑골에 부딪치는 소리를 들을 수 있었다.

복도를 따라 그들을 안내하던 문지기 영감이 방문을 열었다. 그러고는 간들거리는 촛불을 화장대 위에 내려놓고 아침 몇 시에 깨우러 와야 하는지 물었다.

"8시요." 가브리엘이 대답했다.

문지기 영감은 전등 스위치를 가리키며 뭐라고 중얼거리며 변명을 해댔는데, 가브리엘이 불쑥 그의 말문을 막았다.

"불은 필요 없습니다. 거리에서 비쳐드는 불빛만으로도 충분하니까요. 그리고……." 그가 촛불을 가리키며 덧붙여 말했다. "저 보기 좋은 물건 좀 치워주었으면 하는데요."

문지기는 그 말에 다시 촛불을 집어 들었으나, 생각지도 않은 괴상한 주문에 놀라서 그런지 동작이 느렸다. 그러더니 잘 주무시라는 저녁 인사를 중얼거리며 밖으로 나갔다. 가브리엘은 곧바로 문을 잠가버렸다.

거리의 가로등으로부터 들어오는 희미한 불빛이 창문으로부터 방문에 이르기까지 기다란 한 줄기 빛으로 드리워졌다. 가브리엘은 외투와 모자를 소파 위에 내던진 다음, 방을 가로질러 창가로 갔다. 그는 격정을 좀 가라앉히기 위해 거리를 내려다보았다. 그런 다음 그는 몸을 돌려 불빛을 등지고 옷장에 기대섰다. 아내는 벌써 모자와 외투를 벗고, 커다란 회전 거울 앞에서 허리의 후크를 풀고 있었다. 가브리엘은 잠시 아내를 지켜보고 서 있다가 그녀를 불렀다.

"그레타!"

아내는 천천히 거울로부터 이쪽으로 돌아서서 기다란 빛줄기를 따라 그에게로 걸어왔다. 아내의 얼굴이 너무나 심각하고 지쳐 보였기 때문에 가브리엘의 입에서는 차마 말이 떨어지지 않았다. 아니야, 지금은 이야기할 때가 아니야.

"당신 피곤해 보이는구려." 그가 말했다.

"좀 그래요." 그녀가 대답했다.

"어디 아프거나 기운 없는 건 아니지?"

"아니에요, 단지 조금 피곤할 뿐이에요."

그녀는 창가로 걸어가서 밖을 내다보며 그곳에 서 있었다. 가브리엘은 또다시 기다리다가, 그렇게 수줍어하다가는 아무것도 안 되겠다 싶어 갑자기 입을 열었다.

"그런데, 그레타."

"왜 그러세요?"

"그 가련한 맬린즈란 친구 있잖아?" 뜬금없이 가브리엘이 물었다.

"네, 그 사람이 어째서요?"

"아니 뭐, 그 가련한 친구, 알고 보니 좋은 사람이더라고." 가브리엘은 가장한 목소리로 말을 이었다. "아, 글쎄, 그 친구가 내게서 빌린 1파운드를 갚더란 말이야. 정말 생각지도 않았던 건데. 그 브라운이라는 사람과 떨어지지 못하는 게 안됐지만, 실은 나쁜 사람은 아니야."

그는 이제 속이 타서 몸이 부들부들 떨렸다. 왜 아내는 저렇게 다른 데 정신이 팔린 것처럼 보이는 것일까? 그는 말을 어떻게 꺼내야 좋을지 몰랐다. 아내 역시 무슨 일로 속이 타는 걸까? 아내가 단지 자기가 있는 쪽으로 몸을 돌려 자진해서 다가오기만

죽은 사람들 319

하면 되는데! 지금 상태로 그녀를 취하는 것은 야만적인 일이다. 안 돼, 우선 아내의 두 눈에서 얼마간의 정열을 보아야 한다. 그는 아내의 알 수 없는 기분을 알아내고 싶어서 몸이 달았다.

"그분한테 언제 돈을 빌려주셨는데요?" 잠시 뒤에 아내가 물었다.

가브리엘은 그 술고래 같은 맬린즈와 그가 빌려준 돈에 대해 욕이 튀어나오려는 것을 참으려고 무진 애를 썼다. 그는 아내에게 진심으로 호소하고, 아내의 몸을 부스러지도록 껴안고, 정복하고 싶은 생각만 간절했다. 그러나 말은 이렇게 나왔다.

"아, 그거, 크리스마스 때지. 그 친구가 헨리가(街)에 조그만 크리스마스카드 가게를 냈을 때야."

그는 걱정과 욕정에 사로잡힌 나머지 아내가 창가에서 그에게로 다가오는 소리도 듣지 못했다. 아내는 그의 앞에 서서 이상한 눈초리로 그를 바라보았다. 그러다가 갑자기 발끝으로 서서 그의 어깨에 두 손을 가볍게 얹고서 키스를 했다.

"여보, 당신은 참 너그러운 분이세요." 그녀가 말했다.

가브리엘은 아내의 갑작스러운 키스와 기이한 말에 기쁜 나머지 몸을 부들부들 떨면서 아내의 머리에 두 손을 대고 손가락이 머리에 닿을락 말락 하게 쓰다듬기 시작했다. 잘 감은 머리는 보드랍고 윤이 났다. 그는 행복감에 가슴이 터질 것만 같았다. 그가 원하는 바로 그 순간에 아내가 스스로 그에게 다가왔던 것이다. 아내도 아마 그와 똑같은 생각을 했을지도 모른다. 아마 그가 느낀 격렬한 욕정을 아내도 느껴서 몸을 내맡기겠다는 기분이 생겼는지도 모른다. 아내가 그렇게도 쉽사리 자기에게 몸을 맡겨 오고 보니, 가브리엘은 자기가 왜 그렇게 쑥스러워했는지 알 수 없었다.

그는 두 손으로 아내의 머리를 잡고 서 있었다. 그러다가 재빨리 한 팔로 아내의 몸을 안아서 끌어당기며, 부드러운 목소리로 말했다.

"여보, 무슨 생각을 하고 있는 거요?"

아내는 대답이 없었다. 그리고 순순히 안겨 오지도 않았다. 그가 다시 다정하게 말을 건넸다.

"그레타, 무슨 일인지 내게 말 좀 해봐요. 나도 무슨 일인지 알 것도 같은데, 그렇지?"

아내는 즉시 대답하지 않고 울음을 터뜨리며 말했다.

"아, 아까 그 노래를 생각하고 있었어요. 「오그림의 처녀」 말이에요."

아내는 그를 뿌리치고 침대로 달려가더니 침대 가로대 너머로 두 팔을 내던지고 침대 위에 얼굴을 파묻었다. 어리둥절해진 가브리엘은 잠시 멍하니 서 있다가 아내를 뒤따라갔다. 큰 거울 앞을 지날 때 그곳에 비친 자기의 전신과, 널찍하고 잘 맞는 와이셔츠 앞가슴, 거울 속에서 볼 때면 언제나 자신을 당황하게 했던 표정, 그리고 금테 안경을 보았다. 그는 아내에게서 몇 발짝 떨어진 곳에서 걸음을 멈춰 서더니 물었다.

"그 노래가 어떻다는 거요? 왜 그리 슬피 우는 거요?"

아내는 양팔 사이로 침대에 묻었던 고개를 들더니 어린아이처럼 손등으로 눈물을 닦았다. 가브리엘은 자신이 의도했던 것보다 한층 다정한 목소리로 물었다.

"왜 그래, 그레타?"

"옛날에 그 노래를 부르던 사람이 생각이 나서요."

"옛날 그 사람이 누군데?" 가브리엘이 미소를 지으며 물었다.

"할머니와 함께 골웨이에서 살 때 알고 지냈던 사람이에요."

아내가 말했다.

가브리엘의 얼굴에서 미소가 사라졌다. 알 수 없는 분노가 마음속에서 다시 솟구치기 시작했고, 가라앉았던 욕정의 불길이 혈관 속에서 격렬하게 들끓기 시작했다.

"당신이 사랑했던 사람인가?" 그가 비아냥거리면서 물었다.

"예전에 내가 알고 지냈던 어린 소년이에요." 그녀가 대답했다. "마이클 퓨리라고 하는 그 애가 「오그림의 처녀」라는 노래를 부르곤 했지요. 그 앤 몸이 아주 허약했어요."

가브리엘은 아무 말이 없었다. 그는 아내가 몸이 허약한 그 소년에 대해 자기가 관심을 보인다고 생각하기를 원치 않았다.

"그의 모습이 눈에 선해요." 아내가 잠시 뒤에 말을 이었다. "뭐랄까, 눈이 진짜 크고 까맸어요! 그리고 그 눈 속엔 뭐라고 표현할 수 없는 표정이 있었지요.—그 어떤 표정이!"

"아, 그러고 보니 당신이 그를 사랑했나 보군?" 가브리엘이 물었다.

"그와 함께 산책을 다니곤 했어요." 그녀가 말했다. "골웨이에 있을 때는요."

어떤 생각이 가브리엘의 마음을 스치고 지나갔다.

"아마 그 때문에 아이버즈라는 여자랑 골웨이에 그렇게 가고 싶어 했던 게로군." 그가 차갑게 말했다.

그 말에 그녀는 그를 쳐다보며 놀란 듯이 물었다.

"무엇 때문에요?"

아내가 쳐다보자 가브리엘은 머쓱해졌다. 그는 어깨를 으쓱하더니 말했다.

"내가 어떻게 안담? 아마, 그 사람을 보고 싶어서겠지."

그녀는 그에게서 시선을 거두고 말없이 빛줄기를 따라 창문

쪽을 쳐다보았다.

"그는 죽었어요." 아내가 마침내 대답했다. "겨우 열일곱 되던 해에 죽었어요. 그렇게 어린 나이에 죽다니 끔찍한 일 아니에요?"

"뭐 하던 친군데?" 가브리엘이 여전히 비아냥거리는 투로 말했다.

"가스 공장[58]에 다녔어요." 그녀가 대답했다.

그는 비아냥거림이 빗나간 데다, 가스 공장에서 일했다는 소년을 죽은 사람들 사이에서 불러낸 자신이 부끄러웠다. 그의 가슴이 그들 부부만의 비밀스러운 추억, 다정함, 기쁨, 욕정으로 가득 차 있을 때, 아내는 마음속으로 자기를 다른 사람과 비교하고 있었던 것이다. 그러자 자신의 존재에 대한 수치스러운 생각이 그를 엄습했다. 그는 이모들의 심부름꾼 아이 노릇이나 하는 어리석기 짝이 없는 인물, 속인들에게 웅변을 토하며 광대 같은 욕정을 이상화하는 신경질적인 선의의 감상주의자, 그리고 조금 전에 거울 속에서 얼핏 보았던 기련하고 얼빠진 자신의 모습을 보았다. 그는 자신의 이마 위에서 불타는 치욕을 아내가 볼까 싶어 본능적으로 불빛 쪽으로 더 등을 돌렸다.

그는 냉정한 심문조의 말투를 유지하려고 애썼으나, 그의 목소리는 기가 한풀 꺾이고 힘이 없었다.

"당신 그 마이클 퓨리라는 사람과 사랑을 했던 모양이지, 그레타?" 그가 말했다.

"그때는 그 애를 무척 좋아했어요." 그녀가 말했다.

아내의 목소리는 베일에 가린 듯 슬펐다. 가브리엘은 이제 자신이 의도했던 곳으로 아내를 이끌려는 노력이 얼마나 헛된 짓이었는지를 깨닫고, 아내의 한 손을 어루만지면서 자기도 역시 슬픈 어조로 말했다.

"그런데 왜 그 어린 나이에 죽었어, 그레타? 폐병이었나?"

"나 때문에 죽은 것 같아요." 그녀가 대답했다.

아내의 대답을 듣는 순간, 가브리엘은 막연한 공포를 느꼈다. 마치 자기가 승리를 희망하던 바로 그 순간에, 어떤 정체를 알 수 없는 복수심에 가득 찬 존재가 몽롱한 세계 속에서 그와 대적할 힘을 모아서 그에게 덤벼들려고 하는 것만 같았다. 그러나 그는 이성의 힘으로 그 생각을 뿌리치며 아내의 손을 계속 애무했다. 그는 아내에게 더 이상 캐묻지 않았다. 캐묻지 않아도 아내가 스스로 이야기해 주리라 느꼈기 때문이다. 아내의 손은 따뜻하고 촉촉했다. 그녀의 손은 그의 애무에도 아무런 반응을 보이지 않았지만, 그는 그 봄날 아침에 아내로부터 받은 최초의 편지를 애무하듯 아내의 손을 계속 어루만졌다.

"때는 겨울이었어요." 아내가 말을 이었다. "내가 할머니 댁을 떠나 이곳 수도원으로 오던 그해, 막 겨울이 시작되던 때였어요. 그때 그 애는 골웨이에 있는 그의 하숙집에서 앓아누워 있어 외출이 금지되었어요. 그래서 우터라드[59]에 있는 그 집 식구들에게 편지로 알렸지요. 그 아이가 폐병인가 뭔가에 걸렸다는 소문이었어요. 난 무슨 병인지 잘 몰랐지 뭐예요."

아내는 잠시 말을 멈추고 한숨을 쉬었다.

"가여운 아이였죠." 아내가 다시 말을 이었다. "그 애는 나를 무척이나 좋아했고, 아주 착한 애였어요. 당신도 알다시피, 우린 시골 사람들처럼 늘 함께 나가서 걸어 다니곤 했어요. 건강만 아니었으면 그는 노래 공부를 할 작정이었어요. 목소리가 참 좋았는데, 가여운 마이클 퓨리."

"그래서 어떻게 되었는데?" 가브리엘이 물었다.

"그러다가 내가 이곳 수도원으로 오기 위해 골웨이를 떠나야 할 때가 되었어요. 그러자 그 애는 몸이 더 안 좋아졌어요. 만날 수조차 없게 되자 나는 그 애한테 편지를 썼어요. 더블린으로 가는데 내년 여름에 다시 올 것이며, 그때는 건강이 좋아지길 바란다는 사연의 편지를 말이죠."

아내는 목소리를 가다듬기 위해 잠시 말을 멈추었다. 그리고 이내 말을 이었다.

"그런데 내가 떠나기 전날 밤 넌즈 아일랜드[60]에 있는 할머니 댁에서 짐을 꾸리고 있는데, 누가 유리창에 돌을 던지는 소리가 나는 거예요. 유리창이 비에 젖었기 때문에 밖을 볼 수가 없었어요. 그래서 입고 있던 그대로 아래층으로 달려 내려가 뒤편 정원으로 나가 봤더니, 그 애가 가엾게도 정원 한구석에서 몸을 벌벌 떨면서 서 있는 거예요."

"그런데 당신은 집으로 돌아가라는 소리도 안 했어?" 가브리엘이 물었다.

"즉시 집으로 돌아가라고 애원했지요. 이러다가는 비를 맞아 죽을 거라는 얘기도 했고요. 그랬더니 그는 살고 싶지 않다고 했어요. 그때 그 애의 두 눈이 지금도 눈에 선해요. 그 애는 나무 한 그루가 서 있는 담벼락 끝에 서 있었어요."

"그래, 그 애는 집으로 돌아갔소?" 가브리엘이 물었다.

"네, 돌아갔어요. 그리고 내가 수도원으로 온 지 일주일 만에 죽어서 고향인 우터라드에 묻혔지요. 아, 그 애가 죽었다는 소식을 듣던 날을 생각하면!"

아내는 흐느낌에 목이 메어 말문이 막혔다. 그리고 감정에 북받쳐 침대 위에 몸을 내던져 이불 속에 얼굴을 파묻고 흐느껴 울었다. 가브리엘은 어찌할 바를 몰라 아내의 손을 잠시 더 붙잡고 있다가, 아내의 슬픔에 자기가 끼어드는 것이 어색해서 살며시 아내의 손을 놓고는 조용히 창가로 걸어갔다.

* * *

아내는 깊이 잠들어 있었다. 가브리엘은 팔꿈치를 괴고서 잠시 동안 미워하는 마음 없이 아내의 헝클어진 머리칼과 반쯤 벌린 입을 바라보며, 그녀의 깊은 숨소리에 귀를 기울였다. 그래, 아내의 인생에 그런 로맨스가 있었구나. 한 남자가 그녀를 위해 죽었구나. 남편인 자기가 아내의 인생에서 참으로 보잘것없는 역할을 한 것이 아닌가 생각해 보았으나, 그것이 그에게 더 이상 고통의 원인이 되지 않았다. 그는 마치 그와 그녀가 남편과 아내로서 함께 살아본 적이 없었던 듯이 잠들어 있는 아내를 바라보았다. 그의 호기심 어린 눈이 아내의 얼굴과 머리 위에 오랫동안 머물렀다. 그리고 그 당시, 즉 막 피어나는 아리따운 처녀 시절에 아내의 모습이 어떠했을까 하고 생각하니, 아내에 대한 이상하고도 친근한 연민의 정이 그의 마음속으로 스며들었다. 그는 아내의 얼굴이 그에게조차도 더 이상 아름답지 않다는 말을 하고 싶지는 않았지만, 그녀의 얼굴이 마이클 퓨리가 죽음을 무릅쓰고 찾아왔던 때의 얼굴이 더 이상 아니라는 것은 이미 알고 있었다.

아마 아내는 이야기를 다 하지 않았는지도 모른다. 그의 눈은 아내가 옷 몇 가지를 벗어 걸친 의자 쪽으로 움직였다. 속치마 끈 하나가 마룻바닥에 축 늘어져 있었다. 부츠 한 짝은 나긋나긋한 윗부분이 꺾인 채 바로 서 있었고, 다른 한 짝은 가로누워 있었다. 그는 한 시간 전에 느꼈던 격한 감정을 생각하자 이상한 느낌이 들었다. 그러한 감정이 어디에서 비롯되었을까? 이모님 댁의 만찬에서, 자신의 바보 같은 연설에서, 포도주와 춤에서, 현관에서 작별 인사를 할 때 하던 농담에서, 강을 따라 눈 속을 걷던 기쁨에서? 불쌍한 줄리아 이모님! 그녀 또한 패트릭 모컨과 그의 말의 유령처럼 머지않아 유령이 되고 말리라. 아까 줄리아 이모가「신부로 단장하고」라는 노래를 부를 때, 그는 그녀의 초췌한 얼굴을 잠시 동안 보았다. 아마 머지않아 그는 검은 상복을 차려입은 채 실크 모자를 무릎 위에 올려놓고 응접실에 앉아 있으리라. 창문의 차양이 내려지고, 케이트 이모가 그의 곁에 앉아 울고 코를 풀면서 줄리아 이모가 어떻게 죽었는지 그에게 말해 주리라. 그는 이모를 위로할 말들을 마음속으로 찾아보지만 단지 어설프고 쓸모없는 말들만 찾게 되리라. 그래, 그렇다. 머지않아 그런 일이 닥치리라.

　방 안의 공기에 그의 어깨가 시렸다. 그는 조심스레 시트 밑으로 몸을 펴고 아내 곁에 누웠다. 하나씩 하나씩 그들은 모두 유령이 되리라. 늙고 시들어 쓸쓸히 사라지기보다는 어떤 정열이 가득 찬 영광 속에서 저세상으로 대담하게 사라지는 것이 더한층 나으리라. 그는 자기 곁에 누워 있는 아내가, 더 이상 살고 싶지 않다고 말하던 애인의 두 눈의 모습을 어떻게 그토록 오랜 세월 동안 마음속에 간직할 수 있었을까 생각해 보았다.

　관용의 눈물이 가브리엘의 두 눈에 그득했다. 그는 어떤 여인에 대해서도 그런 감정을 느껴본 적이 없었지만, 그 감정이 분명 사랑이라는 것을 느꼈다. 두 눈에 눈물이 그득 고인 채, 그는 희미한 어둠 속에서 빗물이 뚝뚝 떨어지는 나무 밑에 서 있는 한 소년의 모습을 보는 듯했다. 다른 형상들도 그 곁에서 보였다. 그의 영혼은 수많은 사자(死者)의 무리들이 살고 있는 지역으로 점점 다가갔다. 그는 걷잡을 수 없이 아른거리는 사자들의 존재를 의식하기는 했으나 붙잡을 수는 없었다. 자신의 존재가 정체를 알 수 없는 뿌연 세계로 사라져가고, 그러한 사자들이 한때 나서 살았던 현실 세계는 허물어지면서 줄어들고 있었다.

유리창을 몇 번 가볍게 치는 소리에 그는 창문 쪽으로 몸을 돌렸다. 다시 눈이 퍼붓기 시작했다. 그는 은빛의 까만 눈송이가 가로등 불빛을 머금고 비스듬히 내리는 것을 졸린 눈으로 지켜보았다. 서쪽으로 나그네의 여행을 떠나야 할 때가 왔다. 그래, 신문이 옳았다. 눈은 아일랜드의 전역에 내리고 있었다. 어두운 중앙 평원의 구석구석과, 나무가 없는 언덕 위에도 눈이 내렸다. 앨런의 늪[61] 위에도 소리 없이 내리고, 더욱 먼 서쪽에 있는 샤논 강[62]의 거칠고 검은 물결 위에도 눈이 사뿐히 내렸다. 눈은 또한 마이클 퓨리가 묻힌 언덕 위의 쓸쓸한 묘지의 구석구석에도 내렸다. 비뚤어진 십자가와 묘비 위에도, 조그만 대문의 뾰족한 문설주 위에도, 메마른 가시나무 위에도 바람에 나부끼며 수북이 쌓였다. 온 세상에 사뿐히 내리는 눈 소리, 그들의 최후의 하강인 양 모든 산 자와 죽은 자들 위에 사뿐히 흩날리는 눈 소리를 들으며 그의 영혼은 서서히 의식을 잃어갔다.

주해

자매
1) 평행사변형에서 한 각을 포함하는, 그보다 작은 닮은꼴의 평행사변형을 떼어낸 나머지 부분.
2) 17~18세기경에 유럽에서 유행했던 신비주의 비밀결사 회원. 여기서는 주인공 소년이 신부와 가까이 지내는 것을 빈정거리는 말로 쓰였다.
3) 문을 열어달라고 두드리는, 쇠로 만든 문고리.
4) 코담배 상표 이름.
5) 가톨릭의 일과(日課) 기도서.
6) 더블린의 빈민가.

우연한 만남
1) 더블린에 있는 발전소의 이름.
2) 질이 매우 치밀한 흰 진흙.
3) 아일랜드인들이 신교도를 경멸하는 뜻으로 부르는 호칭. 감리교 목사가 배내옷을 입은 아기 예수라고 지칭하는 소리를 들은 데서 유래했다.
4) 더블린 만에 있는 해수욕장.
5) 1779~1832, 아일랜드의 서정적인 민족시인.
6) 1771~1832, 스코틀랜드의 시인이자 역사소설가.
7) 1803~1873, 영국의 정치가이자 작가.

애러비
1) 가톨릭 평신도들이 운영하던 주간학교로 주로 가난한 노동자 계층의 자녀들이 다녔다.
2) 1831~1915, 아일랜드의 정치가이며 페니어 비밀결사를 조직한 독립투사로서 영국에 대한 무력항쟁을 호소하였다.

3) 1894년 5월에 더블린에서 열렸던 바자의 명칭으로, 애러비는 아라비아(Arabia)의 시적 표현이다.
4) 캐롤라인 노턴(Caroline Norton: 1808~1877)의 감상적인 시. 어떤 아랍인이 가난하여 아끼고 사랑하던 말을 팔아버린 후 그 말을 잊지 못하고 안타까워하며 부르던 시.
5) 2실링짜리 은화. (옮긴이 주)
6) 노래와 음악이 있는 카페.

이블린

1) 1647~1690, 알라코크는 1864년에 시복(諡福)을 받고 1920년에 성녀가 되었다. 그녀는 엄격함과 신비주의로 유명했다.
2) 오스트레일리아 동남부의 항구도시로, 19세기에 아일랜드의 많은 이민자들과 죄수들이 그곳에 가서 정착했다.
3) 오늘날의 슈퍼마켓에 해당하는 조이스 시대의 백화점.
4) 알프레드 번(Alfred Bunn: 1796~1860)이 작사하고 마이클 윌리엄 발프(Michael William Balfe: 1808~1870)가 1843년에 작곡한 오페라.
5) 노래에 나오는 귀여운 아이라는 뜻을 지닌 포펫(poppet)의 변형.
6) 19세기 말에 아르헨티나의 최남단을 점령했던 거인족.
7) W. Y. 틴딜(Tindall) 교수는 "쾌락의 끝은 고통(The end of pleasure is pain)"이라는 뜻의 게일어 사투리라고 설명했다.

경주가 끝난 뒤

1) 더블린 서부 외곽 지역.
2) 아일랜드와 프랑스 국민의 대부분은 가톨릭교도이다.
3) 아일랜드의 애국지사 찰스 스튜어트 파넬(Charles Stewart Parnell: 1846~1891)과 아일랜드의 자치를 지지하는 의회당의 당원.
4) 트리니티 대학 맞은편에 있는 아일랜드 은행.
5) 1790년대의 프랑스 혁명 시대와 관련이 있는 프랑스의 행진곡으로, 공화군에 지원한 커데트 루셀에 관한 노래.
6) 「커데트 루셀」의 변형된 후렴.
7) 미국의 동부 로드아일랜드에 있는 항구도시로 부(富)와 유흥의 상징.

두 한량

1) 더블린 중심부의 광장으로, 지금은 파넬 광장으로 불린다.
2) 더블린 소재의 잡곡, 잡화를 파는 핌 형제 상회.
3) 영국의 극작가 니콜라스 로(Nicholas Rowe: 1674~1718)의 『미남 참회자』(1703)에서 로타리오는 난봉꾼으로 등장한다.
4) 아일랜드의 민족 시인 토머스 무어(Thomas Moore)의 시 「피오누아라(The Song of Fionnuala)」의 첫 행.
5) 1소브린의 금화로 20실링에 해당하는 금액.

하숙집

1) 영국의 북서 해안가에 위치한 항구도시로, 더블린과 리버풀 간에 운행되는 정기 여객선이 주요 교통수단이었다.
2) 리버풀의 서쪽에 위치한 작은 섬.
3) 1850년에 창간된 급진적인 런던 일요신문으로 주로 정치적, 사회적 스캔들을 다루었다.
4) 갈색의 독한 영국산 맥주 이름.

작은 구름 한 점

1) 리피 강 북쪽 연안의 더블린 중심가에 위치한 건물들로 주로 법조인들이 생활하는 곳이다.
2) 그리스 신화에 나오는 여주인공으로 구혼자들에게 경주를 하자고 제안했다. 경주에서 진 구혼자는 모두 창에 찔려 죽었다. 구혼자들 중 한 사람이 경주 도중에 세 개의 황금 사과를 떨어뜨린 뒤 아탈란타(Atalanta)가 그것을 줍는 동안 그녀를 앞질러 달려서 그녀를 패배시켰다고 한다.
3) 켈트파는 1890년대의 예이츠(W. B. Yeats) 같은 아일랜드의 시인들을 지칭한다. 그들은 아일랜드의 신화나 전설을 작품의 소재로 삼아 시를 썼고, 아일랜드의 과거를 발굴·복원·재현하고자 했다. 그들의 시는 꿈이나 황혼처럼 몽롱하고 우울한 것이 특징이다.
4) 영국산(産).
5) 병에 들어 있는 미네랄워터.
6) 파리에 있는 유명한 나이트클럽.

7) 프랑스어로 '품행이 방종한 여자' 란 뜻으로 매춘부, 창녀를 지칭한다.
8) 게일어로 '작별의 잔(마지막 잔)' 이라는 의미.
9) 더블린 중심부에 있는 유명한 커피 상점.
10) 조지 고든 바이런(George Gordon Byron: 1788~1824)은 영국의 낭만주의 시인으로 방탕하고 대담하며 무모한 생활을 했다. 바이런적인 것과 정반대의 생활을 하는 꼬마 챈들러가 그의 시를 읽는다는 것은 의미가 깊다. 인용된 시는 「어떤 젊은 여인의 죽음에 관하여(On the Death of a Young Lady)」의 제1연이다.

분풀이
1) 캐러웨이 열매는 맵고 향이 강해서 술 냄새를 없애기 위해 씹어 먹는다.
2) 5실링짜리 은화.

진흙
1) 더블린 중심부에서 3킬로미터가량 떨어진 지역. 주인공 마리아가 일하는 '더블린 등불 세탁소'가 이곳에 있다. 이 세탁소는 윤락 여성들을 선도하기 위한 개신교의 교화(敎化) 기관이다.
2) 더블린 중심가인 오코넬 거리의 중앙우체국 정면에 서 있는 넬슨 기념비. 1966년에 철거되었다.
3) 더블린 외곽의 초원 지대.
4) 10월 31일로 만성절 전날을 말한다. 이날에는 이 단편에 나오는 것처럼 눈 가리고 물건 집기 등의 많은 놀이를 한다. 반지를 집으면 결혼을 하게 되고, 진흙을 집으면 죽음이 찾아온다고 한다.
5) 아일랜드의 작곡가 마이클 윌리엄 발프의 오페라 「보헤미아의 소녀(The Bohemian Girl)」의 제2막에 나오는 유명한 노래.
6) 마리아는 구혼(求婚)의 노래인 2절 대신 1절만 두 번 불렀는데, 이것은 반지를 집지 못한 것과 같은 의미로 해석할 수 있다.

가슴 아픈 사건
1) 더블린에서 5킬로미터가량 서쪽에 있는 교외.
2) 리피 강의 상류.
3) 그 위에서 글을 쓰는 경사진 책상 모양의 문갑으로, 필기도구와 서류함이 들어

있다.
4) 더블린에서 서쪽으로 약 8킬로미터 떨어진 메이누스 지역에 위치한 유명한 신학대학인 성 패트릭 대학에서 간행한 표준 교리문답서.
5) 독일의 극작가 게르하르트 하우프트만(1862~1946)이 1900년에 쓴 희곡으로, 미술학교 교사 부자(父子)의 좌절을 다룬 가정 비극.
6) 위장병 약.
7) 저장 맥주(약한 맥주). (옮긴이 주)
8) 극장, 음악회장, 회의실 등이 있는 더블린의 원형 건물. 조이스 당대에는 오코넬 거리의 북단에 있었다.
9) 러시아의 아스트라한 지방과 중근동 지방에서 나는 새끼 양의 털가죽. (옮긴이 주)
10) 더블린의 국제 전시용 건물.
11) 이탈리아의 지명.
12) 피닉스 파크의 동쪽 문.
13) 가톨릭 미사를 집전하기 직전에 신부가 소리 내지 않고 입술만 놀리며 드리는 기도.
14) 더블린 남부 외곽 지대의 철도역.
15) 부검시관.
16) 당시 그녀의 이미지와 지금 그가 느끼는 그녀의 이미지.

위원실의 담쟁이 날

1) 아일랜드의 애국지사 찰스 스튜어트 파넬의 사망일인 10월 6일을 기리는 기념일. 이날이 되면 그의 정치적 추종자들이나 숭배자들은 부활의 상징인 상록(常綠)의 담쟁이 줄기나 잎을 옷깃에 달고 파넬을 추모한다.
2) 당시 영국의 국왕 에드워드 7세(Edward VII)는 독일계인 하노버(Hanover)가(家)의 후손이었다.
3) 아일랜드의 독립을 위해 재미 아일랜드인들이 1858년 뉴욕에서 조직한 페니어(이 명칭은 켈트 시대의 전설적인 영웅 전사들의 무리를 일컫는 Fianna에서 유래했다.) 회원 및 그 지지자들. 힐사이드 당원(Hillsiders)은 그들의 별칭.
4) 1922년 아일랜드 독립 이전에 영국 총독 관저로 사용되던, 더블린에 있는 옛 성.

5) 부친에 이어 더블린 경찰의 총수가 되었고, 1798년의 반란에서 영국을 도와 아일랜드의 많은 혁명가들을 체포하는 데 방조했다.
6) 주점 이름.
7) 가족이나 단체의 명예를 훼손하는 말썽꾼이나 두통거리 인물을 말한다.
8) 빅토리아 여왕을 가리킨다. (옮긴이 주)
9) 의사당을 가리킨다. (옮긴이 주)
10) 파넬을 지칭한다.

어머니

1) 더블린 북쪽 약 30킬로미터 지점에 있는 피서지.
2) 더블린 동북쪽 약 14킬로미터 지점에 있는 반도형의 여름 휴양지.
3) 더블린 남쪽 약 22킬로미터 지점에 있는 어촌 휴양지.
4) 1890년대 무렵부터 예이츠 등의 작가들이 주도하여 시작된 이 운동은 언어, 문학, 신화, 민속, 음악, 예술, 스포츠 등 문화 전반에 걸친 부흥운동이었는데, 그 가운데 아일랜드 고유어인 게일어의 보존과 부활이 제일 중요한 관심사였다.
5) 예이츠의 시극 「캐슬린 백작부인(*Countess Cathleen*)」에 나오는 캐슬린과 딸의 이름이 같은 것은 의미가 있다.
6) 1845년에 초연된 감상적인 오페라로 아일랜드의 작곡가 윌리엄 빈센트 월러스(William Vincent Wallace: 1812~1865)가 작곡했다. 이 작품에서는 집시 처녀가 여주인공으로 등장한다.
7) 1897년부터 시작된 아일랜드의 연례 음악경연대회.
8) 1865~1904, 당대 영국의 인기 있는 여배우이자 조지 버나드 쇼(George Bernard Shaw)의 친구로, 쇼의 삶과 작품에 중요한 역할을 했다.
9) 아일랜드의 작곡가 마이클 윌리엄 발프가 작곡한 감상적인 민요.

은총

1) East Central. 런던 상업 구역의 우송물 관할 지구.
2) 식민지 시대의 아일랜드의 정부청사 건물.
3) 더블린 근교 해안에 있는 교회.
4) 예수 성심(聖心)에 대한 개인적인 예배는 교회의 오랜 전통이었지만, 성심에 대한 특별한 예배는 성 마가렛 메리 알라코크에게 나타난 계시에서 유래되

었다.
5) 집에 사자(死者)가 있을 것임을 통곡으로 알려 주는 아일랜드 전설상의 요정.
6) 두 신문 모두 보수적인 성격의 일간지이다.
7) 1830~1883, 로마에서 수학한 뒤 도미니크회 수사(修士)가 된 명연설가.
8) 1795년 신교와 영국 왕을 옹호하기 위해 북아일랜드에서 조직된 비밀결사 당원.
9) 조아키노 페치(Gioacchino Pecci: 1810~1903). 1878년부터 1903년까지 교황으로 재위했다. 19세기에 가장 유명했던 교황들 중 한 사람으로 박학다식, 보수적인 성향, 많은 개혁 프로그램으로 널리 알려졌다.
10) 『불가타 성서』(4세기에 만들어진 라틴어역 성서)의 「요한의 첫째 편지」 1장 5절에 있는 글귀.
11) 빈민학교로 공립 초등학교를 지칭한다.
12) 피오 9세(Piux IX)에 의해서 1870년의 바티칸회의(Vatican Council)에서 결정된 교의(敎義). 교황이 교황으로서 신앙 및 도덕에 관해 선언하는 것에는 과오가 없다는 설.
13) 1791~1881, 아일랜드 서부의 도시 튜엄의 주교로 처음에는 교황의 불과오설을 반대했다가 바티칸회의에서 교의로 의결되자 이를 즉시 받아들인 것으로 유명한 아일랜드의 독립투사.
14) 1816~1875, 《프리먼즈 저널》의 소유자로 아일랜드 자치를 지지한 애국주의 신교도이자 더블린 상수도의 창설자. 그의 동상은 오코넬 거리에 있다.
15) 존 그레이 경의 아들로 우유부단한 성격으로 유명했다.
16) 유아 세례 때 유아의 대부모가 하는 서약.
17) 성직에 있지 않은 평인 수도사, 속인 수도사.
18) 성당의 제단 가까이 매달려 있는 성역의 불로 성체가 있음을 알리는 불이다.
19) X자 꼴.
20) 「루가 복음」 제16장 8~9절의 글귀.

죽은 사람들
1) 노르웨이의 극작가 헨리크 입센(Henrik Ibsen: 1828~1906)의 『죽은 우리가 눈을 뜰 때(When We Dead Awaken)』에서 제목을 따왔다.
2) 가브리엘(Gabriel) 천사의 상징. 백합화(Lily)는 장례식에서 죽음과 부활의 상징이다.

3) 리피 강 북쪽에 위치한 더블린의 거리.
4) 리피 강 남쪽에 위치한 부둣가.
5) 더블린에 있는 성당.
6) 히브리어로 '하느님의 사람(Man of God)'이라는 뜻. 일곱 대천사 중의 하나로 성모 마리아에게 예수의 잉태를 알렸으며, 인간에게 위안과 동정을 베푼다고 한다.
7) 1812~1889, 영국 빅토리아 시대의 시인.
8) 토머스 무어의 시집 『아일랜드 가요(Irish Melodies)』.
9) 1904년 당시에는 부유한 교외 지역으로, 더블린 중심부로부터 동남쪽으로 약 8킬로미터 떨어져 있다.
10) 더블린으로부터 약 5킬로미터 떨어진 더블린 만에 있는 작은 포구의 교외 지역.
11) 덧신. 19세기 후반에는 덧신을 신는 것이 보편화되었다. (옮긴이 주)
12) 19세기에 에드윈 크리스티(Edwin T. Christy)가 조직한 유명한 흑인 순회 극단.
13) 더블린에 있는 고급 호텔 이름. 콘로이의 부유한 생활을 말해 준다.
14) 홉으로 만든 쓴 술. (옮긴이 주)
15) 프랑스에서 시작된 스퀘어 댄스로 남녀 네 쌍이 짝을 이루어 추는 춤.
16) 왕립 음악학교에서 음악가나 음악 선생의 전문성을 평가하기 위해 지정한 난해한 곡.
17) 리처드 3세(Richard III)는 1483년 에드워드 4세(Edward IV)가 죽은 뒤 런던탑에서 에드워드 4세의 두 아들을 살해하고 왕위에 올랐다.
18) 물결무늬를 낸 비단과 양모의 교직 천.
19) 콘로이의 어머니는 그녀의 다른 아들 이름을 로마의 콘스탄티누스 대제(Constantine the Great: 285~337)의 이름을 본떠서 지었다.
20) 더블린에서 북쪽으로 30여 킬로미터 떨어진 해안 도시.
21) 아일랜드인들의 교육적 수요를 충족시키기 위해 영국 대학을 모델로 1882년에 세워진 아일랜드의 왕립 대학.
22) 카드릴 춤의 일종.
23) 런던에서 발행되는 보수적 성향의 일간지.
24) 아일랜드 사람으로 영국 편을 드는 사람을 경멸할 때 쓰는 말.

25) 아일랜드 서부 해안의 골웨이 만 어귀에 위치한 섬으로, 이곳 사람들은 아직도 아일랜드 고유어인 게일어를 사용하며, 고유의 풍습과 전통을 지키고 있다.
26) 대서양과 맞닿아 있는 아일랜드의 서해안 지역.
27) 게일어를 지칭한다.
28) 스코틀랜드 남서부의 산업 도시.
29) 아일랜드의 서쪽 해안에 위치한 도시로 조이스의 조상들이 살던 곳이다.
30) 더블린 서쪽 외곽에 있는 피닉스 파크.
31) 웰링턴 공작(Wellington: 1769~1852)은 아일랜드 출신으로 워털루 전투에서 나폴레옹 1세를 격파하여 영국인의 영웅이 된 장군. 웰링턴 기념비는 피닉스 파크 동쪽 끝에 있다.
32) 제우스와 에우리노메 사이에서 태어난 미(美)의 세 여신으로 화려함(Brilliance), 기쁨(Joy), 꽃(Bloom)을 지칭한다.
33) 트로이의 왕자. 헬렌(Helen)으로 인해 트로이 전쟁을 일으킨 장본인 중 한 사람이다. 비너스(Venus) 등이 서로 미모를 다투게 되자 파리스가 그 판정을 맡게 되었는데, 비너스가 가장 아름답다고 판정했다.
34) 빈첸조 벨리니(Vincenzo Bellini)의 오페라 「청교도들」(1835)에 들어 있는 곡.
35) 게일어로 작별을 의미하는 인사말.
36) 더블린의 3대 주요 현대 극장 중 하나로 더블린 중심가에서 리피 강 남쪽의 호킨즈 거리에 위치해 있다.
37) 더블린 시내에 있는 극장 이름.
38) 프랑스 작곡가 앙부르아즈 토마(Ambroise Thomas: 1811~1896)의 오페라. 1866년에 파리에서 초연된 이후 19세기 말에 대단한 인기를 끌었다.
39) 더블린의 유명한 오페라 가수.
40) 19세기 말에 명성을 날렸던 오페라 가수들.
41) 오페라 「마리타나(Maritana)」의 아리아.
42) 독일의 작곡가 기아코모 마이어베어(Giacomo Meyerbeer: 1791~1864)의 오페라. 1869년에 더블린에서 공연되었다.
43) 이탈리아의 작곡가 가에타노 도니제티(Gaetano Donizetti)의 오페라. 1852년에 더블린에서 공연되었다.
44) 엔리코 카루소(Enrico Caruso: 1874~1921). 세계적으로 널리 알려진 테너 가수.
45) 가공의 인물이다.

46) 아일랜드 남부의, 트래피스트 수도원이 있는 산.
47) 트래피스트회의 엄격함에 대해서 잘못 알려진 사실. 이들이 실제로 관 속에서 자는 것은 아니고 죽어서 묻힐 때만 관 뚜껑 없이 묻힌다고 한다.
48) 피닉스 파크의 넓은 들판.
49) 18세기 프랑스의 노래를 흉내 낸 아일랜드의 전통적인 권주가.
50) 더블린 중남부의 거리.
51) 오렌지(Orange) 공(영국의 윌리엄 3세)의 동상. 그는 1690년에 있었던 보인 전투(Battle of the Boyne)에서 아일랜드의 가톨릭 군대와 싸워 완벽한 승리를 거두었다. 신교의 승리와 영국 통치권의 상징.
52) 더블린 시내 중심부에 있는 아일랜드 최고의 명문 사립대학.
53) 찰스 디킨즈(Charles Dickens)의 소설 『데이비드 코퍼필드(*David Copperfield*)』의 제60장에서 유래함. 여기에서 소설의 주인공은 죽은 첫 번째 아내를 생각하면서 '희미한 음악'이라는 말로 추억을 표시한다.
54) 아일랜드의 서부 골웨이 지방에서 유행했던 민요 「오그림의 처녀(*The Lass of Aughrim*)」의 후렴 중 일부. 내용은 유혹당했다가 버림받은 젊은 미혼모의 이야기이다.
55) 리피 강 건너편에 있는 아일랜드의 법원 건물.
56) 아일랜드의 애국자 다니엘 오코넬(Daniel O' Connell: 1775~1847)의 이름을 따서 명명한 다리.
57) 다니엘 오코넬의 동상.
58) 석탄으로 가스를 만드는 공장.
59) 아일랜드 서부 골웨이 근처의 마을.
60) 골웨이 강의 삼각주. 조이스의 아내 노라 바나클(Nora Barnacle)이 살았던 곳.
61) 더블린 서남서쪽 약 40킬로미터 지점에 있는 광활한 늪.
62) 아일랜드의 서부, 더블린의 서남서쪽에 위치하며, 아일랜드에서 길이가 가장 긴 구불구불한 강.